魅丽文化 飞言情工作室

他与微光皆倾城

文/绛美人

江苏凤凰文艺出版社
JIANGSU PHOENIX LITERATURE AND ART PUBLISHING, LTD

图书在版编目（CIP）数据

他与微光皆倾城 / 绛美人著. — 南京 : 江苏凤凰文艺出版社，2018.9

ISBN 978-7-5594-2734-2

Ⅰ. ①他… Ⅱ. ①绛… Ⅲ. ①长篇小说－中国－当代 Ⅳ. ① I247.5

中国版本图书馆 CIP 数据核字（2018）第 186282 号

书　　名	他与微光皆倾城
作　　者	绛美人
出版统筹	汪修荣 邹立勋
选题策划	飞言情工作室
责任编辑	胡小河　姚　丽
文字编辑	何　进
责任监制	刘　巍　江伟明
出版发行	江苏凤凰文艺出版社
印　　刷	湖南凌宇纸品有限公司
开　　本	710 mm×1000 mm 1/32
字　　数	287 千字
印　　张	10.5
版　　次	2018 年 9 月第 1 版，2018 年 9 月第 1 次印刷
标准书号	ISBN 978-7-5594-2734-2
定　　价	36.80 元

C O N T E N T S

目录

楔　子　/001

第一章　确实不熟，前女友而已 /004

第二章　你会后悔的 /033

第三章　不许再对任何人说喜欢 /058

第四章　要做就快点 /076

第五章　我只有你一个女朋友 /100

第六章　爱的亲亲 /122

第七章　一家三口好幸福 /144

C O N T E N T S

目录

第八章 他不是你儿子吗 /170

第九章 傲娇公子的小娇妻 /190

第十章 给我下面吃 /225

第十一章 她是我的女朋友 /249

第十二章 亲亲我吧 /276

第十三章 只要遇见，便是温暖 /300

番　外 校园恋爱日记 /325

楔子

时光迷迷糊糊地醒来，头痛得像是要炸开一样，稍微挪动一下身体，全身酸疼，像是被拆了又重组似的。

早晨的阳光透过浅银色的纱幔洒进来，刚好落在她床上，刺得她眼睛都快睁不开了。

昨晚聚会，她一时高兴喝多了，后面是陆彦辰将她接走的。

时光坐起身，单薄的丝被滑落，白色床单上的一抹红色显露出来，而自己雪白的肌肤上布满了红痕。

这一看便能知道是昨晚……

昨晚，她和陆彦辰……想到昨晚那些缠绵的画面，时光的心跳突然加快，小脸不由自主地红了。

“我爱你。”情到浓时，陆彦辰动人的情话，犹在耳边。

时光面带桃花，眼神含羞，扭头看了一圈，却并未见陆彦辰的身影，是出去买早餐了吗？

时光掀了被子下床，双腿接触到地面时，脚一软，差点儿摔在地上。她伸手扶着墙壁，这才一瘸一拐地进了洗漱室收拾自己。

当时光再出来时，陆彦辰也回来了。他从容不迫地缓缓走进客厅，修长挺拔的身材带着强大而具有压迫性的气场。

时光抬头，便落入一双深邃的眼睛里。终究是第一次发生这样最亲密的关系，时光莫名有些羞涩，垂下眼眸不敢看他。

意乱情迷时，她模模糊糊地听到他说，要给她一个惊喜……是要向她求婚吗？可是会不会也太早了。时光有些不知所措，胡乱地猜测着，心脏扑通扑通乱跳。

“我……”

她刚刚出声，就被陆彦辰沉声打断了：“分手吧！”

震惊，如崩塌的火山一般在心底炸开，时光屏着呼吸，瞪大眼睛看着他，一个字都说不出来。他刚说什么？分手？他要给她的惊喜是分手？他是在逗她，开玩笑，还是说真的要分手？

痛到极致的嘶喊，藏在喉咙里发不出来，好半天，时光才找回自己的声音，很轻很轻，仿佛低到尘埃里：“分手，在我们发生关系……之后，陆彦辰，你什么意思？”

陆彦辰冷漠的表情没有一丁点变化：“昨晚发生的事，我记不清了。”

时光如遭雷劈一般怔住！

她瞠目结舌，看着这个与她记忆里全然不同的男子，控制不住地浑身颤抖，艰难地问了三个字：“为什么？”

“不知道。”他说完，转身看向窗外，嘴角带着淡淡的笑意。

那笑容在时光看来，像嘲讽一般。这个前一晚还说爱她的男人……他怎么可以，怎么可以！

时光脸色惨白如雪，疼痛从心脏出发，压着神经末梢传到了四肢百骸，黑暗袭来，她用指尖紧紧掐着掌心，才没让自己晕倒。

空气突然泛起阴冷刺骨的潮湿，冻得人直发颤、窒息，令人一分钟也待不下去。

时光走了。

耳边传来震耳欲聋的摔门声，陆彦辰攥着拳，那般隐忍，凝视着她离去的方向，久久没有收回目光。

莫名被分手，时光开始真的没有办法接受。她抱着一丝侥幸，想着陆彦辰大概是在和她开玩笑，她以为过两天，陆彦辰就会捧着花出现在自己面前，然后求她原谅。可是一天两天，甚至半个月过去了，陆彦辰都没有再出现。

再后来，她听人说陆彦辰转学了。

当不得不接受他们分手的事实后，时光终于忍不住痛哭出来……

两年过去了。

在这两年里，她把“陆彦辰”这个名字，以及和这个名字相关的一切，全部扫进了记忆的垃圾桶。

第一章

确实不熟，前女友而已

又是一年炎夏，骄阳似火。

全国大学生游泳锦标赛在沈氏水立方拉开帷幕。沈氏水立方是全球最顶尖的游泳健身会所，这次便是他们免费赞助了大学生运动会的游泳项目。

200 米自由泳比赛在即，游泳馆座无虚席。

各大学校的学生都拉着横幅，扛着旗子，热情高涨地替自己的学校呐喊、加油。

裁判“各就各位”的哨音响起，场内瞬间安静，大家都屏住呼吸，静待比赛开始。

随着令枪响起，游泳选手们纵身入水，宛如飞鱼一般，逐浪前行。

“加油……加油……”

震耳欲聋的助威声一浪高过一浪。

当第一名到达终点时，场内的欢呼声瞬间达到高潮，还整齐地爆发出一声声呼喊："时光、时光、时光……"

时光扯下泳镜，露出一张清秀的面容，长长的睫毛上还闪烁着晶莹的水珠，她抬手冲着观众席大力挥舞着。

她拿到了冠军，她的付出得到了回报。依靠着自己的努力和实力，她拿下了200米自由泳比赛的王者之冠！

做到了！她终于做到了！

心情激动的时光离开泳池，刚踏入更衣室，就迎来了一个热情的拥抱。

"时光，恭喜你，你太棒了！"

这个拥抱时光的女孩叫李芳菲，是时光的同学和免费助理。

她绘声绘色地想给时光说刚才看比赛时的紧张、刺激和激动。哪知才刚刚开了个头，就被工作人员给打断了："颁奖典礼要提前举行，大家赶紧换衣服！"

按流程是预留了足够的时间给大家换衣服的，怎么会突然提前？

大家都一脸疑惑。

"再快点，颁奖嘉宾马上就到了！"工作人员已经焦急如火，仿佛热锅上的蚂蚁。

更衣室瞬间充斥着一种严肃的气氛。

众人更疑惑了！

颁奖嘉宾什么来头？不但能让颁奖礼突然提前，还让这些工作人员，一个两个全都战战兢兢，如履薄冰？

李芳菲用了洪荒之力，也没有控制住自己那颗八卦的心。她凑到工作人员面前，笑嘻嘻地张嘴："请问，颁奖嘉宾是谁啊？"

工作人员还没开口，就听到更衣室外面有人大声喊道："嘉宾已经到了，颁奖典礼现在开始。"

"马上……"工作人员骤然低呼了一声，神色愈发肃穆。

工作人员哪里还顾得上回李芳菲的话，两大步走到时光面前，伸手拉住刚换好衣服的时光，快步就往外走……

时光站在中间最高的奖台上，兴奋和激动如同决了堤的洪水，从心底深处倾泻出来，怎么都无法隐藏，喜悦飞上眉梢，似乎连睫毛都在欢呼雀跃。

她扬着明媚的笑容，抬头看向被众人拥簇着迈步而来的颁奖嘉宾，在看到那道身影的下一秒，笑容倏地僵在脸上！

她怎么也没有想到，颁奖嘉宾竟然是他！

陆彦辰！

时隔两年，原本以为永不相见的人，再次见面了，如此猝不及防……

看着一步步走向自己的男人，她的拳头下意识地捏紧，心脏伴随着他的每一步靠近，都在微微缩紧。获奖的喜悦已经消失不见，她感觉整个人，都像被淹没在飞舞的狂沙里。

当他终于站在她面前时，她的脑中瞬间一片空白，整个世界似乎只剩下她和陆彦辰。

两年过去了，他比之前更加有魅力了，气质也愈发沉稳内敛。一身剪裁得体的黑色西装，里面搭配一件白衬衣，虽然一直扣到了最上面那粒纽扣，却将他身上那股禁欲的美感，展现得淋漓尽致。

时光忍不住想，分手之后再重逢应该说什么？好久不见吗？

她动了动嘴唇，想要若无其事地打个招呼，没想到一抬头，映入眼帘的是一双冷漠疏离的眼睛！

时光愣住了。

他看着她的目光，就像她是一个陌生的路人，不带有任何情绪。那种拒人于千里之外的冷淡，让时光感觉泡在了冰窖里，大热天的，突然之间觉得很冷。

即将出口的话，也就这么卡在了嗓子里，她呆呆地看着陆彦辰拿着奖杯，平静地递到她面前。

时光垂下眼眸，一点点抬起胳膊，想要接过那冰冷的奖杯，却发现奖杯纹丝不动。

陆彦辰没有松手。

她的心微微一动，以为陆彦辰要说什么，可是下一秒，奖杯就被松开了，落到她的手中。

这一切快得让她感觉似乎刚刚那一下的停顿，都是自己的错觉。

出于礼仪，颁奖后陆彦辰与她握手。在两人握手后，他快速收回，然后便转身离去，没有回头，也没有一丝停留，仿佛两年后，他们的重逢，只是一场波澜不惊的相遇。

看着陆彦辰的背影，时光觉得跟他一比，自己窝囊极了，心脏仿佛被盐水泡成了发胀的海绵，只要稍稍用力，胆汁一般苦涩的水就会肆意蔓延。

她得用尽全身的力气强忍着，才能表现得若无其事。突然，耳边传来一声嗤笑，紧跟着一道讽刺的声音响起：“看什么看，不管你看多久，你也不够资格跟他搭上关系。”

说话的人，是这次比赛的季军何心诺。

何心诺和时光是同一个学校，同一个游泳俱乐部，更是同一个教练，她们是队友也是对手。

时光只想好好游泳，可何心诺却不愿意，暗地里一直与时光较着劲，不管任何时候，都想着法子压时光一头，可是每一次都是时光占上风。

时光敛了敛情绪，扭头看向何心诺，微微勾了勾嘴角，语含嘲弄：“酸什么，不管你再怎么酸，冠军的奖杯也不会是你的。”说完便迈步离开，不再理何心诺。

何心诺最恨的，就是不管比赛还是训练，她都要输时光一些，这是她的忌讳，也是软肋，

这会儿被时光戳了软肋，加上周围还有人，面子上必然挂不住。

她恼羞成怒，用最快的速度追上时光，从后面一把拽住时光的胳膊，咬牙切齿地说：“你以为拿了冠军就天下无敌了吗？别把自己抬得太高，要不是因为我受伤，谁拿下这个冠军还不一定呢！”

时光淡定从容，面色不改，她胳膊一甩，拨开何心诺的手，轻笑了一声：“那你好棒棒哦，受伤的时候比不受伤游得还快！”

何心诺小脸一阵白、一阵红，她气极了，满是憎恨的声音微微打战：“时光，你别欺人太甚……”说到这儿，何心诺小脸又突然一变，一改刚才的强势，眼中迅速累积起雾气，点点泪光似有若无，整个人看上去楚楚可怜。

时光错愕，她一向知道何心诺能装，只是没有想到她的演技会如此精湛，简直比四川变脸还要快。

“吵什么，也不看看场合，知道什么叫丢人现眼吗？”一道不满的男声响起，是他们的教练吴兴。

“教练，对不起，我没有拿到冠军，我辜负了你对我的期望。”何心诺苍白着小脸，委屈地说完，便掩面离开了，一副委屈难过的模样，不知道的人，还以为时光怎么欺负她了。

时光并不说什么，只是嘴角带着嘲弄，显然对这种事情习以为常。

吴兴脸色一片阴霾，略微不耐烦地看着时光，一脸嫌弃地挥了挥手：“拿了冠军不能骄傲，心诺可是你的师姐！行了，回去休息吧。”

时光并不迈步，直直地站着，看着吴兴笑着说：“教练，我想和你谈谈代言的事……”

俱乐部今年会有大推广，他们想找一个代言人，为了激励大家，便决定谁拿了冠军，这个代言就给谁。最近，时光特别缺钱，这个广告的代言费虽然不多，但也能解决她一半的困境。

吴兴深深地看了时光一眼：“心诺受伤的事，你是知道的，既然你已经拿了冠军，那就将这个广告让给心诺吧，你们是同学，也是队友，应该相互友爱……”

时光打断他的话：“之前不是说好了，拿到冠军才可以当俱乐部的代言人吗！”

吴兴的脸色有些难看了，沉着脸说：“时光，做人不要太过贪心！没有听过人心不足蛇吞象吗？”

时光愕然至极：“教练，说好的代言是冠军奖励，怎么这会儿就成了我贪心呢？”

旁边站着的李芳菲有些听不下去了，她快步走到时光身边，对着吴兴说：“吴教练，时光为了拿到这个冠军不知道有多努力。别人在训练的时候，她在训练；别人在休息的时候，她还是在训练。别人游四个小时，她要游八个小时。她好几次游得虚脱了，为的就是想要代言，想要……”

“想要代言？”吴兴打断李芳菲的话，声音很高，阴着脸，“她是运动员不是明星，她应该做的是好好游泳，而不是代言！”

李芳菲难以置信地看着吴兴：“那何心诺就不是运动员了？”

"那怎么能一样！"吴兴瞪了李芳菲一眼，然后看着时光，苦口婆心地说道："时光，你是俱乐部的重点培养对象，接广告只会浪费你的时间，影响你的训练，这种吃力不讨好的事，还是让你师姐去做吧……"

时光深吸了一口气，努力压下怒气，勾了勾唇，斟酌着道："教练，那怎么好意思，还是来浪费我的时间、影响我的训练吧。我会把这份吃力不讨好的苦差事做了，就不劳我那娇弱的师姐了，也就不用教练担心了。"

被拒绝的吴兴瞬间火冒三丈，大声骂道："你个狼心狗肺的，你真是太辜负我对你的栽培了，不要以为拿了冠军就可以把我一脚踢开了，你的日子还长着呢！"吴兴丢下这一句，便怒气冲冲地离开。

重点栽培对象？时光露出一个嘲讽的笑。

她与何心诺在教练这儿，一个是亲生、一个是收养，何心诺是前者，而她自然是后者。更搞笑的是，他还打着为她好的名义来欺负她。

她在他眼里是圣母玛利亚，还是个傻瓜？原本今天拿了冠军，她应该很开心的，可是现在，她却没有一点兴奋。

代言……还有陆彦辰……

回到宿舍，她洗了个澡就睡觉去了，可是翻来覆去却怎么都睡不着，脑海中不受控制地闪过许多奇奇怪怪的片段。

在记忆里，那个男人，薄唇覆上她的耳朵，轻声对她说："加油，以后你拿冠军，我来给你颁奖。"

她哈哈大笑："你给我颁奖？少臭美，你以为什么人都可以颁奖吗？"

"总之，你努力拿冠军。"他轻轻揉搓了一下她的小脑袋，嘴角微微勾起的笑意温柔又宠溺。

如今，她真的拿冠军了，他也出现了，还真的给她颁奖了，是巧合意外，还是其他什么……

今晚，时光注定一夜难眠。

不眠的不只是时光，还有陆彦辰。他是次日清晨才回的陆家，浑身带着酒气，眼底布满阴影，显然是彻夜未眠。

陆彦辰揉着宿醉的头在客厅坐了下来，估计喝得过多的缘故，脑袋一抽一抽地痛。

不一会儿，母亲沈灵双进了客厅，看到儿子这般，立刻关切地上前问道："怎么了，头疼吗？要不，先来一杯人参茶醒醒酒？"

陆彦辰点了点头，的确非常不舒服。

"昨天颁奖怎么样？一个晚上没回来，是不是颁奖的时候看上哪个小姑娘，和小姑娘出去玩了一晚上？"

沈灵双虽然已经五十多岁，但是保养得十分好，再加上原本就生得貌美倾城，风韵比年轻时不减反增。

陆彦辰微微垂着头，浓密的睫毛在眼角打上一层层阴影，遮挡住他眼底的疲惫。

他不耐烦地扯了扯领带，声音冷漠如冰："不怎么样！"

沈灵双一共有四个孩子，陆彦辰是她最小的儿子。她最宠他，宠成了谁都知道陆家最不好惹的人就是陆家那个金贵高冷、俊美非凡但神秘的小儿子陆彦辰。

陆彦辰喝了人参茶，又抬手揉搓了一下太阳穴："没有下次了。"他指的是昨天临时被叫去颁奖的事。

沈灵双点头："好好好，绝对不会再有下次了，这次都要怪你二哥，接了个电话就跑了……"

由着她念叨二哥，陆彦辰起身准备上楼，刚刚迈步，就被沈灵双拉住了："儿子，你爸让我给你安排了一个游泳私教，让你克服晕水症。"

"不。"陆彦辰想也没想就直接拒绝了，眉宇之间森严可畏，显然对这个极其反感。

沈灵双说："可是你爸已经让我安排了……"

就在此时，电视机转播台突然响起主持人激昂的声音："恭喜5号时光，拿下了女子两百米自由泳的冠军，游得真是太快了，姿势优美……"

沈灵双指向电视里正向观众台挥手的时光，对陆彦辰说："就是这个女孩子。你看她游得多好，而且人长得漂亮、身材又好，给你当教练难不成还亏了你？"

陆彦辰顺着沈灵双的视线，瞥了一眼电视里的人，肩膀一僵，空气因为他这个缓慢而细微的动作而微微凝滞。

片刻后，他出声："随便你们。"

时光天亮才睡，将近下午才醒过来，刚洗漱完就看到李芳菲一脸焦急、匆匆忙忙推门进来。她整张脸皱成一团，气喘吁吁地说："不好了，我刚才在食堂吃饭，听到他们在讨论。吴兴说你不想当代言人，主动把代言让给了何心诺，也不知道是他们塞了钱，还是在背后搞了什么小动作，上面居然同意了……就差宣布何心诺是代言人了。"

时光知道自己想要顺利拿下代言非常不容易，但是何心诺想要抢走代言，似乎也不会那么轻而易举！

训练场入口，时光刚到门口，就听到里面传来一阵欢声笑语。

何心诺穿着性感的三点式泳衣，挺着傲人的身材，正对着吴兴娇媚而笑，时不时还伸手泼点水，或者推一下吴兴，眼神满是诱惑，动作暧昧至极，似在打情骂俏。

可吴兴已经结婚了，是有妇之夫。

看到时光迈步而来，吴兴立刻冷下脸，换成一副严肃的表情。他从泳池上来，拿浴巾披在身上，冷冷地看着时光："你怎么来了？"

"教练，代言……"

时光才刚刚起了个头，就见吴兴瞪圆眼睛，凶神恶煞地打断她说："代言怎么了？我是你的教练，还不能为你做这么点主？"

显然他不想给时光发问的机会。

他狠狠敲了一棒子之后，立刻又给时光来了一颗糖，缓和下语气说："时光，你对你自己有很高的期望，我们对你的期待也很大，想努力栽培你，你可不能辜负我们。你要知道有很多的运动员，每天因为只想着出名，而葬送了自己在泳坛的前程。你现在的首要任务就是多练习，争取今年进省队，然后进国家队，最后再代表国家去参赛！"

时光死死地抿着唇，垂在身侧的手紧紧攥成了拳头。

这时，何心诺走到时光身边，看着时光笑得眼睛发光，身子微微前倾，一副得意到扭曲的态度道："加油哦，小师妹，我看好你哟！"

看似鼓励的话，其实是炫耀、嘲讽。

时光冷冷地看了何心诺一眼：“自己做不到，你也只能看好我了！”

何心诺脸上挂着的得意之笑瞬间消失不见，她气得咬牙切齿，极其刻薄地冲时光说：“听不懂我在嘲讽你吗？我告诉你，代言是我的，进入省队的也只会是我。”

说完，何心诺仿佛要昏厥的样子，身体一歪，向着吴兴倒去。

吴兴立刻搀扶着他，冲着时光发火：“你还有完没完，今天我就把话说在这，这代言，你给是心诺的，不给还是心诺的。”

何心诺“虚弱”地靠在吴兴身上，冲着时光挑衅地笑了。

时光心中燃起一股火。这一刻，她恨不得甩袖走人，永远离开这儿。可是……她强迫自己镇定，只是冷漠地看着他们。

就在此时，门口传来一阵声音……时光下意识地循声望去，便看到他们俱乐部的老板雷大海。

雷老板旁边，还站着一个高高瘦瘦的中年男人。这个高高瘦瘦的男人，大家都认识，是沈氏水立方的经理马乐生。

马乐生此次前来，是想与俱乐部合作，邀请俱乐部的游泳运动员，去沈氏水立方担任 VIP 私人教练。

不管是时光所在的这种小型游泳俱乐部，还是国家游泳队的现役游泳运动员，如果队里没有训练的话，他们所在的俱乐部，都会给他们介绍游泳私教的工作。毕竟体育圈子太辛苦了，拼死拼活十来年，还不一定能出人头地，拿冠军除了要有实力还得有运气，有些人奋斗了一辈子，再努力都不一定拿得到冠军。

知道马乐生的目的之后，吴兴第一时间将何心诺扯到身边，对着马乐生笑嘻嘻地说：“这是大运会 200 米自由泳的季军，是我们俱乐部最优秀的运动员，再合适不过……”

何心诺立刻对着马经理，展现出最美丽的微笑：“你好，马总。”

“季军？”马乐生轻飘飘地说了两个字，然后瞄了雷老板一眼。

雷老板是何等精明之人，他立刻明白马乐生的意思了，赶紧将时光拉到旁边说：“这是大运会 200 米自由泳的冠军……”

他说了一大堆，全是在夸时光有多厉害。马乐生非常满意，立刻邀请时光合作。

时光垂着头，看着脚尖轻轻地说了一句："刚才我的教练说，我是队里的重点栽培对象，我现在的首要任务就是好好练习，争取今年进省队，然后进国家队，最后再代表国家参加比赛，我想我可能……"

马乐生有点儿不明所以然。

雷老板是个明白人，也知道前因后果，哪能听不出来时光话里的意思，忙道："练习是必然的，但你要相信自己的实力，就算担任私人教练，进入省队、国家队，你都没有问题，你可是我们俱乐部的代言人！"

他生怕自己的俱乐部错过这次和沈氏水立方合作的机会，当机立断地做出了决定。再说了，这个代言原本就应该是时光的。

旁边的吴兴和何心诺，脸色瞬间一变，有点儿慌了。何心诺委屈地噘起了嘴，一脸不高兴地看向吴兴。

吴兴立刻向前两步："老板，之前……"

雷老板非常威严地给了吴兴一个凌厉的眼神，便终结了一切。何心诺站在旁边，双手握拳，恨恨地瞪着时光。

时光与她对视一眼，微微一笑。不是她的，她不强求；可若是她的，别人要硬抢，她也不会只懂得傻傻哭泣、无可奈何。

当天下午，时光是代言人的事情就贴在公告栏上。

吴兴走到时光面前，语气不善："你今天真是让我吃惊，果然后生可畏！"

时光谦虚一笑："哪里，时光还有很多不足，还需要向教练多多学习。"

这话把吴兴气得转身便走。

吴兴才走不久，何心诺又来找时光。她沉着一张脸，说："你现在很得意吧？"

时光耸耸肩，一副轻松的模样。

"你！"何心诺气得牙齿打战，她看向时光，手指着她，"终有一天，你会输在我的手上，老天爷是公平的！"

时光嘴角的笑容渐渐隐没，变得冰凉："你说得对，老天爷确实是公平的，付出多少便会得到多少。我所拥有的一切，都是我努力换回来的！所以，何心诺，你别觉得自己有多惨。没有实力，又不努力，不管你讨好多少领导，冠军也不会是你的！”

她说完这句话，便转身离去。

何心诺看着时光的背影，脸色阴沉无比，嫉恨如同毒蛇一样，狠狠啃噬着她的心。

有了代言和私教，时光算了一下钱，她的困境算是解决了。

与时光签约的人是马乐生，但雇主是一位姓沈的夫人，她心里特别感谢这位沈夫人。第一天上课，她比约定教学的时间早到了半个小时。

在等接她的人时，她给李芳菲打了电话，有些不安地询问：“你说，我教的那位沈夫人，是个好相处的人吗？”

李芳菲立刻安慰道：“人家都已经点名要你了，肯定是很喜欢你，很欣赏你的，你就不用担忧了，好好教人家游泳就行，”

时光笑了笑：“嗯，我会好好教的，也会好好感谢这位沈夫人。”

“那你快进去吧，不要在外面站着了。”其实李芳菲比时光还要担忧。

时光对着旁边的车窗撩了撩头发，调侃李芳菲说：“我在等人来接我，面前停了一辆豪车，我看着不错……现在正在借车镜子臭美。好车自带美颜效果，镜子照得人也特别漂亮……”

“你别照着照着，车主突然从车上下来。”

“怎么可能……”

话音还没落地，车窗便落了下来，驾驶座上的人，一只手压着方向盘，一只手搭在车窗上，眼睛微微眯着，表情旁若无人地看着前方。

时光愣了，脑子瞬间“轰”的一下，如遭电击。

陆彦辰……

今天的他依旧穿着白衬衫，但没有上次正式，衬衫扣子只扣到第二颗，看着松散闲适。

两人视线对上的一瞬间，时光猛地扭开了头，心跳如雷，脑海里嗡嗡嗡的，像是有一千只蜜蜂在乱飞。陆彦辰也转开了视线，继续看着前方。

两人都不说话。

片刻后，车窗突然升上去了，然后他驱动车子。车子在洒满阳光的微尘里，绝尘而去。

时光的视线下意识地追着车。

其实不过就是两年，怎么感觉跟他谈恋爱已经是上辈子的事了呢？原来一切早已经过去了，放不开的只是她，所以受伤的，也只有她而已……

“你好，对不起，让你久等了。”一道清脆的声音响起，来接她的服务人员到了。

“没关系！”时光微微一笑，像是在回答来接她的人，也像是在回答自己。

是的，没关系。她一个人，挺好的！

时光闭着眼睛，对着阳光，笑了笑。

游泳馆内，时光撑着下巴，目光悠悠地盯着前方一池清水，非常有耐心地等着她要教的学生。

你站在桥上看风景，看风景的人在楼上看你。

时光看着一池蔚蓝的清水，而陆彦辰在上面的玻璃房门边，抿嘴看着她，一动也不动，整个人有些发怔。

时间一分一秒地过去了，时光都没有等到她要教的学生。她想到合约上面，有说对方是晕水症，可能是害怕，所以不敢来了？

不如再给对方一点时间做心理准备吧，时光非常有耐心。

电话在此时突然响起，是马乐生打来的，他对时光说：“顾客临时有事，今天的课程取消，明天正式上课。”

“好的，没问题。”

时光回去后，查了很多关于晕水症的资料，发现晕水障碍其实是很好克服的，只要有人耐心教导就绝对不会有任何问题。

第二天，时光和昨天一样，早到了半个小时，但是这次她不敢再随便对着车窗照镜子了，生怕再遇到陆彦辰。

她进了VIP私教房，去换衣服做准备。出来时，她看了一下墙上的壁钟，马上要到约定的时间了。时光对着玻璃门，拿它当镜子照，顺手把自己的头发撩起来扎好，对着镜子里的自己微微一笑。

门外，一个高大挺拔的男人慢慢走近，时光缓缓抬起头，隔着透明的玻璃门，两人的视线在空中对上。

时光脸上的笑容，再次僵住了。

他看向她，眼神深沉冷漠；她看向他，眼神隐忍冷静。

半晌，谁也没有打破沉默，仿佛被磁铁定住了一样。

时光闭了闭眼，率先移开了目光，仿佛看到的只是一个陌生人。然而，当她看到陆彦辰推门进来后，就再也无法淡定了，一双眼里满是震惊和疑惑。

不同于前两次，这次时光的反应非常快速，她公式化地对陆彦辰说："不好意思，这个游泳馆是 VIP 私教房。"

意思就是不要进来，这儿不欢迎你。

陆彦辰瞥了她一眼，嘲讽地弯了一下嘴角，直接越过她走了进来，然后在椅子上面坐了下来。

时光惊愕地张大嘴，深呼吸了一下，努力平静自己的怒气，生怕一说出口的话像个怨妇似的："这里正在上课！麻烦你出去！"

她看着他，一字一句说得很慢，也很重。

他也看着她。

两人深深凝望双方，在静谧的空气里，仿佛点燃了某些力量。

忽然，门又被推开了，但是两人都没有动，依旧互相凝视着，仿佛在用目光对战。

直到来人走到他们身边，时光目光一亮，仿佛看到了救星，立刻上去说："马总，他强行闯入，我的学生马上就要到了，这里需要安静。"

意思就是让马乐生赶紧把陆彦辰轰走。

马乐生皱眉，沉着脸说："你的学生？你的学生就是陆先生呀！"

时光闻言，脑子蒙了，几秒钟后才稍稍缓过神来。马乐生说陆彦辰是她要教的学生？那么那位沈夫人呢？

她震惊至极，一副难以相信的样子，激动地追问："签约的不是沈夫人吗？我的学生不是沈夫人吗？"

马乐生说："签约的是沈女士，但是她不是沈夫人，她叫沈灵双，她是陆公子的母亲……"

怕那边陆彦辰听了不高兴，后面的话，他还特意压低了声音："陆公子晕水，晕水的人会给自己找游泳私教？想都不可能，所以你要教的人是陆夫人的儿子。这可是权贵公子，你要好好教。”

怎么会这样？世界你要不要这么小，陆彦辰居然成了她的学生。

他晕水吗？他们在一起的两年里，虽然她没见过他下水，可是她真的不知道他晕水。

一时间，内心五味杂陈，时光无法分辨。

她下意识地扭头，看了陆彦辰一眼。

似乎察觉到她的目光，陆彦辰抬头跟她对视，一双眼睛深邃得如星光下平静的大海，没有一丝波澜，也没有一丝温度。

他依旧那么冷静，可是她却整颗心都乱了。她可以教任何人游泳，但是没有办法教陆彦辰游泳。

时光深呼吸，将满腔翻腾的情绪压下去，垂着眼眸沉吟了片刻，当她再抬头时脸色平静：“马总，对不起，我教不，我以为我教的是一位女士。”

她想让马乐生以为，她只能教女人而无法教男人。

马乐生听完之后满脸震惊，面露古怪之色，说了一句：“时小姐，你已经签约了。”

“我不能解约吗？”时光反问。

“我只是中间人，没有办法与你解约，”马乐生说着看了一眼旁边的陆彦辰，又小声说，“合约上面写得很清楚，如果你单方面解约，你得支付十倍违约金，那可是二百五十万。”

二百五十万？时光拉着脸，瞬间有一种自己是傻子的错觉。

她握拳，紧紧攥着，指甲陷入掌心，恢复自认为平静得体的微笑，走到陆彦辰身边说：“我相信，你应该不知道教练是我，如果知道是我，你肯定不会愿意来。既然如此，我们解约吧。”

陆彦辰抬起下颌望着她，黑眸深沉，用低沉的嗓音吐出：“确实不知道，可惜合约不是我签的。”

意思是找他解约也没用。

他坐着，她站着，她感觉自己的气势应该是居高临下的。

可他就这么不动声色地看着她，眉眼半眯着，神态慵懒从容，令她身上自认强大的气场瞬间散了。

短暂的沉默使空气有片刻的凝固，时光抿了抿唇，又道："你可以和你妈妈说你要换个教练，你想找一个……熟一点的，这样你会舒服一些。我们……"

陆彦辰站起身，背对着时光看向窗外，让人瞧不出他的情绪，只听到他淡淡地说了一句，打断了她的话："确实不熟，只是睡过而已。"

时光僵住了，她一副严重受惊的样子，小脸"唰"地变得通红，连粉白小巧的耳垂都染了红色。

马乐生也僵了，狠狠震惊了一把。

陆家四公子那可是出了名的高冷，别说这么"撩妹"了，那是连眼神都懒得给一个，现在这么说，显然是真的。

他觉得自己不能呼吸了。

天啊！好劲爆！

时光虽然强行做出一副镇定的、没听到陆彦辰的话的样子，可真没有办法忽略旁边马乐生暧昧的目光。

这个马经理，一脸打开了新世界大门的模样是什么意思？

时光又惊又羞，瞪着陆彦辰，有些大喘气："你……你……真是……"

她结巴了半天，想要说点什么否定他的话，然而词穷了。

"既然如此，我去找陆夫人解约。"时光别开眼，冷着脸走了。

原本以为那次颁奖只是意外，往后，他们两人继续各不相干，形同陌路。就算真的再见，她即便不能做到若无其事地和他寒暄，但至少不会因他的言行举止而情绪波动。

可是为什么，他要说一句轻佻得近乎调戏的话？这个外表高冷的男人，之前不是云淡风轻，看到她就像见到陌生人一样吗？这会儿怎么说出这样闷骚的话来？

她要解约，一定要想办法解约！

既然合约是沈灵双签的，她要解约只能找她。可是陆家住在当地的大院里，那可不是一般人想进就能进的。她没有预约，也没有陆夫人的电话，只能到门口找警卫人员帮忙。

警卫人员打了电话，说陆夫人不在家。

时光顶着炎炎烈日站在墙角，想等陆夫人回来……结果一个下午过去了，连个影子都没瞧见。

门口的哨兵看她站了那么长时间，让她先回去，约好陆夫人再来。可是时光知道，自己根本约不到，他们不会告诉她陆夫人的电话，她只能等。

她想过会吃闭门羹，所以她不气馁。

第一天没有找到陆夫人，她第二天再来。连续三天在大院外面站着，结果都是一样。

天色突然阴沉，蒙蒙的细雨飘落下来。时光打着雨伞踩着台阶走到马路边，准备打车回去。

一辆黑色的越野车快速从她身边经过，溅起地上的积水，湿透了她半身的衣服。

她略微愤怒地看着那辆越野车，正想冲着车子问一声怎么开车的时候，车子突然往后倒，在她旁边停了下来，车窗落下，露出一张男人的脸。

时光看到驾驶位上坐着一个眉目清秀的男人，他用温润如玉的嗓音对她说："对不起，我刚才不是故意的……"

说着说着，他突然提高了音量，惊讶地问："你不是大运会 200 米自由泳的冠军吗？叫什么来着……时光，对，时光。"

时光有些惊讶，那只是一个小小的运动会，她没想到居然还会有人认识她。

"我是楚牧北，那天我刚好在会馆看你比赛。你游得快、游得漂亮，更难得的是一位美女。"楚牧北说着，嘴角勾起笑，双眼眯成缝，如春风拂面，桃花满园。

"哦。"时光淡淡地应了一下，这个男人给她的感觉特别轻佻，她并不想理他。

楚牧北看了一眼她身上的湿衣服，又道："看你一身全湿了，虽然现在是夏天，但是穿着湿衣服，还是会感冒的。我家就在前面，我拿套衣服给你，你去换一身再回去。"

时光张嘴就想拒绝，可是下一秒，她便想到了合约的事。

她一直进不了大院，如果上了楚牧北的车，进去肯定是没有问题的，然后她稍微打听一下陆家，不就能找到陆夫人了吗？

可是上一个陌生男人的车真的好吗？但这毕竟是大院，想来也不会有人敢在这儿乱来！

这般想着，时光点了点头。她走过去，拉开了后座的车门，弯腰正要迈步进去，抬头便看到坐在车里的男人，进去的动作猛地僵住了。

陆彦辰？他怎么会在里面？

有那么一瞬间，时光希望是自己看花了。

可惜不是，坐在车里的人就是陆彦辰，他正定定地看着她。

“你……”楚牧北扭头，想对时光说什么，可是在看到车里车外对视的两人后，先是有点不明所以地眨了眨眼，接着震惊到目瞪口呆。

刚才他出声，是想叫时光坐在前面的。陆彦辰有轻微的洁癖，很少会允许陌生人坐在自己的身边。

不想慢了一步，时光已经把后车门拉开了，更不想陆彦辰不但没有出声拒绝，反而定定地看着人家小姑娘。

还有刚才，他开车过去，并不知道溅了人家一身水，也是陆彦辰提醒的，他应该是早看到时光在车外了。

难不成上次陆彦辰颁奖时，看上这个时光了？

楚牧北特意盯着时光瞧了瞧，这位冠军蛮漂亮的，肤色白皙，给人一种香草柠檬的清新味道。

陆彦辰喜欢这类型的姑娘……既然喜欢，那就追呀！

不过以他对陆彦辰的了解，他是绝对不会主动追一个女孩的。不行，作为他的好朋友，他必须要帮忙。

“时光，这是我的发小陆彦辰，那天是他给你颁奖的，你记得吗？”楚牧北笑嘻嘻地说着，打破僵持的氛围，“你别看他冷着一张脸，其实人还蛮好的，你快上车。”

只是看着冷，其实人很好？时光差点没嘲笑出声，她刚才还有所犹豫，现在她宁愿进不了大院的门，再想别的办法，也不会上这车了。

她默默地把迈出去的脚悄无声息地收了回来，看着楚牧北说：“我突然想起来，我叫了车，车子这会儿应该要到了。”

刚好前面有一辆出租车向这边驶来。

时光关上车门，再拦下那辆出租车，钻入车内坐好离开，速度快得楚牧北目瞪口呆。

楚牧北是想着，陆彦辰难得看上一个人，做兄弟的岂有不帮忙的道理，可好像他反而把人给吓走了。

他一只手握着方向盘，一只手摸了摸鼻子，看着后视镜对陆彦辰说：“这个女孩很漂亮，笑起来真好看，甜！”

陆彦辰看着窗外，嘲弄了他一句：“刚才她并没有对你笑！”

楚牧北轻咳了两声：“这不是第一次见面嘛，我是说那天颁奖的时候她笑得可甜了，巧笑盼兮，美不胜收………我说你真的别再想着你那个前女友了，你们都分开两年了，世上还有很多好女孩的，比你那个前女友要好一万倍。”

陆彦辰扭头瞟他一眼，目光却似一把寒冷的冰刃。

无形的威势在空气里弥漫，楚牧北了然，他挑了挑眉，小声嘀咕：“我知道我知道，不能提她，也不能说。就算分手了，她在你心里也是这个世界上最好的女人！”

陆彦辰，那么高冷倨傲的男人，从小一起长大，他一直以为若陆彦辰喜欢上一个女人，不管那个女人愿不愿意，就算打断她的腿，也会强势地将她留在身边。哪怕她的心毫无空隙，他也会将它弄得粉碎，再重新缝起来乘隙而入……

可据他所知，陆彦辰知道那个女人在哪里，却不去找她，只是一直通过她身边的人知道她的近况。

“真想知道那个女人长什么样，让你像被下了降头一样，非她不可。”楚牧北这句嘀咕，声音很小很小。

不过陆彦辰还是听到了，但是没有理他，车子一停在陆宅门口，他便推门下车了。

楚牧北降下车窗，看着他的背影，在后面大声说了一句：“刚才那个女孩，你真的不喜欢，没有要追的打算？如果你不喜欢，也不想追的话，那我追了，她是我喜欢的类型。”

陆彦辰的肩膀一僵，突然顿住了步子，他转身看向楚牧北：“别去招惹一些你不能招惹的人！”

虽然还是一如既往的高冷，但是楚牧北知道，陆彦辰生气了，因为他说他要追那个叫时光的女孩？

他再次震惊了！

当陆彦辰的身影消失在眼底时，楚牧北脸上浮起一抹高深莫测的笑意，还不承认，明显就是看上时光了。

看来某人的第二朵桃花，真的已经开了！前女友，这次可以拜拜了……

陆彦辰回屋的第一件事，就是给马乐生拨了个电话：“马经理，明天看不到我的教练，你就离职！”

不给马乐生说话的机会，直接挂了电话。

时光已经很久没有像今天这样狼狈了，全身里里外外都湿透了。

宿舍里，李芳菲正戴着耳机，对着电脑不知道在看什么，脸上都是笑，看到时光推门进来，她立刻取下耳机，说道：“时光，你终于回来了。”

“怎么了？”李芳菲这语气一听便是有事。

“你手机关机了吗？雷老板好像找不到你，所以打到宿舍来了，说如果你回来了，第一时间给他回个电话，”李芳菲有些担忧，“不会是出什么事了吧？”

关于解约的事，时光谁也没有说，李芳菲不知道，雷老板也不知道，可迟早是会知道的。她想，雷老板打电话来，估计就是知道了她要解约的事。

时光点了点头，拿出手机给雷老板打电话，手机没电关机了，她借了李芳菲的手机打通电话。

“时光，课上得怎么样？”老板闭口不提解约的事，只问她给陆彦辰上课的情况。

可她压根儿没给陆彦辰上过课，她相信雷老板应该是知道的，搞不懂雷老板葫芦里卖什么药。时光想了想，笑着回道：“这两天训练有些多，所以我没去。”

他不拆穿，她也不说开。

“你要考省队，训练重要这是肯定的，但是给陆公子上课一样重要。时光，你可是俱乐部的代言人，我相信你可以同时兼顾两边，”说着，雷老板又把语气加重了，“明儿去上课，必须要好好教，陆公子可不是一般人，你别太过任性，别吃了亏才知道后悔。”

时光怎么会听不懂雷老板话里的意思。

雷老板这是以退为进，每句话都是在为她考虑，其实字字都是威胁之意。他这是在告诉她，如果她要解约，不只要付违约金，还会失去俱乐部的代言。

她踌躇着，要不要把她想解约的事和雷老板说清楚，可她怕自己冲动，怕自己把事情越弄越糟，时光决定暂时不说，先洗了个澡让自己冷静冷静。

李芳菲起身，走到时光旁边：“你怎么了，雷老板说什么了？”

时光叹息一声：“我想解约，不想去上课。”

“为什么？”

“我要教的不是沈夫人，而是陆彦辰。”

“陆彦辰，陆家的四公子……那天给你颁奖的那个帅哥？”李芳菲惊叫一声，整个人突然蹦了起来，一脸八卦地凑了过去，“时光，我没有听错吧，你的学生居然是陆家的四公子？”

时光没说话，只是起身去拿干净衣服准备去洗澡。

李芳菲在旁边惊叹：“为什么是陆四公子你就要解约呢？这可是多少人都巴不得的。时光，你不要告诉我你不知道陆家？”

时光的身体莫名僵了僵：“……”

见她没出声，李芳菲便当她不知道，赶紧说：“这陆家可是军事世家，陆家家规严，个个都循规蹈矩，只有这陆家四公子是个特例。据说当年为了一个女人死也要去外地上大学，后面念着一半突然又退学了。有人说他退学后去了部队，又有人说他是去国外留学，还有人说他跟外星人走了。众说纷纭，太好笑了……”

李芳菲一直在旁边絮絮叨叨。

时光一直垂着眼眸，也不知道听到了还是没有听到，拿好换洗的衣服，她便进了浴室。

站在花洒下面，时光闭上眼睛，脑海里突然闪过两年前的陆彦辰。

那时的陆彦辰也是高冷孤傲，对谁都冷着一张脸。可是对她，却是最大限度的退让与温柔。他们在一起一直相处得很愉快，喜好相同，或者说他喜欢的她都喜欢，而她喜欢的他也喜欢。

她曾经抱着他问："某一天你会不要我吗？"

"我绝对不会不要你！"

他那么确定地回答，可是某一天却毫无预兆地跟她分手了！

时光关掉花洒，拿着浴巾裹在身上。

这些早已经被丢弃的记忆，还重新想起干什么。

在悠悠漫长的岁月里，记忆早已经模糊，自己曾经迷恋过的男孩，早就死在了过去。曾经的伤痛，只剩下淡淡的浅色痕迹，现在的陆彦辰和她半点关系都没有。

狭路相逢勇者胜，她躲什么？她逃什么？是他无情地将她抛弃了，是他对不起她，要躲、要逃也应该是他。

想来陆彦辰也不会愿意让她一直在他身边打转，会想办法将她赶得远远的，与其自己解约，吃力不讨好，还不如先忍着让陆彦辰出手。

时光想通了，第二天按时去了沈氏水立方。惊讶的是，她在外面看到了马乐生。

马乐生看到她简直就像看到了救星一样，客气有礼地说道："时小姐，你终于来了，这边请，这边请！"

时光跟着他到了训练场地。马乐生还非常贴心地帮她拉开了门，做了一个请的手势。时光深吸了一口气，这才迈步镇定地走了进去……

陆彦辰今天穿了一身休闲服，时光觉得和两年前的他有些像，只是比以前更有魅力了。

岁月偏爱这个男人，留给他的只有气质的沉淀。而他站在窗边，正看着外面，听到步伐声，他缓缓转身，双手插在裤兜里，目光如同黑夜一般深邃，平静地望着她，缄默。

时光也没有出声，不知道说什么。

久了，她莫名觉得有些不安，有些不淡定起来。最后，还是她忍不住先出声：“我找不到陆夫人，但我相信你随时可以见到陆夫人，你说换人她一定会同意。”

陆彦辰的眼睛眯了眯，讽刺道：“我要是解约，岂不是合了你的意？”

时光觉得，陆彦辰这话是在赌气，是故意和她对着干，因为她要解约，所以他才会不干。

行，那她就表现出不想解约好了。忍，一定要忍，直到陆彦辰不想见到她，去找他妈妈要求解约，说他要换教练。

“那行，我去换衣服，你也把衣服换一下，我们开始上课。”时光没花心思去揣摩陆彦辰的想法，只想着兵来将挡，水来土掩，谁怕他。

当时光换好衣服出来时，陆彦辰依旧还是那一身休闲服，懒洋洋地靠在躺椅上，优哉游哉的模样。

时光沉着脸，不过当她再度面对陆彦辰时，已经是笑容可掬：“陆先生，要学游泳，就得下水，下水需要换泳装。”

陆彦辰瞥了她一眼，眼里的讥讽一闪而过，仿佛在嘲弄她的装模作样。

你不喜欢？那我偏要这么做！

时光继续一本正经说：“陆先生呀，如果现在不想换衣服也行，我们今天可以在陆地上进行模拟训练，先了解动作要领，不断强化肌肉记忆，形成固定的动作习惯，这样下水后才会自然地按照动作来实行。”

陆彦辰还是不理她，神态如常，闭着眼睛，看起来像是在闭目养神。

时光觉得有些闷，心口有说不出来的压抑。她在旁边的椅子上坐下来，心里冒着火。她想喝水，拿起自己放在旁边的水杯，便大口喝了起来，一不留神呛着了，她捂着嘴拍着胸口，想起身顺气，不想起得太快，脚踢到了旁边的椅子，身体失去了平衡，整个人往右边的茶几上摔倒。

时光吓得闭紧眼睛，预想中的疼痛并没有袭来，旁边有人迅速一把拉住她的胳膊，长臂一伸，将她拉了起来。

时光下意识地想说谢谢，等意识到什么，身体猛地僵住了。

抬头一看，陆彦辰正定定地看着她，两人面对面贴得极近，鼻尖几乎蹭在一起。

他们的目光对视着，暧昧、旖旎，但似乎又像是在战场对峙的将军，谁也不愿意服输，谁也不愿意低头。

心跳骤快，扑通扑通，强有力的心脏正在撞击着，有点混乱，像是她的，也像是他的……

陆彦辰的呼吸逐渐变得有些粗重，灼热的气息扑在她脸上，让时光惊醒回神。

她打了个哆嗦，抬手准备推开陆彦辰时，耳边突然响起一道声音："陆彦辰……"

在时光出手之前，陆彦辰先推开了她，动作与形态一如既往的从容不惊，之前两人的小暧昧，并没有在他的表情上渲染出一丝一毫，让时光有些怀疑，刚才抱着自己的另有其人。

陆彦辰转身，也不知是有意，还是无意，刚好将时光挡在身后，看着来人说："楚牧北，你怎么来了？"

"伯母说你要学游泳，教你的人还是昨天那个女孩……"楚牧北斜着身体，探出脑袋，终于看到陆彦辰身后的人，他立刻如春风一般，和煦地笑，"嗨，时光，又见面了。"

昨天，陆彦辰居然都没有告诉他，时光已经是他的游泳教练了，这么藏着掖着，说没有什么想法，他才不信。

陆彦辰的第一个也是他唯一一个女朋友，他也是藏着掖着，跟宝贝似的，连个背影也不给他看。关于那个女孩的事，半个字都不肯透露，以至于那个前女友，他愣是连名字都不知道，想想就气闷。

楚牧北的目光，一直在时光身上乱窜，眼里春水荡漾。

陆彦辰的脸不露痕迹地黯了下去，他站到楚牧北面前，对时光说："去倒杯茶。"

时光看了他一眼，想说我是教练，不是服务员，可沉默了一会儿，还是去了。接着，陆彦辰又特别不悦地对一直盯着时光背影看的楚牧北说："去把马经理叫过来。"

楚牧北下意识地拒绝："打个电话不就好了。"

气氛瞬间冰冻起来，陆彦辰的眼神犀利如刀，冷冷地看着楚牧北，仿佛能冻死北极熊。

楚牧北忍不住摸了摸鼻子，哀怨地同意了："好好好，我马上去！"

小气鬼，看一眼都不许，难怪前女友和你分手。

不一会儿时光出来了，没看到楚牧北，但她还是走过去，准备把茶放下。陆彦辰突然开口问："这是什么茶？"

"红茶。"

"楚牧北不喝红茶。"

"……"

"去换！"

时光把红茶端回去，又重新泡了一杯。

她第二次端过来的时候，陆彦辰又问她是什么茶，时光回："绿茶。"

陆彦辰冷冷地说道："楚牧北不喝绿茶。"

时光几度抿唇，想要说什么，但都止住了，小声说："那我再倒一杯。"

这次她倒了一杯普洱茶，陆彦辰依旧说："楚牧北不喝普洱茶。"

楚牧北是什么人呀，一个大男人喝个茶还挑成这样？烦不烦，时光的不耐烦，显露在脸上："那他到底喝什么茶？"

陆彦辰抿着嘴角微微一笑，眼里闪过一丝计谋得逞的流光，但是太快，没人发现，只听到他漠然地说："花茶，一百个品种轮流换，今天喝什么花，就看他今天的女朋友是什么类型。"

时光："……"

楚牧北笑着回来了，身后跟着马经理。

回来之后，楚牧北发现时光看自己的目光有些怪怪的，可是又说不上来是哪里怪了，他拿起时光给他泡的茶，喝了一口赞道："玫瑰花茶，不错，香气浓郁，沁人心脾。"

其实，他只是想找个话题和时光聊两句，殊不知这话听在时光耳里却变了味，下意识地将玫瑰花和女人联系在一起了。

但是楚牧北全然不知。

他长得很清秀，微微一笑的时候如春风拂面，小姑娘们看到，无不被他这张人畜无害的笑脸给迷惑了。他的眼眸温柔地看着时光，笑道："玫瑰花茶味甘、微苦、性温，具有行气解郁、和血散瘀的作用，喝了之后能疏肝理气、解除郁结。”

流氓！时光闻言，立刻在心里骂了一句，只感觉从楚牧北嘴里说出来的话难听极了。她觉得楚牧北说的玫瑰花茶可以疏肝理气、解除郁结，其实就是像玫瑰一样艳丽的女人，能给他消除欲火。

呵呵，花花公子！

“但是玫瑰花茶也不能喝太多，偶尔要换一下口味。菊花辛凉，味甘苦、性微寒，具有疏散风热、平肝明目和清热解毒的作用，偶尔喝它真是挺不错的选择。”

时光闻言，便觉得楚牧北在说，艳丽的女人玩久了，大鱼大肉吃腻了，偶尔也要换一下口味，来点青菜小米粥这类的。

时光暗暗鄙视了他一下。之前，楚牧北给时光的感觉就很轻佻，她原本也不想和这样的人有什么过深的交往，更何况他还是陆彦辰的朋友，加上陆彦辰刚才这么一说，她心里对楚牧北的印象可以说是差到了极点，连敷衍都懒得出声。

当然，她也在心里认定了，陆彦辰和楚牧北是一样的人。但显然，陆彦辰不知道自己搬的石头，不但砸了楚牧北的脚，还砸了自己的脚。

“悠着点比较好，花茶也是有毒的！”时光意有所指地说了一句。

楚牧北疑惑地看着时光，神色迷蒙中带着几分不解，像是在疑惑。他刚刚说错了什么话，为什么会感觉时光有些讨厌他呢？

他看了看身边的陆彦辰。

陆彦辰似笑非笑，眼神淡淡地落在他们两人身上，没有任何感情，仿佛对这世界都没什么兴趣，一副置身事外，十分冷淡的样子。

楚牧北看不透陆彦辰，不知道他心里在打什么主意，但想着自己可是要帮他追女朋友的，他也不至于给自己下什么套。

楚牧北又笑了，眉眼弯弯，似冬日暖阳，慢慢在嘴角绽放：“时光，我也想学游泳，你教一个人也是教，教两个也是教，要不你再收了我这个徒弟，一起教我和陆彦辰。”

预想的考虑或者同意，楚牧北都没有看到。

时光想也没想，便直接拒绝了："不好意思，省队的选拔赛马上就要开始了，我要加大训练，余下的时间勉强够教一个人。"

陆彦辰这个学生，她都不想教，还拉着楚牧北一起？时光表示，除非她脑子坏了！再者，她一听楚牧北的话，就知道他不是真的想学什么游泳。谁知道这个花花公子打的什么主意。

"我不会浪费你很多时间，你教陆彦辰时，我在旁边默默学就好。"楚牧北继续攻略。

"既然收了学生就得好好教，就得用心，我现在的心思除了选拔赛只够操心一个学生。"时光把话说得特别死，不给楚牧北任何机会。

楚牧北觉得，找个教练也就钱多钱少的问题，便笑呵呵地说："你不是已经拿了冠军，还一直训练干什么，再拿国家队冠军，也就那么回事，也没有多少钱。当我的教练，钱多还不辛苦，等我学会了，我还可以再给你介绍新的客户，保证比你拿冠军的钱多。"

时光当即变了脸色，沉着声音说："谢谢你的好意。不过我教游泳，是正儿八经地教，也只是教游泳，教个游泳多少钱我知道，之外的钱我不会拿，也不应该拿，谢谢你的好意了。"

楚牧北愣了一下，然后又笑着说："开个玩笑，我错了我错了，请你吃饭，罚酒，赔罪。"

时光淡然一笑："不好意思，我没空，而且我不能喝酒。"

"为什么？"

"我的眼睛不好。"

不能喝酒的理由听了很多，还是第一次听到这么奇怪的理由，楚牧北挑眉："眼睛不好，和喝酒有什么关系？"

时光眯了眯眼："我有青光眼，喝酒会使眼压升高，严重一点的话会造成失明！"

这姑娘真能瞎掰，楚牧北一丝半毫都不相信："看你眼睛，还蛮好的。"

"曾经就瞎过！"看上了一个"渣男"。

楚牧北："……"

"看来今天也上不了课了，就到此结束。"时光丢下这一句就走了。

楚牧北皱眉送时光离开，哀怨地转头，看着陆彦辰，郁闷地问道：“我怎么了？我做了什么吗？为什么我感觉怪怪的呢，她对我好像有很大的意见一样，我明明没做什么。”

陆彦辰非常认真地凝视着他，仿佛在找原因一样，几秒之后，他才开口：“大概是因为，你长得讨人嫌！”

一向自诩完美情人、万花丛中过、片叶不沾身的楚牧北傻眼了，他指着自己：“我讨人嫌？”

喜欢他的女孩都能绕北京城一圈了，居然说他讨人嫌。楚牧北冷哼一声：“别以为我不知道你看上人家姑娘了。”

“与你讨人嫌，有何关系！”陆彦辰玩味地说，嘴角的笑容嘲讽意味更浓。

楚牧北的嘴角抽了抽，气极反笑：“陆彦辰，怎么办呢？一开始我也只是觉得这个时光有点儿意思，想逗逗她而已。可是越接触，我就越发现她真的很特别，她刚才这样对我，让我很喜欢她。我好像真的喜欢上她了。”

后面几个字，他说得很用力，就是故意说给陆彦辰听的。

陆彦辰没有他预想中的愤怒，反而嗤笑一声：“很明显，你没机会了！”

时光上完课又去了俱乐部练习。这两天为了解约的事，她都没能好好练习。她刚才和楚牧北说的都是真的，选拔赛马上就要开始了，她必须要好好练习，争取进入省队。

时光今天想练习一下基础动作。

她抱着浮板，双腿交错，从大腿开始用力，带动小腿和脚掌，让自己的双腿快速破开水面，再利用水压的阻力，将自己的身体推动向前。

双腿要用多少的力量，才能将水花压低，让身体向前？

时光知道，但又不知道。她所知道的是以前自己游出来的速度，是以前教练给出的数据，但自从换了这个教练后，吴兴就没有怎么教过她，也没有给她精准的数据。

她每天只能练着基本功，练习再练习，保持着原有的心态，尽量去纠正自己的姿势。

可是她知道，自己再怎么纠正还是有错误，所以这段时间，不管她怎么练，她的速度都没有办法再往上提。

游泳这项运动，看似只要反复练习就行了，只要用时间去累积，就一定会游得很好，就一定不会太差，其他就是天分问题了。可是天分也是需要开发的，游得不差也不能算运动员。

竞速型的比赛，特别是游泳，国际顶尖的运动员，他们的成绩差距都不大，拼的也就那么零点几秒的速度，能不能拿金牌，往往就在微小的细节上。所以，一个运动员想要站上世界的顶峰，除了靠自己努力练习，还需要一个好的教练来进行指导。

可是现在的情况，吴兴对她不闻不问，她不知道她的对手都是多快的速度。她如果不提速，想进省队可能会很难很难。

时光结束训练回到学校，已经是晚上十点了。

李芳菲站起来，迎了上去："怎么又回来得这么晚？今天去上课了？"

"去上课了，不过结束得早，又去俱乐部练习了一会。"时光躺在床上，舒服地长叹一声。

李芳菲在床边坐了下来："你也太拼了，俱乐部、沈氏水立方还有学校，三个地方来回转。这季节的太阳最毒辣，走上一会儿就满头大汗，整个人闷着别说多难受了。时光，反正现在也是暑假，不用上课，要不你在外面租个房子，不要每天回学校了，太折腾了。"

"房子不好找，不是地段不对就是价格贵。"时光闭着眼，放松身体。

"你有个朋友在国外，他的房子现在正好空着，位置还刚刚好。"李芳菲提议。

时光慢悠悠地睁开了眼睛："霍湛！"

霍湛是时光以前的邻居，现在在法国留学，时光和他是十多年的好哥们。

李芳菲呵呵地笑："霍湛和我说，他那房子空着也是空着，不如你就住着，给房租就好了。"

"房租？"这些年霍湛帮时光挺多的，就算关系好，时光也不好意思一直麻烦人家。

"对呀，霍湛说了，你不给房租就别去住了。"

时光笑着说："行，他不说我也准备住他那儿，反正他那房子空着也是空着，多浪费呀。不过得告诉他我要换锁，谁知道他哪天会不会突然回国来吓我一大跳。”

李芳菲表示：“他说，你想怎么折腾都行，最主要是把房租给了，最近他妈妈给他的零花钱不够花。”

“又找到心中的女神了？”只有恋爱了，霍湛的钱才会不够花。

“好像是。”

第二章

你会后悔的

霍湛的房子在沈氏水立方和俱乐部中间的一个小区里，时光以前也在这借住过，这不是她第一次来了。她住在这儿确实省了好多时间，每天至少可以腾出三个小时的训练时间。

这个小区房子不多，大部分是别墅，只有一栋独立公寓，环境不错，清幽雅致。房子在独立楼的十一层，不算很大，但通透、敞亮，还有阳台。

时光也没有搬什么东西，随便拿了几件换洗的衣服就住了进来。

这两天是周末，时光不用给陆彦辰上课，她去俱乐部训练完就回来打扫卫生。这两天过得很轻松，可是一想到明天要给陆彦辰上课，她就感到头疼。

她真的希望陆彦辰快点和他妈妈说换教练。

楼上传来乒乒乓乓的声音，正在洗衣服的时光愣了愣，仔细一听似乎是搬什么重物的声音……

十二层是顶楼，高档复式楼，独立户，貌似一直没人住，现在大概终于有主人了。

时光继续洗衣服，洗完后就端着脸盆去了阳台。

站在小阳台上，抬头刚好可以看到十二楼的落地玻璃窗。也不知道是不是错觉，晾衣服的时光，莫名感觉到头顶上有双眼睛在掳获着自己，仿佛自己是他的猎物，只不过这种感觉一闪就没了。

时光抬头看了看，十二楼很黑，灯都没有开，应该是没人在家。

黑夜里，高大挺拔的男人站在落地窗前，透过玻璃看着下面穿着睡衣、眼睛一眨一眨的女孩有些出神。

直到他的手机响了起来他才回神，接通了电话，电话里面传来一个男人的声音："老陆，怎么样，房子还满意吗？"

陆彦辰盯着楼下晾完衣服准备回屋的时光，微微一笑，淡淡的"嗯"了一声。

这个房子，他满意死了！

教陆彦辰游泳对时光而言是一件头疼的事，可当何心诺知道，时光教的人是陆彦辰时，她嫉妒得快要发疯了。

那个站在金字塔顶端的男人，她连想都不敢想，她甚至嘲讽时光，这一辈子都不可能和那个男人扯上什么关系。结果时光要教的学生，不是什么沈女士，就是那个金贵的男人——陆彦辰。

明明这个机会，应该是她的！

那天，如果时光不来找吴兴要什么代言，雷老板带马经理来参观现场就只有她在，那么代言肯定是她的，她也会是陆彦辰的教练。可是现在，一切已成定局。

何心诺再嫉妒，也只能说时光几句。时光有时还挺替何心诺感到可惜的，何心诺其实游得很不错，吴兴会看好她，也不是没有道理。

可是何心诺的心思，永远不在训练上。她感觉训练不是最重要的，最重要的是运气和人脉。也许教陆彦辰，对何心诺甚至对很多人来说，都是一份让人十分嫉妒的工作。

但时光，真的是一点也不想要！

然而不幸的是，她还不能拒绝。她拒绝了，不但拿不到俱乐部的代言，还会让自己陷入困境。她也不是没有想过，教就教，把陆彦辰当作一个单纯的客户，熬过一段时间，两人再无交集。

无论怎么算，这都是一笔很不错的买卖。更何况，她迫切地需要钱，可她就是没有办法淡定，而且她感觉到，陆彦辰不想好好让她教。

今天下午，上课的时间过去十五分钟了，陆彦辰人还没有到。他应该也是极不想见她的。她现在就指望他能快点儿去找他妈妈要求换个教练，免得两看生厌。

又等了十分钟，陆公子姗姗来迟，一来就在椅子上坐着，也不去换衣服。

时光走过去提醒："我们的课，已经开始了。"

陆彦辰单臂优雅地撑在椅子的扶手上，手指轻轻握拳抵着凉薄的唇瓣，无视时光看着他，像个完美的雕像一样一动不动。

安然静谧了片刻，时光从嘴里呼出一口浊气，再道："你倒是动一下。"

陆彦辰语气平静地说道："动。"

淡淡的嗓音带着莫名的磁性，语气中还有一丝莫名的戏谑和暧昧。

时光面红耳赤，哑口无言，耳朵还迅速变红，她克制住所有的不自在，冷哼一声："你一直静坐着，怎么学游泳。"

"要动，你自己动！"陆彦辰深深看了她一眼，然后靠在躺椅上，合上了浓密的睫毛，深邃如潭水一般的眼眸被遮掩住，没人看得到他的情绪。

时光脸色红得能滴出血来："你不想学游泳，你就和你妈妈说，我也不想教你。"

陆彦辰："……"

又是沉默，又是静谧。期间，时光一直盯着陆彦辰，等着他说话，过了大约两三分钟，陆彦辰的呼吸渐渐变得均匀绵长……

时光静静地观察了一会儿，觉得陆彦辰应该是睡着了。

就没见过这样的人，来学游泳，衣服不换，水不下，直接在躺椅上睡觉，钱多没地方花，直接捐希望小学去，来折腾她干什么。

她抬起拳头，在陆彦辰上方挥了两下。

陆彦辰睡颜平静，没有丝毫波澜。

时光不相信在这样的环境下，他能真睡着，她弯腰，伸手在陆彦辰的睡脸前晃了两下，想要再试试他是不是睡熟了，并且喊了一声："喂！"

陆彦辰连眉梢都没动一下。

时光压低声音，又叫一句："陆彦辰？"

还是没有回应。

陆彦辰一动不动地躺着，一只手还虚虚撑着头。

他的手很漂亮，十指修长，腕骨分明，以前握在手里，让人觉得既柔软，又透出一股韧劲，十分有安全感。

时光一动不动，就这么看着陆彦辰的手，再到他近在咫尺的俊脸，无意识地微微失神了。他一副睡得很熟的样子，少了平日里的生人勿近，多了几分璞玉般的平和之态。

他的睫毛很长，鼻梁很高，灯光将他的侧颜线条勾勒得十分俊俏。他的睡颜安静得像一幅画。

他的心跳，如擂鼓一般蓬勃有力………不！那不是他的心跳，那是她的！她的呼吸乱了，心跳快了，眼神迷了……

时光猛地直起身，扭身就往外走。

男人一直紧闭的眼睛，突然悄无声息地睁开，直勾勾地看着时光离开的背影……

时光走出训练室后，在心里狠狠地啐了自己一口，没用，居然被美色所迷惑。抬头，她看到马乐生在对面的走廊上交代下属工作。她犹豫了一下，便向着马乐生走了过去。

马乐生看到时光来了，便让下属先去忙，然后笑嘻嘻地迎了上来："时小姐，课上完了吗？"

时光深吸了一口气，看着他摇头："马经理，陆公子根本不想学游泳，衣服都不肯换，更不要说下水了。"

马乐生表示："你要有耐心，晕水症肯定是需要一个过程去接受的。"

“我感觉我的能力有限……马经理，你要不帮我和陆夫人说一下，我真的不太适合教她儿子，我没有什么教学经验，她应该换一个有经验的教练，我保证之前上的课一分钱也不要，还会给陆公子介绍一个好的教练，你看合约要不就……”

后面的话，时光也不说直白了，她想马乐生肯定明白是什么意思。

她苦着一张小脸，双手合十，可怜巴巴地说：“求求你了，我保证下一个学员，用心教，还少收费。”

马乐生也很为难，因为他感觉让陆公子换教练是不太可能的。可是他也不想得罪时光，先不说她和陆彦辰那扑朔迷离的关系，就时光的能力，指不定以后他们还可以再合作。

他犹豫了一下，然后回道：“那行，那我帮你和陆夫人说一下，成不成我就不知道了。”

时光万分感谢：“没关系，只要你愿意帮我说，我就已经很感谢了。”

停车场，时光找到自己的电动车，而陆彦辰也站在他的吉普车旁边。

两人的目光在空中对上。

时光美目一瞪，便移开了视线，她骑着自己的小电动车，开始往回家的路走。她速度不慢，但绝对算不上快，只是平平稳稳地驾驶着。

后视镜里，陆彦辰的那辆车，一直跟她保持着不远不近的距离。

时光不解，她搞不懂陆彦辰，是刚好跟她同路，还是在故意跟着她。

她加大油门提速，想要拉开两车之间的距离，却不想后面的车也加速了，保持刚才的车距。

时光又减速，想让陆彦辰的路车先过去，结果陆彦辰也减速了，依旧还是刚才的车距。让时光惊讶的是，她骑着电动车进了小区，陆彦辰居然也将他的车驶入小区里。

时光不知道陆彦辰在玩什么，为什么要一直跟着她。

她把电动车停好之后，便走到陆彦辰的车旁边，看着他，有些质问的味道。

陆彦辰熄火下车，关上了车门，但是并没有理时光。

时光向前挡住他的路，仰头看着他。他的表情没有一丝变化，仿佛跟踪她是再平常不过的事情。她顿时来气：“你跟踪我？”

陆彦辰没说话，垂眸看着她，慢慢向前两步。

时光下意识地后退。他向前一步她后退一步，直到退无可退，时光的脚后跟撞到了花坛，然后直接坐在花坛上。

陆彦辰居高临下地看着她，狭长的眼睛好像两片锋利的刀刃，但是嘴角微微扬起一抹隐约的笑。

午后的阳光洒落在男人身上，他披着一身金光，仿佛掌控世间万物的天神，尊贵神秘，高深莫测，带着与生俱来的气场，无形中给人一股压迫感。

时光脑子“嗡”了一声，什么也没有再说，低首垂眸，起身快步走进公寓。

她进入电梯后，才稍稍平静一些，却又看到陆彦辰也进了电梯。

时光按楼层的手指一滑，十一层不小心按到了十二层……但是她没有发现。她所有的注意力都在陆彦辰身上，张大眼睛，诧异至极地望着这个神色漠然的男人，心里想的话脱口而出：“陆彦辰，你在玩什么？”

陆彦辰用深邃的眼睛淡淡地凝视着时光，没有什么表情：“跟踪你？”

他只轻轻反问了一句，低沉浑厚的嗓音如醉人的红酒，似笑非笑带着点讽刺。

时光沉着小脸：“不然呢，你不要告诉我，你刚好也住在这儿，还刚好住在十一楼！”

陆彦辰：“我不住十一楼。”

时光觉得陆彦辰真是厚颜无耻：“你不住十一楼，那你进电梯为什么不按楼层，你这不是跟踪我是干什么？你这样和变态有什么差别？”

陆彦辰不再解释，抿了抿唇，嘴角的笑容，渐渐敛去。

他有淡淡笑意时，时光觉得他在嘲讽自己；可是当他不笑、清冷着他的俊颜时，整个人似乎都罩上了一层冰霜。时光有些不敢直视他，心里莫名烦躁。其实她想嘲讽陆彦辰，跟踪前女友，是不是后悔，发现自己余情未了。

但是，她害怕自己会被陆彦辰嘲讽得更惨，这个男人话不多，但有时候真的很毒舌。

电梯停了下来，时光往外走，并且对陆彦辰说：“今天的事我就当没发生过，但是请你以后不要再跟踪我了，不然我会报警的。”

她都这么威胁人了，陆彦辰居然还是跟着她出了电梯，一身清冷的气场，好像很生气的样子。

时光表示，这世界真是太乱了。被人跟踪，她还没怎么着，跟踪她的人被揭穿了还不高兴。

她无语：“你这是干什么？戏耍前女友很开心吗？咱们做不到再见是朋友，但也不至于……”

陆彦辰转身，深邃的眼神落在她脸上，高深莫测地看了她两秒，挺拔的身影缓缓一转，目光冷清地移动，最后定格在墙壁上。

他微微抬了抬下颌，示意时光看。

时光微愣了一下，循着他的目光望过去。

十二楼。

咦，这是十二楼……

时光整个人瞬间石化，瞠目结舌。

怎么会是十二楼，所以陆彦辰是住在十二楼，而不是跟踪她？

好像一个晴天霹雳！脸好疼，好像被人狠狠扇了一耳光。

时光咽了咽口水，假装若无其事。她慢慢地转身，想走进电梯，可是电梯被人按到下面去了，这会儿不可能快速上来。

时光紧紧蹙眉，只觉得火烧屁股一般，一分钟也待不下去，心脏“扑通、扑通”地跳，似乎就要跳出胸腔。

她又若无其事地走向安全通道的楼梯，“砰”的一声推开沉重的门，刻意保持的淡定消失了。

放手太快，反弹的门打在她的小腿上，打得她一个踉跄，差点儿摔倒。她痛得两眼一眯，龇牙咧嘴说不出话，内心却暗骂不已。她微微扭头，不小心又对上了身后男人的视线，丢脸死了。时光触电一般，赶紧收回目光，快速下楼。

陆彦辰抿住的薄唇微微上翘。

时光火急火燎地回到家，狠狠灌了好几口凉水，可还是没有办法缓解尴尬。

活了二十一年，还没有这么丢人过。

她怎么那么沉不住气？干吗不多想想，就冲动地过去质问他，一想到刚才的情景，她恨不得找个地洞钻进去，一辈子都不见人。

也怪陆彦辰，他为什么会住在这儿？昨天搬家的就是他，是巧合还是什么？她要不要换个住的地方，只是现在找房子可难了，还不一定这么便宜这么方便。

再说了，她也只是住到暑假，也没多长时间，而且上下楼不一定会遇到，而且教他游泳也要见面，没必要纠结这个。

至于今天发生的一切，就当是一场梦吧……

翌日清晨，时光在闹钟响起前准时醒来。

十点的时候，她接到了一个陌生来电，是沈灵双打来的，约她一起用个午餐。

时光惊讶的小脸泛着几分不安。

她本来就要找沈灵双，和她谈解约的事，现在沈灵双主动找上她，她应该开心的，可是不知道为什么，她莫名紧张了起来。

见前男友的妈妈，很怪异吧。

以前，她还幻想过，陆彦辰亲昵地牵着她的手，向沈灵双介绍："妈，这是我的女朋友，时光……"

时光纤长的睫毛轻轻一颤，想什么呢？这样的画面，永远都不可能出现了。时光摇了摇头，突然间觉得安心了不少。可到了约定的地点时，她原本放松的心情，又不安了起来。

沈灵双已经到了，时光推开包厢门时，她立刻站了起来，微微一笑："你好，时光。"

时光有些不知所措，声音有些僵硬："沈……陆夫人，您好。"

和她想象中的不一样，沈灵双没有她以为的高雅富贵，她穿着简单休闲的衣服，美艳的脸上带着一点儿岁月的痕迹，笑得非常亲和，还有一点儿天真。

实在很难想象，属于少女一般的笑容，居然会出现在陆彦辰妈妈的脸上。

"让您久等了。"

"没有，我才刚刚到一会儿。"沈灵双边说边笑着拉过她的手。

时光愣愣地看着沈灵双拉着自己的手，有些没反应过来。

她们才刚刚见面，怎么对方一副和自己很熟的样子，并且拉住了她的手，这让她很不习惯。

坐下来的时候，时光不露痕迹地收回了自己的手。

沈灵双也没有在意，拿着壶给时光倒茶，时光赶紧起身去接:“我自己来。”

“没关系，你坐着。”沈灵双把时光拦下，然后继续自己倒茶，一边倒一边说，“听说你前几天找过我，真的是很不凑巧，我去看孩子爸爸了，很抱歉呀！”

时光礼貌而又得体地微笑着，摆摆手：“没关系，没关系……”

沈灵双又给自己斟满了一杯茶：“昨天我回来，就接到了马经理的电话，他把事情都告诉我了。”

时光的小心肝一颤一颤，沈灵双比她预想的要好说话多了。她如果动之以情，晓之以理，能不能在不付违约金的情况下把合约给解决了呢？

时光在酝酿，要怎么开这个口时，耳边又响起了沈灵双的声音。

“女孩就是好，多温柔多贴心，你爸爸妈妈真的好有福气，有一个你这么好的女儿。哪像我家里，全是儿子，你都不知道我多想要一个像你这样的女儿。之前生了三个，本想着第四个一定是个女儿，结果还是个儿子，唉。”

沈灵双说的全部都是心里话。刚刚才见面一会儿，她已经把时光瞧上了好几遍。

这姑娘长得漂亮，气质也不错，说话轻声细语，非常有礼貌，她就是想要一个这样的女儿，清爽干净，仿佛柠檬香草一般。

时光除了傻笑，也不知道自己可以说什么。如果是普通的阿姨还好，问题是这是她前男友的妈，她真的没办法自在。

她垂着眼眸，抿了一口茶，准备直奔主题:“陆夫人，我虽然游了很多年，但是我教人的经验有限，陆公子又特殊，以我的能力没有办法教好他，您看要不……”

“不不不，我就要你，我觉得你比任何教练都要好……”沈灵双打断了她的话，她伸手越过桌子，一把抓住时光放在桌上的手，“我知道教我儿子很辛苦，他性子傲，总是冷冷的不理人。其实他以前不是这样的，他以前很可爱，也很喜欢笑，是我的贴心小棉袄。”

时光嘴角抽了抽：“……”

贴心小棉袄？这五个字和陆彦辰实在没办法画等号。

她认识的陆彦辰，为人非常高冷，就算愤怒到想要杀人，却还能压抑住，一脸平静地看着你，高冷如冰山。

“彦辰上初中时，有一次落水差点儿死掉，还好被人给救了下来。至于为什么落水，他没说，但是自从那之后，他的性子就变了，医生说是什么创伤后应激障碍症，患者即使经过治疗也会留下一些后遗症，比如性子冷，控制欲强……从那之后，就算是对我这个亲妈，他也是带着疏离的……”沈灵双说着说着，鼻头发酸，片刻的工夫，眼里就盛满了泪珠子。

时光吓了一跳，赶紧安慰说：“也许性子是有点冷，但他还是很爱您的。”

她想过陆夫人各种形象，高贵、强势、眼高于顶、刻薄，但还真的没有想过会是这种软包子型的。

沈灵双点了点头，难过地说道：“他的晕水症很多年了，给他请过很多教练，但是他都拒绝了，你是第一个他愿意接受的教练……我把儿子交给你了，万分拜托你一定要好好教他，治好他的晕水症。”

沈灵双眼睛眨了眨，好像又要哭出来了，尽管她有了些年纪，但泫然欲泣的模样依旧很美。

时光最见不得美人哭，下意识地点了点头，待她察觉自己答应了什么之后，又立刻摇了摇头：“我不行我不行，虽然他答应了上课，可是不肯下水，他还是拒绝的。”

沈灵双表示：“这不是问题，你别看我儿子高冷，不近人情，其实他是一个正派、克制、值得信赖的正人君子。他就是有晕水症，一下子过不去这个坎，只要你好好哄哄他，他肯定会愿意下水的。”

时光以为自己听错了：“哄他？”

又不是小孩子了，还要哄？

可是沈灵双点头：“对，就是哄他，不要怕他冷着脸，你对他多笑笑，撒娇也可以。他如果凶你，你就哭，多和他说一些关于游泳的开心小段子，时间久了，他肯定会不好意思再让你哄，然后就自己下水了。”

她用这一招，对付她的丈夫和儿子们，就没有不成功的。

“陆夫人，我想我可能……”时光拒绝，她才不要哄陆彦辰。

“你是不是觉得我的要求很无理？如果真的是这样，那就算了，你放心，我也不会让你付违约金的……”沈灵双说着，眼泪就掉了下来。

时光手足无措，她赶紧拿纸巾递给沈灵双：“我不是不肯教，我只是怕没有能力教好他。”

“你愿意教就行，我们不在乎结果，”沈灵双接过纸巾，揩了揩眼角：“那你是答应了吗？”

时光苦笑，她想当没有听到，可是沈灵双的一对眼睛，直勾勾地盯着她，她最后只能点头。

沈灵双立刻破涕为笑：“太好了，我就知道你是一个心地善良的女孩，一定会帮我家彦辰治好晕水症的。”

时光翘了翘嘴唇，却实在是笑不出来。

时光走后，沈灵双拿着手机给陆彦辰拨了个电话，她笑得眼睛都眯起来了：“儿子，妈妈回来了，听说你搬出去住了？”

“嗯。”陆彦辰淡淡地应了一声，“学游泳，近！”

沈灵双点点头：“就该这么做，妈妈今天见了你的教练，挺热心的一个小姑娘，能感觉到她贴心又温暖，妈妈相信她一定能帮你克服晕水症。”

陆彦辰握着电话的手微微一紧：“……”

时光回到俱乐部，整个人是晕乎乎的。

她见陆夫人，明明是去解约的，怎么到了最后变成同意教陆彦辰了？还会好好教，彻底治疗他的晕水症呢？

这顿午餐，真是亏大了！

她整个人有点儿恹恹的，提不起劲训练，结果被吴兴给骂了。

平时吴兴也不管她训练的事，骂她就是看她不顺眼。时光淡淡地看了他一眼，无视他，然后准备下水。

吴兴咬了咬牙，想到代言的事，脸上似乎还隐隐作痛。扪心自问，他的学生里时光是最优秀的，可是她的优秀，并不是从他手上发掘的，加上她又太有主见，不怪他排斥她。

他大吼一句："就知道偷懒，下面的训练，全部给我三倍做完。"

时光惊愕，抬头看着他："我下午还有课。"

增大到三倍的训练，她要训练到晚上十一点了。

吴兴冷笑了几声，讥讽了一句："你忘记自己是谁了吗？运动员的首要任务是训练，又是代言又是私教，你拿个冠军就是为了好捞钱吗？"

时光敛着眼眸，平静地说道："我虽然有代言和私教课，但是我并没落下训练，每天的训练我都是超量完成的。"

"你闭嘴！"吴兴继续凶恶地吼时光，"你没落下训练，那你刚才去哪儿了？还偷懒跑出去，你把这儿当什么了，随便玩耍的场地吗？"

"刚才我去见陆夫人了，雷老板安排下来的私教，陆夫人是雇主。"时光解释，但在吴兴看来，这是她拿老板压自己。

吴兴更生气了："现在有老板给你撑腰，你就可以不把我这个教练放在眼里了，是吧！"

时光摊手，他既然这么认为了，那就这么认为吧。

"如果我不去上私教课，就必须和老板打个招呼。老板问原因，我就说教练给我加了训练。"

吴兴犹豫了。他是教练，时光要听他的没错，可是他要听俱乐部老板的。

"教练……"何心诺的声音突然响了起来，她笑嘻嘻地看着吴兴，"我今天的训练已经完成了。"

她对着吴兴挤眉弄眼，神情怪异。

吴兴与她对视一眼，便心照不宣。他眼底有笑意，但是看着时光时，又是一脸严肃："陆公子那边肯定要让人去教。今天是特殊情况，好在心诺完成了今天的训练，就让心诺去吧。心诺不管是技术，还是姿势都要比你标准，让她过去肯定比你教得好。"

时光："……"

选拔赛对时光而言，是她赌上未来的重要大事，她要的就是训练。

吴兴让她多加三倍训练，虽然是故意整她，可也帮了她。至于陆彦辰，既然何心诺那么想去，那便让她去好了。如果她能搞定陆彦辰，把自己替换下来，她会乐得大笑三声。

但是何心诺却不这么认为。

吴兴叮嘱："心诺，教陆公子这件事就交给你了，一定要加油。"

何心诺立刻对着时光笑了起来，玲珑有致的身子微微一扭，有种别样的风情。

她和吴兴摆手，表示先离开了，转身走着，却又回头，双眼牢牢地看着时光，嘴角始终挂着一抹轻笑。

时光冷眼看着何心诺，吴兴便立刻冲着她吼了一句："还站着干什么，还不训练！"

时光戴好泳镜，入水，如鱼一般快速游着。

何心诺带着无比激动的心情，来到沈氏水立方。

她自认比时光漂亮，等会儿她一定要想办法勾住那个叫陆彦辰的男人，让他以后都让自己当他的教练。

她笑得眼睛发光，迈步走向训练室。

"有人吗？"她轻柔的嗓子喊了一声，忽然看见一道挺拔的身影，从侧边的沙滩椅上徐徐站起。

那人缓缓地转过身看向她，深邃幽深的眼睛沉淀着雪一般的温度，薄唇微抿，垂眸定在她身上时，一股强大的气场碾压而来，令人不敢喘气。

何心诺微怔，温柔地娇笑道："你好，陆公子，我是你的游泳私教。"

陆彦辰静得宛若湖水的眼睛，快速划过一丝冷然，接着浑身的气场舒展开来，他一言未发，双手插入裤袋，冷冽迈步。

何心诺看着一步步走向自己的男人，突然紧张了起来，眼睛上笼着一层娇媚的光，脑子立刻想到那天，他也是这样一步步走过来为自己颁奖。

这个男人，不论是外貌，还是身价，都是顶级的，很难不令人心动。

"上课之前，需要先换衣服，热身运动，然后……"她一边看着陆彦辰娇羞地说着，一边幻想着她和陆彦辰，在水里的暧昧画面……可是，陆彦辰直接从她身边走过。

何心诺还没说完的话，一下子就噎住了！

她脸上很精彩，一阵红一阵白。男人连余光都没给她一个，拿她当空气，就这么直接走了出去。

“陆先生，陆先生……”何心诺回过神来，快速跟了上去。

前面高大的男人没有回头，整个人散发着一股帝王般的气质，无形中给人一股沉重的压迫感。

男人太帅，又有气场，让她不想就此放弃，这有可能是她唯一的机会。

“陆先生，我是上次大运会的季军，您给我颁过奖，还记得吗？请您相信我，我技术非常专业，绝对不会让您失望的。”

何心诺终于追到陆彦辰身后，一颗心激动地跳着，希望这个沉寂内敛、深不可测的男人能被她征服。她展现出最迷人的笑，如同醉人的春风，又如同诱人的美酒，魅惑风情地看着陆彦辰。

然而，陆彦辰迈着步伐，看都没看何心诺一眼。

何心诺的面色，瞬间很难看。

时光给他上过两节课，是不是时光在这个男人面前说了她什么坏话？肯定是的，不然他不认识她，怎么可能对她的态度如此恶劣。

“陆先生，我不知道时光和您说了什么，但是我想说大运会那天，如果不是因为我受伤了，冠军也不可能是她的……您可以找我们的教练问问，不管是速度，还是姿势，我都是我们俱乐部最好的！”

陆彦辰还是继续往前走，但是在何心诺说完时，他淡淡地瞥了她一眼，所有的情绪都被压在漆黑的眼底，根本无法揣摩。

何心诺以为自己说的这些话起了效果：“请您相信我的技术，我一定会贴身教导您，让您尽快学会游泳……”

时光签的那份私教合约，违约金之所以这么高，就是因为陆彦辰的晕水症需要保密，因此何心诺不知道，她以为只是普通的教人学游泳。

“我只有您一个学员，会把全部精力都用在您的身上，而时光有很多个学员，他们……都是有钱的男人，那些男人给她的价格也都很高……”

何心诺欲言又止，这话的暗示意味很浓，让听的人会觉得，时光和那些男人有什么见不得人的交易。

陆彦辰突然停下步子，接着脚跟一旋，脸色冷峻肃杀，用居高临下的姿态，对她说了一个字："滚！"

男人的嗓音好像裹了一层冰，将周身的空气冻得泛起丝丝寒意，令人头皮发麻。何心诺吓得后退了好几步。

她瞪大眼睛，看到男人的目光，是如此鄙视和轻蔑，仿佛她是一个小丑。她的身体感觉像被什么冰凉的液体给淹没了一样，下意识地打了个寒战。

周围的服务生，也全部僵着身体，大气都不敢喘一下。陆公子这种没有表情的淡然，比冷酷更让人觉得发寒。

马乐生察觉到这边不对劲了，赶紧跑了过去，把吓愣的何心诺给拉走了，并且低低道："惹谁不好，你惹他，嫌命长？"

送走何心诺，马乐生又悄悄地对着周边的服务生挥了挥手。那些服务生顿时呼出一口气，不过一分钟全部消失得无影无踪，只留下陆彦辰。

陆彦辰抿着嘴，眸色渐渐变冷，自己不来就算了，居然还给他送来一个这么恶心的玩意儿！

他一身冷冽，挺拔的身影裹着满身的寒气，大步流星地朝外面走去。

停车场，车子"嘀"一声响，陆彦辰拉开门，再重重甩上，肃杀的气氛弥漫开来。

开锁、挂挡、踩油门……一连串运作快速利落，然后在车子驶出的下一秒，脚下油门一松。

他脸色紧绷着，冷眼凝视着前方，修长的手指紧紧攥着方向盘……

静，很安静，周围泛出的气息，那么死寂。

许久之后，嘲讽般的浅笑在他俊逸的嘴角一闪而过。他闭眼靠在座位上，手指抵住眉心，轻轻地揉。

时光完成了所有的训练，拖着疲惫的身体回家。

她将电动车停在小区里后，感觉自己连下车的力气都没有了。

今天吴兴打定主意要狠整她，居然看着她训练完了才走。三倍的训练量，她真的吃不消，耗尽了全身的力气。她现在感觉脑子很飘，身体很轻，骨头仿佛在打战，腰都直不起来。

她拖着身体，慢慢地挪着步子。

前面停着的车子，车门突然被人推开了，一个高大挺拔的身影走下来。

他一只手插在裤袋里，冷冷地看她，没有星辰辉光的夜色下，明明隔着那么近的距离，却令人觉得很遥远。

陆彦辰也那么晚回来？今天是何心诺给他上课，他满不满意，有没有换教练的打算？

时光看了他一眼，继续迈着无力的步子向前。走过他身边时，陆彦辰黑眸不禁眯了眯，然后迈步，也走进了公寓。

电梯里，时光这次确定自己按的是十一层之后，才放松身体靠在电梯壁上。

陆彦辰抬头淡淡地看了她一眼，眼神沉静，无半分波澜，嘴角似有若无地勾起诡异的弧度，有些嘲弄。

时光真的很累，没有精力猜他是什么意思，她现在所有的力气和意念，只够支撑到她回家。

电梯里，静得滴水。

陆彦辰薄唇冷冷抿着，张了张嘴，似乎是想说什么，却看到时光，突然闭上眼睛，身体软软地顺着电梯壁往下滑……

陆彦辰神色一紧，健硕结实的手臂往前一抱，将她轻轻带到怀里来。

女人的身体软软的，像是无骨的蛇靠在他的身上，耳边是绵长有序的呼吸声。

陆彦辰垂眸看了她两秒，随即缓缓皱眉，轻声道：“睡着了？”

安静的电梯里，全是时光规律的呼吸声，很轻很绵长，可是却很清晰。

陆彦辰沉着一张脸，立刻松开了手，把时光推开，让她靠在电梯壁上。原本以为自己这么不温柔的动作，某个熟睡的女人应该醒了，不想她小小的眉头紧紧蹙了蹙，一只手贴在电梯壁上，固定身体继续睡。

陆彦辰皱眉，这是有多累？

十一楼已经到了，熟睡的时光不知道，陆彦辰也没有叫她。

电梯关了，继续上升，到了十二楼。

而清醒的陆彦辰，站在电梯里没动，也没有出去的意思。电梯门又关上了，下面楼层有人按电梯，电梯缓缓往下降，直到停在一楼。

一楼电梯外面，站着一个男人，正在跟人打电话。

电梯里面有人，男人是想等他们出来再进去，结果他们都不出来。男人一边结束通话，一边走进电梯。

他按了自己所在的八楼，电梯上升时，莫名觉得电梯里的两个人很怪异。他先是瞄了一眼右边的女人，女人靠在电梯上睡着了？他莫名觉得有些搞笑，忍不住多看了两眼，然后又看了两眼……

突然，他感觉左边有一道冷冽的目光，带着强大的气场侵袭而来，低沉的气压，瞬间笼罩了整个电梯。

男人微微扭了扭头，看向左边的男人。这个男人一身得体的衣着，冷俊非凡，目光仿佛一支寒冷的利箭，似乎要将他刺穿。

男人突然觉得电梯里的空气特别稀薄，好像快要喘不过气来一样。当电梯到达八楼时，男人便立刻逃命一般走了出去。

电梯门再次关上，陆彦辰瞥了时光一眼，犹豫了两秒，伸手按下了十一楼。

在电梯上升时，陆彦辰拿过时光的包包，再将时光打横抱了起来。

怀里的女人很轻很轻，陆彦辰皱了皱眉，低头看了时光一眼："这两年的饭，白吃了！"

时光微微往里侧头，无意识地用脸蹭了蹭他的胳膊，之前蹙着的小眉头也缓缓舒展开来。

这亲昵的小动作，使陆彦辰眼神恍惚了一下，恍惚回到了两年前……

那时，她很喜欢这样在他身上蹭，最喜欢从后面抱着他，把手环在他的腰间，脸颊贴着他的背，然后在他背上蹭了蹭……

电梯门开了，陆彦辰回神。

他冷着脸抱着时光走出电梯，眼神忽明忽暗，唇瓣冷冷地抿着。

他拿钥匙开门，把人抱回了屋，直接丢在床上，动作很不温柔，仿佛时光是死是活，都跟他没有任何关系一样。

时光依旧没有醒，只是翻了一个身。她的 T 恤衫微微上翻，露出了一点儿腰。

陆彦辰转身便要离开，然而瞥到了时光腰上的瘀青……他脸一沉，双眼微微眯着，冷厉勃然而发。他微微弯腰，修长的手指掀开了时光的T恤衫，露出满是瘀青的腰身……再移动视线到时光的颈项处，有些轻微的褶皱，仿佛泡了很久的水，对比了一下她光洁细腻的小脸，显然有些不同，再看她的手臂、胳膊、腿……全部都有微细的褶皱。

这是在水里泡了多久？

陆彦辰的脸色变得难看极了，阴沉冷冽。他扯过被子，粗鲁地盖在时光身上，深深地看了她一眼，挺拔的身影走了出去。

时光一觉睡到天亮。

她没有调闹钟，生理闹钟也失灵了，直到电话铃声响起，这才将她叫醒。

迷迷糊糊睁开眼睛，看了一下床头的闹钟，时针指向十点……她猛地坐了起来，惺忪的状态瞬间消失不见。

全身都有些酸疼，特别是腰……

游泳虽然是靠四肢的，但是腰腹的力量控制却是最重要的，昨天的超量训练显然有些伤到了。

时光从包里翻出一直响个不停的手机。

电话是雷老板打来的，时光一接通，他略显焦急的声音便响了起来：“时光，不管你现在在哪里，都以最快的速度来我办公室，你的新教练已经到了！”

时光吃惊，难以置信：“你说什么？新教练……”

“赶紧来！”

“哦，好好好！”

时光挂断电话，以最快的速度收拾了一下，便踩着电动车去了俱乐部。

昨天真的太累了，下了电动车后，身体、脑子都不像是自己的，只记得貌似遇到了陆彦辰，再后来怎么进的屋、怎么上的床，就没有什么印象了……

训练很重要，可是训练强度一下加这么大，似乎无益反而有害。还好，今天换教练了。只是……好端端的怎么会换教练呢？

昨天吴兴要整她，是不是因为知道她要换教练了，所以才会那么做？可是换教练没有一点风声，而且看吴兴的样子，他也不像是要被换掉的。

新教练又是谁？专业吗？不管是谁，想来都不会比吴兴更糟糕吧。

带着忐忑不安的心情，时光到了俱乐部，敲响雷老板办公室的门，得到允许后，她推门进去，一眼便看到了坐在办公室里和雷老板聊天的中年男人。

时光瞪大了眼睛，眼里全是惊愕，还失声轻叫了一句："张书林！"

雷老板笑嘻嘻地站了起来，热情地向时光招手："时光来了，快过来！"

中年男人也看向时光。

时光紧张了，这可是张书林啊！原先国家队的教练！

她的新教练是他吗？时光眉梢剧烈一跳，她整个人都激动了，紧张地问好："您好，张老师。"

"你好，时光。"张书林点着头，视线在时光的脸上打量，神情有些诡秘复杂，"从今天开始，我就是你的教练了。"

"我？"时光有一种被天上掉下的大馅饼砸到的感觉。

张书林退役时，曾说过以后收学员，最多再收一个关门弟子。

她又喜又蒙，没办法相信："为什么……是我？"

这太意外了，不是在做梦吧？

张书林笑道："我看过你的比赛，节奏掌握得很好，入水动作流畅，水花压得漂亮，频率也控制稳定，但是……"

听他说着，时光莫名紧张起来了，第一次如此专业的指导，怎会不全神贯注，不心情激动？

"但你转身太慢，姿势也有问题……你需要正确指导。你是个好苗子，不应该被埋没。"张书说着又挑眉道，"难不成你认为自己不够优秀，不够资格让我选择你？"

时光赶紧摇头，开心到不知所措："教练，以后就拜托您了！"

拜师之后，自然就是了解实力。

时光站在游泳池的跳台上，修长的身子弯着，双手扣着泳池边，身体往后拉，像弓一样，又像一条箭鱼，破水而入……

张书林一直紧紧盯着。不可否认，她游得很好，他反正想收个弟子，时光不错，还能还了某个人的人情。

时光游到五十米，滚翻转身。

张书林皱眉，转身有很大的毛病，外行人看不出来，但内行应该一眼能瞧出来。她的前教练是怎么教的？还好，这孩子的基础打得好，完全可以修正！

时光游完一百米，回到起点。

张书林蹲在泳池边对她说：“你刚才滚翻的姿势不对。你比较瘦，四肢腰身较纤细，你应该控制好力量，转身时来个彻底爆发……”

他说得仔细，时光听得认真，严格按照指导训练，全身充满了干劲。

时间过得很快，她下午要去给陆彦辰上课。

在训练和教陆彦辰之间……她肯定选择前者。

准备回去给时光制订训练表的张书林，看到时光披着浴巾，坐在椅子上，忧愁着一张小脸。

他以为时光在纠结她转身的毛病，要给自己加训，便走过去说：“训练重要，但并不是训练越多就越好。”

“我知道，教练，我就休息一会儿……”时光结结巴巴，“我……我有个私……私教，等会儿要去……”

她有些不安，担忧张书林会和吴兴一样训斥训她，说她不好好练习，就知道捞钱。但出乎她预料，张书林并没有生气，反而鼓励她：“好好教。”

时光惊讶，站起身，问：“教练，您不生气呀？”

张书林不解，反问她：“我为什么要生气？因为你为了钱教别人？竞技是一种追求，追求就是突破，是一个人不停寻找答案的过程，突破了别人，才能突破自己。”说完这一句，张书林便走了。

时光看着他的背影，愣了好一会儿。

今天，教练和她说，她的转身是日积月累的，想一下改过来不太可能，需要时间来突破。

这个毛病，不就跟陆彦辰的晕水症一样？

她帮陆彦辰治好晕水症，帮他突破了自己，对她何尝不是一种突破？

看来教陆彦辰，似乎也不是那么糟糕的事。更何况，她之前不也答应了陆夫人，要帮陆彦辰治好晕水症吗……

时光突然间心情就开朗了。

她不再像前两次那样万分不情愿。时光今天的心情特别好，去训练馆之前到小卖部买了两支棒棒糖。

训练馆里，陆彦辰和前两次一样，没有换衣服，坐在躺椅上。他这会儿正玩着手机，神情淡淡的，带着一股冷冽的压迫气场，场馆里的服务生都尽量离他远远的。

时光瞄了一眼手里的棒棒糖，迈步走了过去。

陆彦辰用余光瞥了她一眼，继续看自己的手机。感觉又被当成空气的时光暗暗撇了一下小嘴，她在旁边坐下，把棒棒糖剥开，一支含在自己嘴里，一支凑到陆彦辰面前。

陆彦辰抬头，还没有看清是什么，就被一个甜甜的红色物体贴在唇上。他英俊的眉微蹙，垂眸看清之后，嘴角不动声色地抽了抽，额头似乎还冒着三条黑线。

“你干什么？”

他张嘴想斥责时光，让她把糖拿开。不想时光在他说话的空隙，将棒棒糖塞到了他微张的嘴里。

甜腻的味道在嘴里蔓延，陆彦辰的脸彻底沉了下来，莫名有些狼狈。

他抢过棒棒糖，将棒棒糖从嘴里拿出来，丢在旁边的茶几上：“谁让你给我吃这个了？”

他的表情冰冷，语气亦是没有一丝温度，可明显的怒焰，在空气里灼烧起来。

服务生吓得大气都不敢喘，默默离开，以免波及自己。可时光不害怕，她笑嘻嘻地对他说：“游泳之前吃一颗糖，有助于稳定血糖水平，使身体保持良好的状态，在游的时候如鱼得水。”

陆夫人说要哄他，她就当他是一个再普通不过的小学员，哄哄他吧。

他们认识那么多年，她也了解这个男人的脾性，真要哄他就只能这样厚脸皮。

当年，她会追到他，不就是因为她的厚脸皮吗？

陆彦辰被时光笑得浑身不自在，倏地站了起来：“谁说我要下水了。”

“你不下水，怎么学游泳呀？”时光摊手反问，她看陆彦辰张嘴，想要说什么，立刻打断他的话，“你是想说你不想学游泳？合约是你妈妈签的，反正你到了就行了？可你不觉得这样很幼稚吗？我觉得你还是学一下比较好，游泳是一项防身技能，万一某天忽然来个洪水海啸什么的，你还能自救一下。”

陆彦辰冷冷地看着她，饱含讽刺和嘲弄地说：“这又不是沿海城市，哪来的洪水和海啸？”

时光讷讷地说：“我就随口举个例子，意思是想告诉你，学游泳是件好事。”

陆彦辰冷冷地哼一声，俯首凝视她，不以为然。

看来哄根本没用，时光眼珠子转了一圈，嘀咕了一句：“你非僵持着，一直不肯下水，不会是因为你身上满是肥肉，怕被人笑话吧？”

陆彦辰的眼神深邃了一些，嘴角牵起了一抹魅惑的弧度，说：“我身上是肥肉，还是肌肉，你不是很清楚？怎么，你又想试试？”

时光脸红了，耳垂娇艳欲滴。

以前的陆彦辰，洗澡出来后总是只围一条浴巾，她见过无数次。他体格挺拔高大，宽肩窄腰，肌肉线条流畅，但又恰到好处。脱了衣服之后的陆彦辰，散发出令人心惊胆战的侵略气息，可他的脸又很禁欲，有一种说不出的异样魅惑。

时光死死压着情绪，沉着声音问他：“你说吧，你到底要怎样才愿意下水？”

陆彦辰看着她，缄默。

时光深深吸了一口气，尽量维持着平静，开口：“陆彦辰，可能你会觉得你给钱，我来就好，学不学那是你的事。或者，不管怎样你都不会下水，也不想学游泳，那么请你和你妈妈说清楚。我刚好要参加选拔赛，需要好好地、用心的训练，所以……都别浪费彼此的时间了。”

她来时，已经打定主意要好好教他的，突破陆彦辰，突破自己，可是……就当她以退为进吧！

陆彦辰一脸漠然，也不说话。就在时光以为他大概就要一直沉默下去时，陆彦辰启唇出声：“我没有游泳装备。”

时光眼神一亮：“我去给你买。”

男人的游泳装备就是泳裤和墨镜，这很简单，沈氏水立方小卖店里就有，买回来不过十几分钟的事。

她立刻跑了出去，到了小卖部，随手拿了一套就回来了。

看到摆在自己面前的东西，陆彦辰一双深邃的眼睛盯着时光，说："这是什么玩意儿？"

时光回道："泳裤……"只是有点儿花而已，干吗冷着一张脸，肃杀的表情好像要吃人一样。

她拿起花泳裤："你稍等，我去给你换个纯色的。"

时光"咚咚咚"又跑了出去。

她这次拿了一条低调的纯黑色，就她对陆彦辰的了解，也只有黑色他能接受了。

游泳装备到了，但陆彦辰依旧静坐着不动，依旧没有去换衣服和下水的准备。

时光的表情有点儿无奈。

陆彦辰的视线从游泳装备，挪动到时光的小脸上，不咸不淡地说道："我也没说你买来了我就会换上。"

时光："……"

你耍我呢？

她当场就想踢椅子，忍着脾气默念哄他、哄他、哄他……她斟酌着问道："那你说吧，要怎样才下水？"

"再看吧。"冷冷地丢下三个字，陆彦辰继续玩手机。

时光定在原地，目光盯在陆彦辰脸上，一眨不眨，好像要将他看穿一样。

陆彦辰抬头淡淡回视她一眼，伸手拿过水杯。杯里的水喝完了，他想叫服务生加水，然而一个服务生都没看到，他又将目光移到时光的脸上，示意时光给他去倒一杯。

看着某人一副"我是大爷"的神情，时光在心里翻了一个大白眼。她垂在身侧修长的手指，轻轻敲打了一下自己的腿，踌躇说："让我给你倒水也行，我也不要求你下水，我给你倒水，你到池边看看水。"

这提议让陆彦辰微微一凝。

时光解释："你不肯下水，肯定是因为惧水，多看看你就会发现水并不可怕，反而还很温暖。"

陆彦辰微微抬头，对面的小女人眼神晶亮如水，看着清新纯净。

目光不露痕迹，滑过时光垂在身侧的手……她了解他，他何尝不了解她，他倒要看看，她在玩什么。

陆彦辰站了起来，从容迈步走到池边，看看水……他俯视……站在他身后的时光，眼珠一转，嘴角一勾，突然伸手推了陆彦辰一把，只听见"扑通"一声，陆彦辰栽倒在泳池里。

他在泳池里，使劲扑腾了几下。

边上的水很浅，陆彦辰又高大，很快便在水里站了起来，虽然只在水里一会儿，可陆彦辰还是大口大口地呼吸着。

时光嘴角勾出一抹坏坏的笑，她看着泳池里的陆彦辰露出水面，赶紧敛笑，然后一脸担忧外加无辜的表情。

陆彦辰就着旁边的扶手，一个纵身便从水里跃然而起，吓得时光连连后退，赶紧解释："测试，这个只是测试……"

湿了一身、滴着水的陆彦辰，向前迈着大步，时光本能地后退。

陆彦辰再向前，时光再后退，往后看了看，没多少路可退了。

她急忙道歉，谨慎解释："我知道突然这样推你，很不对……我应该先知会你一声，可你不是怕水吗……一直不肯下水，所以我就想用这种办法来告诉你，其实水并不可怕……"后面已无路可退，身体贴着墙，她的声音戛然而止。

陆彦辰一直逼迫她，眼看着要就要直接贴上她。

时光想横着往左边走，陆彦辰长臂一伸，手掌撑在墙上，挡住了时光的去路。

时光整个人怔在原地，瞪着双眼，看着陆彦辰，她干笑地说道："虽然我的做法不对，但出发点是好的。你刚刚下水了，也没事，对吧？所以你用不着这么凶，我这么做也是为了你好……"

陆彦辰微微俯身，带着狂傲的掠夺以及霸道的侵略，将时光整个人牢牢禁锢在他和墙壁之间。

气氛变得暧昧起来，两人的距离很近很近，只要时光稍稍一抬头，就能吻到陆彦辰。

火热的呼吸相融，好像烈火轰然烧起。

时光感觉自己的心脏酥痒，还跳得无比快。

她狠狠地咬唇，结结巴巴说：“你、你要是……觉得我、我冒犯了你，你要不……也、也把我推下水……”

声音还没落……陆彦辰再次俯下身，她的身子倏地僵住。

看着他越来越近的唇瓣，眼睛不受控地闭上，准备扭开脸……不想陆彦辰的头，微微一转。

温热的气息，擦过她的脸庞……下一刻，轻轻地吹拂在她的耳边。

时光的身子猛地一软，喉咙也变得干涩起来，僵硬地想要转开头，却被他的唇贴住了耳朵。

“哼！”陆彦辰从鼻子里发出一声慵懒的冷哼，“想让我下水是吗？你会后悔的！”

那暧昧的呼气吹在耳垂上，酥麻进了骨子里……

陆彦辰最后一句话充满了侵略性。人虽然已经走了，可她依旧如一尊雕塑，静静地靠墙而站。

时光的心脏微微地颤抖，她闭了闭眼，告诉自己，没事……可是紧紧攥着的拳头，泄露了她此刻不安的心情。

第三章

不许再对任何人说喜欢

光离开沈氏水立方后并没有和平时一样回家，或者加训。她骑了电动车，来到郊区一家疗养院。这家疗养院虽然地区较偏，可是山清水秀，环境很不错。

时光在前台登记后，便乘坐电梯上了五楼。

穿过长长的楼道，时光推开了最靠里的一间门。

小小的病房里只有一张床，床上躺着一个女孩，乌黑的头发上夹着一个星星发夹。女孩的皮肤很白，白得有些晶莹，很像吸血鬼，她安详地闭着眼睛，表情温和又轻柔。

时光在床边坐下，抬手抚了一下女孩的脸，轻轻地说了一句："姐姐，我来看你了。"

寂静的空间里，只有输液管中药水滴落的声音。

"最近过得好吗？姐姐……"时光拉起姐姐的手，轻轻地揉搓起来。

“我拿了冠军都没来看你，你生气了吗？最近发生了一些事情，我……又遇到陆彦辰了。奖杯是他颁的……”她慢慢说着，把自己最近发生的事情，都告诉了躺在病床上的姐姐，“……我现在想要好好教他，让他克服晕水症。姐姐，你说我的决定是对还是错？我……”

病房的门突然被人推开了，穿着白大褂的中年女人，迈步走了进来。

时光立刻站了起来，笑着招呼：“陈医生，你好。”

“时光来看你姐姐了……”陈医生走到床边，准备给病床上的姐姐做检查，眼角的余光看到时光一脸的担忧，便笑了笑说，“你不用担忧，只是例行检查，你姐姐一切都好。”

时光笑了笑：“陈医生，你之前和我说的那个手术，在排期了吗？”

“那个手术……”陈医生欲言又止，最后还是没忍住，语重心长地对时光说，“手术费很贵，前前后后加起来差不多得六十万。”

时光回道：“手术费我已经筹备好了，您看看我姐姐的身体情况，什么时候可以做这个手术？”

陈医生皱眉，又说：“成功率只有百分之五十。”

时光抬头看她，目光清澈而坚定：“那我也不能错过这个让我姐姐醒来的机会。”

别说一半的机会了，哪怕只有百分之一，她也不能错过。

七年了，天知道她有多想姐姐醒过来。从记事起，爸爸妈妈工作就特别忙，都是姐姐在照顾她。姐姐比她大四岁，早熟又懂事，性格文静温柔，聪明内敛。

小时候，姐姐就是她的信仰。她想听故事，姐姐都会给她讲；她想吃零食，姐姐都会给她买；她闯祸了，姐姐帮她挨骂；她受欺负了，姐姐帮她出气。

那会儿，不管发生任何事，身边都有一个姐姐。

她一直以为这样美好的日子会一直继续下去，直到姐姐恋爱、结婚、生孩子……可谁知……某一天姐姐突然就成了植物人……

时光从疗养院回到家已是晚上九点。和前两天一样，她又在公寓楼下碰到了陆彦辰。

她就郁闷了，六点回家能遇到他，十二点回家能遇到他，九点回家还是能遇到他？

怎么就能那么巧？

就在她不解的时候，她却发现从陆彦辰车里走下来的男人，并不是陆彦辰，而是楚牧北。

楚牧北沉着一张脸，看起来有些闷闷不乐。他转动着手里的车钥匙，一副吊儿郎当的样子。

待看到时光，楚牧北眼里滑过一抹惊讶，接着脸上挂着几分笑意，仿若鱼儿看到鱼饵……

时光微愣了一下，见楚牧北走近自己，她连忙三步并作两步仓皇逃走。她不想与这个爱喝花茶的花花公子哥儿有太多牵扯。

可是楚牧北不饶过她，笑嘻嘻地走到时光身边："小时光，你也住在这儿？"说着，右眉微挑，好像想到什么，露出暧昧的笑脸，"不错，你们俩发展挺快的嘛？陆彦辰出手够快，这就同居了。"

时光一听就知道他想歪了，小脸一黑："什么同居，请你不要瞎说了！我住在十一楼，陆彦辰住在十二楼。"

"这么巧？"楚牧北反问，一脸不相信的表情。

时光重重地点头，迈步走进公寓，懒得管他信不信，只想离他远点。但是楚牧北依旧没有让她如愿，紧随身后跟着她进了电梯。

看到时光按的十一楼，他嘀咕了一句："还真的住在十一楼，你们这缘分也是没话说了。"

时光不理他，决定拿他当空气。但楚牧北一直缠着她说话："小时光，你对陆彦辰是什么印象？"

时光揣摩了一下这句话的意思，缓缓扭头看向他，一脸警戒："什么意思？"

楚牧北无辜地表示："你别这么看着我啊，好像我是要拐卖你的坏人一样。"说着，他伸手去摸时光的脑袋，时光满头黑线，直接给拍开了。

楚牧北也不生气，继续问她："那什么，你喜不喜欢我们老陆啊？就是陆彦辰。"

这问题令时光身体一僵，声音不受控地提高了："谁喜欢他了。"

这反应有点儿过激，楚牧北双眼微眯，打量着时光，从上到下。突然，他嘴角微弯，一副了然的样子。

这令时光特别气恼，忍不住有些恼羞成怒地说：“楚公子，请你不要胡乱猜测！”

楚牧北“扑哧”一笑，舌尖抵了抵上腭，一副揶揄的表情，语气还带着戏谑：“我只是问你喜不喜欢，你那么急、那么凶做什么？难不成……”

时光瞪着他：“谁急了？”

楚牧北摊了摊手，耸肩：“你现在的样子不急吗？不凶吗？小老虎就是你这样，呵呵……”耳边传来的轻笑声，让时光感觉像遇到伏地魔一般，万分难受。

还好电梯已经停在十一楼，时光一秒不停地赶紧出去，身后还传来楚牧北的声音：“你如果喜欢陆彦辰可以来找我，再没人比我更了解他了，我可以帮你追他……”

“谁要追他了？”时光扭头，一脸严肃地反驳。

可楚牧北就是要故意逗她，当然他也是真觉得这两人有暧昧。

“当然是你！老陆这人的性格吧，很无趣，整天冷着脸不爱笑，就算以前恋爱，也没有见他有多开心。我也不知道他是装出来的高冷，还是真不爱笑，或者说不会笑，以后你们在一起时，一定要偷偷告诉我，他在床上是什么表情，哈哈哈……”

时光张大嘴，简直想用手里的包，狠狠砸向楚牧北。

还好电梯门自动关上了。算了，和这种人有什么好解释的，她也不是没有强调过她不喜欢陆彦辰。

也不知道他只是在逗她，还是知道她和陆彦辰以前的关系，故意说这些膈应她？

一直到敲响陆彦辰的房门，楚牧北还在笑个不停：“哈哈哈，两天不见，老陆你想我了吗？”

陆彦辰打开房门，看到外面站着的人，便立刻要关上。

楚牧北赶紧伸手拦住：“你就这么欢迎给你把车开回来的我……”

陆彦辰并没有强行拦着，顺势松开了手，把楚牧北放了进来。

“啧，真是无情，好心给你把车开回来，你不给我个热情的拥抱就算了，居然还要将我拒之门外……”楚牧北进来后靠坐在沙发上，伸展手臂，跷着二郎腿。

陆彦辰在吃面条，不理他。

楚牧北目光转移，瞄向他：“你干吗去了，那么晚才吃？”

陆彦辰还是缄默，当楚牧北是空气。

楚牧北坐正身体，手指摩挲着下巴，目光狡黠：“陆彦辰，你猜我刚才在外面碰到谁了？”

陆彦辰手里的筷子微微停滞了片刻，但还是没有理他。

“看你的样子，好像也没什么兴趣，那样的话，我就不说了。”楚牧北故意卖关子。

他以为某人会忍不住，结果陆彦辰继续吃面条，完全没有要询问的意思。最后，还是楚牧北忍不住了，他起身在陆彦辰对面坐了下来：“你对楼下的那个时光，真的没有任何兴趣？”

陆彦辰虽然还是没有说话，但是抬头看了他一眼，只是那双深邃的眼睛里，迸出冰冷的光。

楚牧北无趣地说：“你真是浪费了你身为男人的优势，对不起上天赋予你的本能。你真应该去了解一下女人，女人真的像红酒一样，越品越有味，每个女孩都不一样，就像年份不同的红酒，各有各的魅力。”

陆彦辰：“……”

楚牧北又说：“你以前那个女朋友是哪一款的？你们进展到哪一步了？我记得你以前曾说过，你和我不一样，你们的第一次要在新婚之夜，所以你跟人谈了快两年恋爱，什么也没捞到……你那叫谈恋爱？别让人笑掉大牙了，哈哈哈……”

笑着笑着，瞥见陆彦辰冷漠的眼神，他立即把后面的话吞回肚子里，不敢再说了！

陆彦辰放下筷子，危险地眯起双眼：“你还有事？”

这是赶人的意思！

楚牧北站了起来，双手抄在裤兜：“你冲我摆什么臭脸？就你这样还是不要祸害人家小姑娘了。我得去追你楼下那个时光，然后温柔地把她抱在怀里……”

“你找死！”陆彦辰没看他一眼，字正腔圆地说，语气透着一股威严。

楚牧北一惊：“行，算你狠！”他说完这句话便转身就走，但似乎想到了什么，冷哼一声，“刚才我听楼下的小姑娘说喜欢你，本想好心给你提点提点，得，你就这么一直单身吧！”

最后这一句半真半假，楚牧北是故意坏心眼说的。

时光当然不会知道，也不会想到，楚牧北会这么对陆彦辰说。

她第二天如常去沈氏水立方。

当她换好衣服出来，看到陆彦辰也换了衣服，是她昨天给他买的那条泳裤。男人身材修长挺拔，皮肤紧绷，比两年前更性感迷人！

时光忽略男人没穿衣服的部分，走到陆彦辰面前，非常专业地说：“今天是第一次下水，可以学些基本姿势，但是由于你……不同，所以我们就先……”不待她说完，陆彦辰已经迈步往泳池走去。

时光有点儿意外，前两天不还怎么都不肯下水，今天这么积极？

“在水中走路是有阻力的，你可以慢一点，掌握好平衡，在周围走一圈……”昨天虽然推他下水了，可时光还是怕陆彦辰正常下水后会腿软，跌进池中。

话音还没落下，水里的陆彦辰便停住了步子。

时光也不催促，她入水，但离着陆彦辰很远的距离：“不想走也行，你可以靠在池边感受水，就像泡浴缸一样。”

陆彦辰没动，只是别有意味地看了她一眼。

时光忽略他眼底的暧昧，问：“怎么了？是不是不舒服，身上冒虚汗，手脚发软？”

陆彦辰：“……”

他是晕水，害怕那种被水包裹着、完全无力的感觉。但是这个女人站在他面前，那小心翼翼地表情，眼底的担忧，让他完全感觉不到水的桎梏。不过，他还是轻轻说了一个字：“闷。”

时光笑道：“水有压强，会压迫胸部，所以觉得有点闷是正常的，你慢慢地呼气、吸气，渐渐地你就会习惯，别怕。”

陆彦辰静静地凝视着她，目光深邃而又复杂。

时光被他看得有点儿窘，便道：“我们可以试一下浮水……”

她说了一些理论知识，还给他做了示范性，可是陆彦辰半天没动。时光抬了抬手，示意他试一下，她心想，他的晕水症看起来也不是很严重，不过晕水症也并不是看到水就立刻晕，也可能是在水里待久了才会晕。

陆彦辰不动，只是深深地看着她说：“你不托着我，我怎么浮起来。”

时光没明白过来：“托？”

陆彦辰嘴角微勾，魅惑地笑：“教练不是都要托着学员浮水吗？”

时光瞪大眼睛，下巴都快掉了。她好像明白，昨天陆彦辰为什么会说“下水是吗？你会后悔的”。时光的小脸一阵青一阵红的，闪过一丝尴尬。

她没有动，无措了几秒之后说：“你可以先试着浮一下，教练要托也是需要你先试试的。”

陆彦辰淡淡地说：“我怕水。”

时光咬唇，贝齿在下唇留了一道清浅的印痕，她微微仰起的小脸透着僵持：“我知道万事开头难，你要踏出第一步不容易，可是这一步你还是得靠自己。”

陆彦辰依旧是三个字：“我怕水。”

时光的表情有些僵了，你这不是怕水，你这更像是有病。

“我知道你怕水，不然找我干什么？”她嘀咕一句，眼神很明显在拒绝。

“你还知道你是我的教练和治疗师，可就你这样？”陆彦辰翘着嘴角，似笑非笑，勾出一抹讽刺说，“楚牧北说，你对我情根深种，非我不嫁。”

“什么？情根深种？非你不嫁？”时光被这突然转换的话题给震惊了，她不可思议地瞪大眼睛看着陆彦辰，“我什么时候和楚牧北说对你情根深种，非你不嫁了？”

那个楚牧北，到底在瞎说什么？

陆彦辰是可能有病，楚牧北他是真有病——神经病！

“嗯，没有情根深种，没有非我不嫁，那你离我远远的，是心虚，是不专业，还是欲擒故纵？”陆彦辰从容又淡定地反问。

时光涨红了小脸，想说点什么，可又想起自己确实是他的教练和治疗师，今天若是换成别的学员，她肯定会托着对方，试着浮水，很专业地教导。

可她怎么就抗拒陆彦辰呢？

她瞥了一眼陆彦辰赤裸的胸口，红着耳朵，小脸却是十分严肃：“我没有说不托，只是想你先试一下。既然你不想试，那我托着你浮水，不过我这只是虚托，主要还是靠你自己。”

时光解释了一大堆，来到陆彦辰身边。她一只手握住他的胳膊，一只手放在他腰间，然后一脸认真地说：“身体向前倾，抬起双腿……我托着你，你适应一下。”

在她的带动下，陆彦辰的身体向前趴去。他怔了怔，眼睛危险地眯起，腿却没有抬起来，这样令时光又有点不自在了。

他抬起来就是在游泳，不抬起来，好像在调情，给人的感觉特别怪异。

“你的腿……试着抬起来，害怕的话，可以先抬起一条腿……”时光没办法，拉着他的身体，再微微向前倾，手托着他的腰，他的腹肌很诱惑，但是不能再往下看了……

时光全身绷紧了，余光瞥了瞥陆彦辰。他脸上没有什么表情，垂着眼睛，也遮掩了眼底的情绪，眼神偶尔飘过来，十分冷淡，眼中没有任何感情，像是真的在专心学习浮水，可是他的腿一直不抬起来。

要不再下点，让他不得不抬腿……

她表示自己很专业，小手慢慢下移，来到小腹处……陆彦辰的身体突然紧绷了一下，眼底滑过一丝狼狈，他倏地直起身体。

而时光的小手往下落……

时光微怔，眼瞳现出一丝困惑，但随即又反应过来了……吓了一大跳，下意识地往后退。

在水里很容易摔倒，她一步没站稳就打滑了，身体往后要跌坐到水里。出于身体本能反应，她身体向前……就这样，整个人扑向了陆彦辰，待她回过神来时，她已经扑倒在陆彦辰身上，压着他一起沉到水里。

时光手忙脚乱，赶紧爬起身，并且在第一时间将陆彦辰拉了起来。她没什么事，可是陆彦辰却被水给呛到了，眼角微微泛红。

“对不起，我刚才一下子没站稳……”时光尴尬了几秒钟，有点不自在地说，“水面和陆地不一样，水里很容易摔跤。”

陆彦辰转身，趴在泳池边，脸色有些苍白，抿着薄唇。

时光努力保持淡定，再道：“游泳这很正常，难免要摔跤啊，肢体接触呀……”

她好想咬断自己的舌头，说摔跤就好了，说什么肢体接触，莫名有点儿此地无银三百两的意思。

陆彦辰双眼眯起，下一秒嘴角便露出一丝邪魅的笑，他扭头看了她一眼，说：“是吗？”

时光：“……”

本来就是，就不能收起这嘲弄的笑，明明只要嗯一声这件事就算完了啊！

她清了清嗓子，努力不让自己的语气太过尴尬，一本正经地说：“那个，我们继续，再试一次……”

她想要转移话题，想要不露痕迹地把事情掩盖过去，可是陆彦辰没有理她，沿着泳池边想爬上去。

“你就不练了？这才多长时间……”这也太矫情了吧！

她伸手扯了一下陆彦辰，也没有用多少力气，不想陆彦辰的身体，居然软软往后倒。

时光吓了一大跳：“陆彦辰……”

她赶紧将陆彦辰从水里捞了起来，扶着他上了岸，心急如焚地问道：“你怎么了？”

刚才在水里有控制不住的眩晕，虽然用强大的意志才使自己保持清醒，但此刻的陆彦辰，还是有点云里雾里。他透过眼缝，看到一个纤细的身影，双手撑地，神色慌张，眼睛里带着天塌了一般的担忧，与记忆里某个影像重叠在一起，有些分不清。

他用了所有的力气，撑着身子坐起来。

时光紧张地看着他，心里有些愧疚，刚才都挺好的，就是她扑的那一下，诱发了他内心深处对水的恐惧。

陆彦辰不说话，只是伸出来手，捏住时光的下巴，对着她发丝缭乱、脸上水痕交错的样子看了好久，而后……俯首，鼻尖轻碰，微微偏头，吻上她的唇瓣。

时光瞪大眼睛，她迅速反应过来，伸手想要推开他，想说不要，可是她的手被他按住了，两瓣嘴唇微微张着，也正好方便了陆彦辰。

那吻，仿佛溺水的人突然遇到了空气一般的贪恋。

陆彦辰讨厌水，他不喜欢自己这个毛病，他的浴室有浴缸，他经常会适当地泡一泡。久了，在水里的时间就越来越长，他觉得自己没什么问题了，只是不会游泳。可是刚才时光扑倒他的那一下，他又感觉到了久违的桎梏。

他昏眩，他窒息到快要不能呼吸了。

有那么几秒钟，他感觉自己像是中邪了，一时分不清今夕何年，也分不清是在岸上，还是在水里。

整个世界都虚化了，只剩下他和时光。

他胸中的爱快要抑制不住，他想要抱她，想要吻她，似乎只有抱着她、吻着她，他才能感觉到自由的呼吸。

她是他的空气！她是他的全世界！

时光紧紧皱着眉头。

她的内心是愤怒的，可是她怎么都挣脱不了。她的胳膊被牢牢钳制着，想推开他却弄巧成拙，像是在迎合着与他嬉戏。她想狠狠咬他，可是他吻得那么深情缱绻，呵护宠溺……

曾几何时，这个男人就是如此充满爱意地吻着她，然后在她耳边温柔轻语："我要把全世界最美好的都给你。"

陆彦辰万般爱怜地将温柔的吻，一寸寸地印在她心底深处，令她乱了所有的心神。

时光身体不受控制浑身酥麻，四肢软得使不出力气，整个人轻飘飘的。

不知过了多久，这个吻还在继续，时光明显感觉到自己的心肺，每一寸空气都一点一滴被抽干，有些呼吸艰难，她不受控制地发出一声呢喃："哼……"

这轻轻地一声，让意乱情迷的男人，仿佛如梦初醒般睁开了眼睛。

他有片刻的恍惚。下一秒，他结束了这个吻，扭开了头。

两人并头，都是看着前方的。

时光娇喘连连，她能感觉到他的呼吸特别粗重，急促，又克制，像一头饿狼，仿佛随时会扑上来，把她从头到脚吻一遍。

她被他吻了，她应该很生气的，可是他的感情是那么浓烈，亲吻时的爱，也是那么不受控制。

她想没有人能体会她现在的心情，就像是大海里漂浮太久的浮木，筋疲力尽的时候得到了归宿，她内心有不可置信，有怦然心动，也有酸涩。

这些年她始终有一个过不去的坎，那就是想要问问他，当初为什么要分手？她颤抖着眼睛看向她，泛着希冀的光……

他刚好，也扭头看她。

四目相触，撞在一起，似乎都要看进彼此的灵魂中一样。

突然，他俊逸挺拔的身影站了起来，居高临下地看着她，目光冰冷得没有一丝温度："这就是你自以为是能治好我晕水症的后果。"

时光的脸，骤然一白！

曾几何时，他也对她说过一句类似的话，也是在吻了她之后。

都说上学阶段是人生中最美好的时候，然而，对时光而言，却恰恰相反。

那时，她失去了爱她的爸爸妈妈，姐姐也成了植物人，她跟着外婆和小姨一起到小县城生活。

那一年夏天，她到省城找表姐，站在表姐学校外面的小卖部等表姐莫槿下课。透过学校的铁栏栅，她听到远处传来惊呼声，几个身材高大、英俊潇洒的男同学在操场打篮球，旁边很多女生围观。

"加油，学长加油！"

"哇！扣篮好帅啊！"

"学长，我爱你！"

……

时光离她们有点儿距离，都能感受到她们的声音很大。她想如果再近点，可能会是刺破耳膜的效果。

那几个男孩享受着篮球，也享受着女孩的崇拜，越打越起劲儿。

突然，有人不小心把球打歪了，球向着时光这边的方向滚过来。一个穿着背心，满身肌肉的男孩立刻跑过来捡球。他把球捡起之后，并没有立刻就走，而是走到大树下，开口问道："陆彦辰，你真的不打吗？"

这个时候，时光才注意到，她所处的围栅这边，除了自己，还有别人。

围栅里面的大树下，站着一个戴着帽子的男孩，长身玉立，虽身处喧哗，但一身沉寂。他对着肌肉少年摇了摇头，一副兴致缺缺的样子。

"大热天的，打篮球出一身汗才爽。"肌肉男孩嘀咕着走了，继续打篮球去了。

拒绝打篮球的男孩背靠着树，双手插在裤袋里，头上的鸭舌帽压得很低很低，盖住了眼睛，只能看见他帽檐底下高挺的鼻梁、微抿的唇和精致的下颌线。

他似乎察觉到有人在看自己，扭头看了过来。

时光想移开视线已经来不及，猝不及防地撞进一双冷然清亮的眼睛里，幽黑又深邃。

心脏怦怦乱跳，好像干了什么见不得人的坏事一样，时光的脸颊莫名升起一股不合时宜的灼热。

不同于她，那个叫陆彦辰的男孩，目光全无起伏，平静无波，默默地注视了她几秒，然后移开。

时光脸皮薄，不好意思地转身走了，刚好表姐也下课了，她跟着表姐离开了。

对于这个男孩，她只当成了生命里一道漂亮的风景线，美如阳光般灿烂，却不可能属于她。

和表姐莫槿吃饭后，她们一起去了图书馆。她帮表姐找书，不经意地向右侧看去，竟然发现窗下的长桌前，坐着一个帅气的男孩，一身拒人千里之外的冷漠。

是他，那个叫陆彦辰的男孩，那道漂亮的风景线。

时光移不开视线，一直盯着他。

他头戴鸭舌帽，垂眸看着书，一如既往的高冷。

莫槿在旁边和时光说了好多话，可都没有听到时光的回答，她扭头一瞧，就见时光盯着前方出神。

她的角度，看不到陆彦辰的位置。

“时光，你怎么了？”莫槿抬手在她面前晃了晃，“看什么呢？”

时光回神，微微一笑，眉梢都带着明媚：“我在看他。”

“他？谁？”莫槿微微移动了一下位置，顺着时光的视线往前看了看，待看到远处的陆彦辰时，她微微一愣。莫槿收回目光，对时光小声地说了一句：“他是陆彦辰。”

“嗯。”时光知道他叫陆彦辰，刚才在大树下看打篮球时，那个肌肉少年这么叫过他的名字。

“他是陆家的四公子，陆彦辰！”莫槿又加了一句，“陆家，你不会不知道吧？”

时光惊愕，手里拿着的书，差点儿掉到地上，她缄默了几秒，突然咧嘴一笑，对着莫槿乐呵呵地道：“你在这里等我一下，我去跟他说几句话。”

“什么？”莫槿以为自己听错了，她绷着一张脸，“他是陆彦辰，你开什么玩笑？”

“我没有开玩笑！”时光笑得很欢乐，然后向陆彦辰的方向，不疾不徐地走了过去，她在对面坐下，并且轻轻地喊了一句：“陆彦辰。”

男孩抬头，漆黑沉静的眼，慢条斯理地看了她一眼。

时光咽了咽口水，一脸的紧张，羞红着小脸，自我介绍：“你好，我叫时光……”

陆彦辰没说话，只是冷冷地看着她。

他对谁都是冷漠疏远，就算不需要任何语言，他那刻进骨子里的高傲，都会随着言行举止，无形中迸发出凌人的气势，令那些喜欢他的女孩，自动退却三步开外，只要一个冷漠的眼神，就能让她们放弃。

因此，从来没有一个人有这样的勇气，直接向他告白，说喜欢他。

“不好意思，不好意思，我们在玩真心话大冒险。”一道女声响起，打破空气里怪异的僵凝。莫槿走了过来，直接将时光拉走了。

图书馆外面，莫槿一副惊吓地模样看着时光：“你知道你在干什么吗？”

时光鼓了鼓腮帮子：“我喜欢他呀。”

莫槿黑着一张小脸，教训道：“才见一面你喜欢什么？别开玩笑了。”

时光想说什么，但看到表姐沉着脸，只淡淡“哦”了一声。

但她并没有听表姐的，她来省城要待两天，第二天她便直接去学校等陆彦辰。等了好久，终于把人给等到了，她对着陆彦辰笑，美丽的眉眼似乎要飞起来。

而陆彦辰看到她，眼里骤寒，掉头便走。

时光也不生气，还是笑着跟了上去。

他走路很快，大步流星，时光一路小跑才稍微追上他。他猛地停住脚步，她差点撞在他身上，一双眼睛水汪汪地看着他：“你不能走慢点吗？”

“你不要再跟着我。”他冷冷地瞅着她，冷冷地开口，说完他就想走，结果衣服下摆被人拉住了……

时光的脸颊红透了，明明很窘迫，可是拼命忍着，可怜巴巴地问：“你能给我你的电话号码吗？你给我号码我就不跟着你了……”

“你要我号码干什么？”他问，一双幽邃的眼睛深不见底。

“追你！”时光回道。

“又是真心话大冒险？”他冷哼一声。

“不是真心话大冒险，上次不是，这次也不是！我是真的喜欢你。”时光特别认真地说。

周围一时寂静。

陆彦辰目光复杂地看了她片刻，眼中溢出冷光，神色寡淡：“可我对你一点兴趣也没有！”

“我知道，可是相处相处、聊着聊着，指不定就有了。”时光勇敢地说，她知道自己脸红到耳根了，她其实没有自己想象的那么大胆。

这次陆彦辰没有再理她，扯回自己的衣服，转身离开了。

时光没有再追上去，她也没有指望一次就能问到陆彦辰的电话号码。

她之后有空就会来省城找表姐，当然全都是为了陆彦辰。陆彦辰很少理她，经常是看到她来，还刻意躲着不出现。

不过，他的电话号码还是给了时光。

时光经常会给他发信息，但是陆彦辰都没有回过。直到过年，时光给他发了一条新年快乐的短信，她也没有想过能得到回应。结果，陆彦辰却回了她四个字：新年快乐。时光抱着手机蹦蹦跳跳，开心了三天三夜。

表姐开学，时光自告奋勇去送她，她就是想看看陆彦辰。

她给他发信息说来看他。他都出来了，但是依旧很高冷地说了一句“你已经看了”，然后就转身回学校了。

时光觉得这样的他，特别可爱。

春去夏来，天气越来越热。

这天，时光在外面等陆彦辰。她给他发了信息，想着看他一眼就回去，结果这天她等了好久，陆彦辰都没有出来。

大中午的，太阳又大，时光热得晕乎乎的，身体也像被火烧一样难受，两个多小时，陆彦辰才从学校里姗姗而来。

时光对着他微微一笑，身体便软软地倒了下去。闭上眼睛前，她看到陆彦辰一脸的担忧。再醒过来，时光在医务室，陆彦辰坐在旁边，沉着一张脸。她挣扎着坐起身子，问：“我怎么了？”

他冷着声音道：“你中暑了。”

时光敲了敲自己还有些晕的脑袋：“今天太阳也不是很大，怎么就中暑了呢？”

“因为你是猪，不舒服也不知道回去。”他淡淡地说着，但眼底闪过一抹愠怒。

时光顶着一张红扑扑的小脸和满头乱发，泪光盈盈地望着他，有点儿委屈：“你不是没有出来吗？”

“所以我才会说，让你以后不要再来找我了。”他说着，站了起来。

时光瞬间不说话了，眼眶红红的，眼内有晶莹的泪花，想哭，但她低下了头，硬生生地憋了回去。

站起来要走的男孩，并没有走，淡淡问了一句：“哭了？”

时光摇了摇头：“没哭。”

空气里又是一片寂静，在时光以为陆彦辰已经走了时，他的声音再次响了起来：“我忘记带手机了。”

他这是在解释为什么会那么晚才出来？因为忘记带手机，所以没看到信息……

时光笑了，抬头看着陆彦辰，眼睛亮闪闪的，比天上的月亮还要美。

陆彦辰和她对视了两秒，突然扭开了头。再看向时光时，那双漆黑的眼，比这黑夜还要黑、还要深：“我不需要恋爱，你别再来找我了。”

时光愣了愣，然后看着他离开的背影，大喊了一句：“没有人是不需要恋爱的！”

时光一如既往。

在陆彦辰生日的前几天，她特别学做了饼干，买了一个精致的小礼盒，在他生日当天，笑嘻嘻地送给他：“陆彦辰，生日快乐。”

陆彦辰没有接，冷冷地看着她，想绕开。

时光拦住了他，陆彦辰的神色更冷了，他说：“我已经说过了，不要再来找我。”

“你收下，我就暂时不找你。”时光笑容未减，“你马上要考试了，虽说对你来说很简单，但我还是不能影响到你。”

时光指着垃圾筒：“你要是丢了，就是没吃，那你就是同意做我男朋友了哦！”

这下子，陆彦辰丢也不是，不丢也不是，薄唇紧紧绷着抿成一条线。

时光朝他露出灿烂一笑，眼睛弯弯的，纯粹而又美丽，对他挥手：“再见，等你考完了我再来看你……”

之后，时光没有再去找陆彦辰，就算陆彦辰考试结束，时光也没有去，因为她也要期末考试了，每天被小姨看着复习。

考试之后，她也没能去，因为她跟着老师去集训了。

结束那天，她是坐一个男同学的单车回家的。在她家所处的巷子里，她看到了一身运动服的陆彦辰……

时光太意外了，立刻让男同学停车，跳下车奔向他：“陆彦辰，你怎么会在这儿？”

陆彦辰看着她，又瞥了一眼送她回来的男同学，眼底像结了霜。他一言不发，扭身便走。

时光愣在原地，下一秒，她赶忙谢过同学，然后跟上去：“陆彦辰……”

他没有理她，拿她当空气，继续往前走。

时光蹦蹦跳跳到他前面，笑嘻嘻地问他：“你是来这儿玩，还是来看我的？”

陆彦辰眼皮都懒得抬一下，依旧不理她。

“你想我了吗？”她厚着脸皮又问。

而他似乎打定主意，怎么都不理她。

时光一直跳来跳去。小巷子里有很多小店，有些小店都是直接将水倒在外面，地上有一摊水，时光没有看到，她直接踩上去，“砰”的一声响，她摔倒在地上，疼得龇牙咧嘴，眼泪都出来了。

“啊，疼……”

陆彦辰终于停下步子了，扭头看向时光，带着一种耐人寻味的表情。

时光对视着他的眼睛，鼓着腮帮子对他哭道：“好疼，我的腿好像受伤了。陆彦辰，我会不会完蛋了，会不会就此残废了，我还得游泳，还得拿冠军呀……”

陆彦辰在她身边蹲下，一只手撑着膝盖，一只手去压她摔着的腿，点了点脚踝：“疼吗？”

时光点头：“疼。”

陆彦辰又换另一只脚：“疼吗？”

时光继续点头：“疼。”

不管他按哪儿，时光都说疼，一副小可怜的委屈模样，最后还指着自己的心脏处：“最疼的是这儿。”

陆彦辰一下子没忍住，“扑哧”一声笑了。

那是时光第一次见到陆彦辰笑，仿佛天地万物都要为之失去颜色，只有他明媚的笑落在心间。

陆彦辰将她扶了起来。时光还一直喊疼，一步都不愿意走。他将她打横抱了起来，两人去了小巷子的中医馆。

医生说没事，擦一点药酒，过两天就好了。

陆彦辰准备送她回家，但是时光不肯，用双手勾着他的脖子：“我要和你在一起。”

就这样，两人在旁边的公园找了个安静的地方坐下。

看着给自己上药的陆彦辰，时光忍不住又对他说了一句：“陆彦辰，我喜欢你。”

他的手微微一滞，片刻后，轻轻问了一句：“为什么？”

时光思考了几秒，眼珠子转啊转，身体微微向下俯，靠近他，盯着他的脸，嘴角含笑：“因为你长得好看，一想到每天可以看到你这么帅的一张脸，就觉得生活特别精彩，人生充满了希望……”

陆彦辰：“……”

她恶作剧一般地笑了，笑完之后，她又一脸认真且虔诚地说：“刚刚是逗你的，我也不知道为什么，你就别老赶我走行吗？”

他扭开头，不理。

她凑到他面前，还伸手扳正他的脸，两人对视时，他才终于开口：“让我不赶你走也行，但你必须答应我三个要求。”

她一愣，接着点头：“你说你说，哪三个要求？”

“一，离其他男人远一点！”

她立刻做了一个 OK 的手势，然后偏着头，有些坏坏地问道：“刚才你转身就走，是不是……”

他点了点她的额头：“二，不许再让男同学送你回家！”

她笑了，重重点头：“好！”

“三……”他有了片刻的停顿，然后才道，“如果有一天你发现，我隐瞒了你一件很重要的事，你不可以生我的气！”

“好！不生气！”时光答应得爽快，“我也只会和你在一起！”

男孩那冷漠的俊颜，如冰雪消融，嘴角无声轻扬，目光温柔地望着女孩，夕阳西下，空气里全是植物的清香，轻轻淡淡，却飘在记忆里经年不散……

04

第四章

要做就快点

“时光教练，你还没有回去吗？”耳边传来一道声音，将时光从记忆拉了出来。

时光回神，如梦初醒。

这个时候她才发现，陆彦辰离开后，她就一直怔在原地，身上的水都被空气蒸干了。

外面不知何时下起了淅淅沥沥的小雨，空气里有些冷，她下意识地打了一个冷战。

时光自嘲……原本以为自己早就忘记了曾经的一切，那些关于陆彦辰的东西，也全部都丢进了垃圾筒，不想这么轻易又记起来……

她换好衣服，走出训练馆。

训练馆外面的休息椅上坐着一个人，看她出来立刻站了起来，走到她前面，挂着嘲讽的笑容。

时光看着眼前的人，准备拿她当空气，直接擦肩而过，结果却听到她冲自己骂了一句："不要脸！"

时光微微皱眉："何心诺，你什么意思？"

"哼，若要人不知，除非己莫为。这个可是训练馆，不是酒店，你勾引男人也稍微看下场合，真是不嫌丢脸。当然更丢脸的是你勾引人家，强吻人家，结果还被人家冷着脸，嫌弃地推开！"

何心诺说着，"咯咯咯"地笑了起来，一脸畅快和得意。

她讨厌时光，没由来地讨厌，内心的嫉妒，完全克制不住。

有时光在一天，她就是"千年老二"。她曾经说过她要拿冠军，要狠狠压过时光，要将时光踩在脚底，可是现在，她跟时光的距离越来越远了。

时光拿了代言也就算了，可以和陆家的人拉近关系也就算了，这会儿居然还能换一个那么厉害的教练。

她就不明白了，怎么什么好事都能落在时光头上。

她气得训练都不训了，她想要好好看一下，这个时光是怎么教陆彦辰的，能把人迷得非她时光不可了。

她总感觉时光会突然换教练，和这个陆彦辰有关系，不然，张书林是谁，怎么就单单看上时光了，而且是在她教陆彦辰之后。

不想却让她看到了那么精彩的一幕……

时光不知道何心诺到底看到了多少，但是她知道何心诺误会了，不过她也不想解释什么，就算解释了，何心诺也只会当成狡辩。

"别把所有人都想成你自己。"时光眉心微拧，不想跟何心诺纠缠，转身就朝着外面走去。

何心诺一脸怒容，伸手去扯时光的手臂，却被时光狠狠挥开，并警告道："何心诺！别惹我！"

时光语气冷厉阴寒，还真把何心诺给唬得怔了片刻，她走了很远，才听到何心诺的叫嚣："时光！"

时光没有理她，踩着电动车离开沈氏水立方。

她很饿，经过一家小店时，停车进店叫了一碗牛肉面。很快，热乎乎的面条就上桌了，时光拿着筷子准备开吃，看着面条上的牛肉，脑海瞬间闪过一个画面。

她想起她和陆彦辰一起去吃牛肉面的场景，陆彦辰将自己碗里的牛肉全部给了她："多吃点，你太瘦了，运动生不是都有肌肉？就你没有，东西都白吃了……"

不可否认，陆彦辰和她在一起后，对她真的很好，甚至可以称为绝世好男友，他们连小架都没有吵过。

虽然他看着冷，俊脸经常面无表情，可是他默默为她付出了很多。

为了她，他还毅然决然地选择到她所在的城市上大学，那会儿没有人知道，他这么做是为了她。

他说，他会给她最好的生活，绝对不会让她跟着他受一点苦。但是，过去的已经过去了，以前再好也跟她没有任何关系了。

也许分手是她心里的一个结，一个过不去的坎，但这就是人生。

想到刚才，她居然还会在心里生出，想问他当初为什么分手的想法，就觉得自己像一个世纪大笑话。

时光嘴角一勾，略带讥讽。

别再想一些有的没的了，她现在的首要任务就是训练再训练……只有努力训练，才不会辜负自己！

次日，时光又比平常早到了半个小时。到了泳池，她惊讶地看到一向懒于训练的何心诺，到得居然比她还要早。

不管何心诺为什么突然这么发愤图强，她只想好好游泳。

时光做了热身运动，下水游了几圈，泳池也有其他的运动员来训练了。时光按照张书林的嘱咐，开始进行调整。

这时她发现何心诺好像在跟她比赛。她游一圈，她也游一圈，但每次都要故意多出那么几秒。

时光只觉得好笑，她懒得理会，继续游自己的，神情优雅，有种恬静如水的感觉。

她不知道的是，她越是这样，何心诺就越是想和她争一争。何心诺非常讨厌时光对自己的无视，身体里每一个细胞，都在叫嚣着撕毁她的淡然。

因为时光的淡然像是一种由上而下的俯视，像是她根本不配称为时光的对手。

她怎能不气，冲着时光叫嚣道："时光，今天应该是我在第四泳道。"

游泳池有八条泳道，同一组成绩最好的运动员，安排在第四泳道，其他运动员，以成绩优劣在其他泳道进行训练。

何心诺想抢第四泳道，就是想表示自己比时光优秀，比时光游得好。

时光看了眼嚣张跋扈的何心诺，继续游自己的。

平时大家训练根本不分道，都是想在哪儿游就在哪儿游。就这样被视若无物，何心诺气得攥拳。

她从水里上来，站到池边居高临下地看着水里的时光："你以为你是个什么东西，你以为你勾引了两个男人，就能嚣张得像螃蟹一样横着走了？"

她的声音特别大、特别尖锐，一下子吸引了整个场馆内的人。大家都目瞪口呆，一脸不明所以，不知道发生了什么事，当然也没有人出声说什么。

时光依旧很镇定，她懒懒的抬头瞥了何心诺一眼，然后继续游自己的。何心诺气得小脸一阵红一阵青，感觉自己像在表演的小丑。

周围的人表情各异，但多少都有些鄙视和不屑。

她气得吼一句："看什么，明明就是她！你们看我干什么？"说着，何心诺转身走了出去。

吴兴看到何心诺出来，就呵斥："你怎么回事？又偷懒，我对你的期望有多大你是知道的，你这样还怎么超越时光？"

何心诺两条眉毛紧紧皱了起来，心里那棵叫嫉妒的小苗，此刻已经成了苍天大树。她在心里咬牙切齿，时光，时光，怎么什么都是她！凭什么，凭什么！

何心诺回到训练馆，却无心下水训练。她坐在休息区，视线落在泳池里时光的身上，心里全是阴冷，双手握拳，指甲一寸寸掐进肉里。目光不小心瞥到了时光放在置放区的手机，她嘴角上扬，露出一个恶毒的笑，瞄了一圈四周，见无人注意她这边，便伸手拿过时光的手机。

时光不是想勾引陆彦辰吗？她帮帮忙怎么样？

何心诺拿着手机走了出去，她不知道时光的手机密码，但是隐约记得是一排数字顺着下来。她试了好几次，最后一次成功了。

陆彦辰看自己的手机屏幕，发短信的这个号码，是一串没有储存的电话数字，可却深深印在他的心里，倒背如流。

“你是人家在这个世界上见过的最帅的男人，我控制不住爱你、想你，也想你狠狠爱我。”

这是求爱短信？骚扰短信？她发的？

陆彦辰盯着屏幕再三确认。

以前，她曾经发过类似的短信，但大部分是表白自己的爱，后面那一句让他也去爱她……似乎没有说过，也从来不会说这样强求的话。而且，就他们现在的关系，按理来说她应该不会发这样的信息……

这是怎么回事？

就在此时，短信又来了。

“我知道是我唐突了，可是我真的好喜欢你，想你抚摸我的身体，亲吻我的唇，吻我身体的每一寸肌肤，然后在我身体的最深处留下属于你的痕迹……”

陆彦辰双眼一眯，深邃得宛若潭水，里面有压制不住的愕然。

刚才那一条信息很含蓄，如果说刚才那一条是表白信息，那么这一条就是骚扰信息。

聪明如陆彦辰，怎么可能还看不出来，给他发信息的不是时光本人。

她的手机丢了？

可是捡到的人，也不应该会发这样的信息，恰好还是发到他的号码里？会不会不只是发给他，而是给所有人都发了一遍？

陆彦辰紧紧抿唇，风云剧烈翻涌的眼神突然冷了下来，散发出一丝丝尖锐的寒光。

他紧紧攥着手机，直接就着短信拨通了号码。

何心诺发完第一条信息之后，觉得不对劲，这就是一条普通的表白信息，完全瞧不出手机的主人有多下贱。

她要的效果，是陆彦辰觉得时光很下贱，是地上最猥琐不堪的泥。于是，她又发了一条信息过去。这条信息，相信是个男人看到了，都会觉得时光是一个放荡没底线的贱女人。

她笑得无比欢畅时……手机铃声突然响了起来，她吓了一跳，手机直接掉到地上。

何心诺整个人都绷紧了。

电话是陆彦辰打过来的，他怎么打过来了？心脏有那么一瞬间，要从胸口跳出来了。

电话，她当然不能接，她和时光的声音可是差太多了。

陆彦辰打来，是兴师问罪的吧？肯定是！

他昨天被时光强吻，今天被时光发不要脸的骚扰信息，这会儿肯定气炸了，打电话来估计就是让时光以后再也不要出现在他面前了！

这么想着，何心诺松了一口气。

如此，她不如再加一把火，把陆彦辰的愤怒烧得更旺一些。

她捡起地上的手机，又给陆彦辰发了一条信息："我在床上等你！"

时光有点儿累，趴在泳池边，正好与在训练的何心诺对视了一眼。之前怒气冲冲出去的何心诺，再回来的时候，是一脸的春风得意，时不时盯着她，目光中透出一股子怪异，令人心里顿时产生了不祥的预感。

不多时，她的预感成真了。

正门口突然传来了一阵小小的骚乱，时光和大家一样，忍不住朝着那边看去。

只见一身家居服的陆彦辰，正满脸含霜地走进来，薄唇紧紧抿成一条线，高冷如冰，宛如精心雕刻的俊脸，带着几分凌厉，让旁边的人自动退后三米。

时光一怔，他怎么会出现在这儿？

耳边传来一道激动的声音。

"哇，这男的好帅啊！"

“他不是那天颁奖的陆四公子吗？”

“天啦，他怎么会来我们俱乐部？”

……

男人的突然出现，掀起了一阵风暴，低低的议论声很多。

陆彦辰狭长的双眼扫了一圈，最后定在时光身上。他眼中滑过几分怒意，脸色冷了几分，然后大步朝着她走去。

时光的心脏莫名一紧。

披着浴巾的她，下意识地站了起来，像个见了班主任的小学生一样，有些不安。

陆彦辰冷冽却淡然的眼睛凝视着她，薄唇轻启：“你的手机呢？”

声音冷得像是含着冰碴子，还带了几分咬牙切齿。

手机？

时光不知道他为什么突然问她要手机。她下意识地走到置放区，把自己的手机拿了过来，准备递给陆彦辰时，发现没解锁，于是顺势解锁……

陆彦辰垂眸，看到了时光解锁的密码——2、5、8、0，一排下来。

“你是白痴啊！”

设置这么简单的密码，不如没有！

时光抬眸，惊愕地看着他，对于自己突然被骂，一脸蒙。

远处的何心诺，听到这句话，却是开心到不行。她勾唇一笑，嘲讽四溢，不过转瞬即逝，然后跟大家一样表现出惴惴不安的样子。

时光惊愕过后，略有些不开心地将自己的手机再次递给陆彦辰，一副“你到底要干吗”的不耐烦表情。

陆彦辰高冷地瞥了她一眼，没有接她的手机。

不用看也能确定，这个白痴的手机里什么也没有了。

他直接打开自己的手机，展开三条信息放到时光面前。时光一眼望去，自然先是看到了短信的内容。

第一条是告白短信，哼！女人给他告白的信息拿给她看什么……等等，后面两条信息什么意思？

这也太……

时光的眼里，倏然剧烈地颤了颤。

她想过陆彦辰来找她的各种可能性，但绝对不会包括这个。她气得小脸涨红，怒目而视，仿佛在质问他，为什么给她看这样的短信。

有病呀！

陆彦辰用冷冷的目光，示意她继续看。

时光一脸戒备地盯着他，又不情不愿地拿着手机看了第二遍，然后……她自然是看到了上面的电话号码。

她身体滞了一刹，脑袋一片空白。

这不是她的号码吗？她什么时候发过这样的信息？

时光瞪大眼睛，来回看了好几遍，就是她的号码，她打开自己的手机，什么也没有。可是再看陆彦辰的手机，短信确实是她的手机发的。

她动了动唇，抬头，直直地看着陆彦辰。他亦看着她，深邃的眼睛宛若无底的深渊。

“不是……我，我怎么可能……”她半晌才从齿缝间憋出艰难的几个字，她真的不知道发生什么事了……

时光握紧拳头，指甲紧摁着手心，指骨发白。她都不知道要怎么解释了？这显然是有人拿了她的手机，给陆彦辰发的信息，然后还把信息删除了。

会是谁？她下意识地想到了何心诺。

在这个俱乐部，除了何心诺，不会再有别人对她做这样的事。

她咬住下唇，扭身走向何心诺，冷着脸，怒气冲冲地问道：“是不是你拿我的手机发过信息？”

她知道没有证据，何心诺不会承认，但她真的是气不过，控制不住。

何心诺瞪大了眼睛，无疑是吃惊的模样：“发什么信息，我都不知道你在说什么？”

时光冷若冰霜地看着她，嘴角露出一丝冷笑：“除了你不会有别人，你发这样的信息有什么意思，难不成你以为发两条信息就可以打击到我了？”

何心诺一副很委屈的样子：“你可别冤枉我。”

“冤枉你？”时光冷笑了一声，“说实话，我原本不想理你，虽然你跟我过不去，但是我觉得你至少还是一个值得尊敬的对手。可现在你实在是太卑鄙无耻了，你这样的人真不配让人当对手。”

何心诺在心里咬牙想着，谁要当你的对手，你只配被我踩在脚下。

她可怜兮兮地嘟着嘴：“我真的没有，你为什么要这样说我。”说着，她眼睛里迅速积满了雾气，泪眼朦胧，楚楚可怜。

周围的人都不明所以，但显然觉得时光在无理取闹，毕竟没有证据的事。

时光一时间有些无措，她长呼了一口气，想出去冷静一下。与何心诺擦肩而过时，何心诺突然身体一偏，然后娇弱地摔倒在地，她第一时间便哭了起来：“我也不知道我怎么你了，你为什么总是这样欺负我？”

时光：“……”

她根本就没有碰到何心诺！

何心诺瞥了一眼远处的陆彦辰。虽然他一直静静地站在那里，一句话都没说，但周身的气压，无不透着一种说不出的沉闷，仿佛忍耐到了极限的样子。

这会儿，他应该想“撕”了时光吧。

她看着时光，楚楚可怜地说：“我知道你人脉好，教过很多有权势的男学员，他们每一个都拜倒在你的石榴裙下，都唯你是从，你说什么他们就听什么……”

时光瞪大眼睛，简直难以置信。她很无语，只觉得滑稽又可笑。

明明她什么也没做，何心诺却一副受害者的样子，好像长期受到欺压一样，为什么每天总想一些钩心斗角的事？运动员要做的，不就是做好自己，努力训练吗？

老天也许会辜负努力的人，但不会辜负一直努力的人，何心诺怎么就不明白呢？

“兔子被逼急了，也是会咬人的。我以为我习惯了，现在看来我真的受不了，你有时候真的太过分了，算了……与其一直被你欺负，我大不了换个俱乐部……”何心诺说着，眼泪落得更凶了，一直扑簌簌地往下掉，哭得那叫一个梨花带雨，惹人怜惜。

就在此时，俱乐部的雷老板和吴兴来了训练馆。

听说陆彦辰来了，他们是一路跑来的，有惊喜，当然更多的是担忧，害怕哪儿没有做好，惹了这尊大佛，结果一来就听到何心诺的哭诉，便询问这是怎么回事？

何心诺瞄了一眼陆彦辰，然后小心翼翼地说："老板，时光让陆公子不高兴了。"

雷老板暗咒了一声，赶紧赔笑："陆少，时光她年纪小，是个只知道游泳的二愣子，不太懂人情世故，有不周到的地方，还请多多担待……"

这个时光，他是给过警告的，要她好好教陆公子，她是个聪明人，难道听不懂他话里的意思？她不知道陆家的人，是不可以随便得罪的吗！

雷老板说着，频频向时光使眼色，让她快点过来道歉。

时光无语，她道什么歉，那些短信根本不是她发的，可是……算了，能道歉完事也好，多一事不如少一事。

然而何心诺先她一步向前对陆彦辰说："陆公子，对不起，今天让您看笑话了。刚才我也不知道发生了什么事，就被时光一通冤枉。我平时都忍着，今天也不知道怎么了，我也想忍耐，可就是忍不住，一看到你，我就……忍不住想哭。"

她脸上还挂着泪痕，勉强自己苦笑着，一副很委屈的样子。

吴兴眼珠一转，心里有个打算，便看着陆彦辰说："陆公子，心诺就是性子软了一些，什么事都低调、随意。其实她是我们俱乐部游得最好的，当然也是最专业的，她教过的学员没有不夸她的。"

何心诺立刻娇嗔一声，打断吴兴的话："教练，你别说了。"

有了上次的经验，再加上看到时光强吻陆彦辰，被陆彦辰嫌弃，她觉得陆彦辰不喜欢过于主动的女生，这个孤傲的男人喜欢掌控一切。所以此刻，她非常懂得以退为进。

"是吗？"一直缄默的陆彦辰终于出声了，他高深莫测地瞥了一眼何心诺，一副很有兴趣的样子。

何心诺立刻心花怒放，果然，她赌对了。

吴兴笑呵呵地说："当然，而且在俱乐部，一千五百米也属心诺游得最快最好。"

雷老板皱了皱眉，他一惯会看风使舵，当然能瞧出这是演的哪一出，这个吴兴和何心诺想抢人。

如果时光得罪了陆彦辰，何心诺能安抚好陆彦辰，这是好事，他不在乎陆彦辰由谁教，反正都是他俱乐部的人，他要的是不得罪陆彦辰。

确实没有错，何心诺的一千五百米在他们俱乐部里是最快的，可也只是在他们俱乐部而已，真正的成绩并不怎么样。

“如此，真要好好见识一下了。”陆彦辰薄唇微启，在旁边的休息椅上坐了下来，仿佛真有换教练的打算。

吴兴和何心诺对视一眼，笑得那叫一个春风得意，好像已经彻底将时光踢出局一样。

雷老板却有点儿惴惴不安，就他从旁人那里对陆彦辰的了解，陆家的四公子没有那么好说话。

只有时光看出陆彦辰生气了，她注意到陆彦辰坐下来的时候，修长的手指在椅子扶手上轻轻敲了两下。他做这个动作，一般是代表有人要倒霉了。

只是她不太明白，他是想让谁倒霉？何心诺，还是她……

时光的心一下子提了起来。

那边何心诺已经准备好了，她下水之前娇羞地看了陆彦辰一眼。

陆彦辰挑眉，嘴角勾了一丝弧度，似笑非笑。

随着一声令响，何心诺纵身入水。她游得很快，游得特别标准……两个来回她便停了下来，“哗啦”一声破水而出。

她靠在水池边，挺胸看着陆彦辰。

吴兴立刻谄媚地看着陆彦辰：“陆少，怎么样？

坐着的男人，全身高冷的气场，似乎略有不解，轻问了一声：“这就游了 1500 米？”

吴兴愣了一下，立刻明白了他的意思，赶紧吩咐何心诺继续游，来一个标准的 1500 米。

旁边的雷老板看得心惊胆战，虽然不知道会发生什么，但莫名感觉到紧张。他小心翼翼地问道：“陆少，您看，要不要去休息室喝杯茶？”

陆彦辰用漠然的语气道：“不用了，我就随便看看。你请自便，就当我不存在。”

声音像珠玉落盘，不高不低，不温不寒，可让听的人莫名发冷。

雷老板立刻干笑了起来，他怎么敢当陆家四公子不存在。

时光还是不太明白陆彦辰想干什么，也不知道自己是走人呢，还是继续留下来看事情的后续发展。

何心诺游得又快又好，韧劲儿像一个马拉松选手。在最后两圈的时候，她甚至全力冲刺了，就是想在陆彦辰面前，留下一个好印象。

训练馆有一段时间特别安静，只能听到何心诺游水的声音。

陆彦辰静静坐着。

突然，他扭头看了一眼旁边的雷老板，示意他对面的位置，然后淡淡地说了两个字："坐吧。"

雷老板受宠若惊。传言陆家的四公子最高冷孤傲，对谁都疏离淡漠，现在却对他如此平易近人，他真是很不安，总感觉不对劲。

他不敢和陆家的公子平起平坐，可是陆彦辰已经发话了，他又不能不坐，只能忐忑不安地走过去坐下，屁股就占了那么一丁点位置。

抬头，正好对上陆彦辰的眼睛，漆黑深邃，像是能将人吸进去的旋涡，他立刻又站了起来，感觉自己的腿在发软："陆少，我还是站着习惯，站着习惯。"

陆彦辰摆了摆手，再次示意他坐，并且说道："听说雷老板是一个爱茶之人。"

"小兴趣而已，不过今日刚收到从武夷山来的大红袍，还没有开封，据说来自百年古树，陆少可要试试？"他想与陆彦辰拉关系，可又害怕太过，因此问得小心翼翼。

陆彦辰没出声，只是若有兴趣地翘了一下嘴角

雷老板多会察言观色，立刻便明白过来，赶紧让旁边的人去准备。

这时，何心诺的1500米游完了，她从泳池上来，正拿着毛巾擦脸上的水珠，走过去娇羞地喊了一声："陆少。"

陆彦辰抬头看了她一眼："这就游完了？"然后看了雷老板一眼，仿佛在说刚刚与你聊茶，忘记看了。

雷老板细细观察，心里琢磨着，轻声建议："要不，让她再游一圈？"

陆彦辰俊逸的唇，浅浅一勾："也好。"

雷老板松了一口气，让何心诺再去游一圈。

何心诺一圈游下来，觉得特别疲惫特别累，但她的心是甜的，然而这甜还没有细品，就变得有些苦了。她不想游，可是除了答应，什么话都说不出来。哪怕再累，她还是得游，还得笑得特别开心地去游，绝对不能表现出一点不高兴，不然陆彦辰会以为她在耍脾气。

陆彦辰想看她游泳，说明她游得好，等看完之后他肯定会说，让她成为他的教练。她要坚持，坚持下来一定会获得胜利的曙光。

吴兴向前，悄悄问了何心诺一句："你还行吗？"他太了解何心诺了，1500 的强度，她游一圈就够了。

"没事，我还可以继续游。"何心诺扬起一抹笑，然后略带娇羞状，看了一眼陆彦辰。

下一秒，她扭头看向旁边的时光，脸上得意的神情，仿佛是在示威，也在提醒时光，你就做好被解雇的准备吧。

高档茶具搬到了训练馆，放在小小的藤桌上。雷老板立刻起身泡茶，泡好后，双手端着第一杯，小心翼翼地放到陆彦辰面前。

陆彦辰端起吹了两下，然后呷了一口："这茶，不错。"

雷老板立刻笑着说："据说这茶来自九龙窠的古树，相传已经有三百多年的历史……"

陆彦辰的目光，漫不经心地放在水里的何心诺身上，手指轻轻摩挲着茶杯："雷老板，这就是你俱乐部里 1500 米的最佳成绩？"他的眸色一下子变冷了。

雷老板全身一寒。

他会那么怕陆彦辰，除陆彦辰姓陆之外，还有另外一个原因。

陆彦辰的母亲姓沈，沈家这些年特别支持体育项目，还成立了体育基金，很多游泳馆、体育场都是沈家的。沈氏水立方就是沈家旗下的一个产业，所以大运会颁奖人会是陆彦辰。

除忌惮陆家之外，也是因为他想与沈家合作。可想与沈家合作，在人脉之前，需要的是成绩……

他立刻让吴兴去催何心诺快点。

吴兴了解何心诺的体力，游完一次 1500 米，她能再游已经不错了，还要保持速度，这根本不可能。

看到吴兴皱眉，一副担忧的样子，唯唯诺诺也不出声，雷老板气急，直接走到泳池边大喊：“心诺，这虽然不是比赛，可你也必须和比赛一样游，快点，快点，再快点！”

何心诺已经很疲惫了，心里的欣喜和激动已经全部消平。她现在只想快点结束，加速，强撑，她给自己找了一个让自己坚持的理由，征服陆彦辰！咬咬牙挺过来，她就可能摆脱现在的困境，当然这是她唯一的希望……可是游泳本身就是一项强度较大的运动，会消耗大量体能，游 1500 米等于跑步 6000 米，相当于一个迷你马拉松。

当何心诺结束时，她已经没办法动了。

眼前发黑，头有点晕，四肢无力，有点哆嗦。她觉得自己游得很好，可预想的却完全没有发生。

陆彦辰淡淡地说：“不是说要给我看最好的成绩？这圈这么慢……是热身？”坐着的他，却透着君临天下的压迫感。

何心诺的身子一僵，在原地怔住。

热身？还要游？她看着用修长的手指拿着茶杯优雅品尝的陆彦辰，如坠冰窖！

吴兴赶紧上前说：“这已经游了两圈了，体力大量消耗，再游也游不出最佳成绩的。”

陆彦辰看都没看吴兴一眼，只是看向雷老板：“是吗？”

“当然不是！”雷老板赶忙说道，随即吩咐何心诺，“再来一圈，让大家看看你的真实实力。”

这哪里是时光得罪了陆彦辰，这显然是何心诺自己得罪了人还不知道。这何心诺惹谁不好，偏去招惹陆家四公子！

何心诺游了两轮 1500 米，已经没有体力了，脸色发白，气喘吁吁，身体也在轻轻发抖。她当然是不想再游了，可是雷老板已经出声了，她又不能不去。这个时候，她特别希望有个人，能够拯救自己。她下意识地看向陆彦辰，一副娇弱的样子，仿佛下一秒就会晕倒一样。

哪怕察觉到了不对劲，但她依旧不太愿意相信。

她希望陆彦辰可以怜香惜玉。可是陆彦辰垂眸，面无表情，给自己倒了一杯茶。

何心诺最后一丝希望被无情摧毁了，她泪眼汪汪，求救一般看向吴兴。吴兴万分心疼，立刻说："陆少，心诺刚才游了两大圈，这要再游出最好的成绩，得先休息，吃点东西补充一下体力。"

陆彦辰眯起双眼，嘴角抿直。他冷冷地看着雷老板："看个节目，就不能安静点？"

节目？怎么变成节目了……众人齐齐一愣，但是没有人敢说什么，毕竟是吴兴和何心诺先提出的游 1500 米。

"是是是，心诺，你快开始吧。"雷老板冷汗淋漓，他暗暗瞪了吴兴一眼，让他别多事，这可是他都不敢得罪的人，他一个教练在这儿咋呼什么，也是怪他和何心诺不自量力，想拍马屁也不找对地方，结果拍到马腿上了。

吴兴特别不安，他咬紧牙关，敢怒不敢言，看着何心诺全是担忧。他是真的对何心诺很好，可是他也无能为力，只能看着何心诺再下水。如果知道事情会发展到这一步，他绝对不会说何心诺 1500 米游得最快、最好。

半晌后，他又小声地对陆彦辰说："陆少，其实我教过很多学生，1500 米都游得不错……时光的 1500 米也是游得极好、极快，你看要不要让时光也游一圈给您看看？"

要知道，训练过度容易造成肌肉拉伤，恢复不好的话，就可能再也游不了泳。再这样游下去，何心诺的游泳生涯就要在今天终结了。

俊雅高冷的男人微微瞥了他一眼，眸色深深，让人看不清他的真实神色。

吴兴的心脏突然剧烈地跳动起来，不知道为什么，他在这个高冷的男人眼里，看到一抹无情的肃杀，似冰冷的利刃。他全身一僵，待他想看清时，陆彦辰已经将目光移到时光身上，这是答应了他的请求？

心脏下一秒，似乎就要跳出心口。

时光抿着嘴，看她干什么，不会真的让她游吧？

这游一两圈 1500 米没什么，她怕的就是让她游很多圈。

陆彦辰嘴角勾起一抹嘲讽的弧度，一脸嫌弃地扭开头：“已经见识过了，耐力还是可以，可是游泳的姿势太丑。”

时光：“……”

哪里丑了？见过她游泳的，没有人不说她游得好看。他是故意的！他突然为难何心诺，是因为相信她？认定那些信息是何心诺发的？

何心诺一直游，不停地游着。开始还有人给她计圈，后面已经没人帮她计圈了，她不知道自己游了多久，应该有1500米了，但好像又差一点。

她想停下，可是才慢一点，耳边又传来雷老板催促的声音。好累好累，视野似乎有些模糊，疲惫的身体也有些无法支撑，身体不停往下沉，她要用全部的力量，才能浮起身体，继续往前游。

她不懂自己为什么要受这种折磨，不就是一个陆彦辰？有钱有权势的人多了，她为什么非要和时光抢陆彦辰？

何心诺后悔了，再游下去，她的游泳运动员生涯，估计就要终止了。可是现在，不是她不想游就可以不游的。

明明陆彦辰是讨厌时光的，她看得出来，陆彦辰极度厌恶时光，这个时候他要整的人不应该是时光吗？为什么偏偏就与她过不去了？

该死的，到底是哪儿不对？哪一步走错了？

差不多了，应该差不多了，1500米了，何心诺想出水，可是刚刚停下来，耳边又响起雷老板的声音，让她游，快点儿游……

于是一圈又一圈，也不知道多少圈了。训练馆很安静，众人都屏着呼吸盯着水面。

何心诺的体力流逝得极快，已经支撑不住她继续游了。更可怕的是她这会儿发现自己的小腿在抖，抽筋了一样地疼，然后紧接着浑身都在抖。

一口水呛进喉咙里，她浮不起、沉不下，惊恐地四处抓，并且大喊着：“救命，救命……”

就在何心诺以为自己快要完蛋的时候，终于有人从身后抱住了她，搂着她的腰将她带出了水面。能呼吸的下一秒，她便“哇哇”大哭了起来。

她睁开眼睛时……看到池边上站着一个如神祇般美丽的男人，一身简单的家居服，全身散发着尊贵优雅的气质，那脸上淡淡的笑容比冬日的寒风还冰冷。

“游不动了？”他问。

何心诺打了个哆嗦，高贵的男人让她生出一种害怕的感觉。她动了动唇，不受控制地回了一个字：“没……”

陆彦辰微微眯了双眼：“那就继续！”

还要继续………何心诺惶恐地张大眼睛，脸色发青，嘴唇煞白。

不能游了，游不动了，再游下去她真的会……她求救一般看向雷老板，希望他能帮自己。可雷老板是典型的墙头草，两相权衡取其利。

怎么办？她慌乱之下，狠狠掐了一下吴兴，然后开始不停地大喘，喘不过来的样子好像下一秒就会窒息而亡。

吴兴察觉到她的不对劲，连忙问：“心诺，你怎么了？”

何心诺捂住了心口，眉头紧蹙：“心脏难受……”

“怎么难受？”

“痛……绞痛……好痛……”何心诺说完，直接晕倒在吴兴怀里。

吴兴赶紧大喊：“叫救护车，快叫救护车。”然后看着陆彦辰，“陆少手下留情，再游下去会死人的。”

陆彦辰静默着伫立在原地，一言不发，浑身的温度冷得吓人。众人大气都不敢喘一下。

整个训练馆都陷入了一片安静。

雷老板悄悄走到时光身边，推了推时光。

时光皱眉，一脸惊讶地看着雷老板，这是让她去劝陆彦辰。可陆彦辰也很讨厌她，再加上骚扰短信，她上去说指不定会雪上加霜。再说了，那个何心诺平时心脏好着呢，心绞痛？这一看就是假的

她想了想，拿着手机挥了挥：“那个，我打电话叫救护车吧……”

陆彦辰看了她一眼，突然转身，当所有人都是透明的空气，冷着一张脸便走了。

雷老板舒了一口气，狠狠瞪了吴兴和何心诺一眼，赶紧跟了出去。

何心诺当然没有真晕，陆彦辰一走，她便悠悠醒转了。扭头，看到时光正一脸了然地看着自己。她恼羞成怒，无力地握住拳头，胸口剧烈起伏了半

刻：“时光，你怎么会那么狠毒！”

确定了何心诺是装晕后，准备要走的时光停住了步子，她轻轻一笑：“我狠毒，你什么意思？”

“你是想弄死我啊？你故意算计我的！真看不出来你还有这本事，才上了两节课就将陆彦辰搞定了。你们上床了吧，所以他才会帮着你一起来整我！”

何心诺不敢怪陆彦辰，便将一切都怪到时光身上，认定是时光陷害她。

“你摸着良心说，是我心毒，还是你心毒？今天这一切都是你自找的。”

何心诺全身打战，咬牙道：“你以为陆彦辰现在帮你欺负我，他就是爱你了吗？我告诉你，你这样的人对他而言就是商品，他只是玩一下你，你等着被他玩烂了，当破鞋丢掉吧！”

时光垂在身侧的手突然攥紧，面色也变得有些苍白。她冷笑一声：“何心诺，我以前只是觉得你心思有些不正罢了，现在我觉得你很恶心。记住一句话，多行不义必自毙！”

走出训练馆，时光自嘲地笑笑，虽然刚才何心诺是随口乱说的，可是过去发生的一切，又确实是如她所说的那样。

她不就是陆彦辰玩腻的，不要了的？

时光骑着电动车回家。当车子停在公寓楼下时，她的情绪已经恢复如常，感觉自己又像一只打不死的小强。既然是往事，既然已经深埋心底，那就不要去在意，人应该都要向前看，乐观、积极、向上。

陆彦辰不珍惜她，她迟早有一天会找到珍惜她的人。

虽然分手了，可是那一场恋爱，她也并没损失什么。毕竟陆彦辰那样的男人，是令所有女人心驰神往的。

他是她的初恋男友，也是她苦心追求而来的，而且今天的事情，她真觉得他明智，居然能看穿何心诺那个“白莲花”的真面目，不管如何，得和他说声谢谢。

时光走进电梯，按了十一楼。

电梯门刚要关上又被打开了。有人走了进来，时光抬头，看到了穿着一身家居服的陆彦辰。

他身材挺拔，气质冷峻，就算穿一身家居服，也给人高不可攀的感觉。

他从容不迫地走进来，目光淡淡地从她身上掠过，但很快又别开了。他给人的感觉冷漠疏离，好像两人是从来没见过面的陌生人。

电梯里面很安静，时光悄悄看了陆彦辰一眼，想要现在就道谢。

说了，也就不欠他什么了。

时光有些紧张，心跳骤快，动了动唇，正要出声……陆彦辰的电话响了起来，她只好暂停，等他讲完电话。

“嗯。”

“哦。”

“好。”

都是电话对面的人讲，他就非常简洁地说了三个字。

“叮咚”声传来，电梯到达十一楼。

时光捏拳，她还没说谢谢呢，这是说了再出去，还是等等……

就在她思考和犹豫的时候，电梯门再次关上了，电梯往十二楼而去。

在十二楼，他也没有收线，直接打着电话出去了。走出电梯后，他才将电话挂断。

时光望着他的背影，开口想喊他的名字，意识到两人现在的关系，又想到在俱乐部发生的一切，她赶紧改口，和雷老板一样叫他：“陆少。”

陆彦辰开门的动作微微一滞。

看到他停了下来，时光舒了一口气，她向前两步，犹豫着要怎么开口。

一直安静的陆彦辰，下一秒用力推开房门，他转身冷冷地看着时光，声音也冷得冻人：“我倒是忘记了，我跟你的账还没清算。

“什么账？”时光微愣，低低问了一句。

随即，她想到了那三条骚扰短信，暗暗地嘟囔了一句：“你不是已经确定了，那些短信是何心诺发的，不然你为什么这样对何心诺。”

陆彦辰的眼神冷若冰霜地盯在她脸上，声调也如寒冰一般：“我最讨厌别人拿我当成厮杀的工具！”

时光身体狠狠一颤。他虽然还是一如既往的冷漠，可她却感觉到他的愤怒……心跳蓦地加快，她抿着嘴，面色变得有些苍白。

陆彦辰一直盯着她，目光锐利凌厉，看得她心脏发抖。

空气突然变得有些诡异。

在时光快要承受不住时，陆彦辰突然扭开了头，并且补了一句：“并不是因为你！”

时光脸色涨红，嘲讽她自作多情？她原本也没认定他是为了她，只是想感谢他的明察秋毫。

噘，原来不是，他会收拾何心诺，是讨厌何心诺和吴兴在他面前算计。

“可是那三条短信，真不是我发的。”她表示自己很无辜，看到陆彦辰脸上的寒气还未散去，便又怯生生地说：“真的是何心诺发的。”

陆彦辰漠然地看着她：“手机号码是她的？”

时光苦着小脸，摇了摇头：“不是，是她拿我的手机发的。”

陆彦辰又问：“你有证据？”

时光继续摇头：“没有。”

陆彦辰接着问：“那发给我的短信，号码是你的吗？”

时光还想再摇头，可是不行，她点头，很轻地“嗯”了一声。

“号码是你在用吗？”

“嗯！”

“今天用手机打电话了吗？”

“嗯！”

“发短信了吗？”

时光不经思考就“嗯”了一声，不过很快反应过来了，她赶紧摇头：“不是，不是！”

陆彦辰讽刺地勾唇，慢条斯理地说：“已经鉴定了，短信就是你发的。”他向前一步，向她逼近，“说吧，你有什么目的？”

“我……我……”

时光后退两步，被逼得支支吾吾了好半天，都没能说出一句完整的话。

她的小脸已经充血，胸口血气翻涌，眼看着退无可退。陆彦辰就要逼过来了。她咬唇，抬起双手，轻轻一摆：“你听我说，我真的是无辜的。”

“你刚才已经承认了。”陆彦辰似乎跟她杠上了，语气冷漠但坚定。

时光有些烦躁，她呼了一口气，皱眉说：“我怎么解释都没用了？行，就当是我发的吧，不就是三条短信吗，我向你说对不起，这事能过了吗？”

陆彦辰一副万分嫌弃的样子：“你说过就过，你可知道我看到这三条短信时，恶心到饭都没吃！”

时光：“……”

有那么夸张吗？以前两人在一起时，他可是很色的，可没少说荤段子，现在装什么纯洁。可谁让短信是从她手机里发出去的呢。

饭都没吃是吗？

她讷讷地提议：“你还没吃饭呀，那我给你做顿饭，这事儿，咱们就当扯平了？”

她又看了陆彦辰一眼，好像并不满意，生怕他不依不饶，时光又赶紧说：“那就这么说定了！”

陆彦辰瞥了她一眼，时光笑了笑，但是笑得不情不愿，笑意一分也没到达眼底。

陆彦辰进了屋，只听见“砰”的一声响，他将门关了起来，毫不犹豫。

时光在原地站着，鼓了鼓腮帮子。不要就不要，真当她愿意，这还不是没得选。刚准备离开时，房门又被人打开，陆彦辰神色不耐烦，冲她一偏头，声音低沉：“要做，就快点！”

时光在心里“呃”了一声，这话怎么听着那么暧昧……

她在想什么呢？时光赶紧跟在陆彦辰身后进了屋。

屋内的装修是简洁的欧式风，顶楼就只有这一套房子，复式楼，空间特别大，时光也不想乱窜，便问：“厨房在哪边？”

陆彦辰偏头看了一下右边。

时光意会，立刻放下包，挽着袖子走过去。

厨房是开放式的，将实用美观的餐桌与厨房紧密相连，看上去非常温馨。不过这个厨房，好像还没被人使用过，干净到令人发指。

打开冰箱，里面空空如也，什么都没有。

这……巧妇难为无米之炊，没东西她怎么做？她关上冰箱走了出去，看着陆彦辰："你家什么也没有。"

陆彦辰坐在沙发正中间跷着脚，手里拿着遥控器换台，然后淡淡地"嗯"了一声。

没有你为啥不早说？时光无语。

过分安静的空气里，莫名感觉到天空飞过一群乌鸦，留下一串浓墨的省略号。行，谁让做饭是她提议的，她去买菜行吧。

其实请他去外面吃一顿，是再省事不过的。可是谁知道他陆公子要去哪里吃，她现在手头紧，可没有多余的钱浪费在他身上了。

"那我去买菜。"她说着，提起自己的包包走了，还好近，小区超市就有买。

陆彦辰闲散地扭头，看着她的背影，嘴角不自觉地弯了一下。

到了小区超市，时光买了几个菜，又买了米和一些调味品，计算了一下，还是比去外面吃划算多了。

今天折腾到了很晚，还以为可以休息一下午，不用给他上课，结果还要给他做饭。

时光提着一大袋东西回去，远远地看到有个熟悉的身影，走近了才发现，是楚牧北。

她立刻放慢了步子，想等楚牧北先进去。不想楚牧北看到她了，并且向着她走来。

"时光。"

时光瞥了眼楚牧北欠扁的笑脸，加快步子想要甩了这个人。可是她快他也快，一点也不在意时光的冷漠，又笑嘻嘻地叫了一声："小时光。"

时光只好又放慢步子，让他先走，可楚牧北就是要粘着她："我说时光妹妹，你干吗不是要快我两步，就是要慢我两步，咱们不能并排走，好好聊个天吗？"

从"时光"到"小时光"，再到"时光妹妹"，他特别自来熟，好像两人已经是老朋友一样。

时光有点儿无语，为什么陆彦辰那么冷漠的性子，会交一个这么话多的朋友。

电梯里，楚牧北看向绷着一张脸的时光："我说时光妹妹，我这么个大帅哥在你面前，你脸色怎么可以难看成这样？难道不应该笑一笑吗？”

时光看着他：“楚公子，你别太自来熟，我们真不熟。”

“啊！”楚牧北立刻装出一副悲痛欲绝的样子，还夸张地揪住自己的领口，“时光妹妹，你好冷酷、好无情啊！”

时光的额头画下三条黑线：“演过了，楚公子！”

楚牧北笑得一脸惬意。

他目光瞥了一眼时光手里的塑胶袋，再看了一眼电梯的数字按键，她没有按十一楼。

一个想法在脑海中一闪而过，楚牧北眼前一亮，立刻嘿嘿笑出两声：“时光妹妹，有你的，你该不会是上十二楼给陆彦辰做饭吧？”

时光仿若被雷劈中，陡然僵住了身体。

原本她觉得给陆彦辰做这顿饭不代表什么，坦坦荡荡得很。可是这会儿从楚牧北嘴里说出来，怎么就觉得那么暧昧呢？

她抿了抿唇，转头看向楚牧北；“事情不是你所想的那样。”

“不是我所想的哪样？我都还没有说什么，你就知道了？”楚牧北的语气别提多揶揄了。

“只是因为出了一点事，然后我答应做顿饭当赔偿，然后我们就两清了。”

“哦，是吗？”

“信不信随你。”

“时光妹妹，别生气呀，我相信你，特别相信你。”说是相信她，可时光却没感觉到他半分的相信，只感觉到他戏谑的笑和八卦的表情。

“老陆这人看着冷，跟个冰坨子一样，脾气还坏，不过这是一般人都知道的。还有一般人不知道的，你想不想我告诉你？这可是他的弱点。”楚牧北语带诱惑，稍稍压低声音说。

“什么？”

“想我告诉你也行……”楚牧北把诱饵抛出去后，开始卖起了关子，“不过告诉你之前，你得先告诉我，你喜不喜欢老陆。”

时光想也没想，就立刻回道：“不喜欢。”

楚牧北显然不相信：“不喜欢，为什么要知道他的弱点呢？”

“知己知彼，方能百战百胜。”

“这一般适合在对付敌人的时候用。”

时光勾唇，颇有深意地笑了笑。

陆彦辰不就是她的敌人吗！

“你也觉得陆彦辰缺个女人调教吧？”楚牧北摸着下巴，摩挲了几下，发自肺腑道，“知道攻下他的心，不可毛遂自荐，只能欲擒故纵。”

时光：“……”

这都什么跟什么呀？和花花公子真没有办法好好聊天，还好十二楼已经到了。

第五章

我只有你一个女朋友

楚牧北先走出电梯，并且按响了门铃。

不一会儿，陆彦辰便出来开门，看到外面站着的人是楚牧北时，随手便要将门关上。楚牧北立刻伸手按住，痞痞地调侃：“为什么又将我关在门外，难不成你屋子里藏了女人，我打扰了你们的好事？”

陆彦辰冷冷地看着他：“你成天不泡妞，来找我干什么？”

楚牧北挑了挑眉：“当然是因为我的时光妹妹邀请我过来用餐啦！”说着他又扭头，“是吗？时光妹妹？”

陆彦辰的眼底不露痕迹地闪过一抹危险的流光。可是楚牧北依旧一脸欠扁的笑，他一个人的话他还真不敢这么笑，但是他身后有一个看着弱小、实则强大的时光妹妹，他就不信陆彦辰还能继续关门了。

果然，陆彦辰就算不愿，还是后退了一步。

楚牧北立刻笑着走进去，进去后还叫了一声身后的时光：“时光妹妹，你快进来……”

时光很无语，她努力当楚牧北是空气，做完这顿饭就赶紧走人。

抬头，对上陆彦辰的目光，时光微愣了一下。只见陆彦辰那双深邃的眼睛里，散发着冰冷的光，透着森然的寒意，让人感觉空气能在瞬间冻结。

几乎是本能地，时光便问了一句：“我在外面碰到你朋友，需要给他做一份饭吗？”

楚牧北脸上的笑容一僵：“时光妹妹，你这也太拆我的台了吧！”

陆彦辰虽然还是冷着一张脸，但目光柔和了一些：“不用。”

楚牧北怒视他：“你这个有异性没人性的家伙……”

陆彦辰没有理他，迈步走向客厅，楚牧北跟了上去：“亏得我以前对你那么好，你现在小气到连顿饭都不给我吃……”

幼稚的男人，时光在心里嘀咕了一句，提着菜进了厨房。

虽然陆彦辰说不用做楚牧北的饭，但就现在的情况，显然饭是要多做一点的。

瞟了一眼厨房的方向，楚牧北挑眉轻笑，凑到陆彦辰面前八卦：“你们进展到哪一步了？如果我不来的话，你们今晚是不是准备……”

陆彦辰沉着脸，不耐烦地说：“有事赶紧说，说完滚蛋！”

“啧啧，动不动就叫我滚。爷我真倒了八辈子血霉，怎么就跟你混在一起。”楚牧北抱怨一句，“今天这饭，我还就吃定了！”

陆彦辰锐利的目光深邃地看着他，看得楚牧北全身发毛：“得得得，我先说正事，老头子今天问我了，这到底是继续留队还是转业。”

“怎么突然问你了？”

“最近一段时间，上面有些波动，刘家风头正旺着，前两天装模作样到我家和老爷子一起喝了杯茶，然后非常不随意地问起了我的婚事……”楚牧北说着说着，脸就黑了。

“刘家女儿，长相是你的菜，联姻也不错。”陆彦辰淡淡地说。

“我才不要，长得漂亮有什么用，没有一点儿内涵，和你那个……”

陆彦辰危险地眯起双眼，层层阴寒的戾气，似利刃一般刺向他。

楚牧北立刻收声了，他啧啧两声：“我懂，不说还不行吗？那你说说到底怎么决定的，你现在一直犹豫不决，是不是因为时光妹妹？”

他下巴移了移，示意厨房的方向。

陆彦辰冷冷地看着他：“你自己的未来，自己决定就好。”

楚牧北的嘴角勾起笑，一双眼睛眯成缝，说：“那怎么行，肯定要听听你的意见，好歹我们也是大院里大家认定的‘标准情侣’。”

“滚！”

楚牧北耍无赖表示：“不，我要留下来吃时光妹妹做的菜。”他扭头，看着厨房的方向，“看时光妹妹多好呀，长得漂亮，下得了厨房，你就别不懂风情了，赶紧把前女友忘了吧。分都分这么久了，我告诉你，你要是真不喜欢，我就真的上了。”

他也就是随口说说，陆彦辰什么人，能进他的屋，还去厨房做饭，要说他和这个时光没什么，他打死都不信。

陆彦辰懒得再理他，起身走人，但也没有走太远，就坐在吧台那儿，用笔记本电脑看股市。

不一会儿，楚牧北粘过来了：“最近看好哪一支，我说你的眼光那么准，要不转业得了……”

时光用最快的速度，从厨房里端出了四菜一汤。

酸菜鱼、糖醋排骨、红烧茄子、清炒藕片，还有一个西红柿鸡蛋汤。简单的家常菜，卖相相当不错，香气浓郁。

诱人的味道在空气中扑鼻而来，楚牧北站了起来，眼神炽热，说：“时光妹妹，我来帮你拿碗筷盛饭。”

陆彦辰脸上表情没变，可目光如冰一般。

“你给我坐下！”这句命令说出来时，他才意识到自己说了什么。

楚牧北愣了一下，随即笑了起来：“好呀，那你去帮忙。”

高冷的陆公子，眼底闪过一丝不自然，转身想往厨房去，抬头却看到系着围裙正在盛饭的女孩，一愣，只觉得眼前的画面非常眼熟。原本想进去的他，突然又折回来了，和楚牧北一样，在餐桌前坐了下来。

楚牧北略有不解：“你不去帮时光妹妹？”

陆彦辰瞪了他一眼：“她不是你爸在外面生的私生女，别随口就叫，你们不熟！”

楚牧北嘴里喝的一口水，差点儿没喷出来。他哈哈大笑了起来，这两人简直不要太像。

时光把饭端出来，就看到一个笑得花枝乱颤，一个全身冷如冰霜，她把饭给他们放下，又把汤碗给他们摆上。

桌子上就摆了两副碗筷，楚牧北敛笑，看着时光道：“时光……”怕陆彦辰这小气鬼吃醋，赶紧收住后面两个字，“你也坐下来吃。”

时光摇头：“不用了。”

“为什么不用？”楚牧北挑眉，“是不是觉得我太帅了，怕吃了一顿饭之后，会忍不住爱上我？”

时光嘴角一抽，真够自恋的。她是饿了，是想吃，不过还是算了，和陆彦辰在一起吃饭多不自在。

时光取下身上的围裙，刚要迈步走人，陆彦辰便出声了：“坐下！”

威严的两个字让时光停下来，看着他，高冷的男人一脸疏离的表情：“你走了，等会儿谁洗碗？”

楚牧北的眼底泛着一丝疑惑的流光，随即笑嘻嘻地看着时光：“时光，快去盛饭。”

时光犹豫一下，转身又回了厨房。

吃就吃，有饭不蹭是傻蛋。

楚牧北对陆彦辰低声说：“我说老陆，你明明就是想让人家留下来吃饭，却非要说没人洗碗，你这样会追不到女朋友的。”

陆彦辰侧头对上他的眼睛：“那么多吃的都堵不住你的嘴？”

楚牧北拧起眉毛，他表示自己阅人无数，只要稍稍瞥上那么一眼，别人心里打着什么小九九，差不多能一览无余，包括他家老爷子，他都能够察言观色。就陆彦辰这家伙，他就怎么都看不透，完全不知道这家伙心里在想什么。你说你喜欢人家，你对人家温柔一点会死吗？故意装高冷，欲擒故纵？似乎也不像……猜不透，猜不透！

时光盛饭出来，坐下的位置离陆彦辰稍远，离楚牧北稍近。

楚牧北立刻笑了起来：“老陆，看来还是我比较招妹子喜欢呀。”

陆彦辰没理他，垂眸用餐。

楚牧北也不在意，看着时光，笑着问：“时光，我还不知道你在哪所学校读书呢。”

不待时光出声，陆彦辰便说道：“吃东西的时候，能不能不发出声音？”

虽然留下来吃饭了，但时光全身不自在，即使陆彦辰这一句话淡淡的，没有什么不悦，可她还是觉得心肝颤了一下。

她用力将嘴里的饭吞下去，瞥了一眼陆彦辰。

陆彦辰专心用着餐，动作优雅从容，垂着眼眸，面无表情，令人看不透他此刻真实的情绪。

她看向楚牧北，小声回了一句：“我在陵南体育大学！”

声音刚响起，陆彦辰便冷冷地看了她一眼。时光几乎是本能地闭上了嘴巴，等到她意识到自己这个举动时，她在心里狠狠抽了自己一嘴巴，这也太没用了，怕什么呀？真是后悔，以前两人恋爱的时候，她没有好好虐待他。

明明是他提分手的，结果却一副她对不起他的样子……就好像她做了什么对不起他的事一样。她能做什么对不起他的事，难不成……

旁边楚牧北的声音响起，打断了时光的思路：“老陆，你什么毛病呀，吃饭不聊天多没劲。”

陆彦辰似笑非笑地弯了嘴角，嘲弄地看着他：“我记得上次，你同时交往的三个女朋友，一起来找你，还一起吃了个饭，用餐时你似乎就这么说过，吃东西的时候，能不能不发出声音？”

楚牧北被呛了一下，他指着陆彦辰：“你真的是……咳咳……”

他起身去吧台拿了一罐啤酒，起开易拉环喝了一口，然后又拿了两罐，一罐放到陆彦辰面前，一罐放到时光面前。

“来来来，感谢时光妹妹今天给我们准备的大餐。”又被提起“黑历史”的楚牧北，表示好心塞，人生中最尴尬的往事，永远不想再被提起。

陆彦辰不理他，可是在时光伸手拿啤酒的时候，陆彦辰先时光一步，将她面前的啤酒拿了过来。

时光拿空了……

楚牧北表示："你面前有。"

陆彦辰起开易拉环，慢悠悠地喝了一口："蹭饭就够了，还想蹭酒？"

楚牧北特别无语，这个老陆，你明明就是关心人家，不想人家喝酒，毕竟运动员少喝酒确实是好事，可为什么非要说成不想人家喝你家的酒呢？你到底是情商低呢？还是故意要隐藏自己的心？

陆彦辰的情商低，那是不可能的，他这人智商、情商都高得吓人。那就是故意隐藏自己的心了。

为什么？喜欢就上呀！

这个时光看着很不错，而且两人之间确实有些暧昧。看得出来时光对他也不是没有感觉，既然如此，那就迈前一步。

难不成，还是因为那个前女友？

那位无名氏前女友，真是有够厉害的。有时候他真的想找个人去调查一下，弄张照片来看看这个前女友到底长成什么样，能把陆彦辰迷得云里雾里，难不成是狐狸精转世？

楚牧北惋惜半天，总算安静地把饭给吃完了，看到时光要收拾碗筷，他便要帮忙："时光妹妹，我来帮你。"

看着笑得一脸风骚的楚牧北，陆彦辰沉了沉眸子，冷冷地看着他："你过来，我有事找你。"

"等会儿。"

"你很闲？"

"不闲，我很忙的，可是帮时光妹妹这点时间还是有的。"楚牧北说着，讨好一般对着时光眨了眨眼睛。

陆彦辰的眼神彻底冷了下来，霸气地命令楚牧北："既然这样，你把碗洗了。"

什么？楚牧北惊讶地指着自己，他洗碗？他的小眼神瞬间无比委屈："你怎么可以叫我洗碗，我那么忙。"

陆彦辰漠然地说："刚才是你自己说的，再忙，帮时光洗碗这点时间还是有的。"

时光："还是我来吧。"

陆彦辰的目光微微一瞥："你还想在我家待到什么时候？"

时光巴不得不用洗碗："我现在就回去，咱们的事就两清了。"

陆彦辰的目光稍显锐利，深邃地看着时光。

时光勇敢地与他对视着："还是说要洗了碗，才可以两清？"

楚牧北看了陆彦辰一眼，再看了时光一眼，如此来回好几次，像是发现了猎物的猎人，显得很有兴趣："什么两清？老实交代，你们之间是不是有什么见不得人的秘密……"

时光立刻回道："没有！"

陆彦辰斜视他："没有！"

楚牧北的脸上发光，眼睛亮晶晶的透着八卦："哇，这么有默契。"

陆彦辰的嘴角噙上一抹优雅的笑，修长的手指一指厨房："去洗碗。"又看了一眼时光，然后示意门的方向。时光意会，立刻转身了，速度那叫一个快。

"时光，等等，时光妹妹……"不管楚牧北怎么喊，时光拿起自己的包就潇洒地离开了。她感觉自己现在真是越来越淡定了，对于陆彦辰已经完全免疫，这样真是好得不能再好了。

楚牧北又气又怒，看着陆彦辰："我不洗，你自己洗吧。"

陆彦辰不管他，语带威胁："赶紧洗，洗完了收拾厨房，打扫卫生！"

说着便走到客厅，在沙发上坐下来，悠闲地打开电视看财经新闻。

楚牧北表示自己这顿饭蹭得真不值得。他故意弄出声响惊扰陆彦辰，可是陆彦辰全程置若罔闻。在无限的愤愤不平之中，楚牧北马马虎虎地把碗洗了，又马马虎虎地把卫生打扫了。

楚牧北边擦手，边走到沙发上坐下，怨念极深，说一句："弄好了。"

"哦，那你可以走了。"陆彦辰淡淡地说。

"刚才你不是说找我有事？"

"有吗？"楚牧北表示自己一口老血差点儿都要喷出来了。

赶他走他就偏不走，楚牧北故意和陆彦辰杠上。他拿着手机一会儿玩游戏一会儿刷新闻，一会儿又上微博。突然，他咦了一声："这帖子说的……好像是时光妹妹啊？"

陆彦辰好像没听到一样，一副不在意的样子。

“大运会 200 米自由游冠军，服用兴奋剂……”

运动员和兴奋剂搭在一起，永远是一个最敏感的话题。

陆彦辰的眼神一凛，瞬间升起一阵无人察觉的冷意：“手机拿来……”

“给……”

不待楚牧北手伸过去，陆彦辰已经伸手直接拿过手机。看到帖子里的内容，他的脸色黑得仿佛能够滴出墨来。

“兴奋剂这东西可是害人的，如果服用量过大，对人体造成的副作用，很多时候都是不能逆转的，特别是女人，时光怎么会……”

陆彦辰直接打断了楚牧北的话：“她不会！”

你这么确定？楚牧北脱口就想反问一句。可他偷瞄了一眼陆彦辰，脸色黑沉沉的，还有一些罕见的恼怒。

“也是，女人经常用兴奋剂的话，雄性激素会增高，长胡子，说话的声音像男人，时光妹妹一看就不是，她就是个娇滴滴的小姑娘，声音清脆得像百灵鸟。”

他瞄了一眼，评论下方清一色的都在骂时光，言辞都很过分。突然，楚牧北惊愕地瞪大眼睛，陆彦辰居然为了时光妹妹……去回复网友？

陆彦辰的性格一向高冷、孤傲，别说回复网友了，连看都不会看一眼，看来这个时光在他心里的分量还真不是一星半点儿。

可惜，那一群不明真相的网友，全部相信帖子里的内容。陆彦辰无意识地回的这一条信息，很快便被淹没了。

他的解释在网络里，根本不起任何作用。

有人跟着帖子的内容，扒出了 200 米自由泳的冠军。

于是时光那天比赛的照片，被发到网上了。

有人说时光长得还可以，看着不像是会用兴奋剂的人。立刻便又有人回复，说时光其实是一朵交际花，仗着自己长得还算漂亮，到处勾搭男人，私生活混乱，不知道跟了多少男人……那些评论污秽到令人没法看下去。

这显然是有人在故意做舆论引导，添油加醋。

时光很少上网。

她第二天早上，照常去了俱乐部。从她进来之后，她就发现大家看她的目光特别不对劲，都在背后看着她，悄悄讨论什么，时不时还看她一眼，鄙夷不屑，冷眉冷眼。

“真是有心机，居然用了兴奋剂！”

“没两把刷子，人家怎么拿冠军？”

“嗑了药的冠军？哼，现在曝光了，冠军名号肯定被收回去。”

……

发生什么事？时光满心疑惑，直到她接到李芳菲的电话：“太过分了，那些人怎么可以在网上这么‘黑’你！”

“黑”她？

时光结束了和李芳菲的通话，拿着手机上网。

这会儿帖子已经爆了，微博热搜前面几个也都全部是她。

她成了网络红人。

时光翻了几页评论，开始是说她服用兴奋剂，后面有人发帖说她不是好学生，嚣张恶毒，私生活混乱，不但用禁药，还滥交。

这还不是最恐怖的，更恐怖的在后面。

有人用她的名字开了一个微博号，并且还发了一条微博。

【时光】一群傻瓜，谁没个年少轻狂，我游得快是我的错？我长得漂亮，男人要追我是我的错？有本事给我拿出证据来！

这话太嚣张了，还特别无理，下面的评论，全部都在骂她。

“那么坏，那么贱，如果杀人不犯法，真想直接送她去投胎！”

“突然跳出来反驳，我现在怀疑一切都是炒作，想红想疯了吧！”

“现在什么人都有，为了红，真是什么事都做得出来，太恶心了！”

……

时光惊呆了，心里一阵冰凉。

这是诬陷，她没有服用兴奋剂。那几天感冒，为了怕药检出问题，她连治感冒的中成药都不敢吃。

太可怕了！是谁，怎么会如此狠？

如果她拿不出证据证明自己的清白，那就只能坐实这个罪名。

禁赛，开除，这样的丑闻，将伴随她一辈子！

时光气死了，气得差点儿把手机都给砸掉。会是谁？这么恶毒，想置她于死地？

何心诺？除了她，肯定没有别人！

她长舒一口气，告诉自己冷静，不要再像昨天一样，什么证据也没有就跑去质问，那样对方不会承认，自己反而还会落个不是。

可是她不去找何心诺，何心诺先找上她了。

“呵。”一声嗤笑，何心诺走向她，冷嘲热讽地说，“我就说，明明没有我快，样样不如我，怎么就拿了冠军，原来是有药相助呀！”

时光心中涌出一股怒火，那股怒火烧得她都快疯狂了。她狠狠攥着拳，忍着破口大骂，或者打人的冲动。

有的人，从骨子里散发着腐朽的坏，还并不觉得自己做错了什么，反而认定这么做是理所当然的。

她的忍让对何心诺而言，就是心虚。何心诺笑得更得意了：“怎么，网上有人把你曝光了，你就成哑巴了？你不是很厉害，不是挺能说会道的吗？”

“你给我闭嘴！”现在不回你，不是怕，她没有做，根本不需要怕。

“不知羞耻，居然用禁药，还这么理直气壮，真是让人恶心。”

时光庆幸自己有一颗强大的心脏，现在居然还能笑出来。她冷眼扫向何心诺：“我现在明白，有时候退让与宽容真不能解决问题。”

丢下这一句，她便转身离开了。

何心诺看着时光匆匆离开的背影，只觉得她狼狈极了，哈哈大笑起来。她的内心得到极大的快感，一张脸灿烂如花，只是这花看着有些扭曲。

对时光，何心诺内心深处有嗜血的嫉妒。可是嫉妒这种东西，是在两人差不多时才会发生的，你看谁会突然莫名其妙地去嫉妒某个首富，更多的只是羡慕。

近一段时间，何心诺发现时光已经不是她所能嫉妒的了，再加上陆彦辰那么折磨她，她所有的愤怒、不甘、阴暗，瞬间被点燃。

哪怕吴兴一再警告过她，别去网上发帖，那会毁了自己，可何心诺还是做了。

当网上的人都在攻击时光时，何心诺别提有多开心了。

她拿着手机在床上笑得哈哈打滚，兴奋到一个晚上都没睡。看不到时光倒霉的样子，她怎么能睡着。于是，就算今天休息，她还是来俱乐部了。

时光冷静下来后，开始想解决的办法。

大运会她做过药检，只要他们公布检查结果，就能证明她的清白了。

她第一时间找到了雷老板。

因为这个帖子，雷老板此刻正气愤着。时光是他俱乐部的人，这不但影响了时光，还影响了他俱乐部的形象，这会儿网上除攻击时光之外，也一直给他的俱乐部刷差评。

别让他查出来是谁，不然肯定让他吃不了兜着走。

雷老板从来都不是什么好人，对他而言只分有用的人和没用的人。当然他对时光，也没有什么好语气。

办公室一片肃杀，他冲着时光吼："你说，这是怎么回事？"

时光的小脸有些苍白："我没有做，这是诬陷，只要公布我的药检结果，就可以证明我的清白。"

"你说公布就公布。我刚刚打了电话过去，让我找这个找那个。一个两个平时看着多好，关键时刻全部都推得干干净净，走个正常程序，没半个月根本下不来，等那时候公布，黄花菜都凉了！"雷老板怒吼着，一掌狠狠拍在桌子上。

时光咬唇，心急如焚。

半个月的时间，她的罪名足够被定死了，热度散去，就算再证明她的清白，也没有几个人会相信。

"你这几天不要过来，等事情处理了再说！"雷老板压着火气又吼了一句，心烦地挥了挥手。

当时光离开后，他立刻骂了一句："一群不省心的东西，气死我了！"

就在此时，他的手机响了起。他接通电话，语气很不善，但当听到电话那头传来的声音时，震惊溢满了他的眼睛，暴怒快速消退，减弱到一丝不剩。

也不知道电话对面的人说了什么，他点头哈腰，没有丝毫脾气：“是，是……”

雷老板办公室的动静太大，惊动了很多人。

时光出来的时候，看到外面围了很多人，鄙视、冷漠、嘲笑全部向她袭来。

“雷老板发那么大的火，她肯定是服用兴奋剂了。”

“大家同在一个俱乐部，这下子我们估计要受她牵连了。”

“可不是，真是害人精。”

时光握紧的双拳，攥得掌心发疼，眼眶红肿，死死忍着不掉眼泪。她抬头挺腰离开俱乐部。

当没有人的时候，委屈、难过和惶恐不安，差点儿磨掉了她所有的坚韧，她差点儿就要脆弱地哭出来。还好她知道哭没用，雷老板现在不帮她，她只能靠自己。

兴奋剂检测实验室在检查之后，会将报告送到主办单位。时光去了大学生体育联合会，可是她去了也没用，磨了将近两个小时还是原样。

接待她的人黑着一张脸说：“都说要走程序，你和我们说也没有用，你要找上面的领导！”

“那你告诉我，我要怎么样才能联系他们？”

“我也告诉你了我不知道，我只是一个接待员。”

时光愤然，还感觉到一丝绝望，她压下所有情绪，再次缓声道：“你们这样，会毁了一个运动员的一生！”

“你是清白的，你怕什么！”

时光被她呛得不知道应该说什么了，脸色难看至极。她怕自己再待下去，会和对方吵起来。

她走了出去，坐在外面的台阶上，抬手揉了揉眉心，仿佛是前所未有的疲惫，呆呆地看着前方，也是万念俱灰的茫然。

她不知道的是，不远处的树下停着一辆黑色的越野车，车里的男人冷冽的眼睛一直静静地凝视着她……

电话突然响了，时光拿出来看了看，是她的教练张书林。

他应该也是知道帖子的事情了，他相信了吗？这会儿是来质问她的吗？时光有些怯弱，不敢接。可是有些事情，终究是要面对的，她呼了一口气，按了接听键，低低地喊了一声：“教练。”

“网上的事情，我都知道了。”张书林的声音还算平静。

但时光更不安了，立刻解释：“我没有，教练，我真的没有。我当时做了药检的，我想找他们拿报告，可是要走程序，要半个月。”

“你别急！”张书林安抚她，轻声道，“我相信你，我会以你教练的身份代表你向大运会主办方请求，要求他们以最快的速度出示比赛时的药检报告，向大众证明你的清白。”

教练百分之百的信任，如一抹温暖的阳光，让以为就要掉下悬崖的时光，看到了一丝希望。

她感动得热泪盈眶，笑了笑，制止自己哭鼻子：“谢谢你，教练。”

“你先回家，等我的消息。”

“好！”时光听话地点了点头，就算教练要帮她，但是时光依旧忐忑不安。她虽然回了家，但是没法休息。

她给李芳菲打了电话，让她找人帮忙调查一下帖子的 IP 地址。正在商量时，她接到了雷老板的电话，雷老板给了她一个微博账号，让她发一条微博。

上了网，时光瞪大了眼睛。

大运会主办方，居然已经贴出了她在比赛时的药检，指数正常得不能更正常，连可怀疑的空间都没有，可以百分百确定她没有服用兴奋剂。

这么快？时光震惊了！

同时，俱乐部也发了声明，严厉地谴责造谣帖，并且保留追究法律责任的权利。

时光片刻后回神，赶紧上微博，是她的名字，还直接挂了 V。

这才是时光的微博——

“三千微尘，有很多事情是我们不能预料的，但我真没想到自己有一天，居然能在一夜之间成为‘网络黑人’……清者自清，不需解释太多，心若向阳，何惧黑夜！”

她发了微博后，俱乐部立刻转发了。李芳菲也发动班上的同学转发，力证时光在学校是有口皆碑的好学生。

众人无语，这也反转得太快了吧！整个事情被处理得干净利落，真的令人觉得这像是一场炒作。可是大运会是官方微博，他们不可能联合炒作。

于是有人“扒”发帖人的 IP 地址，再后来，又有人“扒”几个引导舆论的 IP 地址，发现都是来自同一个地方。

舆论是把双刃剑，网友是很容易被引导的。

负面新闻只要稍稍引导，一大堆跟风的。有人爆料，这是一起有预谋、有策划的事件，许多网友明白过来被当枪使了的，就有些坐不住了。

再后面直接有人“扒”出，始作俑者是跟时光在同一个俱乐部的师姐。最后，何心诺的名字、照片、家庭住址，全部被贴在了网上。

于是，网友像是商量好的“水军”一样，全部开始讨伐何心诺。

时光也没有想到，事情突然就顺利了，她难以置信。

大运会那边明明说要等半个月，再快也不应该今天就搞定，难不成是因为张书林教练？

毕竟他曾经是国家队的教练……

电话又响了，是张书林打过来了，她立刻欢喜地接通：“教练，是您帮了忙大运会才会这么快吗？”

张书林没回是不是，只道：“你现在马上来一趟俱乐部，我手里还有一些重要的东西要给你。”

“好，教练！”

何心诺在时光那儿得意后，高兴地回家睡觉做梦，梦里全是时光像过街老鼠一样人人喊打。

当她美梦醒来后，第一件事就是上网，想知道时光被网友骂成什么样了。结果，一脸蒙。

网上怎么就逆转了？

大运会居然这么快贴出药检报告，证明了时光的清白。

那几天时光明明感冒了，她怎么可能完全不吃感冒药，不应该！怎么也应该留下一点痕迹。可是她的药检报告，是连怀疑的空间都没有。

还有……他们居然“扒”出她了，说她故意陷害时光。

何心诺如坠冰窖，她当时在网吧发的帖子，后面在家回复了几条评论。可是换了号，就算被查出来了，她就说她受蒙骗了，所以才会和网友一起开骂的，反正骂人的那么多，骂几句也不犯法。

只要打死不承认，他们也不可能查出来帖子是她发的。这般想着，何心诺顿时安心多了。

不过她被曝光这件事，十有八九和时光有关，肯定是时光也找了“水军”在网上引导舆论！

何心诺愤愤不平，拿手机给吴兴打电话。

这会儿，吴兴正在俱乐部，被雷老板骂了个狗血淋头。

他跟了雷老板很多年，平时私底下收好处、“潜”学员，雷老板都是睁一只闭一只眼，那是因为不损害他的利益，可是这次情况不一样。

看到他电话响了，雷老板便吼了一句：“是不是何心诺！”

吴兴全身一颤，赶紧点头。雷老板立刻抢过电话，又对着电话那头的何心诺吼了一句：“你马上给我滚过来！”

何心诺当然知道雷老板叫她是因为什么事，但她想自己打死不承认，雷老板也不会拿她怎么样，最多就是骂一顿。

到了俱乐部，何心诺也不争不辩，任由雷老板如野兽一般对自己咆哮。

“你是不是脑子进水了？居然上网发那样的帖子！”这样的雷老板，何心诺是怕的，双腿忍不住微微发抖，这让她更加确定不能承认。

雷老板是白手起家的，能混到这一步可不是吃素的，他肯定有他的可怕和手段。

她泪眼汪汪，表现出一副很无辜的样子：“老板，我没有，不是我……”

一道清脆的声音打断了她的话：“你以为你去网吧发帖子，就查不到是你了？”

众人循声扭头，便看到时光和张书林推门走了进来。

何心诺心里慌了一下，不过很快又平静下来了，告诉自己没事，时光肯定是故弄玄虚。

“现在哪个网吧没有安监控？查到 IP 地址再找他们要监控视频，自然就能查到发帖的人是谁了。”时光说着，晃了晃手上的U盘，“这个视频里面的人是你，发帖的人就是你！”

何心诺怎么就忘记这一步了，她冷不丁被吓得脑子一片空白，神色略显混乱，不过嘴里还是不承认：“我不知道你在说什么……”

雷老板狠狠瞪着何心诺，几近暴怒地斥责：“还不承认！”

“我真的没有！”何心诺虽然还在否认，但语气弱了一大截。

时光缓慢地吸了一口气，尽可能地控制好自己的情绪：“人证、物证都在，帖子就是你发的。我到底怎么你了？值得你用这么狠毒的招，想彻底毁了我？”办公室很安静，只有时光的质问在房间里回荡。

何心诺心里好恨，可是她被揪住了把柄，她不能再否认也不能凶，只能装可怜：“时光，你那么凶干什么？”

时光失笑：“怎么，你造谣生事我还不能凶你了？像你这种连脑子都没有的人，除了凶你，你体会不到尊重是什么意思，才会让你接二连三做了这么多。我一次次不和你计较，你真把别人的宽容当成自己的福气了？”

时光真是越说越气，表示自己全靠教养在支撑，不然非得像个泼妇一样，冲上去揪她头发揍她一顿。

“何心诺，你一直觉得我比不过你，样样不如你，既然如此，你好好练习不就超过我了？可你不，你偏偏只想找捷径去通关，你完全忘记了身为一个运动员最基本的东西，所以你注定是个失败者，也注定你这辈子都不可能赢我！”

吴兴觉得时光过分了，他想自己以前怎么也是时光的教练，还是有些威严在的，所以训斥：“时光，有你这么……”

时光扭头瞪向他，打断了他的话：“你闭嘴，你以为我不知道这两年你为了何心诺一直想教歪我，打压我？”

吴兴吓住了。

刚才太激动了，时光清了清用力过度的嗓子，下最后通牒：“今天，你们必须发声明说出自己的恶行，并且向我道歉，不然，我就上告法庭。和你们相处了两年，别当我是‘小白花’，不会给自己留后路，除了这次的诬蔑事情，其他一些事，我也是留着证据的。”

吴兴心里慌乱无比，毕竟他这些年，不光彩的事做得太多了。

而何心诺也感觉到怕了，她不想身败名裂。此刻来硬的肯定不行，她只能来软的，眼泪说出来就出来，她悲惨地哭诉：“时光，我错了，你不要这样，我求求你，我们怎么都算是同学，又在一起相处了两年。时光，你就原谅我这一次吧……”

“现在知道装可怜了？”时光冷若冰霜地看着何心诺，冷冷地勾了一下嘴角，讥诮地笑了。

“何心诺，以前我一直忍着你，是觉得大家抬头不见低头见！结果你变本加厉，这次不可能！”

说着，她看着雷老板：“雷老板，签到你的俱乐部一年多了，一直承蒙你的照顾，我真的特别感谢你。我知道我们还有一年多的合同，可是现在发生这样的事情，我和她真的没有办法共存。”

这话的意思再明显不过，有她没何心诺，有何心诺没她。

这一次，她不会再息事宁人了。她又不是软皮球，被人捏了再弹回来，就能当什么事也没有发生过。这一次，何心诺做得真是太过分了，这是要毁了她，她怎么可以再当什么事都没发生过！

当然，她敢这么说，也是张书林告诉她，如果事情确定是何心诺做的，那么游泳协会将会以品德问题将何心诺禁赛。

禁赛的话，雷老板可以什么也不给，直到俱乐部和何心诺的合约到期。但时光真的不想再看到何心诺了，不想她再在自己面前出现。

至于学校，学校那么大，她们又不是一个年级，想碰面还是挺难的。

何心诺彻底慌了神，有一种被逼到绝境的恐惧。眼前的时光，一言一行间全是魄力，显然是已经打定了主意。就现在她和时光在雷老板心中的价值，不用比都是时光优胜。

雷老板没有任何犹豫：“你不用走！何心诺走！”

何心诺惶恐地瞪大眼睛，颤抖着声音大喊了一句：“雷老板，你怎么可以这么绝情？”

雷老板怒吼：“你都打我脸了，还指望我捧着你？”

吴兴想说什么，结果他还没开口说话，雷老板就指着他们：“还有你，也滚出我的俱乐部！”

吴兴一脸绝望，何心诺如坠冰窖，她失去理智，大吼了一句：“时光，你怎么可以那么狠，太恶毒了，你这是要赶尽杀绝！”

原本就不想求时光，可是她都放下自尊求了，她居然还不肯放过自己。她皱着眉眼，神色扭曲：“就算我做了什么，可你现在不是好好的吗？”

时光感觉很搞笑，向何心诺露出春风一般和煦的笑：“我现在是好好的，可万一我没找到证据来证明我的清白呢？万一我的药检指数偏离一些，那我这辈子不就被你给毁了吗？”

“时光，你不要逼人太甚！兔子被逼急了也是会咬人的。”何心诺双眼通红，尖锐的嗓音嘶吼出声。

“对呀，我现在就是那只被逼急的兔子！”时光冷笑。

“啊！”何心诺忽然像疯了一样，朝时光直接扑了过去。

所有人都惊住了，没有想到何心诺会突然发狂。等到大家反应过来时，何心诺已经张开双手，掐住了时光的脖子。

时光后退，抡起手臂去拍她的手。几乎同时，张书林和雷老板上前，一把拽开了何心诺。下一秒，何心诺被雷老板狠狠摔在地上，发出一声重响。

雷老板赶紧叫保安过来，把何心诺拉了出去。

何心诺气喘吁吁地瞪着时光，极尽恶毒的话不停地从她嘴里说出来：“放手，你们凭什么抓我？我要告你们，你们这群傻瓜……”

张书林报了警，警察很快就来了。看到他们，何心诺立刻变成了柔弱的“白莲花”，低低哭了起来：“警察同志，你要为我做主呀。”

警察同志的目光转了一圈，最后定在时光身上。

咦！这姑娘不就是今天网上“兴奋剂”的主角吗？目光又定在何心诺身上。

网上也曝光过她的照片，她是那个发帖子的人。

何心诺哭得稀里哗啦的，明明就是她陷害人，怎么反而一副受尽委屈的样子？

警察同志表示，他是一个刚正不阿的警察；他是一个执法如山的警察。

他先是一脸漠然地走了个了解程序，然后颇有深意地看着何心诺：“所以开始，是你先在网上发帖子诬蔑人？”

何心诺抽泣，无辜地表示：“那只是我闹着玩的。”

警察同志狠狠一拍桌子：“那你现在掐人脖子，也是闹着玩的？”

何心诺满心惶恐，可怜巴巴地说：“他们欺负我，我气不过才出了手，可我也没有掐伤她。”

“没有掐伤不代表你没掐。”警察同志一脸威严，“你在网上发帖子诬陷人在先，恼羞成怒打人在后，就你这情况非常严重，诽谤罪加故意伤人罪，大概要处三年以上十年以下的有期徒刑。”

何心诺愣在原地，呼吸渐渐变得急促，仿佛快要爆炸的惊雷一样。她吓得话都说不出来，结结巴巴：“什么？三年以上十年以下的处刑？怎么会？我只是发了个帖子，然后随便掐了她一下……”

“何小姐，现在可是人证、物证俱在。”

何心诺立刻喊道：“私了私了，我要私了！”

时光神色复杂地看了警察同志一眼。

他在帮她？故意把事情往严重了说，大家都不是政法系学生，哪会知道这些法律条文。

她很感谢这位警察同志，对他笑了笑，然后才对何心诺说：“你想私了也行，除非永远不要出现在我的视线范围内，不然……”

何心诺立刻喊道：“我同意我同意，我会离开俱乐部，我还会转学去另一个城市，再也不在你面前出现，求求你不要告我！”

她哭得伤心绝望，真的是被吓坏了。

时光只想她离开俱乐部，现在她自己要求转学，那简直太好了，多行不义必自毙，她之前就警告过她，是她自己非要“作死”。

何心诺这件事解决得如此快，时光最应该感谢的是张书林，大运会主办方那边是他帮的忙，监控视频也是他拿来的，不然不会这么快。

送完警察同志离开后，时光又回去雷老板办公室。办公室的门没关上，她走到门口就听到从里面传出来的张书林的声音：“总之这一次，你的处理陆公子很满意。”

时光一僵，整个人怔在原地，里面的对话还在继续着，虽然只有几句，但都和陆彦辰有关。

耳边传来脚步声，张书林和雷老板结束了对话，她的心脏狂跳如雷，也不知道为什么，突然转身，躲到墙的另一面去了。

时间一分一秒过了很久，张书林走了，连雷老板都关上办公室的门离开了，时光还维持着同一个姿势在原地站着。

她就说这件事情之前还那么棘手，怎么突然就那么顺利了。她一直以为是因为张书林的关系，原来是陆彦辰在后面帮了她。不只是这件事，就连张书林会成为她的教练，也是因为陆彦辰。

他为什么要帮她？他们已经分手了，再见面他是如此冷漠，待她就像陌生人一样，那么想和她撇清关系，为什么又要在背后默默帮她？

时光此刻是前所未有的心神慌乱。她独自走在路上，心里空空荡荡的，脑子里面凌乱如麻，闪过一幅又一幅画面。

记得以前隔壁班来了一个转学生，大概是看古惑仔中毒了，像小混混一样，不好好上学，是个每天就只会玩、只会打架泡妞的问题少年。

她也不知道自己怎么就被这个小混混看上了。

小混混每天下课都在她教室外面，趴在窗户上看着她，对着她吹口哨。她没理过他，想着他过一段时间，大概就会换个目标了，因此也没和陆彦辰说过。

直到有一天这个男生把她堵在女厕所，她当时就吓哭了，还好厕所有其他的女生，他也不敢真乱来。事后校领导对他进行了警告，但她还是吓到了，都有点害怕去学校，就怕那个男生会再对她做什么。

她一直以为陆彦辰不知道这件事情，直到有一天那个男生鼻青脸肿地来到她面前，对她鞠躬，说了三声对不起，并且保证以后再也不会骚扰她。

她当时很蒙，许久都没出声，那个男生以为她不肯原谅他，都快要哭了，苦着一张说：“你哥哥都把我打成这样了，还不能算数吗？”

原本那天他们没有约见面，可下课后她就奔去找陆彦辰了，看到陆彦辰的第一时间就冲过去抱住他：“今天有人向我道歉了。”

他搂着她的腰，沉着脸：“以后有这样的事情，你一定要告诉我。”

“我怕。”

“怕什么，你有我。”

她鼻尖猛地一酸，这么多天的压抑和害怕都被释放了，她“哇”地一下放声大哭了起来，把所有的情绪都宣泄出来。

他抬手帮她拭去泪水：“有我在，你什么都不用怕。”

她破涕为笑，紧紧抱着他，特别想保持这个姿势，抱到地老天荒。

后面送她回家的时候，他又强调了：“以后不管发生任何事，都要记得你有我，知道吗？”

她心里像是吃了蜜一样甜，嘴里却别扭地问：“你对每个女朋友，都这么好吗？”

他不假思索，便点头：“嗯。”

她立刻皱起了眉头，小脸鼓成了包子。他抬手掐了掐她的包子脸：“我只有你一个。”

“以前你没有过？就算现在只有我一个，以后指不定也会有。”她不开心地说。

“没有，以前没有，以后也只有你一个。”他说着把她的小手包裹在自己手心里，就好像他为她砌墙筑堡，将她温柔地保护起来。

“以后的事情可不说好，也许我们会分手，难不成那时你也不交女朋友吗？”

“不分手。”

“万一分了呢？打个比方。”

“也不交。”

“那分手了，还会像现在这样对我，有人欺负我了还会帮我吗？”

“嗯！”她乐了，抬起被他包裹的手，在他手背上轻轻一吻，之后又扑到他的怀里，喜滋滋地说，“你怎么那么傻，我都和你分手了，你还帮我，很亏的。”

他俯身，在她额上印了一个轻吻，嘴角微微上扬：“是你，我愿意！”

这世间最难求的，就是陆彦辰的一个我愿意，而那个时候她却轻易得到了。时光不知道，在何心诺这件事上，陆彦辰帮她是因为那时的承诺吗？

她抬手敲了一下脑袋，呼了一口气，突然加快步子，随即在马路上跑了起来，一直跑到公寓楼下。

此刻她气喘吁吁，额头上全是汗，衣服头发都湿了。

她欠了他一个人情……不对，是两个大人情。不知道还好，现在知道了，她还能当什么事都没发生过吗？显然不可能！可她也不想再去对他说什么感谢的话，她想陆彦辰选择不出现，只让张书林处理，就已经代表他并不想让她知道，也不需要她的感谢。

以前，她教他学游泳，是万分不愿，后面换了教练，她愿意教他学游泳，更多的是想着突破自己。她的心依旧是有些抗拒的，做不到真正地去帮他。

现在，她是真心想要帮他克服晕水症，哪怕是没有人给她钱，她也会帮他克服。他帮了她，她也必须帮他，必须还了他的人情。

第六章

爱的亲亲

第二天陆彦辰有课，在俱乐部的停车场，时光碰到了陆彦辰。

如果是以前，时光会假装没看到，可是现在她笑着朝他走了过来，笑颜如花：“陆少，好巧啊。”

陆彦辰皱了一下眉。

他是一个善于掩饰情绪的人，一般不会露出这样明显的表情。今天的时光居然这么热情。她撞邪了吗？

他没有理她，冷着脸往前走。时光紧跟其后，说道：“对了，我制订了一份你的课程表，在上课前，我们需要讨论一下。”

他看了她一眼，时光立刻扬起一个大方得体的微笑：“其实这个表早应该做好的，只不过我太忙了，所以今天才弄出来。”

以前她不是太忙了，她是压根儿不想弄。

面对面坐着，时光将一份课程表放到陆彦辰面前：“你看看有什么问题？”

陆彦辰没动，整个人倒在椅背上，放松惬意地看向她，并不看课程表，好整以暇地问道：“我说有问题，你会改？”

“你都还没……”时光嘀咕了半句，笑了笑，然后以教练的身份，带着应该有的威严对他说：“不会！这些课都必须上。”

陆彦辰拿起课程表，看都不看，随手往旁边的地上一扔：“那你问我干什么？”

时光好脾气地从地上捡了起来，依旧保持着微笑：“就是想让你看看，这个强度可以吗？要不要稍微慢一点，但是课必须都得上。”

“不可以！”陆彦辰很肯定地回答，一副不耐烦的语气。他坐正了身体，恢复了高冷骄傲的样子。

“你都还没看，哪里就不可以了？”

“我说不可以，就是不可以！”

她今天很奇怪，之前明明是不想教他，就算教了也是心不甘情不愿，今天怎么会这么积极？

时光翻开课程表，又放到他面前：“你先看看吧，新增的课并不是下水，你用不着这么抗拒，这对你现在没有什么问题的。晕水症并不是看到水就晕的，平时也不怕水，但是一看到面积比较大的水面，时间久了才会感觉要晕进水里了？”说着，她非常耐心地问了一句：“是不是这样？”

陆彦辰缄默，只是漠然地看着她。

时光接着说：“这晕水症，主要是因为双眼在视网膜上的成像不等，干扰了视觉定位功能而引起的，一般不需要药物治疗，游泳就是最好的治疗方法，可以转移注意力，减轻晕水症状，久而久之就会形成一种习惯。不过不能操之过急，需要慢慢适应。除了下水练习，我还必须再带你去外面上课，去湖边、海边，这对你特别好……”说完，她对陆彦辰笑了，眼睛弯成了月牙儿，晃得人眼花。

陆彦辰顿了一下，然后冷淡地转移了视线。

“按理说，最开始我不建议去海边那种大面积的水源，要慢慢地适应，得先从小面积的开始，比如湖、河、池塘等等，但是我看你坐在泳池边，好像没有太强烈的抗拒，可见你自己练习过，其实你也很想克服晕水症……”

时光说着说着，做了一个测想，然后期待地看着陆彦辰：“是吧？”

陆彦辰一怔，随即整张脸都阴沉了下来，周身都散发着冰冷的气息。

变脸了？时光顿时双眼一亮，她定定地看着陆彦辰的眼睛，想抓住他真实的想法。不过没等她捕捉到他眼里的情绪，陆彦辰已经把头转开，冷淡地看向了别处。

虽然没有看到，但以她对他的了解，陆彦辰这一系列反应，她的猜测应该是没有错的。他也努力过，也想治好晕水症，只不过他那高傲的性子，不想让人知道罢了。

别扭。时光忍着笑，不再继续这个话题，而是说道：“所以明天我们要去海边上课，去见识一下大海的魅力！”

本市就一个耒海，不过她想陆彦辰肯定没去过，就算去过，估计也只是路过，待不到两秒就走了。

陆彦辰不作任何思考，立刻便拒绝了：“不去！”

“只是看海，不是让你下水，你能看多久是多久，不行我们就走。”

“不去！”陆彦辰再次拒绝了，还直接拿起了桌上的课程表，然后做了一个要撕掉的动作。

时光反应飞快，一把抓住陆彦辰的手：“不行！不能撕！”

陆彦辰看了看她认真的脸，半晌，才缓缓开口：“放手。”

时光摇头，坚定地说：“不放！”

陆彦辰眼神幽深，语气中带着微微的讽刺：“你那么喜欢抓着我的手？”

抓他的手……谁要抓他的手，明明是想阻止他撕课程表，可是她却感受到他手上传来的温暖，突然特别烫人，令她“噌”地松开了手。

她轻轻一拍桌子：“你要撕，那你就撕吧，反正我电脑里还有。你撕了，我再打印一份就好了，我还会把课程表发给你妈妈，告诉她……只有严格按照上面的课程来，才能彻底治好晕水症。”

“你现在是想拿我妈压我？”陆彦辰冷冽的声音低到冰点。

“不敢！”时光微微一笑。午后的阳光很暖，温柔地从透明玻璃射进来，细细碎碎地照在她的脸颊上，柔美而又恬淡，令她的眼眸像琉璃一样熠熠生辉，满是温情。

陆彦辰一下子怔住了，好像瞬间回到了那年他在树下看人打篮球，旁边不远处有个女孩，隔着学校操场的栏栅，站在阳光下也笑得这么静美。

他的眉头蹙起，随手将课程表扔在桌上，然后便大步往外走。

时光一刻也没耽搁，伸手拿起课程表便跟了上去："等等，你去哪儿？"

陆彦辰不理她，只是往前走。

"我们要开始上课了。"时光拦住了他的去路。

"不上，我要换个教练！"

时光的脑门几乎要冒几缕黑线出来，她不想教的时候，他偏偏不说换教练；现在她想好好教他，想还个人情，他却说不要她教，要换一个教练。

"现在换？你这样有意思吗？

陆彦辰看向他，似笑非笑地勾了勾唇，只是不知道是嘲弄还是讥讽，悠悠地道："挺有意思的。"

时光嘴角抽了一下，小声说了两个字："幼稚。"

陆彦辰没回她，绕开她往外走。

时光也没有再追上去，只是看着他的背影喊道："今天就当你放假，明天是去海边的课，我会在耒海的西子亭等你！"

次日，时光如约到了耒海，坐在西子亭等陆彦辰。今天不是周末，阳光又特别大，所以海边的人并不多。

时光看着大海，莫名觉得心旷神怡，神清气爽。再看着海面上漂浮的快艇，时光突然生了坏心。

如果扯着陆彦辰去上面坐坐，不知道会是怎样一番风景。不过貌似晕水的人，是能坐船的。时光看了看时间，已经过去半个小时了，看来陆彦辰是不会来了，是真的想要换教练了。

她应该感到高兴，毕竟不教他了，两人就不会再有任何交集，这是她所想所求的，可是不应该在她欠了他那么大个人情后。

天气突变，下起了大雨，好多人都到亭子里避雨，熙熙攘攘的。还好雨只下了一阵，没几分钟就停了。

亭子里的人又陆陆续续地离开。时光一直静坐着，拿着手机刷微博，关注她微博号的人挺多的，上次事件后，涨了十多万的粉，评论转发也是上万。不过事情已经完全过去了，网民大部分都跟鱼一样只有七秒的记忆。

时光退出微博，正想起身离开，突然响起一个好听的女声："时光？"

"嗯？"时光下意识抬头，待看到站在面前的人时，她整个人都不好了。

乔雨薇，莫槿的表姐，是个网络红人，长得貌美如花，皮肤白皙，身材高挑，是个娇滴滴的大美人，但是性格却是一言难尽。

时光对她笑了笑："好巧。"

"我朋友带我来海边玩，你一个人？"说着，乔雨薇扭头看了看，亭子里此刻只有他们三个人。

"不是，我在等我一个学员。"时光看了一下，乔雨薇身边的男人，样子马马虎虎，不过看着挺有钱的样子。

美女嘛，身边总是不乏追求她的富二代。她礼貌一笑，和这个富二代同志打了个招呼："你好！"

不过富二代同志很高傲，勾了勾唇，皮笑肉不笑的，特别摆谱儿。

乔雨薇特别满意他对时光的态度，看着时光笑着说："一两年没见，时光是越长越漂亮了。"

"再漂亮也没有你好看。"富二代同志自认一脸邪魅地笑，揽住了乔雨薇的肩膀。

时光不忍直视，这哪里是邪魅，简直是鬼魅，这就是论颜值的重要性。

乔雨薇娇嗔了那男人一句："别闹！"

她在时光对面坐下，一副准备和时光长谈的架势。

"听我舅舅说，你来省城念书，把你姐也接来了。她现在怎么样了？醒来了吗？不是我说，她这辈子怕是醒不过来了，你还是为自己打算打算吧。再说了，她醒过来干什么，知道自己害死她爸妈，还害了你这个妹妹，是一个扫把星，要是我，估计会一头撞死，还不如不醒。"

这话一说出，时光的脸一下子就沉了。

别人说她什么，她一般都可以不在意，但如果牵扯到她姐姐，她绝不会那么好说话，也做不到半分的不在意。

她拧起了眉："这是我们家的事，不需要你在这儿说三道四。"

“你说什么？说三道四？”乔雨薇皱眉，白皙的脸涨红，一副又委屈又生气的模样，“你还真是不识好人心，我这还不是为了你着想？”然后看向富二代同志，“徐进兴……”

富二代同志的名字叫徐进兴，他立刻安慰乔雨薇：“别生气，别生气。”又不忿地教训时光，“你这人是怎么回事，雨薇帮你，你还这么不知好歹。”

时光一时间觉得眼前的两个人着实可笑，她忍不住开口嘲弄：“我也是为了你好，你旁边这个男人一看就是个花花公子，把你追到手玩了你，就会把你甩掉，与其这样，你还是离他远远的，要不把他的钱骗了，别给他身体也行。”

乔雨薇目瞪口呆：“时光……”

徐进兴怒道：“你说什么？”

此刻他还气焰嚣张，不过下一秒，他突然有些惶恐地扯出了一个略微讨好的笑容，看向时光：“陆……陆少。”

时光转头就看到脸色沉得能滴出水的陆彦辰，不知道他什么时候来了，就站在她的身后。

乔雨微疑惑地抬头，一眼便看到了一个帅哥，除了一张精致的面容，还有挺拔的身材，让人忍不住屏住呼吸。只是他的眼神莫测，总觉得有几分凶狠的意味。刚刚徐进兴叫他陆少，他是陆家的人。

“陆少，真是太巧了，竟然能在这里遇到你！”徐进兴又出声，声音里全是惊喜。

陆彦辰瞥了一眼，他不认识这个人，没有理他，只是看向时光。

时光笑了笑：“你来了？”

乔雨薇震惊了，这个陆少是来找时光的？但这两人根本不可能有交集。对了，刚才她说等一个学员，难不成这个陆少，就是时光等的学员？

陆彦辰的冷漠并没有浇灭徐进兴的热情，他讨好地问道：“陆少也是来海边玩的？要不我让人清场，把海边包下来？”

包、包下来？包海边，这怕是脑残吧！时光扑哧一声，忍不住笑了。

陆彦辰目光一转，看向时光：“笑什么？”

时光摇了摇头：“好像停雨了，我带你去海边转一圈吧。”

“啊，时光，你们也要去海边？刚好我们也要去，大家一起呀！”乔雨薇立刻出声，笑得跟花儿一样，美美地看着时光，一脸期待。

“好啊好啊，我们一起。”徐进兴立刻附和，完全忘记刚才他和时光之间的剑拔弩张。

时光眨巴眨巴眼睛，现在是什么情况？乔雨薇不会是看上了陆彦辰吧？那这位要包海边的富二代同志怎么办？

陆彦辰还是没有说话，只是冷冷地看了徐进兴一眼，目光比刚才更冷了，看得徐进兴忍不住惴惴不安。陆家的四公子是个从不说一句废话的人，不与人寒暄闲聊，永远只说自己想说的话，他刚才是看到陆家的人，下意识地想攀交。

有时候操之过急，并不是一件好事，他赶紧改口：“突然想起还有点事，就不打扰陆少了……”

攀不上交情，也绝对不能得罪。徐进兴离开后，把今天遇到陆彦辰的事发到了他的交友群，还附带上了照片。

雨停了，太阳又出来了，在阳光的照射下，海面波光粼粼，美丽极了。男男女女在海里互相嬉戏，看上去特别惬意欢愉。

时光看着陆彦辰，嘀咕了一句：“那个人是谁？”

陆彦辰站得笔直，挺拔的身影在雨后的阳光下特别修长，犹如不染凡尘的幽谷寒树，他反问了一句：“不是你认识的人？”

眉眼不再像刚前那么冷，稍微柔和。

时光回道：“你说乔雨薇呀，她是我表姐的表姐，另一个我不认识，不过他好像认识你。”

陆彦辰很果断地回道：“不认识。”

“哦，那我们走吧，去海边……”说着，时光迈步，走了几步才发现陆彦辰并没跟上来。她转身又折回去，“走吧，去海边。”

陆彦辰靠在柱子上，好整以暇地看着她：“我什么时候说要去了？”

“你确定不去走走吗？来都来了，我们就去海边走走吧。光着脚丫，踩在沙滩上，在海边寻找贝壳，其实别有一番风味的……”

时光引诱他，定定地看着他，希望他能迈出第一步。

对陆彦辰而言，她那一双眼睛直勾勾地看着他，仿佛要把他的魂儿都勾出来一样，他撇开了头：“不去。”

“去吧。”

“不去。”

“来都来了，就去吧。”

陆彦辰深邃的眼睛流转过一抹光芒，再次看向她，略有深意：“你那么想我去吗？”

时光点头：“当然呀，要治好晕水症，肯定少不得要面朝大海。”

陆彦辰漆黑的眼睛一直盯着时光，仿佛要将她看穿：“那么想治好我的晕水症？”

时光走到他面前站定，抬头看向他，一双眼睛弯弯地带着笑意，坚定地表示：“你是我的学员，我必须治好你的晕水症！”

眼神渐渐变得冷冽，陆彦辰傲娇地冷笑了一声。

“好啦，走吧！”时光想，傲娇地男人就算想去也需要台阶，那她就拉他一下吧。

陆彦辰反手一把握住她的手，身体一转，在她一声低叫里，将她抵在亭子的柱子上。

看到时光惊愕地睁大眼睛，他笑了下，倾身过去，凑到她耳边：“我突然有些后悔了。”

时光蒙了。

陆彦辰的声音压得很低，带着说不出来的性感，然后伸手揽住她的腰，继续道：“我发现，这么些年来，还是你的长相符合我的审美……”

时光惊愕，随即伸手去推他，而陆彦辰也顺势松开了她：“听到我说这些话，你是不是觉得得意扬扬？”

时光算是知道了，他在故意激怒她。

她现在没什么想法，只想教会他游泳，克服晕水症，还他人情后两清，她轻笑出声：“当然呀，心中肯定是有点得意的，毕竟，能被你这样的帅哥说符合审美和口味，这可以说明我魅力非凡。”

陆彦辰沉着脸。

他都这么说了她居然还不生气，一直傻乎乎地笑，她想干什么？

时光又笑道："好了，我们两个就别在这里互相吹捧了，要是被别人听到了，还不得笑掉大牙。我知道你刚才逗我的，如果你再不跟我去海边，一直这么别扭，我就真要以为你对我余情未了啦。"

陆彦辰闻言，脸色突然难看了起来。他抿着唇不说话，就那么定定地看着时光，目光与神色耐人寻味，眼神如黑夜的海，似乎看不清任何情绪。

时光却莫名在他眼睛里看出了一点不太好的东西，他似乎很生气，似乎有点想掐死她。

时光咽了咽口水，她貌似也没有说错什么，这话题，是他开的头……她结束这个话题，又试图沟通去海边。

"你有没有发现耒海的环境特别好，不仅仅是水清。你看远处，山也是绿色一片，旺盛翠绿，再配上这蓝天大海，真的很美。走走看看，你会觉得心情都变好了……"

"还记不记得，你以前说……"陆彦辰打断她，眸色渐深，"女人叨叨没完的时候，就是希望你吻她？"

这话令时光觉得胸口突然像压了一块巨石，哪儿都不舒服了。

"我，我……"她结巴了老半天，才提高声音，把后面的话说完，"我现在不是那个意思。我是你的教练，我说话多是因为我要教你，不说话你才要急。如果你真的不想去海边走，那就到海边坐坐，看完就回去……"

陆彦辰懒懒的瞥她一眼，不待她说完后面的话，已经迈步向前。

当他擦肩而过时，时光愣了愣！这是同意了，她赶紧跟了上去。

陆彦辰并没有到海边去，而是走进了海边一家餐店。

因为不是饭点，饭店的人并不多，他直接走到靠窗的一个位置上坐了下来，往外一看就能看到大海。

虽然不是时光所要的那种近距离地面对大海，但是距离还是蛮近的，有些事情总不能操之过急，得一步步来。时光在他对面坐了下来，看陆彦辰拿起菜单，便道："你在这儿坐坐也好，一边喝点什么，一边看看海，比较能分散注意力。"

陆彦辰没有理她，拿着菜单一指，让服务员记下。

因为没有什么客人，菜上得很快，不一会儿各色海鲜就上桌了，看得时光眼睛发光……那螃蟹和小龙虾，个个都是又红又大，那带壳的牡蛎，那浇了汁的扇贝，还有海螺和蛤蜊……看着就觉得特别美味，能把人馋死。

口水没有流出来，但是胃在闹饥荒了。

时光看陆彦辰已经拿起筷子开动了，并没有要邀请她吃的意思。

他邀请她吃，她都应该拒绝的；现在没有邀请她吃，她就更不应该主动吃了。点那么大一桌子菜，他吃得完吗！

没得吃，看着又饿，还不如离开，于是时光站了起来，说："那你先吃，我到海边走走。"

陆彦辰头也没抬，只淡淡地说了一句："要走可以，先把单买了！"

时光惊愕地瞪大眼睛："为什么要我买单？"

陆彦辰继续吃着，哪怕是吃螃蟹，动作看着依旧优雅从容，他不紧不慢地吃完嘴里的食物，咽下后才出声——

"课程表谁制订的？"

"我。"

"海边是谁让我来的？"

"我。"

"到海边坐坐是谁说的？"

"我。"

"那到海边坐坐的消费谁买单？"

"我……"时光这次反应挺快的，并没有上当，她只发了半个字的音节就立刻停住了。

时光瞪着他，说："我是你的教练，课程表我必须制订，海边上课也是必要的，到海边坐坐也是我说的……可没说要请你吃饭，这个时间也不是饭点啊。"

她才不要请，这一顿海鲜，不知道要花多少钱，她没有钱。

陆彦辰拿纸巾擦了擦嘴，修长的手指在桌面漫不经心地叩了一下："那你的意思是，你不吃？"

“你自己吃，我不饿，我不用吃也不……”话还没说完，她的肚子便咕噜叫了一下。

时光闭了闭眼睛，尴尬地扭开了头。

她是真的不饿，为什么肚子要叫。只恨她喜欢虾和螃蟹，见着就挪不动步，闻着味儿，抿着嘴巴，肚子就开始“闹革命”。

陆彦辰抬头看着她，下颌紧绷，眸色深深，淡淡的声音却带着一些小小的嘲弄：“你还是和以前一样不诚实。”

时光微怒：“只是不想吃饭，你有必要上升到人品吗？再说，我哪儿不诚实了？”

陆彦辰薄唇紧抿，深邃的眼睛却像要把她看穿一样。

时光被他看得全身不自在，想着他们现在的关系，她重新坐了下来，嘀咕了一句：“我没钱。”

反正她不会买单，她就不相信他没钱，陆彦辰还能将她抵这儿了。

陆彦辰淡淡地说：“那真是巧了，我也没有带钱包，看来今天只能你留下来刷碗抵债了。”

这是看清她心里的想法，故意这么说的吧？时光表示真想蹲在墙角，画圈圈诅咒某人，以后去外面吃饭真的要忘记带钱包！

她对着陆彦辰一笑：“那就吃吧，既然我刷碗，那这些都是我的。”

说着，她赶紧将一只螃蟹夹到盘子里，熟练地用勺子将蟹肉刮出来放到嘴里。如果真是非她买单不可，不多吃点那可真是太亏了。

“没人跟你抢。”

“是没人和我抢买单！”后面两个字，时光几乎是咬牙切齿说出来的，花她的钱真跟割她的肉一样痛。

她嘴里的蟹还没有吃完，立刻去夹了一个虾球放到嘴里。

看陆彦辰用筷子刮螃蟹，一点一点地放到嘴里，她嫌弃地说：“吃螃蟹用勺子，大口大口放到嘴里才过瘾。”

陆彦辰看了她一眼，没说什么，但是拿起了勺子。

刚刚还有些紧张的氛围，突然之间诡异地柔和了。

一顿饭吃得酣畅淋漓，到了买单的时候却是灰心丧气，服务员走过来，把账单放到时光面前。

时光立刻便觉得刚才的食物，其实没有那么美味了。

一千七百多，好贵！早知道吃海鲜肯定会比较贵，可是她没想到会这么贵……等等，她好像没有那么多钱？

时光拿出钱包看了一眼，一下子窘了，求助的目光投向陆彦辰：“我没带那么多钱，你去买单吧。”

陆彦辰依旧气定神闲：“我的钱包、手机在不在，难道你没看出来？”

时光扫了他一眼，陆彦辰今天穿得很休闲，大夏天的口袋里有没有东西，真的是一眼便能瞧出来。心疼她的钱，她真的不想买单。时光万分不情愿，把钱包的整钱和零钱全部都翻了出来。可是所有的现金加起来，也不过五百，银行卡里的余额只有八百块，这些加起来，是她这一个月的生活费，但是都不够买单。

她笑嘻嘻地看向服务员：“我们今天没带那么多钱，能不能打个折？”

“你稍等，我去请示一下老板。”服务员也做不了主。

时光看向陆彦辰，心想你一个大男人，怎么就那么心安理得，也不怕人家笑话你是个吃软饭的小白脸。她磨了磨牙齿：“你没带钱包，你跑这儿来点餐？还点这么多？”

陆彦辰整个人靠在椅背上，轻松惬意地看向她，反问一句：“你没钱，那你刚才大吃特吃？”

时光额头不由垂下三条黑线。

果然分手的男人，绝对不能有一点点过深的接触，什么再见亦是朋友，那都是骗三岁小孩的。

她很认真、严肃地说道：“这顿，我们AA制，回去后记得把钱还我！”

服务员很快又回来了，她微笑地对时光说：“昨天是我们老板的结婚纪念日，昨天有一个活动，来这儿用餐的情侣可以免单。刚才我把你们的情况和老板说了，他说今天可以让你们继续享受那个活动，只要你们……”

免单？

时光惊喜地站了起来，打断了服务员的话：“你说你们老板会给我们免单？那真的是太谢谢你们老板了。”

简直不要太好，还以为今天要大出血，不想白吃了一顿大餐，果然好人有好报。

服务员笑嘻嘻地说："那么请两位亲吻一个，然后我们会拍下照片，放在我们网页活动的宣传栏里。老板刚才瞧了一眼，说是帅哥美女，特别是帅哥，简直人间极品，给店铺宣传是最佳，这才同意免单的。"

刚刚狂喜的心，瞬间如坠冰窖，她瞠目结舌："你说什么？"

"亲吻，拍下照片，放在我们网页活动的宣传栏里。"服务员又简单地重复了一遍刚才的话。

"这怎么……还有这种事情？"时光一脸窘迫。

她想死的心都有了，感觉自己的脸烫得都可以拿来煎鸡蛋了。如果可以，她恨不得现在能找个地洞钻进去，再也不要出现。

看到时光的表情，服务员有些怀疑，便道："难不成两位不是情侣？如果不是情侣的话，那不能享受我们的免费大餐。"

时光赶紧回道："是情侣。"

一边是免单，不用花掉生活费，一边是和陆彦辰当假情侣，亲一下，她要选择哪个呢？

这还用说，当然是选择免单了。她又不是没和陆彦辰亲过，再亲一下也没什么损失。蓦地，耳边传来一声轻笑，陆彦辰的声音像溪水汩汩，清脆悦耳，可时光却在笑里感觉到一丝嘲讽。

她感觉自己的脸又烫了几分，回头暗暗瞪了陆彦辰一眼，仿佛在说"你以为我想和你当假情侣，想和你亲吻，有本事你去把单买了"。

"相机已经拿来了，两位可以来一个爱的亲亲了。"

时光瞥了一眼服务员，又看向陆彦辰。她看陆彦辰一直坐着，完全没有要配合的意思，于是扯了一下陆彦辰。

陆彦辰倒是站起来了，但是并没有进一步的动作。

时光扯了他，再看了看服务员，然后选了一个角度。她有些紧张，脸上的坚决像是赴汤蹈火的勇士一般。

陆彦辰像看戏一样看着她，盯着她，然后慢慢俯身。他的呼吸喷在她的鼻息间，暧昧地包裹着她，她几乎都能看清他睫毛的闪动。

时光又瞥了一眼服务员，然后小声说：“那个……我选了角度，借位，借位就可以了。”

此言一出，陆彦辰嘴角的弧度渐渐变僵，目光也变得如冰箭一样，周围的温度骤降了十几度。她的汗毛都立了起来，一脸窘态。

陆彦辰的眼睛死死盯着她，眼神幽暗深邃，仿佛要将她看穿。

时光感觉自己快要窒息而亡了……正想着要不要把人推开，下一秒，陆彦辰压低身子，整个人覆在她身上，双唇攫住她的唇。

时光瞪大眼睛……做不出任何反应。陆彦辰已经松开了她，他深深看了一眼还在发蒙的她，礼貌而有风度地转身，迈步离开了。

时光不自在地看向那服务员，那服务员笑眯眯地道：“可以了，慢走，欢迎下次光临。”

陆彦辰在前面走着，时光一脸不自在地跟在后面。她想悄悄离开，离他远远的，毕竟刚才太尴尬了，可是突然之间不见人了，反而会显得她心虚、在意。

走到陆彦辰车旁，时光心想，终于可以解脱了。

她顿住脚步，正想说“再见”时，陆彦辰的黑眸冷冷地瞪着她，声音淡漠，说：“还愣着干什么？”

“啊……”时光还有些反应不过来。

“不上车？”他微微提高了声音。

时光“啊”了一下，不确定地问：“上车？”

这儿离她住的地方挺远的，所以她是用坐顺风车来的，但是依旧花了将近一百块钱。

她犹豫着，咬着下唇摇了摇头：“不用。”

“上车！”

“我打车回去就好。”

陆彦辰依旧冷着脸，但语气却轻了：“不要闹。”

时光身体一僵。

很久以前，每次她恃宠而骄，他就会有点无奈地说一句“不要闹”，语气里满满都是宠溺。

时光磨蹭了一会儿，最终还是坐上了陆彦辰的车。

车子开动缓缓向前，时光靠在椅子上沉默，她此刻并不是很想说话，瞥了一眼旁边开车的陆彦辰，他也没有要交谈的意思，这很好。收回目光时，时光看到放在两个位置中间的钱包和手机。

他不是没带钱包和手机吗？这是什么！既然钱包和手机就放在车里，他来车里拿不就好了？

时光一僵，脸色很诡异。她略有些气愤地偷偷瞪了陆彦辰几眼后，终于问出口："为什么要这样大费周章地瞎折腾？"

明明钱包放在车里，回来拿就好了，非要让她叫老板打折，还接受亲吻一下免单。

陆彦辰微微眯眼，唇线紧绷，扭头看了她一眼。

时光以为他没听明白，于是嘀咕了一句："钱包呀，你明明带了，就在车里，你过来拿就好了。"

陆彦辰看着前方，淡漠地说："不想过来。"

"那你可以叫我跑腿！"一想到刚才的吻，时光就浑身不自在，在知道某人并不是没带钱包时，悔得肠子都青了。

"是我同意的吗？"

"不是你同意的，可是明明可以……"

借位两个字还没说完，陆彦辰似乎知道她想说什么了，突然冷漠地说了一句话："我不喜欢投机取巧！"

满肚子的疑惑又被塞了回去，时光不开口了。算了，都已经发生了，再揪着没完没了，也不能改变什么。时光偏着头，将脑袋挨在了车窗玻璃上。就算不说了，但心里依旧还是有些在意，闷闷的。

回家要一个多小时，车里放着音乐很容易令人入眠。

开始还算好，可时间久了，困意就一点一点侵蚀大脑。半路上，时光没撑住，睡了过去。

当车子停在楼下时，时光也没有醒。

陆彦辰也没叫醒她，只是靠在椅背上，侧着脸看她的睡姿，眸色幽深，像漆黑的夜空一样，遮住了这世间所有的光华，没有半丝的情绪流露。

哪怕此刻，只有他一个人，他依然隐藏着自己，淡漠如常。再相见，他装得跟个没事人一样，而她真的跟个没事人一样，现在居然还真想着治好他的晕水症，是内疚还是心太宽？

每晚临睡前，他都暗示自己，别再梦到跟她有关的场景。可是没有一次暗示成功，他每天晚上都能梦到她，以至于总让他觉得，他们曾经的点点滴滴仿佛就在昨天……

身后传来车子驱动的声音。

今天陆彦辰的车停得稍微靠里一些，他瞥了一下后视镜，昏黄路灯下，一个打扮时髦的女人，从一辆高级轿车里走了下来。

看着那个女人，陆彦辰忍不住拧了一下眉心，瞥了一眼还在睡觉的时光，他拿起手机打开了静音键。

高级轿车开走了，时髦女人拿出自己的手机，拨打了一个电话。下一秒，陆彦辰的手机响了起来。

陆彦辰任由手机响着，显然是没有要接的意思。旁边的时光，突然发出一声轻呢，陆彦辰以为她要醒了，再次扭头看向时光，眸色依旧幽深，但时光并没有醒，只是换了一边继续睡。

陆彦辰修长的手指，轻触了一下俊雅的眉。

片刻后，推开车门下车。

身后转来脚步声，时髦女人下意识地转头，待看到了陆彦辰时，目光顿时一亮，高兴地喊了一句："彦辰，你怎么从后面过来了？"

陆彦辰没有回她，只是漠然地看着她，见她走向前，似乎要挨到自己，便下意识地后退了两步。

这疏离陌生的态度，让时髦女人微微一愣，顿时僵在原地。她想缓和气氛，便打趣地说了一句："这么看着我，真的好像陌生人，别说半年多没见，你已经认不出我的样子了，那要不，向你来个自我介绍一下？我叫杨思彤，今年二十四岁……"

"你怎么在这儿？"陆彦辰打断她的话，语气有些不耐，明显是受不了她的聒噪。

"我今天刚回来，去了你家一趟。用晚餐的时候，阿姨说你搬出来住了，我想来看看你……"杨思彤说着，脸上闪过一抹羞涩，垂下了眼眸，"我们已经好久没见面了，忍不住就过来了。”

陆彦辰还是一副疏离淡漠的样子：“还有事？”三个字后面的潜台词是：你已经看完了，如果没什么事赶紧走吧。

“你刚刚是在车里？”杨思彤假装听不懂他话里的意思，边说着，目光边打量车子。然后，又用一种开玩笑的打趣口吻，看向陆彦辰。“你一个人在车里吗？该不会是在车里藏了一个美女，你们在聊天说话吧？”

由后向前看，再加上陆彦辰的车窗，都是加了膜，她根本看不到里面什么情况。

“跟你有什么关系？”陆彦辰轻轻一问，看着她的眼神像看一个陌生人。

杨思彤脸上滑过一丝苍白，有些狼狈，但转瞬即逝，她勾勾唇说：“我只是和你开个玩笑，我知道你肯定不会的。”

“你可以走了！”虽然只有几句话，但陆彦辰对她的耐心已经用尽，这会儿直接下逐客令。

杨思彤的手指攥紧包包，骨节泛白，无力而又心酸地说：“彦辰，你能不能不要对我这么冷漠，毕竟我们是未婚夫妻。”

这么多年过去了，虽然她早就已经习惯了陆彦辰对她不冷不热的态度，可是每次说不上两句，他就赶她走，还是让她觉得伤心难过。

陆彦辰在听到她这句话时，终于有反应了。

他沉着脸，冷若冰霜的眼里透着严峻，眉头紧锁：“请你不要忘记，我已经去你家把婚约解除了！”

杨思彤的脸色顿时变得特别难看，当她知道自己和陆彦辰订婚后，每天都在幻想可以快点长大，可以嫁给陆彦辰，和他过幸福快乐的日子。

她一直等一直等，却等来了他要解除他们的婚约。

她曾不解地问过他，为什么要解除婚约，他就像现在一样冷漠又疏离，像是看陌生人一样，淡淡地说：“你没有哪里不好，原本这个婚约对我而言也没有什么，但是现在不一样，我有喜欢的人了，我必须解除我们的婚约，不然对她不公平。”

“可是我喜欢你。”

“你喜欢我，并不代表我就要喜欢你，我们的婚约本就是个错误。”

那一年陆彦辰落水，陆家的人因为她救了陆彦辰，给两人订了婚。她看到陆彦辰的第一眼就喜欢上了陆彦辰，可是陆彦辰对她一直很冷漠。

她就不明白了，她到底哪里不好。为什么就不能给她一次机会。

当年，他解除婚约的原因是有喜欢的人了，可她一直以为是假的，只不过是因为他想退婚，只因为他们的婚约是长辈订的，而年少轻狂的男孩子，都有一颗叛逆的心，所以才会找了这么个借口。而且大学期间，她也悄悄去过他所在的学校，悄悄向他的同学打听过。

他对谁都很冷漠，特别是女同学，一向独来独往，这让她更加认定，有喜欢的人是假的。直到他突然退学回家，把自己关在家里，她才知道原来他真的有喜欢的人，还曾和那个女人在一起过。

她嫉妒，嫉妒得快要发疯了！不过幸好，他们已经分手了！

杨思彤劝自己冷静点，她吸了一口气，苍白无力地问道："彦辰，你现在也没有女朋友，我也没有交男朋友，我们就不能试一试吗？"

"不能！"陆彦辰拒绝得非常果断，"我已经去你家解除婚约了，不管你接不接受，对我而言就是解除了，所以，你可以去找男朋友，明天嫁了也行，不会有任何人说你，我也会祝福你。"

"可是我只想和你在一起。"杨思彤怔怔地看着他，眼眶微微湿润起来，有些想哭。

陆彦辰最讨厌女孩哭，所以她不能哭，她不能做任何陆彦辰不喜欢的事。

"你走吧。"楚楚可怜的表情，没换来陆彦辰一丝的怜惜，他清清冷冷的声音如寒潭深泉。

终究看在她救过他的分上，他给了她足够的面子。

"刚刚你也看到了，我家的司机已经走了。"杨思彤红着眼眶，笑了笑，"你不能送我回去吗？"

陆彦辰还是拒绝了："太晚了，不方便。"他直接用手机在软件上叫了一辆车，"三分钟后就会有人来接你。"

杨思彤不情不愿，可是她只能接受，苦笑道："好，我回去。不过彦辰，我还是希望你能考虑一下我的提议，毕竟在你这婚约是解除了，但在长辈那儿，我们还是有婚约的。我不结婚就解除不了这个婚约，最后我们还是要结婚的！其实我没有你所想的那么糟糕，真的。”

陆彦辰瞥了她一眼，看似依旧冷漠疏离，可眼神里却有很深让人察觉不到的嘲弄。

那一年他落水，醒来就得知被一个路过的女孩救了，并且陆、杨两家，还给他和女孩子定了亲。

他听闻后，有些紧张，有些复杂，还有些期待……落在水里，他窒息、绝望，是那个女孩温柔、勇敢地用她小小的手，用尽全力托着他，带着他重新看见了光明。

和杨思彤见面后，不知道为什么，在她身上他完全察觉不到一丝在水里她救他时的那种感觉。当时神志已经有些不清，朦朦胧胧只看到一个影子，但是和杨思彤，完全重叠不起来。

几次接触下来，他觉得这个女孩很功利，每个人在她的心中，似乎都有一个利益的排序。那会儿大家都还在上学，可她就能清楚地知道，在现场的几个人中，她要跟谁先搭话，又不能冷落谁；谁是必须讨好的，谁又是可以忽略的；谁又是可以欺负的，还有谁又是可以践踏的。

他有一次路过她们学校，清楚地看到她让几个女生对着一个女孩进行校园暴力。这样的女孩，真不是他想要的妻子类型。他强烈要求过解除婚约，但是都被拒绝了！

不一会儿，陆彦辰叫的车就来了，杨思彤坐上车，降下车窗，对他挥了挥手：“那我回去了，你也早点休息，拜拜。”

车子缓缓向前，开出小区时，她的脸色便沉了下来，将攥在手里的包包狠狠砸在旁边。

司机从后视镜看了她一眼，女人的脸阴森恐怖得吓人。电话突然响了起来，杨思彤接通，电话传来声音：“怎么样，看到那个女人了吗？”

杨思彤说：“没有，不过我问了陆伯母，她说陆彦辰去海边了，是因为课程需要。”

“这样就好了，一般游泳的人都是粗胳膊粗腿长得难看死了，今天传的那绯闻肯定是假的，陆彦辰肯定看不上那个女人。”

“嗯。”杨思彤这么应着，可心里却没底。

时光睡了不知多久，有人推了推她的肩膀。

她惊醒，睁开眼，便看到陆彦辰在拿钱包和车钥匙。她的目光扫了一下外面："到家了？"

怎么就睡着了，还睡得跟个死猪一样？时光顿时羞愧得无地自容，跟在陆彦辰身后，她摸摸后脑勺，扯开嘴角，轻声道："不好意思，我睡着了，谢谢你送我回来。"

陆彦辰缄默，并没有理她，迈步往公寓走去。

时光跟在他身后，感觉到他的步伐，也不知道为什么，时光莫名感觉到他有些烦躁，在她睡着的时候，发生了什么吗？

电梯很安静，彼此都不再说话，静默地站着，安静的空气里却总令人感觉到躁动的因子。

当电梯停在十一楼时，时光迈步准备走出去，可是才迈出一步，陆彦辰蓦地抓住她的手腕，眼底滑过一丝担忧。

时光扭头，看他不说话，也不松手，时光忍不住皱眉："怎么了？"

"把课改了，"陆彦辰打断她的话，松开了手，好整以暇。

"什么课？"时光疑惑，手指按住电梯的开门键，随即问道，"你不想去看大海，但是不看不行的，如果你不想跟我去，你就自己一个人有空去看看，一段时间比一段时间待得长，离海的距离一天要比一天近，最好是有一天你站在海边都不会头晕。"

"我说让你改，你改就是了。"陆彦辰命令，整个人显得有些焦灼。

"可是……"时光不知道他为什么突然那么烦躁，明明之前是接受了的，到底又发生了什么，令他心情变得那么差呢？

"你最好弄清楚你现在的立场。"陆彦辰再次打断他的话，目光幽暗。

时光愣愣地看着他。

"还有你的身份！"末了，陆彦辰又加了一句。

这一句令时光整个人蒙了，他这是什么意思，不会以为她对他余情未了，所以才会做这么多吧。

她的血液往脑子里一涌，脱口便道："我没有喜欢你了，你乱想什么？"

一瞬间，心就像被谁插了一刀，陆彦辰垂在身侧的手一点一点捏紧，却又缓缓松开了，目光冷冷地越过她：“那就好。”他笑了一下，看向她，眼中有傲气，亦有决绝，“不然真会给我造成困扰。”

“不管你信不信，我只想好好教你游泳，帮你克服晕水症，如果你真的不想去海边，那我就把课改了。我先回去了，明天见。”

时光说完，松开按住电梯键的手，转身就往外走。她没有说谎，她是觉得这样真的挺好的。她现在每天都过得很开心，有了一个好的教练，马上要选拔赛了，她在努力，她在加油，目前的状态她觉得很好。

如果姐姐能够立马醒来就更好了。

和陆彦辰分开的这两年，她学会很重要的一点就是做好自己！人生中有很多东西，都比谈恋爱重要。

时光打开门，随意地脱掉鞋子进屋，直接瘫倒在沙发上。

才刚刚躺下，想要躺一会儿再去洗澡，不想手机便响了起来，她只能又坐起身，拿过包包掏出手机。

是表姐莫槿打过来的。

“表姐。”

“你今天是不是见到乔雨薇了？”莫槿现在在国外留学，国内是晚上，她那儿是早上，她晚上正熟睡时，接到了乔雨微的电话。

“对。”时光有些奇怪，“你怎么知道？”

“我在睡觉的时候，接到了她的电话，问我要你的号码。”

莫槿很无语，她这个表姐，长得很漂亮，从小就是校花级别的美女，追她的人多不胜数，可是肚子里没有墨水，也被她爸妈养得娇纵，命比纸薄，却心比天高，还曾放言此生非豪门不嫁。

“什么？那你给她了吗？”时光轻问，心里默念，千万别给，她可不想被乔雨薇缠上。

“当然不会给她了，别人不知道就算了，我跟她一块儿长大，她什么样我是最清楚不过的，突然问我要你的号码，肯定是有重要原因。”

“今天我在海边遇到她了。”

“你身边是不是跟了一个又帅又有钱的男人？”

“对！”

莫槿觉得很丢脸，叹息一声说道：“她不会是看上那个男人了吧？”

时光摸了摸鼻子：“好像是这样。”

莫槿咋舌，嗤笑一声：“她脑子有病吧，随便一个男人她都能看上，不是我说她，她一肚子的稻草，也就一张脸能看，真和她一起生活，肯定没有哪个男人能受得了她，不对呀……”

追乔雨薇的富二代不少，不可能随便一个富二代，能让她一眼就栽进去，那个男人肯定不是一般人，莫槿隐隐察觉出不对劲……她突然似乎是想到了什么，犹豫了一下，然后才道：“那个男人是谁？不会是陆彦辰吧？”

时光咬了咬唇，有点儿泄气，还是被知道了，她赶紧说：“是陆彦辰，不过表姐，事情不是你所想的那样，我只是他的游泳教练。”

“游泳教练？你为什么要去当他的游泳教练，你脑子被门夹了吗？”莫槿很生气，整个人站了起来。

“我姐快要醒了，医生说手术成功率达到百分之八十，所以……”

“所以你找陆彦辰拿钱了？”

时光感觉到莫槿要气死了，赶紧解释：“不是不是，我拿了冠军有奖金，俱乐部我有代言费，不过还是差一点，所以我接了一单私教，陆彦辰的游泳教练。他有晕水症，所以价格会高。签合约的不是他，是他妈妈，我们俩之前都不知道。今天去海边，只是上课。”

闻言，莫槿才松了一口气，但还是有点不放心：“那你和陆彦……”

时光肯定地说：“姐，我现在没有想那些，什么都没有想，我现在只想姐姐能醒过来，如果姐姐能醒过来，哪怕我选拔赛被淘汰了，我也会很开心。”

“真的，你不会再……”

“不会不会，绝对不会！”

“你有空去看看外婆，听我妈说，外婆最近身体不太好。”

“暑假结束前，我会回去看外婆的。”

第七章

一家三口好幸福

时光给陆彦辰制订了课程表，张书林给时光制订的训练表也出来了。

泳池边堆得像小山一样高的游泳器材，张书林让她在岸上训练，三天后再下水检查成果。

第一天，时光特别不习惯，浑身都不舒服，就想着下午给陆彦辰上课时，可以碰碰水游上两圈。她去训练馆的时候，在门口的花坛旁看到了一个漂亮的女生，背对着她站着，长发飘飘，身穿碎花色的长裙，腰间系一条细细的皮带，看上去又瘦又高挑。

时光也没有在意，直接进了训练馆。不一会儿，训练馆的门被人推开了，坐着的时光下意识地扭头，还以为是陆彦辰来了，抬头便看到一个身材窈窕纤细的女人走了进来。

因为逆着光，她又坐着，所以看不清长什么样。当女人走近的时候，时光才看清了她的脸，一点点的震惊在她眼底蔓延，她收回扭着的脑袋，瞪大眼睛看着前方，脸色莫名变得苍白！

女人的声音轻柔地响起："你好。"

时光长长的睫毛颤了一下，站了起来，当她对面女人时，恢复如常，并且礼貌性地笑了一下，

"你好，请问有什么事吗？"

女人淡淡一笑："我叫杨思彤，我找彦辰，他在吗？"

"还没有来，你要找他可以打他的电话。"说完，时光又在椅子上坐了下来。

杨思彤有些意外，这个女教练，居然一点儿也不好奇来找陆彦辰的女人。是因为经常有女人找陆彦辰，还是她没有兴趣？

她又问了一句："你是彦辰的教练？"

"嗯。"

"我是彦辰的未婚妻。"杨思彤淡淡地笑着，期待这个女教练向她投来羡慕的目光。结果这她只是淡淡地"哦"了一声，一副毫不关心的样子，难不成她对陆彦辰真的没有任何兴趣。

"你还是学生吧？"

"是的。"

"你是本地人吗？"

"不是，我家在小县城。"

"乡下的？"杨思彤点点下巴，目光定在她用的手机上，沉吟半刻，"看不出来呀，你手机用的还是 iphone 的。"

时光皱眉："乡下人就不可以用 iphone 吗？"

意识到自己说错话了，杨思彤笑笑，表示抱歉："不是不是，我没有看不起乡下人的意思。"

时光没有再理她，而是站了起来去整理游泳器材。

杨思彤又想着上前再去问问时光，这时训练馆的门又被人推开了，杨思彤眼睛一亮，欢喜地喊了一声，然后开心地奔过去："彦辰，你来了……"

陆彦辰的神色忽明忽暗，脸色冷得发寒，冷漠的声音带着反感："你怎

么在这儿？”

时光看着陆彦辰全身散发着寒气，表情冷淡，拒人于千里之外，比恶言恶语、拳打脚踢还要伤人。

他精准地抓到了她的目光，时光一惊，火急火燎地转头躲避，继续整理器材，假装什么也没有看见。

陆彦辰皱了皱眉。

“我就是来看看你。”杨思彤没有发现不妥，温柔地对陆彦辰笑着。

陆彦辰没有理杨思彤，直接越过她，走向时光。

杨思彤一颗心揪了起来。难不成陆彦辰愿意让这个女人来教他游泳，是看上她了？如果真是这样，她绝对不会放过这个女人，她绝对不会允许任何女人抢走陆彦辰！

陆彦辰挺拔的身影走到时光面前就停了下来，嗓音如寒冷的箭，冷漠而又无情：“不知道这是私人训练馆？”

他第一天进来训练馆时，她怎么说的，不好意思，这是私人训练馆，麻烦你出去。

现在哑了！

时光全身一颤，下意识地站了起来：“她是……”

对视陆彦辰的目光，里面仿佛含了千年寒冰，后面半句怎么都说不出来了。冷冽的气场，沉沉散开，空气里似乎都染上了危险的杀气。

杨思彤在旁边看着这一幕，被眼前的场景震慑得满腹疑团。

陆彦辰生气了，只因为她来看他，他就生气了，而且一副形同陌路的样子，比昨晚更冷，那么下一次是不是会更冷，会不会以后连她的面都不见。杨思彤慌了，彻底慌了，胸腔里的酸涩和疼痛，几乎要将她淹没了。

“彦辰……”她将酸涩狠狠压下，颤抖着叫他一声，“你别生气了，我这就走。”

陆彦辰没有理她说的话，只是看着时光讽刺一笑，不再说话，大步走进了更衣室。

“不好意思，害你被挨骂了。”杨思彤走到时光面前，“我们吵架了，因为你们去海边被传得人尽皆知，我误会了，就直接回国质问了他，他觉得我不信任他，所以就生我的气了。”

海边？

时光动了动唇，准备出声。

但杨思彤没有让她说话，跟个没事人一样淡淡一笑：“我相信彦辰，他不会做对不起我的事。我先走了，回去得好好想想，有什么办法哄好他，不然真不知道这气要生到什么时候。”

明知道陆彦辰骂时光是因为她的闯入，但她自动忽略。她只觉得陆彦辰没有骂她，而选择骂那个女教练，可见对她还是有感情的。

杨思彤坐在车里，并没有立刻驱车离开，她拨打了一个电话，微抬着下巴说：“陆彦辰和那个女教练，好像真的没有什么不对劲。”

“你见过那女教练了？”

“刚刚见了，乡下妹，长得还行，但是比起我还是差远了，陆彦辰对她也没什么兴趣，刚才还为了我骂她。”

“那她呢？对陆彦辰有没有兴趣。”

“好像也没什么兴趣。”

“会不会是装的？”

“我就是担心，所以打算待一段时间，好好观察一下。”

时光望着杨思彤离开的方向，垂在身侧的手紧紧攥着，天知道她用了多大的力气，才会忍住所有的情绪不外露出一丝。

陆彦辰出来的时候就看到这样的时光，面容有些呆滞。他没有动，就这么看着时光。当时光意识到陆彦辰在身后时，心中蓦地一凛，有种被人窥探了秘密的感觉，莫名有些窘迫，特别是那窥探之人，还是陆彦辰时，更是多了一丝狼狈和无措。

她笑了笑隐藏自己的情绪，却是略显无力：“你换好衣服了，那我们开始训练吧。”

陆彦辰没有动，只是目光深邃地看着她，锐利得仿佛要将人看穿看透，看到她内心最深处的秘密。

时光垂下眼眸，迈步走向那堆训练器材：“今天我们练习浮板压腿，和抱着水球在水里浮水。”

她在器材旁边蹲下来，水球放在浮板上面，她拿起水球随手往旁边一丢。

因为有些心不在焉，精神恍惚，仿佛在神游一样，也因此，她不知道自己这随手一丢的水球，砸在了旁边的墙上。

“砰”的一声，水球又弹了回来，好巧不巧，直接打在她脸上。

“啊！”时光吃痛，被球重重打脸后，身体失去平衡跌坐到地上。

听到时光的叫声，陆彦辰下意识地回头，看她摔倒，心蓦地一抽。然后，他感觉自己像断了发条的玩偶，不由自主地往她身边走去，伸手扶她在旁边的椅子上坐好，也习惯性地俯身去检查她：“伤哪儿了？我看看。”

“脸……”脸就跟被人打了一巴掌似的疼。

“没见过你这么笨的。”陆彦辰用手指碰了一下她的脸。

脸上红色的印子清晰分明，还有些微微肿起的痕迹，疼得时光的眼泪都快要流出来了：“轻点。”

训练馆有医药箱和冰块，陆彦辰先从医药箱里拿出纱布，再将冰块包入纱布里：“脸抬起来，敷一下。”

“好，谢谢。”时光伸手，想要接过冰块，可是却被陆彦辰拨开了：“让开，笨手笨脚的。”于是，他拿着冰块，按在时光脸上，冰冰凉凉的，舒服的同时有点疼。

时光拧着眉，嗞了一声：“你轻点。”

不说倒还好，一说陆彦辰手劲用力了：“活该。”

时光疼得龇牙咧嘴，下意识地往后躲了躲：“你干吗？”

陆彦辰命令：“不许躲。”

时光：“疼呀！”

陆彦辰训斥她：“不疼一下，怎么能让你长点记性？”

“啊……轻点！”

陆彦辰揶揄地看了一眼：“叫个没完没了，不知道的人还以为我在对你做什么！”

时光：“……”

好丢脸！她不出声了，免得他又要说什么话，只是身体往后躲。

陆彦辰不耐烦地直接用一只手扣住她的后脑勺，试图把她拉回来，身体微微向前，两人的鼻尖就已经触碰到一起，呼吸暧昧交缠，唇瓣贴近，只有一厘米的距离。

时间仿佛突然静止了，时光吓了一跳，她再次伸手想要拿过冰块："还是我自己来吧。"

陆彦辰低下头，不动声色地退开，躲过她的手，口气不善："动什么？"

用冰块在她脸上揉搓了一下。

时光立刻发出一声，"嗞！"并且大喊了一声，"你要谋杀啊？"

刚才的暧昧和窘然倒是被化解了。

"不用力敷，没效果，晚上睡觉前，再记得用冰块敷一下，明天就不会有肿了。"陆彦辰的语气很淡漠，但时光知道他是为自己好，点了点头："我知道了，不过你怎么会知道？

他看了她一眼，没出声。

"经验？"时光猜测，"你在部队经常受伤？"

陆彦辰不由眉梢上扬："怎么，关心我？"

时光呵呵笑了两声："关心你？你真是太高抬自己了，随口问问而已。"

"高抬？那当初是谁跑到我面前说喜欢我的？"像是报复一样，陆彦辰的力气加重了。

时光吃痛，瞪着他："当时年少，识人不清，不行呀？"

陆彦辰气极而笑，但嘴角带着冷意，眼底不带半分笑意："是吗？"

他突然将手里的冰块收回，直接从药箱里拿出一瓶紫药水："看你的脸伤得不轻，得擦点才行了。"

这是她最讨厌的紫药水，居然还要擦在脸上？时光赶紧摇头："不用了不用了。"

"那怎么行？不擦点，好不了。"他似笑非笑的样子，像个使坏的恶魔。

"不不不……"时光急忙猛摇头，"我只是被球轻轻打了一下，没伤口没出血，擦什么紫药水……"

"紫药水是消毒杀菌的，红肿也能擦。"陆彦辰用棉签浸了紫药水拿了出来。

时光只恨自己以前居然告诉过他最讨厌紫药水："不……"

她拍了一下他的手，棉签一动，那紫药水在陆彦辰脸上轻轻一擦而过。

俊美的男人脸上一抹紫色，如黑夜中的妖孽之花，带着一抹说不出的邪气，令他整个人看上去半是清冷半是邪魅，迷人而又危险！

意识到自己可能闯祸了，时光弱弱地往后仰身体："对不起，我不是故意的。"

陆彦辰紧紧盯住她，手还令人难测地举着棉签，似乎在慢慢地向着时光靠近。

时光的身体越来越往后，然后她整个人直接从椅子上跌下来……

明明什么都还没对她做，陆彦辰顿时有些无奈："坐都坐不好，你还有什么用？"

他的目光撇开，又看到她泳裙上面红红的，好像是血，眼神一暗，第一反应便是："你的腿也受伤了？"

时光愣了一下，垂眸看了一眼，很快便又反应过来了。

她简直如雪山塌了一样崩溃，生理期就是这几天，原本一直小心翼翼地，只是没有想到……

"不是受伤。"时光好想找个地洞钻进去。

定定地看了她两秒，陆彦辰便明白怎么回事了，他的目光左右转了一下，面上依旧无表情，但耳朵似乎有些红。

他站了起来："今天的课就到这。"

然后起身走了。

时光准备骑电单车回家，这几天不能训练也不能上课，她需要好好休息。她的生理期一向不太准，不是早几天就是晚几天。生理期的反应也不太好，有时候躺躺就好了，有时候疼得她能在床上打滚。

她把电单车推出来，便看到前面有人向自己走过来。抬头，便又看到了已经离开的杨思彤，时光那握着车把的手猛地一紧。

"你好，时小姐。"杨思彤对着她温柔一笑。

"请问有什么事吗？"时光淡淡地看着她，不热情也不冷漠。

杨思彤看着时光的脸，发现她有一边脸红红的，好像被人打了一巴掌。

她可是陆彦辰的私人教练，沈氏水立方是没有人敢动手打她的，唯一的人就是陆彦辰。

陆彦辰居然会打她？那么他对这个女教练还真是什么想法也没有。

她心里暗暗一喜，看着时光，真诚地说："刚才因为我，害得时小姐被彦辰骂，我心里过意不去，所以我想着请时小姐吃顿饭。"

时光立刻拒绝了："不用了。"

杨思彤有些意外，毕竟能够结识她的机会真的是很难得的，这个女教练是真的不想去，还是心虚呢？

"时小姐，你就不要客气了。"

"这不是客气。我是教练，在私人训练馆，在没有得到客人的允许下，我私自把人放进来本就是我的错，受到了责骂也是应该的，杨小姐不需要觉得抱歉。"时光用公事公办的口吻说着，她推着电单车走向另一边，准备绕开杨思彤。

可是杨思彤又追过来，拦在了前面："时小姐，除了请时小姐吃饭，其实我还想请时小姐帮我一个忙。"

"嗯？"时光低低应了一声，皱眉，心里有些烦躁了。她想离开，只想快点儿离开。

"我之前不是告诉时小姐，彦辰觉得我不信任他，所以才会生我的气，才会不理我，我是想请时小姐帮我，让彦辰消气，让他快点儿理我。"杨思彤一脸忧伤，可怜巴巴地说着。

"不好意思，杨小姐，我想我可能帮不到你。"时光再次拒绝了。

"怎么会呢？"

"我只是一个教练，我的责任只是教学员游泳，至于其他的事，我不能干预，也不会干预。"丢下这一句，时光直接骑上电单车离开了。

杨思彤扭头看向时光的背影，冷着脸，微微皱了一下眉。

看来这个时光是一个很有个性的教练，并不会因为陆彦辰长得好看，身价地位高，而刻意去讨好。

典型的运动员，眼里、心里只有冠军、破纪录。是因为这样，所以最后她才会成了陆彦辰的教练吧？

如此，很好。这样的话，她也就放心了，不用再担忧她和陆彦辰之间会生出什么不应该的感情。

只不过，为什么越看这个时光，她就越觉得眼熟呢？她们以前在哪儿见过吗？

时光回到家，整个人突然像是泄气的皮球，靠着门慢慢瘫坐到地上。

她的目光定定地看着前方，很凌乱，也很茫然。哪怕之前被吴兴折腾，训练过量，她也没有这么累过，但是此刻她累得像是连气都喘不过来一样。

哪怕她被何心诺那般陷害，她也没有哭过，但是此刻，眼泪却像是断了线的珍珠，根本就无法控制，不停地往下落。

她抬手捂着脸，然后低低地哭了起来。不是伤心，不像难过，不像痛苦，也不像绝望，而像是满腔都是压抑的情绪，但无处排解或释放，只能借着眼泪发泄出来。

因此，来得快，去得也快。

地上凉，她又是生理期，坐在地上不一会儿就感觉到肚子不舒服。她赶紧站了起来，去浴室洗了一个热水澡。

出来时，天都黑了，她开了灯，靠在沙发上，打开电视机，随手将遥控器放在茶几上，目光瞥到了放在茶几第二层的一本书。她拿了起来，打开，里面夹着一张有些年月的已经发黄的旧照片。照片似乎是从别的照片上面剪下来的，里面的女孩身着校服。

这个女孩不是别人，正是杨思彤。

电视里在放什么，时光的眼睛都没有瞥一下，她的目光一直定定地盯着杨思彤的那张照片，复杂的目光有点儿冷。也不知道盯了多久，十分钟，半小时，一小时……甚至更久。

忽然“啪”的一声响，灯灭了，屋子陷入了黑暗。没听说今天要停电？时光将照片重新夹到书里，摸着黑找到了手机。

手机电量不足了。

她用手机照明走到阳台，外面都有灯，似乎只有她家没电？又用手机照明走到外面，楼道里也有灯，电梯也还在运行。所以只是她家停电了？她用手机给霍湛打了个电话，把情况说了一下。

霍湛说：“别人家都有，就我们家没有？那应该是保险丝烧了，家里工具箱有保险丝，顶楼的小屋里就是各住户的电源总闸，可是你会换保险丝吗？还是明天找人过去修吧。”

“我知道了，挂了。”

“你好不容易给我打个电话，就不能和我多聊两句吗？”

“手机没电了，有空给你发微信。”

霍湛笑着应了，挂断电话前强调：“一定要记得多给我发微信啊。”

时光结束通话后，看了看手机的电量，只有百分之五了。想了想，她决定自己上顶楼，去挑战一下换保险丝，以前看人换过，还是很简单的，她应该能行吧。

她在屋里找了工具箱，上了黑黑的顶楼，打开小屋的门，里面好多电表和错综复杂的线路，她都不知道她家是哪个？

手机又在抗议没电了，只有百分之二了，马上要关机了，还是算了。

时光回去，刚推开十二楼安全通道的门就看到了正在开门的陆彦辰。

陆彦辰听到声音，扭头，看到是她，双眼微眯：“你在这儿干什么？”

时光对上陆彦辰的目光，感觉他好像在怀疑自己上来是为了偶遇他一样。她赶紧解释：“我家停电了，我上来换保险丝。”

“停电？”陆彦辰说着，瞥了一下楼道的灯和运行的电梯。

“对，停电，我家的保险丝烧了。”说着，她指了指手里的工具箱。

陆彦辰瞥了一眼工具箱，没有再说什么，准备推门进去。

“你会换保险丝吗？”时光觉得，只要是个男人应该都会换保险丝。

楼上楼下的邻居，这么点小忙也是会帮的。

不想陆彦辰回道：“不会。”

时光惊讶：“你个大男人，连保险丝也不会换？”

陆彦辰冷冷地看了她一眼，将门推开了。

时光想了想，又问了一句：“有没有手电筒，借用一下。”

“没有！”陆彦辰再次拒绝了她，进屋关门。

时光嘀咕他一句：“小气。”

还没等她说完，门又打开了，她以为陆彦辰愿意借她手电筒了，结果陆彦辰开门后，却对她说：“据说，前两个月有个女人……好像跟你年纪差不多大，差不多高，从楼顶跳了下去，死了！”

时光平淡地应了一句：“哦……”语毕才明白过来，他到底说了什么，瞪大的眼中盛满了不可思议，“你吓唬谁呢？”

“好像位置刚好就是你卧室的方向。”说完，进屋，再次将门关了起来。

“哼！”时光表示自己一点儿也不害怕。

她回到家，手机最后一点电量用完了，直接关机，房间陷入一片黑暗。其实她是怕黑的，突然这么安静，什么也做不了，她感觉全身不自在。

拿起手机，不管她怎么按，都是黑漆漆的屏幕。她鼓了鼓嘴，闭上眼睛，想着睡吧睡吧，不管什么事，明天醒来再说。可是脑子里，就是不停地响起陆彦辰刚才最后说的那几句话，心里七上八下的，怎么都睡不着。就算她拼命告诉自己，假的，假的，一定是假的，陆彦辰故意吓她的，可莫名感觉到背后凉飕飕的。她忍不住低骂了几句，然后起身，拿着手机和充电器又上了十二楼。

时光抬手，敲门。

第一遍，没有人应。她左右瞧了瞧，只觉得楼道里的灯突然惨白得令人心惊，心里暗骂：该死的陆彦辰，没事吓唬她干什么，吓唬她就算了，居然还不开门，不开就不开，她去小区便利店借电源去。

带着生气的情绪，她重重踢了一下门，准备离开。不想，门突然被人从里面打开了。

陆彦辰刚洗完澡，脖子上还挂着一条白色毛巾，头发湿漉漉的，凌乱又随性，上身没有穿衣服，下面就只围了一条白色的浴巾。

虽然见过他穿泳裤的样子，可是围了浴巾似乎暧昧些。

时光抬高目光，尽量不往他身上撇，以免看到不该看到的东西：“那个，能到你家充会儿电吗？”

闻言，陆彦辰似听了什么不可思议的事，嘴角都扯出了笑意，但是声音却是淡然至极：“充电？”

时光点头。

陆彦辰似乎很意外地微微蹙眉：“你家没电吗？”

见他明知故问，时光不由磨着牙，但还是好言好语地说：“刚刚不是和你说了，我家停电了，物业说要明天找人来修。”

陆彦辰淡淡地“哦”了一声，然后好心建议，“那你就早点睡吧。”

“我手机没电了。”时光扬了扬手机，怎么按都是黑屏了。

“睡觉玩什么手机？”

时光简直想踢他一脚，这人脾气这么冷这么不近人情，自己以前到底看上他什么了？真的就只有他那张脸，除了那张脸，现在真的没有一个地方讨人喜欢的。刚才明明就是他故意吓她，明明知道她怕黑。

陆彦辰看着她五味杂陈、什么情绪都夹一点的小脸，似笑非笑地弯了下嘴角：“你想睡我……”

时光蹙眉：“什么？”

“这里？”

时光：“……”

说话能不说一半吗？她真的不想再理他了，刚才一定是脑子打坏了，才会想着就近来他家借点电。

时光正打算转身走人，结果陆彦辰拉开了门：“要充就快点。”

其实，时光很想很有骨气地说不用了。可是这个小区很大，她去便利店借电源，还得走上几分钟的路，小区虽然说有路灯，可还是黑黑的，再回想刚才陆彦辰说的那几句……

算了算了，她还是在陆彦辰家充会儿电，然后就下楼玩会儿手机睡觉吧。

进屋后，陆彦辰便去了他的卧室。

时光坐在沙发上，手机放在旁边充电，电视机打开着，里面放着无聊的狗血电视剧。不一会儿陆彦辰出来了，坐在吧台那边，桌面上放着一台笔记本电脑，他给自己倒了一杯酒端在手里，目光紧紧盯着电脑，全程当时光不存在，时光也不去在意他。

待在屋里的两个人，就像一个在南极，一个在北极。

电视剧真的好无聊，时光看着犯困，她瞄了一眼手机，才充了百分之十，这没一会儿就用完了，她只好撑着精神继续看电视。

今天的时光身心疲惫，就算她强力支撑，可身体还是越来越歪，斜斜地往下滑，最后上半身躺了下来，脑袋枕在沙发扶手上。

她这边许久没有声音，陆彦辰不露痕迹地瞥了一眼。他的方向刚好看到她的腿，短裤因为她斜躺的身体往上拉扯，配上她美好的腰部线条，漂亮得让人头晕目眩。

陆彦辰抿了一口酒，突然之间感觉身体有点儿热。

他轻轻咳了一声，像是提醒……可时光睡着了，一直维持着这个姿势不变。陆彦辰的目光盯着电脑，却是不知道为什么，突然一个字也看不进去了，浑身的血液翻涌得厉害。

陆彦辰想要集中精力，可理智像断线的风筝一样越飞越远。他的薄唇微动了一下，忍不住又瞥了时光一眼。之前一眼，是觉得热，现在这一眼，让他仿佛被火烧烤着。

明明她只是躺在那儿，什么也没有做，可对他而言，却是在引诱着他，诱他侵略、占有、沉沦……

太热了，房间里的空调仿佛失去了功能，似乎连吸进胸腔的空气，都变得那么灼热，烧得人心脏火燎火燎的。突然，陆彦辰站了起来，大步走过去，冷着声音说了一句："坐好。"

他本以为某人是躺着，因为这样看电视会舒服一点，结果却看到她歪着头、半躺在沙发上睡着了。睫毛在眼帘下投下一道阴影，侧着脸的睡颜恬静安好，身体轻轻蜷缩着，双手抱着自己，仿佛在保护自己一样。

陆彦辰微微愣了一下，顿时有些无奈。

静静地看了她片刻，陆彦辰轻手轻脚走进卧室，拿了一床毯子出来，轻轻地盖在她身上，将头上散了一半的发圈取下来，又帮她把鞋脱下，将腿抬起放到沙发上。一系列的动作，是那么轻那么柔，小心翼翼到连他自己都没有发现。

陆彦辰又回到吧台，可依旧没办法再集中精神做事。

他揉搓了一下太阳穴，打算今天到此为止，准备回房睡觉，经过客厅时，他的脚步却怎么都迈不开。

看着她连在睡梦中都透着疲惫的面容，他心头五味杂陈。最后神使鬼差地，他走到沙发边，伸出手臂将睡着的时光轻轻地抱了起来，俯首，薄唇轻轻覆上她柔软的发丝，一双隐忍的眼睛里，似乎蕴含了缠绵悱恻的深情。

将人在床上放好后，他没有躺下，也没有离开，就坐在床边，那么静静地凝视着她，刚刚焦躁的心，竟然一点点平静下来了。

时间一点点流逝，天都亮了，他才起身走了出去。

时光第二天醒来，发现自己在一个陌生的房间，顿时吓了一大跳。

她下意识检查自己，衣服好好穿着，身体也没有不适，顿时松口气。昨天她是在陆彦辰家充电，又困又累，模糊地就睡了过去。

她起身走到外面，客厅里没有人，这样更好，她穿上鞋，拿上手机和充电器，轻手轻脚走了出去。

回到家，时光才舒了一口气。她放下手机，将散落的头发挽起，准备扎上，却意外地发现发圈不见了。

看来，是落在陆彦辰家了，肯定不会再回去拿的。她走到卧室拿了一个备用的，边扎头发边佩服自己，昨晚居然能睡着，简直猪一般的粗神经。

时光简单洗漱一番，给物业那边打了电话。没多久，物业就安排了人过来修理。不多时，时光家里的电就恢复了。

她做了早餐，吃完就出门了。每个月的生理期，她不需要训练，就会去疗养院照顾姐姐，今天自然也不例外。

她骑着电单车从小区大门出去，向左，一辆黑色的轿车从右，在大门驶入，然后停在公寓楼下。

陆彦辰是被门铃吵醒的。

他一夜没睡，这会儿才刚刚入睡就被人扰了好眠，心情可谓是极差，沉着脸去开门，还没有看清来人，一道稚嫩的声音响起了："小叔叔。"

陆彦辰垂眸，看向站在面前帅气的小男孩，再抬眸看向他身边的大人，微微皱眉："妈，你们怎么来了？"

"小白一定要来看你。"沈灵双拉着孙子进了屋，"再说了，我都还没有到你这儿来看过，住得还行吗？"

沈灵双打量着屋子，到处转了一圈，最后来到卧室：“都大中午了，你怎么还在睡觉？昨晚干什么去了？”

她眼尖地看到枕头上有一根长发，顿时瞪大眼睛——这是有女人来睡过……一双眼睛里的神色急剧变化着。

突然之间，仿佛明了。

沈灵双激动地迈着小碎步回到客厅，在沙发上坐下，又看到了放在茶几上的发圈。

咦，女孩用的发圈？

陆彦辰从厨房倒水出来，一眼便看到沈灵双在凝视什么。他的眸色深邃如冰，放下水杯，顺手拿了发圈，丢到茶几的抽屉里。

“你……”沈灵双紧紧盯着他，“那个……是不是有女朋友了？”

看似猜疑的语气，可眼睛里的狂喜却在表达，她已经确定了。

小白粉雕玉琢的小脸凑到陆彦辰面前，一双水汪汪的大眼睛透着一丝狡黠：“小叔叔有小婶婶了？”

陆彦辰指了指自己的书房：“里面有你爸给你的玩具，自己找去。”

小白目光惊喜一亮，立刻迈着小短腿跑进书房。

沈灵双美艳的脸上全是控制不住的喜悦。

“有女朋友了，你怎么都不跟妈妈说？那女孩长得怎么样？你们进展到哪一步了？你爱她吗？她爱你吗？如果不是随便玩玩的话，你们就趁早定下来，毕竟人家是个女孩子，名节可是很重要的，不能一直这么没名没分地跟着你，要不明天你带她去家里玩？”她说着，笑着，温柔而又明媚。

陆彦辰看着自己妈妈这张天真又无知的脸，再想着她的那一颗少女心，顿时郁闷得不想说话。但是他妈妈好像完全没察觉到他的无语，一直欢喜地看着他，等他回话，他只能闷闷地说了一句：“你想我谈恋爱，还把杨思彤往我这儿送？”

沈灵双一愣，不好意思地说：“儿子，妈妈也不想。我知道你不喜欢杨思彤，你以前提解除婚约的时候，我也跟你爸爸说了，两个人结婚肯定要因为爱情，可是你也知道你爸爸的性格。对他而言，承诺比命还重要，毕竟那是你爷爷给你定的婚约，我也不能逼着你爸爸当一个不孝的儿子。再说了，我也知道你不喜欢她，心里觉得挺愧疚的，才会想着对她好一点。”说着，她举起手发誓，“但是你一定要相信妈妈，妈妈是希望你找到爱情的，希望你和心爱的人结婚，永远幸福一辈子。”

听了沈灵双的话，陆彦辰面无表情地闭了闭眼，随即，他站了起来，准备回房间。

沈灵双赶紧问他：“儿子，你要去哪儿？”

“睡觉，我才刚睡，你先回去，过两天我回家看你。”陆彦辰说着，头也不回进了卧室，还顺手关上了房门。

沈灵双满脸失望。唉，她已经不指望她的小儿子可以对她稍微热情点了。还好她现在有小白，不过小白现在越来越大，也越来越酷了，前两天居然还说，以后不要总和她一起出去，会被人说没男子气概。

小屁孩，真是越大越不可爱。

不过有个忙，她倒是可以让小白帮。沈灵双眼睛一亮，心中有了主意。她起身走到书房，此刻的小白正在玩魔方，沈灵双走过去牵住了他的手，柔声问他：“小白，奶奶和你说件事。”

小白沉默地点了点头。

沈灵双温柔的声音，诱惑一般问他：“想要小婶婶吗？”

“想要小婶婶，”小白点头，接着又摇头，“不想要小妈妈。”

“你这几天住在叔叔家，给奶奶拍个小婶婶的照片，奶奶就拒绝你爷爷，暂时不给你爸爸安排相亲，不给你找小妈妈。”沈灵双说着，还把自己的手机给了小白。

“真的？”小白眼睛一亮，有些激动，手机里有他爱玩的游戏。不过不能表现太高兴，不然奶奶会收回手机的，“那你还会帮爸爸妈妈复合吗？”

“当然，只要你妈出现，奶奶就帮你爸爸妈妈复合。”她也想，也希望自己的孙子有亲爸亲妈疼。

陆彦辰以为自己醒来，他妈妈应该回去了。没错，他妈妈是回去了，可是把小白留下了。

“小叔叔，我想留下来在你家住几天，奶奶每天带我和她的姐妹去逛街，我一个男子汉总跟女人混在一起不好。”小白盯着陆彦辰的大眼睛，泪珠在眼眶里打转，要多可怜有多可怜。

陆彦辰下意识地便要将人送回去，可是他也知道，他妈妈把小白留下，打的是什么主意。如果他立刻将小白送回去，没有达到目的的陆夫人，肯定还会出其他的招，再说他这会要出去处理一些重要的事情，也没空把人送回陆家。

他便吩咐小白在家待着。小白从小到大都聪明懂事，虽然才五岁，可是已经会照顾自己了，因此他也不用担心小白一个人在家。

小白以为陆彦辰只是出去一会儿，结果一出去就是一下午。他好饿，午餐都还没有吃呢。楼下好像有人在做饭，空气里弥漫着诱人的香味……小白跑到阳台边上，伸长脖子望着楼下。

楼下的阳台，刚好是挨着餐厅厨房的。

隐约能看到有人做菜，貌似还是红烧肉。小白不禁咽了咽口水，他用手机给陆彦辰打了个电话："小叔叔，你什么时候回来，我好饿。"说着，小嘴一嘟，"住在咱们楼下的姐姐，人家都在做晚饭了，看着可好吃了。"

陆彦辰原本想给他叫个外卖，听到小白说的后半句时，深邃的眼睛滑过一道隐晦不明的光。

他盯着前方看了几秒，启唇回道："那你就去她家吃。"

小白说楼下的姐姐做饭了，只是想告诉他的小叔叔，你也应该回来做饭了，可是没有想到，他小叔叔居然直接让他到楼下姐姐家吃饭？

"真的？小叔叔认识楼下的姐姐？"

"不认识。"

"那万一她给我下药，把我拐卖了怎么办？"

"那你就吃外卖。"说完，陆彦辰直接将电话挂断了。小白嘟着小嘴儿，鼓着腮帮子，黑漆漆的大眼睛狠狠地瞪着前方，小唇瓣紧紧地咬着。

他表示自己很生气，因为小叔叔太坏了，把他一个人丢在家里，不给他做饭吃，只给他叫外卖，外卖来得好慢，半小时过去了也没到。

小白又跑到阳台边，坐在地上，伸长脖子望着楼下。

楼下小姐姐好像做了四菜一汤，看着好好吃……口水都快要流出来了。

他黑漆漆的大眼睛眨巴两下，吧唧了两下嘴，小叔叔刚才说可以去吃的，那他就不客气了。

这么决定的小白，立刻从地上站起来，拍了拍小屁股，抱着手机就走了出去。

时光做好饭，正准备开吃，就听到她家门铃响了起来，她有点茫然地抬起头。

谁在敲她家的门？认识的人里面，除了李芳菲和在国外的霍湛，没有人知道她住在这儿。不对，还有一个，但是陆彦辰肯定不会来敲她的门。

疑惑的时光，起身开门。

门外站着一个四五岁的小男孩，五官精致，漂亮得跟个女孩一样。他看着她，黑溜溜的眼珠转动一圈，奶声奶气地说："姐姐，你好。"

这个孩子身上的穿着无不精致昂贵，一看就是家境不错。

他是隔壁的小孩？

时光笑，本能地迁就孩子的身高，微微弯下腰："你好，小朋友有什么事吗？"

小白没说有什么事，只是伸出了手，有模有样地说："我叫小白，小孩的小，白云的白，认识你很开心。"

时光赶紧递上了自己的手："我叫时光，时间的时，光彩的光。很高兴认识你，小帅哥。"

被人叫小帅哥，小白猛地脸红了起来，低下头。

"真可爱。"时光感慨着，摸了一下他的脑袋，"你吃饭了吗？"

"没有。"

"姐姐请你吃。"

小家伙明明下来就是为了吃饭，被邀请了却还要假装苦恼一会儿，然后才礼貌地说："谢谢姐姐。"

小白接过时光给他盛的饭碗，看着桌子上的四菜一汤，特别是那香喷喷的蜜汁烤翅，顿时感觉幸福得快要飞起来了。

他是真的饿极了，吃得又快又多，眼睛弯弯眯起，嫩白的小脸因为吃了点辣，而带上了几分绯色，水嫩嫩的十分可爱。

“姐姐，你做的饭真好吃。”小白说着，又晃了晃手里的蜜汁烤翅，这已经是他吃的第四个鸡翅了。

时光一直都挺有孩子缘，这个孩子虽小，但却很聪明，来敲她家门貌似就是来蹭饭的。她忍不住问他：“小白，我们第一次见面，你就来我家吃饭，你不怕我是坏人吗？”

小白突然一本正经、小大人模样说道：“姐姐你长得那么漂亮，绝对不是坏人。”

“小嘴儿真甜。”这个小家伙长得好看，还特别绅士，萌得让人好想抱在怀里揉一揉，“你慢点吃，这都给你。”

还好今天她休息，多做了点菜，不然真不够这小孩吃的。饿成这样，这是几天没吃东西了。

小白吃得满嘴都是油，他用纸巾擦了擦，然后又拿了一个鸡翅，笑着问时光：“姐姐，你有男朋友吗？要不，你给我当小妈妈吧？”

时光讶然：“啊？”

“我爸爸是单身，我没有妈妈的……”

小白建议后，又觉得不好，他直摇头：“还是不要了，我爸爸都是个老男人了，还带着我这么一个拖油瓶，你肯定看不上他的。”

“哈哈。”时光忍不住哈哈大笑了起来，她原本这两天心情挺郁闷的，因为小白心情莫名好起来了，用餐后她准备送小白回去。

小白愣了一下，嘟着小嘴儿说：“我没带钥匙，只能等我们家的坏人回来了。”

他还在生气，所以他说的坏人就是陆彦辰，而时光则以为他口中的坏人是他的爸爸。

小白暂时不能走，只好问时光：“姐姐，你会玩王者荣耀吗？我可以带你玩哦！”

王者荣耀，她确实玩过，便点了点头：“会一点点，很少玩。”

“姐姐，我可厉害了！”

他和时光交换了电话，又加了 QQ 号，发现时光的等级比他高，他双眼立刻放光：“姐姐，你好厉害呀！”

那满目的崇拜，让时光都有些不好意思了："姐姐很少玩。"

"姐姐很少玩都那么厉害了。"小白更崇拜了。才刚玩一局游戏，他的手机就响了。

接完电话后，他抱歉地看着时光："姐姐，我不能和你玩了，我们家坏人回来了，我要回家了。"

"行，有空再来姐姐家玩。"时光站了起来，她也很喜欢这个小朋友，亲自送他出门。

她拉开门的时候，电梯门也刚好打开，走出来一个高大挺拔的男人。

时光嘴边绽放着礼貌得体的笑容，抬头看向来人，"啪嗒"一声，她笑容僵了，下巴差点儿掉到地上了。再看到小白一脸不高兴地走到陆彦辰身边，她更是目瞪口呆。

陆彦辰？小白是陆彦辰的儿子？仿佛有什么东西，在脑里轰隆炸开了一样，太强烈的冲击，让时光愣是好一会儿没反应过来。

陆彦辰则是看着她，一副若有所思的样子。

两个人都沉默了一会儿，又同时开口——

"谢谢照顾。"

"你……"儿子？后面的话，因为陆彦辰的声音响起，她自动断了。

小白被陆彦辰牵着，对着时光挥了挥手，说："谢谢姐姐的晚餐，姐姐再见。"

时光笑了笑，也挥了挥手。

转身，进屋，关门。

小白说他五岁。

五年前的陆彦辰，正是她追他的时候，所以和她在一起之前，他已经有过一个女人了，而且还有一个小孩？

时光很想算算自己的心理阴影面积……

回到家，小白生气地问陆彦辰："小叔叔，你怎么一点儿都不担心我？"

陆彦辰低头看向他，有什么好担心的。这小子是个出名的小天才高智商人物，担心他？他去楼下吃饭，他反而要担心那个女人。

“还好楼下的姐姐是个好人。”小白嘀咕，心想着姐姐做的饭好好吃，打游戏好像很厉害的样子。

小白越想越喜欢时光，他忍不住地又说了一句：“好想让爸爸把姐姐娶回家，给我当小妈妈。”

陆彦辰：“……”

小白这孩子一贯聪明，而且他潜意识地知道后妈并不是一个好生物，对大哥身边的女人一直有敌意，平时见着哪个姐姐、阿姨，也是没什么好脸色。这次不但喜欢极了，居然还想着让他爸娶回家。

这才见了第一面……

“你很喜欢楼下的姐姐？”陆彦辰忍不住问了。

虽然还是面无表情，但是眼神黯了黯。

“对呀！”小白小脸红通通的，笑得眼睛都眯了，“姐姐好漂亮哦。”现在的小白，完全是时光的小迷弟，“我觉得我爸爸配不上姐姐，好想快点长大，我自己娶她！”

陆彦辰沉默了好一会儿，泼他冷水：“没发现哪里漂亮，丑死了。”

小白皱眉：“小叔叔，你不可以骂姐姐。”

陆彦辰：“……”

她给他侄子灌了什么迷魂汤？

看到陆彦辰转身去卧室，小白立刻给时光发了一条短信：“姐姐，坏人洗澡去了，我们打游戏吧。”

小白走了后，时光就去厨房搞卫生了。

当她看到小白的信息时，已经是一个小时后，这时的小白被陆彦辰命令洗澡睡觉去了。

小白的手机响起，陆彦辰拿起来看了一下。

“小白，不好意思，姐姐刚刚没有看到信息。”

陆彦辰沉着脸盯着屏幕看了好一会儿，直到手机自动黑屏，他原本想放下手机，可是不由自主地，又解锁，回复短信：“哦。”

“你还要打游戏吗？”

“不打。”

时光拿着手机，咬唇踌躇片刻，然后还是决定发短信问问：“刚刚来接你的是你爸爸？”

陆彦辰：“……”

什么意思？她怎么会误会小白是他的儿子，一看就知道小白是个五六岁的孩子了，五六年前那会儿，他才多大？

再说了，认识她之前他有没有女人，她不是最清楚？居然这么怀疑他。

男人的脸色难看到了极点，他非常不客气地打了两个字“不是”，准备发过去时又删掉了。

修长的手指在手机屏幕上按来按去，删删减减，最后回了几个字：“你看上他了？”

时光差点被自己的口水呛到。

这个小家伙，小小年纪知道什么是看上吗？盯着信息看了几遍，时光都不知要怎么回。

虽然小白看着挺早熟的，但应该不会认识这么多字，第一句是因为他经常打游戏，知道打出来不奇怪。

这一句……不过也不是绝对的，现在的小孩都太聪明了。当然也有可能，是找陆彦辰帮忙发的信息。

时光手指点了点下巴，发条语音过去：“这么晚了，小白还没睡？”

陆彦辰听完语音，冷哼一声。也不算太笨，知道发语音过来试探一下。

听到时光的声音，穿着睡衣的小白走了出来，喜滋滋地问：“小叔叔，是不是姐姐回我信息了？”

陆彦辰把前面几条信息都删了，然后对小白说：“她问你睡了没有，你告诉姐姐，说你就要睡觉了，明天再和她玩。”

“好的，小叔叔。”

小白迈着小短腿快步走来，按照陆彦辰说的，给时光发了一条语音信息过去：“姐姐，我马上就要睡了，明天再和姐姐玩游戏，姐姐晚安。”

还真是小白？

时光难以置信地瞪大眼睛，非常惊讶。那么小的年纪，居然会这么多字。

不过，陆彦辰到底是不是他爸爸呢？

小白第二天醒来，第一时间就是找手机，惦记着找姐姐玩游戏，但是他把屋里都翻遍了，都没有找到自己的手机。

他跑去问陆彦辰：“小叔叔，你看到我的手机了吗？”

正在用早餐的陆彦辰，慢条斯理地看了他一眼：“先吃早饭。”

小白乖巧地走过去，以最快的速度把早餐吃完，然后又问陆彦辰：“小叔叔，我的手机。”

陆彦辰拿餐巾擦了一下嘴，冷着脸说：“收拾一下，送你回奶奶家。”

小白的小脸儿瞬间垮了，高兴的心情也瞬间消失，他摇了摇头，说：“小叔叔，我想过几天再回去。”

“不行，我这儿没有人照顾你。”

“我不要你照顾。你忙你的，我就在家玩玩具，饿了去楼下找姐姐要吃的。”小白同学表示自己能照顾好自己。

陆彦辰勾勾唇，嘲弄他：“你昨天不是还说，怕她把你卖了？”

小白羞涩着小脸：“姐姐才不会，她是好人，做的饭好吃，会打游戏，又漂亮，很有女朋友的味道哟。”

“女朋友？”陆彦辰愕然。

小白小脸红通通的，轻轻地点了点头：“嗯。”

陆彦辰的声音轻轻淡淡的，但目光仿佛蓄着寒冰：“你知道什么是女朋友吗？”

小白可察觉不出来，反正小叔叔一直都是冷着脸的。他笑得眼睛都眯了起来：“我当然懂了，奶奶和我说的，如果我在班上有很喜欢的女生，那就是女朋友的味道，奶奶还说可以青梅竹马哦，我看到楼下的姐姐就觉得很喜欢很喜欢，这肯定就是了。”

聪明小天才小白，败给了天真少女心的奶奶。

陆彦辰对他那爱情至上的妈，已经彻底无语了，她每天都教给小白什么乱七八糟的东西。

他沉着声音说：“你想住在我这儿也行，不过要听我的话，不然我就送你回家。”

“那我现在可以找姐姐玩一局游戏吗？”小白怕他拒绝，抬起手指，“就一局。”

陆彦辰看了看壁钟，摇头：“现在不行，那么早，姐姐还在睡觉，下午给你玩两局。”

小白眼睛一亮：“真的？”他怕陆彦辰反悔，赶紧点头，“好呀好呀，谢谢小叔叔。”

小孩子是最容易满足的，明明他只要玩一局，却变成可以玩两局，瞬间像是捡了一个大便宜。

小白不再缠着陆彦辰，去玩积木了。

直到中午，他才去找陆彦辰，摸着小肚子可怜巴巴地说：“小叔叔，我饿了。”

陆彦辰看了一下时间，合上电脑：“走吧，带你去外面吃饭。”

小白很高兴，牵住陆彦辰的手：“小叔叔，我们能去吃牛排吗？”

陆彦辰没有回他，只是问他：“昨天晚餐是姐姐请你吃的，对吗？”

“对呀。”小白点头，不明所以的大眼睛盯着陆彦辰。

陆彦辰又问：“你爸爸有没有教过你，做人要礼尚往来？”

小白一点就通，立刻明白了：“昨天姐姐请我吃饭，今天我也应该请姐姐吃饭才对，是吧，小叔叔？”

陆彦辰淡然地问道：“你很想叫姐姐一起去？”。

不是叔叔说的要礼尚往来吗？不解的小白点头：“嗯。”

陆彦辰勉为其难：“那就叫吧。”

时光正准备做饭时，门铃便响了。她猜测，来人有可能是小白，大概是陆彦辰又出去了，又把小白一个人留在家，小白饿了下来找吃的。不想打开门，她看到了一大一小两个人。

看到时光，小白立刻松开了陆彦辰的手，特热情地奔向时光，伸手握住时光的小手：“姐姐，你吃饭了吗？”

“还没有。”难道今天来她家蹭饭的，除了小的还有大的，不会吧？陆彦辰应该不会来她家蹭饭吧？

“那我们出去吃吧，姐姐昨天请我吃，今天我请姐姐吃。”小白眼睛亮闪闪的，比晚上的月光还要明亮。

和他们出去吃？

时光想这肯定是小白要求的，陆彦辰拗不过他，才会不情不愿地带他过来。她那次蹭陆彦辰的饭，都仿佛吸他的血一样，万分不情愿。

她赶紧摇头，说：“谢谢小白，但是不用了，姐姐已经在做饭了，你们去吃吧。”

“在做，那就没有做好，没有做好就不要做了。”小白摇了摇时光的手，“去吧，姐姐，跟我们一块儿出去吃吧。”

时光很为难，不知道要怎么拒绝小朋友，又不会伤害他。

她下意识地看了陆彦辰一眼，希望陆彦辰能说“姐姐不去就算了”，这样一来，应该比什么都有效。

陆彦辰跟她对视一眼，似笑非笑地勾了勾唇，对小白说：“看来，姐姐很讨厌你，你以后不要再来找姐姐了。”

闻言，小白一脸难过，可怜巴巴地盯着时光，一副求解的小模样：“真的吗？姐姐。”

时光赶紧摆手：“不是。”

她瞪了陆彦辰一眼，哪有人这么和小孩说话的。

“我就知道姐姐是喜欢我的。”小白炫耀一般看了陆彦辰一眼，然后对时光说，“那姐姐快点呀，我好饿啦！”他拍拍自己的小肚子，“你听，都在‘咕咕咕咕’地叫了！”

“那行吧，你们等我一下。”都这样了，时光没法拒绝了。她关上门，用最快的速度换了身衣服，梳了两下头发，就跟着他们一起出去了。

从电梯出来，刚好碰到两个大妈在楼下等电梯。

看到电梯里的三人，其中一个大妈低声说了一句：“咦，好年轻的夫妻，什么时候住到咱们楼的？”

另一个大妈羡慕地说：“小孩子好萌，什么时候我也能抱上孙子，我儿子都快三十了，女朋友还没一个。”

时光听到，瞬间如被雷电劈中，整个人僵住无法动弹。直到被小白拉着出来，她才如梦初醒，甩开小白的手，赶紧转身，想对两位进电梯的大妈解释：“不是……”

哪知才出声，小白又回来拉住她的手：“妈妈，你快点。”

时光一震，有些诧异地望着小白。这孩子万般期待的眼神，令她一句话也说不出来了。

小白一只手拉着她，另一只手又去拉陆彦辰：“爸爸，你慢点儿，等等我和妈妈……”

电梯门关上时，又传来大妈羡慕的声音：“一家三口，好幸福哟。”

时光感觉太阳穴的青筋跳得发疼，想找个地洞钻进去，下意识地瞄了一眼陆彦辰，某人眉头微微一动，却没说什么。

她想和小白说清楚，妈妈是不可以乱叫的，却发现小白牵着她和陆彦辰的手，一脸幸福地喊了一句：“妈妈……”

没有人知道，这是小白做梦都渴望的画面，他大大的眼睛盈满欣喜：“姐姐，你当我一天妈妈吧？”

他脸上期待的神情，让时光不忍说出拒绝的话，只能尴尬地笑两声，想让陆彦辰拒绝。结果陆彦辰什么也没说。

一路过来，时光都特别沉默，叫妈妈她都不答，假装没听到，而小白完全体会不到她的尴尬，兴奋不已，叫个没完。

第八章

他不是你儿子吗

吃饭的地方叫“禹殿”，装修风格低调奢华，环境清静舒适。

包厢里，小白拿着时光的手机在和时光拍照，嘴里还不停地念叨——

“妈妈，你真漂亮。”

“妈妈，你笑一个。”

“妈妈，亲一个，拍一张。”

……

在旁边点菜的陆彦辰，第一次发现他的侄子是个小话痨，叽叽喳喳的那么烦人。

菜陆续上桌，小白香喷喷地吃了起来。鸡蛋羹上桌时，他还眼巴巴地凑到时光面前，张开小嘴要时光喂。时光只好用勺子舀了两口喂到他嘴里。

陆彦辰坐在对面看着，突然觉得自己的饭菜干巴巴的。脸色顿时阴沉下来，看着小白，声音也冷得冻人：“你都多大了，还要喂，自己吃。”

小白撇了一下小嘴，只好自己动手。他今天吃得超级多，甜品上来，他吃了自己的，还想吃时光的。

陆彦辰真担心他把小肚皮给撑破了：“你还没吃饱？”

小白捂着小肚子：“好像还差一点。”

时光忍不住小声嘀咕了一句：“你儿子在长身体，你自己没空，应该找个阿姨给他做饭吃。”

陆彦辰看向时光，淡淡地说：“为什么要找阿姨，不是有你吗？”

时光轻笑，摊手：“关我什么事……”

“他是你的儿子。”他一本正经的样子，让时光觉得自己脑子有些不够用了。

她儿子？她什么时候生的小白，她怎么不知道。

陆彦辰勾勾唇，有些嘲弄：“怎么，让人叫你妈妈，光想占便宜，不想着回报了？”

“好呀好呀！”不待时光回答，小白就先欢呼了，“姐姐做的饭可好了，不对……今天是妈妈，妈妈做的饭最好吃，我最喜欢吃妈妈做的饭了。”

时光目瞪口呆。

她暗暗瞪了陆彦辰一眼，搞什么，又不是她让小白叫妈妈的。她被人叫妈妈，哪里是她占便宜了，她一个未嫁的女孩，平白无故地给人当了妈，这可是吃亏的事。但是她若直接说不行，似乎会伤害到小白。

“我是一个运动员，每天要训练，要工作，这两天是放假，平常都不在家的。”

“那妈妈有空给我做就好了，不要妈妈天天做的。”小白很体贴地说。

“这……有空再说。”时光说着看了陆彦辰一眼，意思很明显，想让我给你儿子做饭，没门。

陆彦辰坐在椅上的身子微微向后倾，尽显慵懒。他对小白说：“你运气很好，在我这儿住两天，你这个假妈妈，刚好就放假两天。”

说完抬头，目光朝着时光看去，从容的嘴角缓缓绽开一丝坏笑。

小白点头：“是的是的，妈妈这两天放假就行呀。”

“砰——”感觉心脏被人打了一拳。

时光两眼一翻，想要直接晕倒，她想当自己什么都没有听见。可是小白又缠着她说：“妈妈，晚上给我做好吃的吧，我要昨天的那个鸡翅。”

明明才吃完饭，可是他说着说着，口水像是又要流出来一样，简直就是个小吃货。

时光别提多郁闷了，她生硬地从嘴里挤出一句：“那个……小白，晚上，可能没有空，我要回一趟学校。”

“那明天呢？明天有空吗？”

“明天可能……”

“明天也没有空吗？那妈妈什么时候有空？”粉雕玉琢的小脸蛋，瞬间皱成了一个小包子。

时光想说，什么时候都没空，但是对小孩还是要温柔一些，沉默就好，反正说了没空就行了，接下来稍微安慰一下，这事情应该就算过了。

可在她出声前，陆彦辰突然淡淡地说了一句：“你太烦了，没人有空喜欢你。”

时光的嘴角抽搐，该死的陆彦辰，到底要干吗，唯恐天下不乱呀！

“是吗？妈妈。”小白伤心了，黑白分明的大眼睛里笼着雾气，似有眼泪在滴溜溜地打转。因为觉得自己是男子汉，小白努力憋着不哭出来，牙齿咬着小嘴唇一抖一抖的，看起来别提多么招人疼了。

他可怜兮兮地看着时光：“小白真的很烦吗？所以小白……才会没有妈妈吗？”

原本就喜欢他的时光，顿时一颗心都要化了：“不不不，小白很可爱，很讨人喜欢的。”

“可是我都没有妈妈，姐姐你也不想当我的妈妈，一天都不想。”小白说着，委屈地吸了吸小鼻子，眼看就真的要哭出来了……

“没有，我很喜欢你，特别喜欢你……”时光认真地说，对视小白水汪汪的眼睛，察觉到他眼里的期盼，于心不忍，“喜欢到……不去学校了，晚上给你做饭吃！”

小白一秒破涕为笑，立刻开心地抱住时光：“我就知道姐……妈妈对我最好了！”

时光欲哭无泪，她垂下头，也没看见陆彦辰表情里那一闪而过的笑意。要做饭自然要买菜，离开餐厅后，三人先去了超市。

陆彦辰推着车，小白坐在推车里，时光跟在他的身侧，真的特别像一家三口。

时光浑身不自在，她虽然不知道小白到底是不是他亲生的，但是她真的不太想跟这对父子走在一起。

“那个……我去买菜，你们在这边逛一下。”时光想找个借口溜了。

“妈妈，待会儿我们一起去。”小白拉住了她，指了指酸奶，“要一个这个，我们就可以过去了。”

无奈，时光只好帮他拿酸奶，然后跟着他们一起去了生鲜区挑菜。经过水产区时，时光想让人捞一条鱼，小白看到了，赶紧说：“妈妈，不吃鱼，不吃鱼。”

时光惊愕：“为什么不吃鱼？鱼好吃又营养。”

小白特别嫌弃地回道：“刺太多了。”

时光笑了笑：“可是从小到大吃鱼，会变得很聪明哦。”

“我已经很聪明了。”小白抬头自恋地说着，脸蛋红扑扑的，然后又看着陆彦辰，“爸爸从小不爱吃鱼，现在也很聪明的。”

陆彦辰眼神流转，看着时光时闪过一抹异样的光彩：“有些人天天吃鱼也一样很笨。”

扎心！好想甩手转身走人。

小白并不知道陆彦辰意有所指，他只是想表达一下自己的看法，于是奶声奶气地表示：“妈妈，你也很聪明。”

时光摸了摸小白的脑袋，还是小白可爱，然后又从冷柜里拿起两盒新鲜鸡翅，在小白面前晃了晃：“你爱吃的鸡翅。”

小白的眼眸如星光璀璨，赶紧伸手接过。

时光无视陆彦辰，让小白等等她，她去另一边挑蔬菜。

她才不管陆彦辰，她答应做饭只是因为小白，真心觉得小白不像是他的儿子。他的脾气那么傲、那么冷，怎么可能有小白这么可爱的儿子。

结账时，时光准备拿钱，陆彦辰先她一步把卡递了过去，她不想让陆彦辰掏钱：“这些都是我买的。”

他掏钱买单就得去他家做饭，她买的话她自己拿回家，做好了请小白下来吃就行。

“孩子都这么大了，还分什么你买的我买的……”结账的大姐嘀咕了一句，利落地接过卡。

时光：“……”

这不是她的老公，也不是她的儿子。

时光想回家，她想把钱给陆彦辰，可是东西都被陆彦辰提到他家了。

厨房里，时光一样一样地把菜拿出来，小白在旁边帮忙。突然，她发现有一条鱼：“咦，我记得我没买鱼啊？”

旁边的小白说：“是爸爸买的呀。”

时光不可置信：“他也不爱吃鱼……”

小白软软地说：“可是爸爸说，妈妈你喜欢吃。”

时光愣了一下，陆彦辰为她买的鱼？这怎么有点儿像是太阳打从西边出来了。肯定是因为小白在长身体，必须要吃鱼，他想要哄着他，才会打上她的旗号，肯定是这样的。

她浅笑一下，系上围裙打米洗米下锅，本想让小白先出去，可是小白一定要待在厨房。

“妈妈，你要先做鸡翅吗？”

“妈妈，我喜欢踢足球。”

“妈妈，你可以去我家玩……”

小白作为时光贴心的迷弟，一直在旁边叽叽喳喳地说个没完。

陆彦辰不放心厨房里的一大一小，不露痕迹地经过厨房外面，自然也听了一些。小白长这么大，还从来没有如此喜欢过一个人，怎么就单单是她了……明明是一个没心没肺的女人。

厨房里，小白说到了自己的妈妈。

时光扭头看着他，问了一句：“你从来都没有见过你妈妈吗？”

小白坐在椅子上，悬着的两条腿随意晃着，但口气很认真：“没有，我都不知道我妈妈长什么样，也从来没吃过她做的饭。”

时光面色一柔：“我也好久没有吃妈妈做的饭了，不过没关系，只要知道她们是爱我们的就行了。”

“真的吗？”小白怀疑，他可不觉得妈妈是爱他的，不然也不会一次都不来看她。

时光微笑：“当然。”

小白叹息，突然一副小大人的模样：“我有时候怀疑，我是没有妈妈的，我就是一个试管小孩。”

时光一僵，一双清澈的眼睛瞪大，震惊地看着小白：“你说什么？试管小孩，你怎么会觉得自己是一个试管小孩呢？”

小白眼睛里骤然闪过一丝浓重的伤感，他说：“因为我从来没有看过我妈妈，而且我感觉爸爸也不喜欢女人。他在部队，身边全是男人，天天和男人混在一起，他是不喜欢女人的吧？所以就只能弄一个试管小孩了。”

“陆彦辰他……”时光震惊了。

她整个全句是，陆彦辰他不喜欢女人？当初分手，难不成是因为他发现自己的性取向了？

小白不解，奇怪时光突然叫叔叔的名字干吗，他明明在说他爸爸……

在外面的陆彦辰，则是明白了时光的意思。他冷冷地蹙眉，什么乱七八糟的，这个女人误会什么了……他喜不喜欢女人，她不是最清楚？

陆彦辰极力克制着想迈步冲进去敲某人脑袋的打算，转身去了书房。他拿起手机拨了一个电话，很快电话那头传来一个声音：“老四，怎么了？”

陆彦辰漠然地说：“你儿子在闹情绪，你去安慰一下他。”

身穿军装的男人身上带着一股杀伐果断的煞气，沉着脸骂了一句：“臭小子，又闹什么情绪。”

陆彦辰没有回他，只是拿着手机，大步流星地走到厨房。他站在门边，看着时光启唇，语气冷冽，并透着丝丝寒气：“小白，你爸爸找你。”

小白听说爸爸来电话找他，立刻从椅子上跳下来，跑去陆彦辰那拿手机，哪怕嘴里一直吐槽爸爸，可心里却是很爱爸爸的。

时光有点儿蒙，不解地看着陆彦辰。

他刚才说小白的爸爸？小白的爸爸不是他吗？他还有另一个爸爸，难不成他真的是……

这个孩子没有妈妈，只有两个爸爸。

陆彦辰瞄她一眼就能知道她在想什么。

“你脑子在想些什么乱七八糟的？”陆彦辰心中一团气胡乱地窜，想着小白是他儿子就算了，居然还想着他性取向有问题。

时光被他盯得浑身发毛，只能干笑两声，有些欲盖弥彰的味道，想想还是要说清：“我没，没想什么。”

“你所有的想法全都写在脸上了。”陆彦辰语气平淡，但是他目光锐利，似乎能将人的内心看透。

时光一张俏脸顿时憋红，好半天才结结巴巴地挤出一句话：“哈哈，有……有吗？我只是好奇……他不是叫你爸爸吗？难道他……不是你……儿子吗？”

陆彦辰凉凉地睨她一眼：“我什么时候说过他是我的儿子了？”

时光继续干笑：“他叫你爸爸。”

陆彦辰不动声色地勾了勾嘴角：“他也叫你妈妈。”

时光头顶一排省略号，小脸却莫名其妙地涨红了，局促不安地说：“那个是叫着玩的，也就今天这么叫我。”

陆彦辰深深看她一眼：“你那么想当他的妈妈，是以为他是我的儿子？怎么？你很想小白是我跟你的儿子吗？”

时光的小脸一阵红、一阵白地交错变化着：“你想得美。”说着，她将手里的菜往盆里一丢，脱下围裙就往外走。

经过陆彦辰身边时，时光的手腕被他一把拽住了，待她回神来时，整个人已经被他抵在墙上。他的气息强势地覆过来，侵略性十足，仿佛能在瞬间攫夺她的呼吸，控制她的心脏。

周围的空气有着说不清的燥热，在不动声色地发酵着。

时光彻底愣住了，吃惊地看着他：“你干吗？”

“姐姐，我爸爸说过两天带我去他那儿玩……”小白已经讲完电话，正兴冲冲地跑过来。

“放开我……”时光心惊，使劲推开他，然后迎上小白，刚好被小白抱了满怀。

小白又开心地冲陆彦辰说：“小叔叔，我要去看爸爸，你送我去吗？”

陆彦辰冷着脸，声音低沉：“不送！”

嗓音也降了好几个度，丢下这一句，他便转身去了书房。

时光原本打算回家，毕竟晚饭还早，可陆彦辰进书房后就一直没出来，她也就陪着小白玩了。

晚餐，时光做了四菜一汤。

陆彦辰出来吃饭，跟个什么也没发生过的没事人一样，饭吃了两碗还吃得挺香的。可时光却食不知味。

是夜，时光躺在床上，看着天花板，怎么都睡不着，她表示明天要去疗养院看姐姐，避开这叔侄俩。可有时候有些事情，往往并不能如人所愿。这叔侄俩似乎是赖上她了，第二天她还没有睡醒，就被门铃吵醒了。

陆彦辰把小白丢在她家，留下一句“我有事”就走了。

时光简直无语，她好不容易放假，没有看姐姐，没有好好休息，倒成了他陆彦辰的保姆了。可是再生气，她也不能不照顾小白，毕竟小白很可爱，而且对她很好，而她也是真的很喜欢小白。

她给小白做了早餐，又和他玩了几局游戏。

下午，时光带着小白到小区里踢球。

小白似乎很喜欢踢球，一个人跑来跑去也特别开心，满头大汗，身上脸上都是泥，脏兮兮的像是从泥坑里爬出来的一样。时光赶紧带他回家。小白意犹未尽，一路回来还把球踢来踢去。

突然，他一球踢过去好像踢到了什么。小白跑走过去一看，然后大叫了一声。

“怎么啦？”

后面的时光跟上去，发现小白抱着一只猫。猫好像受伤了，身上有一道细长的血口子，原本血已经凝结了，变成了褐色，可是被球踢了，血口子又裂开，流血了。

小白有些愧疚地说：“刚才是不是我打伤它了，它是不是要死了？”

时光检查一下伤口：“没事，我去给它买点药水，擦一下就好了。”

“真的吗？”

“你抱着小猫在楼下等姐姐，姐姐踩单车去小店，几分钟就能回来。”时光叮嘱了好几遍，才骑电单车离开。

小白乖乖听话，抱着小猫往公寓而去。

一辆黑色的轿车，停在公寓楼下。

杨思彤今天来找陆彦辰，可是她打了很多次电话都没有人接，她特别生气，忍不住狠狠地踢了一下脚边的石子。好巧不巧，石子打在小白身上，小白摔倒了，手里的猫也掉到地上。那只猫受惊，极快地从地上窜了出来，向着杨思彤扑了过去。

杨思彤惊叫一声，慌忙后退两步，但是没能躲开，那只猫抓了她的手，然后落到地上。

她看着手上的伤，再看地上那只脏兮兮的猫，忍不住把内心的憋闷情绪全部发泄出来，抬脚就朝猫踢了过去。受了伤的猫，没能躲开她这一踢，立刻被她踹得在地上滚了几下，然后躺在地上发出气若游丝的惨叫。

小白错愕地瞪大了眼睛，难以置信地看着这一幕，气愤不已地喊道：“你这个女人怎么可以那么坏，你要把小猫踢死了！”

杨思彤脸上蓄满阴云：“小鬼，是你的猫先抓我的！”

“你踢的石子打到我和小猫，小猫吓到了才会抓你。”小白也是阴冷着一张小脸，一点儿也不怕杨思彤，“你这个恶毒的女人！”

杨思彤被小白说得很烦，控制不住开口呵斥：“闭嘴，我警告你，再胡说八道就别怪我不客气！”

“哼！”小白冷酷地应了一声，偏要骂她，“你就是个恶毒的丑女人。”

杨思彤面露嫌恶，咬牙大叫了一声：“老周……”

司机立刻跑了出来，走到小白面前：“哪里来的野孩子，快走！”

说着，还用手去拉小白，手腕却不经意被捉住，他便猛地一扯，小白整个人被提了起来。他使出吃奶的力气，狠狠踢了老周一脚，老周吃疼，立刻将小白丢到地上。

小白从小到大都被人捧在手心里，哪儿曾被人这样对待过，他大大的眼睛有些红，像是想哭，又忍住了。突然，他纵身而起，张开小口就在老周的手上狠狠咬了一口！

“啊！”老周被咬得吃痛，手大力一挥。顿时，小白那小小的身子被他甩在地上，还向后翻滚了一下。

时光骑着电单车而来，刚好看到这一幕。她惊恐了，吓得魂都没有了，电单车都没停好，直接往旁边一丢，就快速冲到小白面前。

小白委屈地伸手，揉了一下自己的小屁股、小胳膊，看着时光，软乎乎的小身子立刻扑到了她的身上，委屈的小嘴一撇：“妈妈……”

“你摔到哪儿了？我看看……”时光担忧的目光在他身上来回检查。他的手掌心红肿一片，有些地方甚至还破了皮，显然是刚才摔下去的时候，他用手撑地了。

应该很疼的，但是怕时光担忧，小白非常勇敢地说：“我没事，小伤，你不用担心，可是小猫快死了……”

时光顺着小白的手看向小猫，它此刻鲜血淋漓地躺在地上。她过去检查了一下小猫的伤势，杨思彤那一脚给它造成了不轻的伤害，此刻它已经昏过去，奄奄一息。

时光轻柔地顺了一下它背部的毛，然后小心翼翼地把它抱了起来。

“这是你的儿子？”杨思彤看着时光问，她尽量平和着语气，不让自己刚才的嫌恶流露出一丝一毫。

时光冷冷地看着化着精致妆容，穿着名贵裙子，精心打扮过，还对着她笑了笑的杨思彤。儿子？杨思彤以为小白是她的儿子？

她不是陆彦辰的未婚妻吗？怎么会连小白是陆彦辰的侄子都不知道？难道以为是她的儿子，不知道是陆家的孩子，就可以这么虐待孩子了吗？

时光心里想起一些不好的往事，胸口一股恨再也压抑不住，瞬间穿透了四肢百骸。她怒不可遏地对着杨思彤冷喝：“杨小姐，你这样对待一个孩子，不觉得太过分了吗？”

杨思彤脸上的温和瞬间就消失了。这个女教练，给她两分颜色，她到是开起染房了，真当自己是个人物，也不瞧瞧自己的身份。要不因为她是陆彦辰的游泳教练，她在她眼里，就是这地上最恶心的泥。

杨思彤的眼神变得冰冷，淡淡地开口：“是你儿子先出言不逊。时小姐，你家孩子未免也太没有教养了吧？”

小白拉着时光的手，气愤地说：“你才没有教养，你先踢石头打我的，你还踢小猫。”

时光冷笑：“杨小姐，他只是一个孩子，他不懂，难道杨小姐也不懂吗？还是说杨小姐从小到大就喜欢欺负别人！”

时光突然的叫嚷、愤怒还有掩饰不住的恨意，吓了杨思彤的一跳。

杨思彤皱眉。

老周冲过来，对着时光骂道：“你大叫大嚷，这就是你家孩子的教养？小小年纪就说那么恶毒的话，我看你年纪也不大，就生下那么大的孩子，有你这样的妈才会有这样不懂礼貌的野孩子。”

杨思彤不想事情闹大，便对老周挥了挥手：“算了，老周。”

这个女教练，毕竟是教陆彦辰的游泳教练。

陆彦辰现在都不理她，电话也不接。她不想事情闹到陆彦辰那儿，令自己在陆彦辰那儿的印象更差。

“石头是我不小心踢的，你的猫突然来抓我，我也受伤了。”杨思彤看着时光，扬了扬自己被猫抓伤的手，“但是医药费，我会出！”

她说着，从钱包拿出一沓人民币递给时光，虽然嘴角有点儿笑意，可是给人感觉高高在上，仿佛在施舍乞丐一样。

时光垂在身侧的手，紧紧攥成拳，指甲刺进了掌心。她冷笑一声：“很多事情不是钱可以解决的。这些钱，杨小姐还是自己收着去看医生吧。”说着，她牵起小白送小猫去医院。

杨思彤脸色发青，她已经够给她面子了，这个小贱人居然还真把自己当个人物了，简直气死她了。等她搞定陆彦辰，第一件事就是让陆彦辰把这个女教练换掉。

她接着打陆彦辰的电话，但是不管她怎么打，电话依旧是没有人接，她愤愤地又踢了一脚石头。

陆彦辰，为什么？为什么不给她一个机会，难道这个世界上，还有比她更爱他的女人吗？

陆彦辰回来，发现家里多了一只猫。他推门进来时，他的小侄子和那只猫，眼睛都圆溜溜地望着他。

“小叔叔。”小白把小猫往旁边一放，便从沙发上滑了下来，迈开小短腿就朝着陆彦辰跑了过来，扑通一下扑进他怀里。

陆彦辰：“……”

这也太热情了，他这小侄子还不会说话的时候，就知道在做了错事时，热情地对待身边每一个人。

他瞥了一眼坐在沙发上，身上缠着绷带的小白猫，问：“哪里来的？”

见小叔叔的视线落在小白猫身上，小白笑了笑，答道：“今天和姐姐出去玩的时候捡的，以后就是我养它了，小叔叔你放心，它打了疫苗的。”

陆彦辰看到他手上也缠着一个绷带，一看便知道是受伤了：“你的手怎么了？”

“一个坏女人弄的，还把姐姐欺负哭了。”小白一边回答，一边抚摸着小猫的脊背。

“她……楼下的姐姐哭了？”

“嗯。”小白点了点头，撇着嘴，“坏女人太坏太凶了，害姐姐哭了，哭得可伤心了，她还拿钱羞辱姐姐，太过分了！”

听他气急败坏地说完这一番话，陆彦辰的神色瞬间冷了下来。

时光躺在床上，把自己裹在被子里，蜷缩成一团抱，着小腹，五官皱成一块，很难受。她动都不想动，门铃响了起来，她也没有理会，不管是谁她这会儿都不想理。

不一会儿，放在床头的手机也响了起来，她懒得去看。可是门铃和手机铃声一直响个没完，她心里很烦躁，这一吵就更甚了。她手一伸，拿手机看了一下，是陆彦辰，想来外面按门铃的也是陆彦辰了。

她接通电话：“陆公子，你有什么事？”

“开门。”陆彦辰冷漠的声音从电话那头传来，霸道而又强势。

“有什么事你直接说。”

“开门！”他冷酷的声音不容置喙。

时光没有办法，起身开门，她眉头紧紧蹙着：“你到底有什么事？”

她不想站着，肚子好难受，于是微微弯着腰。

陆彦辰见她脸上有些苍白，一脸不耐烦的样子，眼神也不对劲，问：“你怎么了？”

“我没事，你有什么事就直接说。”时光扭开了头，靠在门上，完全没有让陆彦辰进来的打算。

陆彦辰的脚抵着门：“今天下午怎么回事？”

时光皮笑肉不笑，淡淡地说道：“也没有什么事，在楼下遇到了你的未婚妻。她不认识小白，发生了一点误会，具体你可以问小白，我好困，我要去睡觉了。”说着便要关门，但是被陆彦辰抵着，她关不上门。她是真的肚子不舒服，多说一个字都难受。

可他，就是不松脚。

时光抑制不住心中翻涌的躁郁，忍不住怼他：“你怎么这么烦，能不能让我一个人待一会儿？”

陆彦辰皱眉，像看白痴一样看着她，伸手用力，直接将门推开了：“你最好搞清楚，你现在到底想说什么？”

时光坐到沙发上，忍不住又说了一句：“应该我问你，你想说什么，觉得我欺负你的未婚妻了，所以心里不舒服，现在来找我算账吗？”

陆彦辰抿着唇将她拽了起来，目光像是会吃人般打量着她：“你觉得我来就是为了这事？”

时光与他对视：“那不然呢？”

“我简直想要掐死你。”陆彦辰的脸色又难看了几分，“你也就只有跟我撒气的本事了。”

“我跟你撒气，我哪儿跟你撒气了……”时光无语，失笑，“明明是你来找我麻烦的。”说着，时光又坐了下去，她的肚子真的不舒服，特别难受，这会儿实在忍不住，将手按在小腹上转圈揉着。

陆彦辰淡冷的眼神，锐利地盯在时光身上，一看她这小动作，就明白她现在是生理痛。

他两大步走了过去，面无表情地将时光打横抱了起来，然后大步流星地朝她的卧室而去。

时光惊愕，感觉眼珠子都要掉下来了："陆彦辰，你这是干什么？快放我下来……"

陆彦辰没有理她，强势的男人永远占着主导地位。

时光躺在床上，惊愕地看着陆彦辰。他一副特别燥热的样子，抬手解开了领口上面两颗扣子，在床边坐了下来。

时光目瞪口呆地看着他："你还有事？有什么事不能明天再说吗？"

"躺好。"陆彦辰说着，伸手压着她，直接在床上躺了下来。

时光愣了一下，反应过来时，已经被陆彦辰压到床上。她立刻转身，想要从另一边下床，可是陆彦辰先她一步，从后面抱住了她，两人严密地贴合在一起。

"陆彦辰！你……"

"别动。"陆彦辰命令道，手直接从她衣摆的下方探入，然后将掌心整个覆在她的小腹上。温热的掌心一直紧紧贴着她的皮肤，偶尔摩挲着，热度一点点沁入，肚子似乎真的没有那么难受了……

以前她若是肚子不舒服，他也会这么抱着她，用手帮她暖肚子，那样会舒服很多。可是那时他们在一起，现在他们分手两年多了，这样很不合适，她不想跟他这样暧昧。而且现在他这样，她有点难受……

"我不需要，你快放开我。"她用力推了一下他，小腹却疼得抽搐。她纤眉一蹙，低低呜咽一声，顿时整个人柔软下来了。

"让你别动，你听不懂？"男人的声音突然低沉，带着一丝黯淡，仿佛陈年的红酒一样醇厚。

时光身体僵了，明显感觉到……

他不会是想干什么吧？时光有点儿慌："那你倒是快放开我啊！"

"再乱动，我就把你的衣服扒了！"陆彦辰的嗓音低沉，伴随着炙热的气息，喷在她耳边，好像要将她融化一般。

时光吃惊地瞪大眼睛，小脸瞬间爆红如血，但是她真的不敢再动了。陆彦辰不是在威胁她，他一向是说到做到。

时光醒来时已是中午，身边空荡荡的。

她揉搓着眼睛，然后缓缓坐起身。她昨天怎么就睡着了，明明开始浑身紧绷着，全身戒备。只怪她太困了，也怪他揉得太舒服了，所以她才会不知不觉睡着了，而且睡得太沉，连陆彦辰什么时候走的她都不知道。

时光坐在餐桌前，拿起手机看了一下，有好几条语音信息，都是小白发过来的。她一边吃早餐一边听小白的语音。小白去他爸爸那儿，还把小乖乖带走了，小乖乖是他们昨天给小猫起的名字。

而另一边，小白正在和陆彦辰争取自己的手机："小叔叔，你把我的手机拿走了，我怎么和姐姐联系？刚刚还是你跟我说，要姐姐常跟我联系，去了部队不可以语音，只能打字发短信。"

陆彦辰说："小孩子不能总玩手机。"

小白冷哼一声："借口，你让姐姐和我联系，又把我手机收走，其实是你想和姐姐联系，还说爸爸那不能发语音，你肯定是骗人的。"

陆彦辰没有理小白，专心开车。

拿不回手机的小白很伤心很难过，撅起的小嘴似乎能挂油瓶："我要告诉姐姐，你是骗子，手机根本不在我这。"

前面是红灯，陆彦辰踩下刹车，然后看着他，说："有件事情，忘记和你说了，部队是不能带宠物前往的。"

小白一脸绝望的小表情看了一眼趴在后座的猫："什么？宠物也不能带，那怎么办呀，我都和姐姐说了，小乖乖我照顾。"他眼睛一亮，"可以让奶奶帮我照顾。"

陆彦辰淡淡地回了一句："你奶奶过两天要去旅游。"

小白可怜巴巴地看着陆彦辰："那就麻烦小叔叔把小乖乖带回去给姐姐照顾。"

陆彦辰勾勾嘴角，低低问道："你刚刚不是说要告诉姐姐我是骗子？骗子带回去的猫，她不会照顾的。"

小白好纠结，小眉头都皱起来了……片刻后，他闷闷地开口说："算了，我不会告诉姐姐手机的事。”

电话被抢了，小猫也被抢走了，小白感觉自己真是白高兴了半天。

沈灵双看到小白怀里的小奶猫，惊愕地询问：“哪里来的猫？”

小白甜甜一笑：“楼下姐姐的。”

沈灵双对陆彦辰笑眯眯地问道：“你是搬过去认识那女孩的，还是知道那女孩住在那才会搬过去的？什么时候带来家里，让我们瞧瞧。”

她已经自动将“楼下的姐姐”和出现在陆彦辰家的女孩画上等号了。

“再说。”

“你不要‘再说’了，之前杨家打电话过来，等会儿思彤会过来，说昨天一直联系不上你。”

“我还有事，先走了。”说着，陆彦辰眼神冷冽，起身要离开。刚刚还没有说走，这会儿便要走，他显然是不想见到杨思彤。

沈灵双拉了他一下：“儿子，当年她毕竟救了你，不管如何，咱们都不能做得太过分。如果你一直单身，你爸还是会让你们结婚的。”

陆彦辰伸手将小乖乖抱在怀里，对沈灵双说：“我已经把婚退了，也言明了，我跟她不可能！”

杨思彤远远地就看到陆彦辰挺拔的身影，正准备打开车门，她目光一亮，大喊一句：“彦辰……”

她让司机停车，可当她下车时，陆彦辰已经开车离开了。眼看陆彦辰的车渐行渐远，杨思彤攥着拳头站在原地，许久才收拾好心情走进陆宅。

她一脸甜美的笑，贴心地和沈灵双聊天。聊着聊着，她话题一转，不经意地说道：“对了，伯母，我昨天遇到彦辰的游泳教练，真是没有想到，她居然是一个孩子的妈妈了。”说话间脸上的羡慕毫不遮掩，“她比我小，结婚还比我早……真好，她儿子看着很机灵。”

沈灵双皱眉：“小辰的游泳教练？这怎么可能，她还是个大学生呢。”

“不会吧，那个小孩子就叫她妈妈……”杨思彤惊愕，抬手捂嘴，有点欲盖弥彰，“那大概是我听错了？”

沈灵双心中一直觉得杨思彤这个女孩不错，温柔善良。她不接受杨思彤当她儿媳妇并不是因为不喜欢她，只因为儿子不爱她。她认为能成为一对夫妻的，必须得是因为爱情。她察觉不到杨思彤背后的目的，只是很惊讶地问了一句：“都叫妈妈了，那肯定是她的孩子，那孩子都多大了？”

杨思彤内心暗喜，面上却是犹犹豫豫：“好像……四五岁了吧？”

“那么大了，那不是高中就生了？这……”沈灵双惊住了，现在的小姑娘，都那么随便吗？高中就跟人生孩子了？

虽然说这是别人的事她管不着，可现在她是她儿子的游泳教练，她不喜欢私生活乱七八糟的女人成天在自己儿子身边打转。

“她看着年纪不大，貌似是高中就生了吧。大概是因为年纪小的缘故，也可能是她家人不赞同她生下孩子，所以孩子没有人照顾，也没有人教导，不太懂礼貌……”杨思彤叹息一声，一副替时光惋惜的模样。

沈灵双可怜地说道：“她自己都还是个孩子，怎么可能会教孩子。”

杨思彤不满沈灵双的反应，现在难道不是应该骂那个时光，担忧她会不会教孩子干什么？她又叹息一声，说道：“我懂事的时候起，我妈妈就常在我耳边说，做人一定要自爱，而后才能被他人所爱，千万不能糟践自己，不能整天跟乱七八糟的男人混在一起，不然将来肯定会后悔的。”

她这样说其实是在暗指时光不自爱，私生活混乱。

沈灵双有些自责道：“都怪我，没调查好，就把她招来给彦辰当私教了。这可不行，我得换一个。”

上高中就生下孩子，不管出于什么理由，沈灵双都没有办法接受。她认为爱情、婚姻和孩子，都不能随意，所以她受不了女孩不自爱。

杨思彤闻言，内心高兴不已。

哼，当了陆彦辰的教练又怎么样？敢得罪她，还不是说换就换掉。

“只是换掉她了，又去哪儿找个教练？”沈灵双为难了。

他们家的小公子可是好不容易才愿意学游泳，换一个人脚，他又不学了怎么办？

此刻的杨思彤志得意满，但是面上没表现出一丝一毫。

她欲言又止地看了看沈灵双，她等着沈灵双来主动问她什么。结果沈灵双什么也不问，只是嘀咕着：“要不让人调查一下，指不定她已经结婚了，现在大学生也是可以结婚的。”

杨思彤再次不满沈灵双的不配合，不过她的目的达到了，依旧还是很开心的。她看着沈灵双笑，笑容中隐含着得意，继续说她想说的话。

“其实……伯母，我也会游泳，你怎么就给忘记了？当年还是我救了彦辰，现在我也是省游泳队宣传部的。伯母，其实我可以去教他的。”

“这个……”沈灵双不知道要怎么回她了，她当然知道杨思彤会游泳，而且游得不错。如果彦辰愿意要她当教练哪会等到现在，问题是彦辰连见都不想见她，更不要说让她教游泳了。

杨思彤又道：“我游泳，虽然当不了什么冠军，但是教彦辰，肯定没有问题……”她的声音还没有落下，突然一个有气无力的声音从楼梯口的方向传来：“奶奶，我饿了……”

听到这个声音，杨思彤的身子蓦地一僵！这声音怎么那么像那个教练的儿子……她猛地站了起来，转身盯着楼梯的方向，看到一个小身影正慢悠悠地走下来。

沈灵双正准备回小白的话，却看到杨思彤瞳孔骤然瞪大，一副见鬼的表情。她担忧地问道：“你怎么了？”

当楼梯口那个小人儿完全映在自己眼底时，杨思彤顿时倒抽一口凉气！头“嗡”的一声大了。

这不就是那个女教练的儿子？不，不对！

这是陆家老大陆言执的儿子，不是那个女教练的儿子。那天那个孩子脏兮兮的，完全就是个野孩子，而这个孩子，一身帅气的哈伦服，五官精致，气质干净。

他们明显不是一个人。只是，两个孩子怎么那么像？

没了手机，又没了小乖乖的小白，去了玩具房，可是心里有点闷闷的，不开心，什么玩具都不想玩了。他想下楼吃点东西，结果就看到了那天欺负他的坏女人。原本特别疲乏的小白，突然精神抖擞起来，声音洪亮地大喊一声：“你怎么会在这里？”

刚才还以为他们是相似，存着一丝侥幸的杨思彤，才放松一点的杨思彤，整个人又紧绷了起来。

这……根本不是什么相似，他们就是同一个人！

她像一副见了鬼的表情，不可置信，可是这个孩子怎么会在陆家？

沈灵双看着小白，不悦地说道："你怎么说话的，杨阿姨是客人，平时教你的礼貌哪儿去了？"

小白跑到沈灵双面前，一脸委屈："奶奶，她是个坏女人。"

奶奶？

杨思彤慌了。这个孩子叫沈灵双奶奶，杨思彤脸色如遭雷劈！难不成当年和陆言执生下孩子的，是那个女教练？

沈灵双看向她，问了一句："发生什么事了？"

杨思彤慌得头发都要炸起来了，她心乱地说："那个……中间，有点儿误会。"以前也不是没有见过那个孩子，但是真没有什么印象了。

小白小小的脸上阴霾密布："才不是误会，你就是个坏女人！"他向沈灵双告状，"奶奶，她用石子打我和小乖乖，可疼了，小乖乖会受伤也是因为她，她可坏了，还好有楼下的姐姐保护我。"

沈灵双更惊讶了，怎么还扯上了"楼下姐姐"？

杨思彤有些惶然地解释："伯母，事情是这样……那天在彦辰家楼下碰到了他的游泳教练，当时这孩子叫她妈妈，她可能不太会照顾孩子。小白那天一身脏兮兮的，我也没有认出他来……而且我也不是打他，我是不小心踢了一下石子，然后惊到他的猫，那猫抓我，所以我才会甩开它，然后猫就受伤了。"

沈灵双："……"

怎么又扯上彦辰的游泳教练了？难不成楼下的姐姐就是彦辰的教练？而她所说的教练的儿子是小白？

小白怒道："还想狡辩，你骂我没有教养，你的司机还打我……奶奶你看我的手，伤还没有全好。"

他扬起自己的手给沈灵双看，经过一晚上，小伤已经结痂。

杨思彤连忙解释："小白，阿姨不是故意骂你，真的，只是……"她太慌太乱了，只好把一切责任都推给司机，"阿姨当时只是想骂那个司机，都怪他不好好开车，才让我不小心踢了石子……那个司机怕被辞退，一时冲动才会去拉你。其实他没坏心眼的，但不管如何，是我没有处理好，阿姨向你赔礼道歉，真是对不住，但是绝对没有故意要打骂你的意思。"

小白神情冰冷，眉头紧皱：“骗子，根本不是这样的！”

杨思彤冷汗都上来了，支支吾吾，一时间想不到怎么说了。

她泫然欲泣，可怜兮兮地看着沈灵双：“对不起伯母，不管如何都是我的错，我知道我现在说什么，小白都不会听，可是我……我当时真的很难过，我在给彦辰打电话，他一直不理我，我心情也不太好，然后不小心……就和他们闹了矛盾……”

沈灵双很不满。她一直以为这个女孩是善良的，现在看来也不全是。

想来她今天来说要换教练，就是因为和教练闹了矛盾，只是没有想到，那教练的“儿子”是小白。可是归根结底，又是因为彦辰。

“我刚才想着去教彦辰游泳，也是想和彦辰培养感情。这些年我一直想好好跟彦辰相处，可是他就是不理我，我真的不知道自己哪儿做得不好。伯母，我已经不求他接受我了，只想他能试着和我相处一下，可是我真的不知道要怎么做，他才会看到我，才会愿意试着和我相处……”

听了杨思彤的话，沈灵双有点不知所措了。她性子温和，几乎没脾气，谁在她面前哭一哭，她都能心软。杨思彤就是拿准了沈灵双这性子，才会哭个不停，越哭越厉害。

沈灵双不禁出声，安慰说道：“你快别哭了，在这哭也没有用。”

小白在旁边惊愕地张大嘴，她还想和小叔叔在一起，他怒道：“我小叔叔才看不上你这个坏女人，你那么坏，是个男人都不会喜欢你的！”

闻言，杨思彤哭得更凶了。

沈灵双扭头，对身旁的小白说道：“你先回房，再这么没礼貌，就不许你吃饭。”

小白气哼哼瞪了杨思彤一眼，转身跑上楼。

稍后，沈灵双也让杨思彤先回去了，以前她叹息儿子为什么看不上杨思彤，这会儿算是明白了。

也幸好，小辰没看上她。

第九章

傲娇公子的小娇妻

时光看着自己刚才因为无聊而随意画的速写，画的时候一直在想以前的事，想跟姐姐学画的事，笔一直没停地画着，精神特别集中。等放下笔的时候，她才发现她画的居然是陆彦辰……

两年了，她居然又画陆彦辰了。时光觉得自己是病了，立刻便想从画板上将画纸取下揉成一团丢掉。

可她刚要取纸的时候，手机铃声响了起来。时光扭头看了一眼，是陆彦辰打过来的。她迟疑了好一会儿才接起来："喂……"

电话那头男人的声音，很低也很沉："开门！"

时光扶额，咬着后槽牙问："你又有什么事？"

"开门再说。"

"不，电话里说。"除了教他游泳，时光不想再和他有什么牵扯。

“不要再让我重复一次。”男人的声音不容抗拒。

时光忍不住翻了一个白眼，虽然不想开门，但是显然不行。她只好放下画板，走去开门。

高大的男人站在门外，随意的白 T 恤衫、长裤，全身却散发着浑然天成的王者气息。

“你又有什么事？”小白都已经走了，他还来干什么，专程来找她碴儿的吗？

陆彦辰目光深沉地定在她脸上。

时光的脸色还有些苍白，眼中有着警戒。半天，他勾一勾嘴角：“你自己惹的麻烦，自己处理好。”

“我惹的麻烦？我惹的什么麻烦？”时光不明白他的意思。

“那只猫……你再不去给它喂食，它就要饿死了。”陆彦辰慢条斯理地说了一句。

时光诧异道：“小猫？小白不是带走了吗，他说他会照顾。”

陆彦辰沉吟一下，意味深长地问她：“小白还说长大后要娶你，你要嫁给他吗？”

时光语塞。

“要不要去喂它，你自己看着办。”陆彦辰也不理她，转身留给时光一个潇洒的背影。

时光咬了咬牙，拿过鞋柜上的钥匙，气急败坏地跟了上去……

小乖乖看到时光特别开心，立刻向她奔过来，围着时光跑来跑去。时光把小乖乖抱了起来，然后戳了戳它的脸，小乖乖的耳朵立刻动了两下，仿佛在向时光卖萌，时光忍不住笑了起来。

“小白不能照顾你，那就姐姐来照顾你好了。”似乎能听懂时光的话，小乖乖漂亮的猫瞳看着时光，细细软软地叫了一声“喵”。

时光被萌得心都软了，她将乖乖搂进怀里，顺着它后颈的毛：“走吧，我带你回家。”

陆彦辰在时光转身离开的时候，轻声说道：“谁说你可以抱走了？”

时光一头雾水问道：“什么意思？”

陆彦辰双手抱臂环胸，斜斜地靠在墙壁上看着她：“我答应了小白，会把猫留在家等他来接。”

“那你叫我来干什么？你照顾不就好了。”时光放下猫，挺无语的。

“我可以让它留下来，但是没答应要照顾它。”陆彦辰淡淡地说。

“那我抱下去照顾不就好了，这样也不会打扰你。而且小乖乖也比较喜欢我。”

“没看出来它哪里喜欢你了。”

“那你到底让不让我抱走它？”

“你当我不想，还不是你自己说你每天都没空，要训练。小白强调，猫一定要留在我这儿。”

时光闭眼，太阳穴传来一阵疼痛，嘀咕：“行，我给小白打个电话。”她立刻在手机上拨打，但是小白电话关机了，她只好发个信息过去。

陆彦辰看着她，然后报了一串数字。

“这是什么？”

“我家的开门密码。”

时光不可思议地看他，正想狠心来一句“我不管，要么我带下去，要么你自己喂它”，陆彦辰又来了一句警告：“记住，每天给它准备食物，不然它要是饿死了，可不关我的事。”

时光有些想骂人了。

陆彦辰看着她：“让你照顾猫怎么了，昨天我还照顾你了。”

不说昨天还好，一说昨天时光就来气，她愠怒道：“你少来，谁要你照顾了。”

陆彦辰冷哼一声：“没心没肺。”

“明明是你趁我不舒服，动手动脚占我便宜。”

“就算是占便宜，那便宜都占了，你说要怎么办？”

时光的小脸一阵红一阵白，找不到话回击。再把便宜占回去？她嗤之以鼻，才不要。好想不管小猫，但是陆彦辰是不喜欢小宠物的，要是交给他，他把小乖乖养死了也不一定。

她转身去了厨房，拿出一根火腿，然后喂给小乖乖：“来，慢慢吃。”

眼神扫了扫萌兮兮的猫脸，然后又转回到时光的小脸，陆彦辰在沙发上坐了下来，修长的右腿搭在另一条腿上，姿势自然，又十分优雅。

茶几上有一杯红酒，他伸手端着，摇了摇，然后慢悠悠地一口一口品了起来。时光喂小猫吃了两根火腿和一包小鱼干，想着吃得有点儿多，应该带它去消消食。

她对陆彦辰说："那我带小乖乖出去遛一圈总可以吧？"

陆彦辰的睫毛半垂着，在眼皮下打下一小片阴影："你叫它什么？"

"小乖乖，怎么了？"时光又耐心地问了一句，"我带小乖乖出去遛一圈可以吧？"

"喵。"小乖乖被时光抱在怀里，然后动了动，但是蓝瞳看着陆彦辰，好似在请求一样。

陆彦辰淡淡的眼神落在猫身上，又看了看时光，迟疑了一下，低沉的嗓音从唇中溢出："叫小小更适合它。"

时光："……"

她的脑子有点不太够用。

陆彦辰今天怎么了，不对，最近一段时间他都有点儿奇怪。这是在调侃她？明明之前很高冷，连瞥都不想瞥她一眼，突然提这个名字干什么？

因为小小是她的小名，除她的家人这么叫过她外，唯一这么叫过她的人就是陆彦辰。

陆彦辰又来了一句："难道你不觉得它和你长得很像，都那么丑。"

时光顿时觉得喉头被人塞了一把稻草，憋得她直难受。什么调侃，这明明就是在骂她。

时光好想冲过去，用胶布粘住他的嘴。

"哪儿丑了？"时光的脸瞬间黑了，提高了音量，"小乖乖明明很漂亮，刚洗出来白白的、萌萌的，很可爱，都惊艳到我了。"

陆彦辰勾勾唇，轻轻吐字："你的眼睛是近视吧？"

你眼睛才有问题，时光冷冷瞥他："陆公子，你最帅，可以了吧？"

她明明是反讽，可是陆彦辰很大方地接受了她的称赞："这会儿，算你还有些眼光。"

时光无语。

陆彦辰站了起来：“照顾好你的猫。”

看他似乎要出去，时光问道：“你要去哪儿？”

陆彦辰顿住脚步，淡淡地看了她一眼，眸色深深，仿佛在期待什么：“我要和你汇报？”

时光一愣，赶紧回道：“当然不需要和我汇报，你要去哪关我什么事。”

“知道就好！”陆彦辰冷漠地回了一句，转身背对时光后，眼底滑过一抹失落。

陆彦辰前脚刚走，时光后脚也抱着猫出了门，打算在小区里转转。

小乖乖哪里丑了，明明长得非常漂亮，通体雪白，特别是那双美丽剔透的冰蓝色眼睛，看着特别有灵气，甚至能堪称“猫界”小美人。

时光想让猫走走，但是它懒，不想走，乖顺软萌地趴在时光怀里。

女孩天生就对毛茸茸的小动物难以抵抗，时光自然也就随它了。

时光有些累了，在小区的椅子上坐了下来，温柔地顺着猫毛。

“又见面了，时小姐。”温柔婉转的女声响起，一道影子落在头顶。

时光下意识地抬头，便看到了一张熟悉的脸，依旧是精致地妆容，对上她的目光，红唇微微上翘，眼里带着三分笑意。

“我和时小姐特别有缘分，总是能遇见。我还是叫你时光吧，这样比较亲切一些，你也叫我思彤吧。”

时光面色淡淡的，令人看不出情绪。

又是遇见的吗？不，她感觉这次杨思彤是特意来找她的。

果不其然，杨思彤笑笑地问她：“我知道有一家不错的甜品屋，我请你吃甜品怎么样？”

时光垂眼看着小乖乖，一边帮它顺毛，一边安静地听着：“不用了，你有什么话就在这儿说吧。”

没想到时光那么不给面子，都说拿她当朋友了，居然还那么傲慢，杨思彤心里不满，但是她没有表现出一分。毕竟小白那件事，还得要这个时光来解释两句。她要顾全大局，万一让陆彦辰知道了，怕是更不会理她了。可是这么憋屈，真的快让她发疯了，她真的不知道自己还能撑多久。

杨思彤也在椅子上坐了下来：“那天的事情，真的是一个误会，你们离开后我也非常后悔，我今天来就是想和你道个歉。”

她想去牵时光的手，可是看到小乖乖凶狠地盯着她，手又立刻吓得缩了回来。

她僵了僵脸色，又笑笑地把手搭在时光的肩膀上，表示两人的亲密，接着又微笑着说：“我每次见到你都感觉特别亲切，好像你是我失散多年的妹妹一样，真的很希望我们能成为最好的朋友。”

“不敢高攀，而且杨小姐要道歉的人不是我，是小白。”时光目光沉沉地看着她，仿佛在讽刺她的装模作样。

杨思彤指尖一颤，手不自觉地就松开了，一股怒气在她胸腔里翻滚，顶得她心口难受。

这个女教练太不识抬举了。

她又笑了笑，但是笑意没有到达眼底：“小白只是一个孩子，而且我看他特别听你的话，我想问一下，你是小白的亲生妈妈吗？”

时光抬头看向杨思彤，仿佛要将她看穿一样，勾唇问道：“杨小姐到底想说什么？”

被时光毫不客气地拆穿，杨思彤忍不住有一丝狼狈。她心里对时光的不满已经快要到达顶峰，但是想到此行的目的，又生生忍住了。

她微微一笑：“时光你都这么说了，那我也就直说了。早上我去了陆家，在陆家看到了小白，再想到小白叫你妈妈，实在是太好奇了，才会忍不住想要问问。”

时光冷笑一声：“我不是小白的亲生妈妈，他只是叫着玩的。”

闻言，杨思彤在心里松了一口气。不是亲生妈妈就好，她真的不想跟这个女教练一起嫁到陆家，那简直太掉价了。不过，她还真是小看了这个女教练。原本以为她只会搞运动，才会对陆彦辰没有兴趣，没想到她的目标是陆家老大陆言执。

她轻笑：“时光，放眼一下咱们市，不知道多少豪门小姐都想要嫁给陆大哥。陆大哥是一个非常优秀的男人，喜欢他的女孩实在是太多了，不过大哥都看不上，当然也是因为小白。据我所知，小白讨厌所有出现在他爸爸身边的女人，而时光你是例外。不过时光你很漂亮，又有上进心，也没有什么虚荣心，你这样的女孩，能够得到大哥的青睐也是应该的。”

“所以杨小姐，你来找我到底是想干什么？”

“我想跟你合作，我帮你追陆大哥，你帮我让彦辰不再生我的气。”

时光扑哧一声，笑了出来，她看着杨思彤，眼神带着讽刺：“杨小姐，一个男人若是爱你，就算你什么也不做，他也会原谅你；一个男人若是不爱你，就算你脱光了衣服站在他面前，他也会对你视若无睹。所以不要随意给自己加戏，因为加不好，只会让那个男人更讨厌你。”

她的声音娇娇软软，但是话中的含义却冷嘲热讽，指桑骂槐。

杨思彤惊得瞪大眼睛，整个人都要炸了。她的脸色瞬间难看极了，压着火气，眼神泛着猩红：“别给脸不要脸！”

要不是因为小白喜欢她，她何必来跟她谈合作，她还真当被一个孩子叫两声妈妈就能嫁给陆言执了。

谁都知道，陆言执对女人没有兴趣，那个孩子也说不定是个试管婴儿。而且以时光的家世，陆家也不可能让他们在一起。

时光站了起来，居高临下地看着她。她的眼神冰冷，像利刃一样盯在杨思彤身上，仿佛要将她刺穿一样：“我可没觉得杨小姐给过我脸。”

杨思彤冷不丁地打了个激灵，只觉得这个女教练的目光仿佛隐含着深深的恨意，很可怕，像是被吐着信子的毒蛇死死盯着一样！

在时光那儿没有讨到好，还被奚落了一顿，杨思彤瞋目切齿地回家了。

一个游泳教练而已，她也敢！她居然敢这么无理地对她……杨思彤越想越恼火，不停捶打着枕头，发泄心中的怒气。

杨思彤的大哥杨驰风一进来就看到了这一幕。他站在旁边，看着妹妹问道：“这是怎么了？谁惹我们家大小姐生气了？”

“大哥，气死我了，陆彦辰的那个游泳教练，简直气死我了……”

杨思彤把今天到陆家意外看到小白，然后又想去找时光合作，反而被她嘲弄了的事情，全部都告诉了杨驰风。

说完后，她一拳气愤地打在枕头上：“还真当我没有办法对付她了，她不过是一个游泳教练，我想要弄死她，还不容易。”

“别乱来。”杨驰风警告她，“有些事情，不方便你来做！就这么一个女人，你又不是不知道她的斤两，她能有什么作为？做什么不过都是为了贪欲罢了，你还怕对付不了她。交给我吧，不出半个月，她就会乖乖听你的话，你叫她干什么她就会干什么。”

杨思彤必须嫁给陆彦辰，他绝对不能让一个教练坏了两家的联姻。

男人对付女人最好的办法就是让她爱上他，那样还不得言听计从？

“飞鱼杯”预选赛的日子马上就要到了，时光每天都忙得不可开交，还好陆彦辰这几天也有事，不需要她去上课。

预选赛这天，张书林作为时光的教练是必须要到场的。

比赛之前，他叮嘱了时光很多注意事项：“你一定要记住，你不是力量型选手，一定要注意体力的消耗，不要追求划水频率，务必把重点放在每划有效上……”

比赛要开始了张书林才离开。

他今天很紧张，比时光还紧张，这是他作为时光的教练第一次带她参加比赛。同时，他叫了省队的李总教练，让他来观看时光的比赛，为了时光的省选拔赛。

李总教练看向已经准备比赛的时光，对张书林说：“这不是大运会200米自由泳的冠军吗？不过虽然拿了冠军，但是成绩并不是国家级的。”

张书林说：“如果我和你说，这孩子完全是靠自己，你就会发现你错过了一个多好的苗子……”

两人这边聊着，那边时光的比赛已经开始了。

当看到时光身体一拧，手上带水，一个漂亮到堪称完美的滚翻转身完成时，李总教练轻拍了一下手掌：“好！”

“那是，也不看看谁教的。”

“臭美了吧，老伙计……”

比赛结果自然是时光拿了第一名，打破了之前的成绩，进了决赛。

比赛结束之后，张书林带着时光去见李总教练。李总教练此时不是一个人，他身边还有一个穿着衬衫西裤的男人。

男人身材修长，长相俊逸，鼻梁上面还架着一副无框眼镜，看上去温文儒雅。他伸手移到时光面前：“你好，杨驰风。”

一直微笑的时光在听到他的名字时，笑容猛地僵了，不过瞬间便消失不见，但是接下来她的表情都是淡淡的。

“你好。”她的手刚碰到杨驰风的手，便快速收了回来，后面，她又找了个借口离开了。

杨驰风的目光，一直落在时光身上。

当张书林离开后，李总教练饶有兴味地看了他一眼：“你怎么一直盯着人家看，你不会是……”

“你想多了，我是她的粉丝。”杨驰风淡淡地笑着，神色再光明磊落不过了，“晚上一起吃饭怎么样？”

“叫上你的偶像？”李总教练问得很明白。

“还是李总教练了解我，也不亏我这些年来一直赞助你们。”杨驰风淡淡地笑着，伸手拍了拍李总教练的肩膀。

张书林说要和李总教练吃饭，时光就知道杨驰风肯定也会在，可是这顿饭她不能推，她能做的就是安静，尽量不说话。

饭桌上不喝酒难免就会冷清，为了活跃气氛，他们一杯接一杯地喝，天南海北地聊着。不过时光喝果汁，她说自己对酒精过敏。他们也没有强求她，也不会非拉着她聊什么，只是偶尔跟她笑呵呵地说上两句。

这一顿饭，比时光预想的要简单。

饭后，几人从餐厅出来，因为时光和张书林都没有车，而杨驰风又说自己顺路，便主动要求送张书林和时光。几次邀请，张书林也不好再拒绝，便带着时光一起坐上了杨驰风的车。

杨驰风先把张书林送到了家，然后送时光。

上车后时光就一直沉默，之前张书林在车上还会和杨驰风聊上两句，张书林下车了，这会儿车子里面寂静非常。

等绿灯的时候，杨驰风向时光展颜微笑：“你是南陵的学生吗？”

时光点点头：“嗯。”

杨驰风又道：“我认识你们的校长，和他颇有些交情。”

时光还是一个字："哦。"

杨驰风皱了一下眉头，他都说和他们校领导认识了，她居然没有任何反应。是太单纯了、太蠢了，还是在装呢？

红灯停，绿灯行，踩下油门的时候，杨驰风似感慨一般说了一句："你还真是少言寡语。"

时光只淡淡一笑，然后扭头看向窗外。

杨驰风也没有再说什么，毕竟只是第一次见面，欲速则不达，有些事情得慢慢来。

二十分钟后，车到了时光所在的小区。

小区门口，时光便忙不迭地说："杨总，多谢，在这里停车就好。"

杨驰风依言停了车，客气地和时光道别。

楚牧北开着车经过小区门口时，眼尖地看到时光："咦，那不是时光妹妹吗？"

坐在副驾驶的陆彦辰，下意识地抬头，一眼便看到了时光，还有同一辆车上下来的"眼镜男"。

楚牧北的声音又在耳边响了起来："有人在追你的时光妹妹？等等，那个人……那个人不是杨驰风吗？他怎么会和时光妹妹在一起？别告诉我，他要追时光妹妹？"

他下意识地看向陆彦辰，陆彦辰的脸色突然之间变得很难看。哟，这是吃醋了……不知道为什么，楚牧北莫名有些幸灾乐祸。

车子停在小区楼下，楚牧北下车后，发现陆彦辰还坐在车里，完全没有要下车的意思。

楚牧北笑着玩味，揶揄："老陆，你不会是在等时光妹妹吧？"

陆彦辰冷冷地瞥了他一眼，目光落在后视镜上，直到一个熟悉的身影远远出现在视野内，他才推门下车，大步流星向前迈步。

楚牧北赶紧跟了上去："哎哎，你真的不想问一下，杨驰风怎么会送时光妹妹回家，他们又是怎么认识的？"

陆彦辰："……"

时光每天喂猫都是在陆彦辰没有回家前完成的。

今天，她在楼下没有看到陆彦辰的车，只以为他还没有回来，便直接上了十二楼，打算喂了猫再回家。推开门却是吓了一跳，她不但看到了陆彦辰，还看到了楚牧北。

楚牧北以为自己幻觉，定神一看，没有错，他惊喜一笑："时光妹妹，你们……"又指了指陆彦辰，暧昧一笑，"哎哟，可是吓我一跳。"

陆彦辰的脸色微沉。

时光赶紧解释："你不要误会，是小白和我救的猫放在陆……少这儿，因为他经常不在家，所以猫就是我在喂，我只是来喂猫。"

喂猫？骗鬼！

楚牧北暧昧地挑挑眉，眼神在两个当事人之间移来移去。

陆彦辰他还不了解，如果不是因为有点心思，怎么会允许一个女人在他家里蹦跶。不过，杨驰风……照陆彦辰的性格，他也不可能问时光妹妹，作为他的发小，不如就来帮他这个忙好了。

待时光给小乖乖喂食时，楚牧北凑过来贱贱一笑："刚刚送你回来的男人是谁？"

是谁？他不知道吗？时光愣了一下，然后冷着声音回道："你是我见过最八卦的男人。"

"时光妹妹，你这就不对了，哥哥这是关心你。我是想着你既然和我们老陆来不了一段浪漫的爱情，能和别人来一段佳话也是不错的，对吧？那人是谁啊？"

时光的小脸彻底冷下来了："你别告诉我你不认识他，他不是陆公子未婚妻的哥哥吗？"

楚牧北顿时尴尬了。

这是什么情况，她知道杨思彤的事？感受到来自陆彦辰身上散发的冷意，他抽了抽鼻子，转身对着陆彦辰笑了笑。

陆彦辰一记冷眼向他射了过去："你不去当狗仔，真是可惜了。"

楚牧北认怂，委屈道："我这都是为了谁？"他轻咳一声，"现在的女人都喜欢杨驰风那种儒雅斯文的男人，你可要小心他把时光妹妹勾走了。"

声音不大不小，但是刚好够陆彦辰和时光听到。

时光撇了撇嘴，这个楚牧北在瞎说什么……

她不以为然的表情，让陆彦辰眯起双眼，危险地看着她："怎么，你觉得他说得对？"

时光假笑一声："反正，总不会喜欢你这种傲娇冷漠型的。"

陆彦辰面无表情："那你听过衣冠禽兽、斯文败类吗？"

时光："……"

老是怼她，什么臭毛病！以前怎么没发现他嘴那么毒，性格那么坏！

时光气愤地回到家，整个人瘫在沙发上，扭头刚好看到了她之前给陆彦辰画的那幅速写。之前是忘记撕了，后面是懒得撕，现在，她在想要不要放上微博。

她以前有过一个微博，那个号的 ID 叫"傲娇公子的小娇妻"。

简介写着：我是他的小雪糕，洪荒了千年的寂寞，因他微微一笑而融化在他心间。

这个微博不过一时兴起开的，偶尔会记录一些她和陆彦辰的恋爱日常，但没有让任何人知道。

最后一条博停更在两年前，他们分手之后。

【傲娇公子的小娇妻：他走了！】

简简单单的三个字，下面配的是一幅速写，一男一女，一个向左走一个向右走。以前她在这个微博上面放陆彦辰的速写，然后拼命地秀恩爱。

傲娇先生和小娇妻的小段子，有一些特别萌，所以她这个号有五万多的粉丝。但是评论不多，也就几十个，最后一条微博下面的评论是最多的，有四百多条。

"傲娇公子走了？"

"出国留学了？异地恋通常都会以分手结束。"

"博主好久没更新了？分手了？"

"这是不是就是所谓的'秀恩爱死得快'？"

"妹子，我就不错，考虑一下我吧。"

……

各式各样的留言，但是都停留在两年前。

她用手机，拍下了她之前给陆彦辰画的那幅速写，然后传上微博，配上文字。

【傲娇公子的小娇妻：腹黑的天蝎男，脑回路太奇怪了！】

陆彦辰就是极端偏执、闷骚别扭、高冷孤傲又工于心计的天蝎男！

晚上，正是网友最活跃的时候，即使她两年没有更博了，但是依旧有人评论。

大部分都是惊讶——

“博主，你终于更新了！”

“这是在说傲娇公子？你们还在一起？”

“为什么‘黑’我天蝎座？”

“哇，感觉你们现在好幸福。”

“‘狗粮’，又是‘狗粮’。”

……

时光郁闷了，她这是秀恩爱，“撒狗粮”？她明明是在吐槽好吗？

正准备关掉微博，微博上方又出现了一条新评论。

时光点进去看了一下，是一个很普通的评论，只有一个“擦汗”的表情，可时光却吓了一跳，因为这个账号的 ID 名叫“只想吃雪糕”。

她惊得手机都没有拿稳，因为躺在沙发上，就这么直接砸在脸上。她拿起手机坐起身，点开那个账号看了一下，不是一个新注册的账号，但是没有发过一条微博，粉丝数和关注数也都是零。

应该不会是她想的那个人吧？

不不不，绝对不可能，她这个号，没有任何人知道，包括陆彦辰。

网上的微博名称什么都有，千奇百怪，就算叫“只想吃雪糕”，也不是什么奇怪的事情，搜索一下，可是一大堆叫“雪糕”的。

那么这个人之所以会回复她，大概是因为他也是天蝎座？

时光切换了大号，也发了一条微博。

【时光：飞鱼杯，进入决赛了，开心。】

这个大号，她只发了之前那条微博，这是第二条。因为何心诺那一闹，粉丝数已经是好几十万了，所以评论挺多的，大部分都是恭喜她。

时光刷了一下评论，没有看到那个“只想吃雪糕”，顿时松了一口气。然而她不知道的是，因为这条微博，她正准备睡觉，就被人给打扰了。

门铃一直在响，这个时候能有谁？陆彦辰吗？除了他似乎没有别人了。

大晚上的，时光开门前，从猫眼处看了一下，是那位阴魂不散的楚大爷……似乎知道她会在猫眼里往外瞧，这会儿正冲着她笑。

时光开门前意识到自己穿的睡衣，而且没穿内衣，便对着门外的人说了一声：“你等一下。”

她去了卧室，换了一身衣服才开门，看着门外的楚牧北问：“你有什么事吗？”

陆彦辰慵懒地靠在电梯旁，目光望向走廊的灯光，看不出波澜。

楚牧北清了清嗓子说道：“时光妹妹，请你吃夜宵，庆祝一下。”

“庆祝什么？”

“恭喜你进入‘飞鱼杯’决赛。”

时光的第一反应是他怎么会知道？

稍后想起自己发了一条微博，她抚额，笑着拒绝：“谢谢，但是不用了，太晚了，我明天还要训练。”

“别当哥是外行，我知道你们比赛完第二天，一般都休息，不用训练。”

“可是我不饿，而且我困了，我想睡觉。”

“你不会是怕我发现你和老陆的奸情，故意不去吧？”楚牧北漆黑的眼睛里是清晰可见的戏谑。

时光听得差点吐血：“什么奸情？”

楚牧北唯恐天下不乱：“不去，就是此地无银三百两。”

时光：“……”

电梯开门了，陆彦辰走了进去，一副你爱来不来的样子，楚牧北则一直在催她，手还按着电梯键：“快点快点，时光妹妹……”

时光没法子，只好拿了钥匙跟上去。

在车上，楚牧北一直找她说话。

“时光妹妹，我们吃什么？”

“时光妹妹，吃日料、烧烤还是火锅？”

“时光妹妹，喝酒吗？要不来两杯？”

陆彦辰冷冷地哧一声：“能不能闭嘴，好好开车！”

楚牧北终于安静了。

他们吃夜宵的地方是一家有名的火锅店。三人要了一个包间，点了菜之后自然少不了酒。楚牧北想给时光倒一杯，但是被陆彦辰给阻止了。楚牧北拼命给陆彦辰使眼色，但是都被陆彦辰无视了。

楚牧北无语了，他相信以陆彦辰超高的智商和情商，不可能不知道喝点酒最容易促进感情，他难道不想快点追到时光？

楚牧北的目光在时光和陆彦辰之间又来回移动，他看着时光笑问：“时光妹妹，谈过男朋友吗？”

时光呃了一声，下意识地瞥了陆彦辰一眼，男人依旧一如既往地波澜平静，面无表情。

她淡淡地回了一句：“不记得了。”

楚牧北轻笑：“不记得了？这事情，你都不记得了？你才多大，难不成小学就恋爱了？”

“你才小学谈恋爱！”时光嘀咕一句，眼角余光又看了陆彦辰一眼。

却见他原本敲打着桌面的手指，一下子顿住了，然后抬头，冷冷地看了她一眼。

时光长长的睫毛垂下，目光不受控制地移开了，仿佛打了败仗一样。她咬了咬唇，只觉得自己真是太没用了。

她忍不住便嘀咕了一句：“谈过，不过眼光不好，遇到一个‘渣男’。”说完这句话，她看向陆彦辰，好像挑衅一般。

陆彦辰的眼中笼着淡淡地寒气，但是依旧面无表情，所以也不知道他此刻什么心情。

楚牧北闻言，突然之间便笑了：“那你和老陆还真是同病相怜。”

时光扭头看向他，不解询问：“同病相怜，什么意思？”

楚牧北压低嗓音：“他和你一样，初恋是个‘渣女’。”

时光的眼睛瞬间惊愕地瞪大了。

她不可思议地看着楚牧北。

他刚才说什么？陆彦辰的初恋是个“渣女”？这是在说她吗？要不是她以前问过陆彦辰有没有谈过恋爱，她都要以为楚牧北说的是别的女人了。

时光皱眉，又看向陆彦辰。

他的面色依旧平静，淡漠的像是什么话都没有听到一样。

她咬了咬后牙槽，真的很想问一下她哪儿“渣”了，和他在一起，她哪儿对他不好了。他占有欲强，她和男同学连话都不多说一句，什么事情都听他的，心里、眼里只有他，除了……

反正，最后还是他突然提出分手的。

时光心里涌起一股怒火无处发泄，忍不住开口怼了一句：“看陆公子这样的，似乎只有他祸害别人的份儿吧？”

她拿起杯子，想将这杯水往陆彦辰身上泼，可她忍住了，只是喝了一口水降火，但全程瞪大眼睛，看着陆彦辰脸上似笑非笑的表情。

陆彦辰的手托着下巴，也懒洋洋地看着她。

楚牧北侧头看了时光一眼，又看了看陆彦辰一眼，将两人之间的“火花四射”解读成了“激情四射”。他笑了笑说：“你还别说，老陆那个初恋女友还真的是个‘渣女’，你说她长得那么丑，心地也不好，老陆看上她那是她的福气……”

接下来，他一直在吐槽陆彦辰的前女友，直到包厢的门被拉开，服务生端着汤锅和菜上来了。

时光的脸色变得很难看，瞪着楚牧北：“你见过她？”

“没有。”

“你了解她？”

“更没有了。”

“都没有，你为什么说人家很丑，说人家心地不好？”

“感觉。”

“我还感觉你是个‘渣男’呢。”

默默听他们说话的陆彦辰，忽然冷不丁地笑出声了。

楚牧北惊愕了，每次一说到他的前女友，只要有半句不好，他就会瞬间阴冷，全身散发寒气，拿你当仇人一样看待。这还是第一次说他前女友丑，他不但不生气，而且笑出声来。

“我说老陆，你居然笑了？”

“因为有一点你说对了，她确实长得很丑，”陆彦辰托着下巴，眼里带笑地看了看时光，“见过我家的傻猫了吗？长得就跟那傻猫一样。”

一句话落下，时光顿时忍不住惊呼：“小乖乖哪里丑了，你近视眼呀！”

陆彦辰看着她：“不只是丑，还笨。”

时光从鼻孔里哼了一声，不想理他了，拿起筷子涮菜。

楚牧北只以为自己提了前女友，时光吃醋了，便对时光说：“时光妹妹，前女友都是过去式了，我们老陆对前女友已经没有一点感情了，有的只是讨厌，他现在只……”

然后朝时光挤了挤眼，真正的意思是在说他现在只爱你。

时光脸色更沉了：“对呀，前女友是过去式，前男友也是过去式，早就没有一点感情了，有的只是讨厌，巴不得离他远远的。”

楚牧北赞同、鼓掌：“这就对了，你们俩都应该这么想，前任都是鼠目寸光，这样才能有更美好的明天。”

原本以为两位听者会为他的言辞鼓掌，不想两人都冷漠地瞪着他！他说错了什么吗？

代驾讲停在小区楼下，楚牧北把醉醺醺地陆彦辰扶下来丢给时光，就直接回到车上离开了。

“有没有搞错，楚牧北……”时光叫不住，车子已经离开了。

陆彦辰真是醉得不轻，整个人的重量都压在时光身上。

“你站好。”时光推他，没推开。惯性使然，他更重地压向时光。时光连连后退，然后整个人被他挤在了旁边的墙上。

她的脸被他的身体和墙挤压在中间，快要变形了，可是她又推不动。男人太重了，她只能抱着他的腰，再将他的手臂搭在自己的肩膀上，扶着他往楼上走。将他扶到房间，丢到床上时，时光感觉自己整个人都快散架了。趴在他身上，她喘了口气，想要爬起来，结果某人的手却紧紧地箍着她的腰，然后不管她怎么挣扎，都是纹丝不动。

没有喝酒的时光感到头疼欲裂，她大声吼了一句："陆彦辰！"

声音太大，终于把男人吵醒了。

陆彦辰缓缓地睁开眼睛，晕乎乎的，定定地看着她，一脸迷茫。两人离得很近，气息相融，酒香之气窜入鼻孔。

时光觉得有些危险，她想要后退，他却用一只手掌牢牢扣住她的后脑勺，不让她乱动。

扑通……扑通……扑通……

时光能感受到男人胸腔里一下又一下的撞击声，他的身体很热，灼烧着她的身体，好像要将她融化一样。

她的心脏也跳得很快，一下又一下，好像要把人逼疯。

"陆彦辰，你醒了就赶紧放开我。"

"嗯？"

"松手。"

"渴。"

呢喃了这一声，便将自己的嘴唇贴在她柔软的唇瓣上。

时光瞪大眼睛。

他封住她的唇，从轻触到厮磨，一点一点辗转，再一点一点入侵，有些渴……好像在沙漠里干涸了很久的人，终于找到了水源一样。

时光惊住了，甚至连挣扎都忘掉，直到被吻得难以呼吸，她才终于开始挣扎起来，可是不管她怎么挣都挣不开。

他的胸膛犹如坚硬的铜墙铁壁一般，时光只好用脚踢……可是他的双腿一动，立刻擒住她，又令她全身都无法动弹。他的身体轻轻一转，两人直接倒在床上。

时光的心跳如鼓，被迫承受着。她的心乱成一团，脑子乱成了麻，那个孤傲冷淡的男人哪儿去了？

喝醉了怎么能反差那么大，从冰到火只在瞬间？

他吻得更深更凶狠了，那钳制在她腰上的手也是越收越紧，似乎想要把她揉进自己的身体里。

时光又羞又慌，心脏快得要从嗓子眼跳出来。可是高大挺拔的男人，用全部力气圈住她，她根本无法逃脱。时光羞得想死，嗓子里带着哭腔：“陆彦辰，你别乱来……”

吻从她的唇到下巴，到脖子，到耳根，灼热粗重的呼吸全喷进她的颈窝。她呼吸都困难了，脚趾蜷缩，身体瘫软，不受控制地软成一抹春水。

就在时光以为自己要被他酒后乱性时，男人突然不动了，只是紧紧地抱着她。

时光一动也不敢动，生怕自己动一下，又会让陆彦辰再继续。不知过了多久，陆彦辰还是维持着原来的姿势。时光轻轻出声：“陆彦辰？”

没有反应，看来是睡熟了。

时光呼了一口气，想从陆彦辰怀抱里挣脱出来。可就算睡熟了，男人还是紧紧抱着她，无论怎么动都挣不开。

时光心中愤怒难泄，忍不住咬牙骂道：“陆彦辰，你给我松开。”

“哎，你不是很嫌弃我吗？抱着我不觉得难受？”

“不是说我丑吗？那么丑的女人在你怀里，你不怕做噩梦？”

……

不管时光说什么，回答她的都是缄默。

万籁俱静，男人安静地闭着眼睛，唇瓣轻轻抿着，俊朗的眉目在昏黄的灯光下魅惑横生。

陆彦辰已经进入睡眠状态，还是酒醉后的睡眠状态，所以不管她说什么，他都是一动也不动。

时光紧紧盯着着陆彦辰的脸，她开始是愤怒的，眼里冒着火焰，好像要用目光将陆彦辰杀死一样。可是一直干瞪着眼，人是很累的，她只好闭上眼睛，情绪渐渐平静下来，之后困意渐生，慢慢就睡了过去。

夜越来越深，原本熟睡的陆彦辰，突然悄无声息地睁开眼睛，半眯着双眼盯着时光。他慢慢伸出食指，靠近时光的脸颊。

戳一下……再戳一下……

他勾勾唇，调整好睡姿，让她依偎在自己的怀里，再次闭上眼睛。

清晨。

时光朦胧间感觉身体很热，睡觉的时候感觉到热，下意识的动作就是踢被子。但是，为什么动弹不了，好像被人紧紧绑住了一样。

身体还越来越热，好像抱着一团火似的，什么情况……

时光慢慢睁开眼，然后，她看到了一张男人的脸，俊美的脸魅惑精致，如同一幅动人心魄的画卷。

惊艳，但是也惊恐。

他的手紧紧地搂着时光的腰，脚还夹着她的双腿，两人贴合得没有一丝缝隙。

时光浑身一震，脸上顿时露出万分凄惨的表情。

他们昨晚是发生什么了吗？不对，不是她的床。

昨晚……陆彦辰喝醉了，她扶着他回家，结果他死死抱着她，她根本不能离开，这才会在陆彦辰的床上睡了一晚。

就在时光不知所措时，陆彦辰也醒了。刚刚醒来时，他的脑子似乎也有片刻的当机，愣愣地看了她一会儿，又如梦初醒般松开了她。

他坐起身来，问道："你怎么会在这儿？"

终于，时光重获自由了，她赶紧坐了起来，顺便下了床，急忙解释道："昨晚你喝醉了……我扶你上来，然后你死死地……拉着我，我走不了。"

陆彦辰不相信："那我们……"

怕他误会，时光连连摆手："没有没有，我们什么也没有发生，你都醉成那样了。"

陆彦辰眸色深深地看着她，意有所指："我是醉了，可你没醉。"

时光惊道："你什么意思？"

陆彦辰冷哼一声："意思就是，你昨晚对我做了什么？"

时光目瞪口呆，明明昨晚是她差点儿贞洁不保，被强抱、强吻，怎么一觉醒来，她就成了那个施虐人？而陆彦辰一副什么都不知道的受害人模样，把一切推得干干净净。

"昨晚什么事也没有发生过！"

"你有诚信可言？"

"我能对你做什么？你看我们俩的衣服都还好好的在身上，而且，你醉成那个模样，怎么可能还提得起兴致？”

陆彦辰嘴角噙着笑意，却散发出嘲弄之色，说：“你的意思是……你想做什么，但是没有做成？”

时光涨红了脸，最后憋出四个字：“当然不是。”

“昨天你扶我回来，我又喝醉了，自制力变差，今天你在我床上醒来，就算我认定你别有所图，也是理所当然。”陆彦辰一步步分析。

别有所图？

也是，像陆彦辰这种人，有颜、有钱、有权势，不被女人别有所图，才是怪事。但是不包括她！

时光看着陆彦辰的眼睛里已经有火簇冒出：“我本来不想管你，可楚牧北把你丢下就走了，我是出于人道主义才好心扶你回家。”

陆彦辰的眼神有些凌厉：“扶我回来后，你也应该回家去！”

时光咬牙：“刚刚不是说了，是你强抱着我不放手！”

陆彦辰挑挑眉：“刚刚你还说，我一个喝醉的人能提起什么兴致，那又怎么可能强抱得住你？”

时光差点被陆彦辰这一句话给噎死，她横着眼睛瞪他：“你一个男人，就算抱着你睡一晚，你也并不吃亏。”

“吃不吃亏是我说了算，而不是你。昨晚的事，我记下了。”陆彦辰的表情很严肃。

“你记下就记下了，又能怎么样。”她都没有说什么，他一个男人矫情个什么劲。

“等我想好了，我会告诉你。”说着，陆彦辰转身去了浴室。

时光万分后悔，自己昨晚一定是头着地，用脚板思考，才会发疯把这人扶回家了，再有下次她绝对不会再理他。

她气呼呼地回到家，给自己灌了一大杯水，随手打开手机，登上自己的小号，发了一条微博。

“好想将这个臭男人毙——掉！”

发完之后她就爽了。

有人回复“小娇妻是不是和傲娇公子吵架了？”，但那个“只想吃雪糕”

的 ID 并没有评论，依旧和之前一样，可见这真的不是陆彦辰的小号。

时光不想再看到陆彦辰，但显然不行。第二天，她就要给陆彦辰上课。

刚到训练室，就有服务员上前给了她一大束鲜红的玫瑰花，险些晃花了时光的眼睛。

她惊愕地问服务员：“谁送的？”

服务员笑了笑，然后指了指花里的卡片，便转身走了。

时光将玫瑰花中的卡片拿出来展开，上面并没有说明是谁送的，只是写着：如果你愿意，我会用生命里的每分每秒来守护你。

又是玫瑰，又是情话，这是在追她？

时光扭头四处看了看，周围并没有人。

能把花送到这儿的男人，用排除法来算，她认识的男人里面，除了陆彦辰和楚牧北，应该是没有别人的。

楚牧北送她花？那是肯定不可能。至于陆彦辰……陆彦辰追她？开什么国际玩笑，那就是谁的恶作剧了？

时光微微皱眉，脸上的神色变得肃穆起来。

她有点烦躁，脱下身上的外套，然后以优美得无可挑剔的姿势，跳入水里游动起来。

一旦入水，时光就会特别专心，她的心里、眼里只有水，因此也没有发现训练馆外面右侧的转角边，有一道近乎炙热滚烫的目光，透过玻璃一直紧紧地盯着她。

杨驰风脸上的漫不经心消失了，目光变得越来越热，贪婪地看着泳池里的时光。

女人展开了双臂，在水中划动的姿势很美，漂亮的水花和白皙的肌肤交相辉映，仿佛一幅赏心悦目的动图，令人不自觉地屏住呼吸。她似乎天生为水而生，仿佛水中精灵。

杨驰风的心底有一种奇怪的感觉不受控制地快速生长，慢慢地长成藤蔓，然后疯狂地缠绕着他，让他清晰又强烈地知道，他想要真正得到这个女人，不单单是她的身体，还有她的心！

杨驰风耳边传来脚步声，一道从容不迫、挺拔俊逸的影子一点点凸显出来，他扭头便看到一个高大挺拔的男子。

看到杨驰风，男子的脚步愈发放缓，最后在离他两米远的距离停下。他冷厉的眼神，漠然地定在杨驰风身上。

杨驰风淡淡地笑了一下：“好久不见，彦辰。”

陆彦辰面无表情：“你怎么会在这？”

“路过，就来看看，没想到看到了一个熟人。”杨驰风镜片后的眼睛含着一丝笑意，看了看正在泳池里游泳的时光，“真是没有想到，时光是你的教练。”

陆彦辰：“……”

没得到回应，杨驰风轻笑了一声，又道：“我还没有和你说，我和你的游泳教练时光认识，她还挺特别。”

陆彦辰的手插入裤袋，深邃的双眼冷冷地瞥了他一眼，迈步向前，与他擦肩而过。在他欲拉门进去训练馆时，杨驰风的声音又响了起来：“彦辰，我知道你的性子一向冷傲，但是她……若是她教得不好，希望你看在我的面子上，关照她一下。”末了，杨驰风又补了一句，“因为，我在追她。”

不管时光和陆家是什么关系，就陆彦辰孤冷高傲的性子，他说要追求时光，那陆彦辰便不会再与她有什么不清不楚。当然，时光想在陆彦辰面前说他妹妹思彤什么不好，陆彦辰也会深思熟虑地想一想。

良久沉默，久到杨驰风以为陆彦辰不会理他，两人的对话到此为止时，陆彦辰突然松开拉门的手，冷冽的眸光看着他，有些凌厉。

他勾勾嘴角，浅笑如冰：“你不配！”

杨驰风的表情变得有些阴寒起来。

他不配？他混迹商场多年，也是被人敬畏三分的，陆彦辰就算姓陆，也不过是一个毛头小子。

人性有时候就是特别叛逆，越是不让做就偏偏要做，他还非要得到时光不可了！

时光在水里游了一圈又一圈，当她停下来时，看到陆彦辰走了出来。他已经换了衣服，穿了一条平角裤，露出健美的身躯，尤其那一双修长的大长腿，让人觉得很性感。

她移开目光从水里出来，把浴巾披在身上：“你来了。”

陆彦辰那张冷淡的脸上有些怪异，他深深地看了她一眼，什么也没有说，然后直接下水了。

时光惊讶了。

她之前每次喊他下水都特别艰难，怎么也没有想到，他今天居然会这么主动。

看着发呆的时光，陆彦辰眉心微蹙：“不用下水？”

时光赶紧摆了摆手：“不是不用下水，而是你没做热身运动，这样直接下水，脚有可能会发生抽筋的现象。”

“来之前我打了一场球。”陆彦辰表示自己前做了热身运动。

“那就直接下水训练吧……”时光是想快一点完成今天的课程，他提前做了热身运动，那是再好不过的。

她将披在身上的浴巾取下，一边入水，一边说：“你先戴好泳镜，然后游一下试试？”

陆彦辰戴好了泳镜，时光将救生圈扔给他：“你可以压着它游一下。”

可是救生圈又被陆彦辰丢开了，他一副不需要的样子。

“这……那我我游给你看，你学一下姿势……像这样踢腿……”时光说着已经动了起来，在水里摆动着四肢。

陆彦辰眼神幽深，身体有些灼热起来。

他一直不动，时光以为他没看清楚，于是便像鱼儿一样在水中游了起来……虽然只是随便游了两下，但是姿势优美得像是在进行一场表演。

她一边游，一边说着：“水是有浮力的，你放松身体，水自然会让身体浮起来，然后你的手向前划，脚踢水，身体自然就会往前……”

陆彦辰一直盯着时光，她不同于以往的比赛，穿的都是那种能勒死人的泳服。

她今天穿的是平常泳服，能很好地勾勒出她的身材，看上去玲珑有致。水从她白皙的身体上流畅地滑过，完美的脖子到性感的背部弧线看上去极为诱人，所以杨驰风才会在外面偷看了那么久。

时光游了一圈，然后停下来问陆彦辰：“学会了吗？”

陆彦辰还是没说话，缄默地看着她。

时光怎么都不会猜到陆彦辰的心思，毕竟在他面前穿平常的泳衣，也不是第一次了。哪会知道男人见色起意。

看陆彦辰的目光诡谲复杂，她只当是自己有哪里不对劲，便垂眸瞧了瞧自己，没有哪儿不妥。

她看向陆彦辰，问："怎么了？"

陆彦辰终于有反应了，他移开双眼，淡淡地说了一句："以后不在这里上课。"

"为什么？"这儿不好吗？好端端的为什么要换地方。

陆彦辰没有回答她，只是慢吞吞地伸手划水。

时光在等着他回答，他许久不说话，而她又发现陆彦辰划水的姿势不对劲，便展开自己的手，一边划水，一边告诉他正确的动作。

陆彦辰纠正了动作。

看他姿势正确了，时光笑着说："对，就是这样，不错……你的腿也要提起来。"

陆彦辰听了，踢了踢水，再展开手臂向前游……水波被推开，水花还溅到了时光的脸上。但她没有生气，反而很高兴，眼里几乎要溢出星星来。

陆彦辰不错呀，进步这么快，照这样下去，再来个四五次他就可以学会游泳了，那样她就能解脱了。

此时，她又看到陆彦辰的身体似乎在慢慢沉下去。作为教练的本能，她伸手托着陆彦辰的小腹："坚持一下，放松身体，继续向前……"

她的手和他的腹，就这样紧紧贴在一起，牵引着他摆动四肢。

陆彦辰身体僵了一下，接下来明显有些心不在焉。但是时光教得认真，手托着他，告诉他怎么动，怎么挥手。

两人的肢体偶尔会碰撞在一起，时光也没有在意，直到她发现就算在水里，她的手心都有些烫人，而陆彦辰的目光，亦是亮得惊人，带着足以将人灼烧的温度。

时光有一种自己是小白兔，正被猎人狠狠盯着的感觉。她终于意识到不对，赶紧松开了自己的手："那个，你自己游一下……"

转身想要离陆彦辰远远的，可是一秒，她就被陆彦辰结结实实地扣在怀里。他的手强劲有力，令时光完全动弹不得。

泳池里的水，温暖滚烫的怀抱，都紧紧贴着她的娇躯，让她感觉像是在冰火两重天的两个世界里。

泳池里的气温莫名升高了，暧昧的气息无声流转着。

陆彦辰的气息有些加重，眼色黯然幽深，低头看着他怀里惊愕不安的时光。她一脸蒙又媚眼如丝的模样，令他下意识地收了收抱着她腰的手臂。

顿时，两人更紧地贴在一起了。陆彦辰一向清冷的眼睛里，夹杂着丝丝动情。

时光的身体更僵硬了，他在干什么？为什么又抱她？就算她是他的前女友，可是他们已经分手了，不能随便乱抱的。但是最近两天，他总是在吃她的豆腐。

上次喝醉酒就算了，这次他可是清醒得很。

他是什么意思？不会是想试一下吃回头草的滋味吧？他想得美！

她打了个激灵，立刻抬起脚对陆彦辰踹了两脚："放开。"

陆彦辰动也不动，只用炙热的目光盯着她，带着强烈的占有欲。

时光被看得头皮发麻，挣扎了一下。下一秒，她听见陆彦辰用低沉的嗓音警告道："不要乱动！"

时光咬牙。

她这可是被人非礼了，还不能动？她又想抬脚踢人，可是踢空了，因为陆彦辰松开了她，离开时丢下一句："明天，我会告诉你在哪儿上课。"

时光站在路边等车时，一辆车停在她旁边，车窗缓缓落下，露出一张男人的脸："时光。"

"杨总。"时光也淡淡地打了一声招呼，看了一下时间，她叫的车还有三分钟才到。

"你要去哪里？我送你。"杨驰风微微笑着，虽然他不是陆彦辰那种充满攻击性的惊艳型帅哥，可皮相也是不错的，再加上他的身份，应该没有几个女孩会不心动。

"不用了。"时光直接拒绝了。

杨驰风并不放弃，他下车后看着时光调侃道："这大白天的，我能拿你怎么样？你对我的信任度也太低了吧。"

"我已经叫车了，谢谢你的好意。"时光说着往前迈步，却被杨驰风拉住了手腕。时光一惊，猛地甩开他，"你干什么？"

杨驰风也吓了一跳，他没想到时光的反应那么大。他赶紧举起双手，好脾气地后退一步，轻柔地说道："对不起，何必对我戒心这么重？我只不过是想要追求你而已。"

追求？时光以为自己幻听了，但是男人看着她，双眼含情脉脉，她突然想起昨天收到的玫瑰花，微微皱眉："昨天那束花是你送的？"

"对，我喜欢你，从第一眼见到你开始。"杨驰风说着温柔一笑，试探般凑近了一些，眼角眉梢极尽温柔，"做我女朋友吧，时光，我会让你成为这个世界上最幸福的女人。"

他向前几步，时光就后退几步，拉开两人的距离。男人亲切温柔的笑在时光那就是笑里藏刀。她没有一丝犹豫再次拒绝了："不好意思，我不喜欢你，也不会成为你的女朋友。"

说着，时光转身离开。

杨驰风收了笑意，五指收紧，眼神暗了暗，看着时光的背影，沉着声音说了一句："你喜欢陆彦辰。"

时光怔了怔，下意识地停了步子。缓慢转身，脸上带着一层森冷的味道，嘲弄般勾勾唇："杨总这话是什么意思？你可别告诉我，你不知道陆彦辰是你妹妹的未婚夫。"

杨驰风愣了愣，随即又笑了："我没有什么意思，我只是想追你。"

时光一字一顿，清晰又肯定地说："我跟你，绝对不可能！"

一天的好心情，因为杨驰风全消失了。

时光很郁闷，可令她更郁闷的还在后面。快到家的时候，她在车里远远地看到了杨思彤。她赶紧让司机靠边停车。

今儿个真是黑色的一天。

时光站在高大的灌木后面，等了好一会儿杨思彤都没有走。

她头疼地揉了揉太阳穴，杨思彤不会是想一直等下去，直到陆彦辰回来吧？那她一直站在这也不是个办法啊，谁知道要等到什么时候。

她转身往外走，想着去散散步。

晚上微风徐徐，时光散着步，垂着脑袋玩手机，冷不丁地撞到了人。

时光吓了一跳，赶紧说道：“对不起，对不起……”

抬头，便看到一个高大挺拔的人影站在面前，虽然背着光，但依旧无法掩去他的帅气英俊。

“眼睛长哪儿了？路都不会看。”陆彦辰看着她，没有表情的脸愈加冷峻沉稳。

“我不是道歉了吗？”时光嘀咕了一句。

“光嘴上道歉就够了？”

陆彦辰笔挺的腿向前跨了一步，时光条件反射般往后退了一步：“不然呢？就是撞了你一下，你又不是豆腐，撞一下就散架。”

遇上这人就会吃瘪，他现在简直就是她的克星，只怪当时年少招惹了他，因果报应，也不是没有道理的。

陆彦辰想了想，指了指路对面的牛肉面馆。

时光眨了眨眼，不明所以地看着他。

陆彦辰有些失去耐心，他拉住着她的手就准备横穿马路，男人的手包在她柔若无骨的小手上，很温暖，也很牢固。

时光愣了一下，才意识到自己又被某人吃豆腐了，挣了一下，但是没有挣开：“臭流氓，你给我松开。”

“如果我是臭流氓，我就不会拉你去对面的牛肉面馆了，我会直接拖你到草丛。”陆彦辰的声音里，有不易让人觉察的揶揄。

“到草丛？”时光还是没明白。

“一个流氓拉一个女人进草丛，你说干什么？”陆彦辰看了她一眼，暧昧地勾唇。

当然是耍流氓了！时光明白了，小脸顿时一阵红一阵白。

进了店铺，陆彦辰松开了手，对着老板轻声道：“两碗牛肉面。”

店老板“欸”了一声，说道：“一共三十块。”

时光一直扭开头，气呼呼的样子，听说买单也是事不关己。她是以为陆彦辰拉她来是来陪吃的，不想陆彦辰用胳膊撞了撞她。

她扭头，问："怎么了？"

陆彦辰瞥她一眼："不是你说要道歉。"

"啥？"

陆彦辰看向她："给钱。"

什么？她给钱？才三十块都要让她给……

时光咬了咬下唇，从包里把钱拿出来，然后递给了老板，并且对陆彦辰恶狠狠地说："行了吧，简直是讨债鬼。"

不但要陪吃，还得付钱。

"没错，我就是你的讨债鬼。"

"怎样才能两清？"

"这一辈子都两清不了。"

时光冷冷地盯着陆彦辰，陆彦辰也同样地看着他，样子冷若冰霜，严肃认真，直到老板把两碗牛肉面端了上来。

时光原本是不想吃的，可是这牛肉面太香了，而且是她买的单，她要是不吃，那不就亏得更大了。

她拿起筷子大快朵颐。

好吃，真的很好吃，再辣点就更好了，刚好桌上放着碎辣椒，可随口感添加，时光便放了一些。

眼看着她放了一勺接一勺，似乎还准备再继续加，陆彦辰伸手，将碎辣椒拿走了。

时光瞪他："你干吗？"

"够了。"吃那么多辣，也不怕上火。

"够不够，我自己知道。"时光伸手，又想要拿过来，但是被陆彦辰制止了，"敢拿你就死定了。"

时光没有再动，不高兴地看着他，吃个面也要指手画脚。她张嘴吃了一口面，似乎把这碗面当成陆彦辰，狠狠嚼碎了往肚子里吞。

吃完她就放下筷子，看到陆彦辰的面还有一大碗，皮笑肉不笑："你慢慢吃，我先走了……"

说完，便起身离开了，走得那叫一个潇洒。

出来牛肉面馆的时候，还没有看到陆彦辰跟上来，待进小区，她却惊讶地发现陆彦辰就在身后不远处。

这么快？

她瞠目：“我走的时候，你那碗面才动了两口，这么就吃完了？肯定是没吃了吧，你也太浪费了。”

心疼她的十五块。

陆彦辰默默看了她一眼，与她擦肩而过。

时光看着他的背影，心有不甘地对着他的后脑勺挥了挥拳头。谁知男人好像后面长了眼睛一样，突然停下步子，转身看了过来，把时光杀了个措手不及，那抬起的拳头，尤其醒目。

她顿时尴尬了，想要说点什么，正琢磨着要说什么时……却看到，不远处慢慢走来的女人，那不就是杨思彤吗？她怎么直接走出小区了？

这大晚上的，杨思彤若看到她和陆彦辰在一起，指不定会脑补一出什么偷情大戏，为了避免不必要的麻烦，时光决定躲一下，于是她走到了旁边的一棵大树后。

不想，陆彦辰也和她一样走到了大树后，显然是不想看到杨思彤。他的手撑在她背后的大树上，将她整个人都框在了他和树中间，令她动弹不得。

两人离得很近，几乎就是贴在一起，属于男人强烈的荷尔蒙气息，将她包裹住，暧昧的姿势，旖旎的对视。

时光竭尽全力保持镇定：“你又要干什么？”

陆彦辰垂眸看着他，嘲弄一笑：“这话应该我问你，你躲什么？”

这不是明知故问？时光咬了咬牙：“你说我躲什么？那是你的未婚妻，我为你考虑，避免不必要的误会。”

陆彦辰冷哼一声：“有什么好误会的。”

时光无语了：“这大晚上的，我们俩一起回去，你说误会什么？”随即，她嘲弄道，“我说你……看到你的未婚妻，又是你一个人，你躲什么？”

陆彦辰沉默不语，只是淡淡地看她。

时光挑衅一般笑了笑。

这笑，令陆彦辰坏坏地勾了勾唇，下一秒，他收回了自己手，准备迈步走出去。

时光吓了一跳，杨思彤离这儿就几米远，这个时候陆彦辰出去，不是刚好被她看到。

陆彦辰大晚上的从树后面走出来，杨思彤难保不会多想，万一她要绕到树后来看看怎么办？在这个节骨眼上，绝对不能让他出去。

时光下意识地伸手拖住陆彦辰。

陆彦辰饶有兴味地看着她，淡淡地说：“拖着我干什么？”

时光觉得他是明知故问，小脸由红到黑，由黑到青，最后举了白旗：“等会儿出去，行吗？”

瞥了一眼越来越近的女人，时光觉得他们就这么站着肯定会被发现，那她的日子，就真的精彩了。

时光不管陆彦辰，直接强拉着他蹲下身子。但是没有站稳，整个人猛地朝前倾去，然后压在陆彦辰身上，而陆彦辰躺在草地上。

她瞪大着眼睛，差点儿失声轻呼，几乎是条件反射地想要爬起来。他的手压在她腰间，警告出声：“别动！”

他明明在她身下，语气却依旧是居高临下的，嗓音凌厉且低哑。

时光觉得，如果此时她手上有鞭子，肯定会像想骑马一样抽他两鞭子，但是很快她发现不对劲了，这姿势……

当杨思彤一走过去，时光便要起来，可刚起身又被陆彦辰拉了回来。

身体莫名一个战栗，在他的手掌要更往下的那一刻，她立刻用自己在头去撞陆彦辰的下巴，在他躲开的时候，赶紧站了起来。

陆彦辰并没有立刻起身，而是坐在草地上。他漆黑幽深的眼睛，一眨不眨地看着她，仿佛要把她刻进心里，又仿佛要看进她的心里。

她与他对视，毫不躲避：“我告诉你，以后不要碰我，再碰我，我就告你非礼。”

陆彦辰薄唇轻弯：“你想不想知道，当年我看到了什么？”

“什么？”时光愣了一下，没明白他在指什么？这话题转得她有些莫名其妙。

陆彦辰站了起来，轻轻地整理起自己的领口，不咸不淡地说：“我看到了一场校园暴力。”

时光脸上所有的表情，瞬间全僵了。

夜已深了，小区里安安静静的。

陆彦辰的眼睛像是两幽深潭，认真、深沉，不带一点儿调侃，或者戏谑的成分……那么认真地看着时光。

片刻的僵硬后，时光的脸上突然挂着大大的笑容，她竭力让自己的语气平静、自然：“哦，所以你才会对她越来越冷淡？我还以为你是看到她进整容医院，发现她的脸动过刀子，所以才会对她越来越冷淡的，毕竟男人还是很在意女生的脸。”

陆彦辰抿嘴，眼神变得又狠又直。他复杂地瞪了时光一眼，走了。

之后的几天，陆彦辰好像消失了一样，时光去喂小乖乖，也没有看到过他，发信息问他到底在哪上课，他也是理都不理。

李芳菲约时光去学校见面，却神神秘秘地带她去学校小树林。时光扬了扬眉梢：“你干什么？笑得一脸怪异。”

李芳菲没有回她，只是抬着双手摇了摇，好像在唱歌一样，目光盯在她后面……

后面有什么？不待时光回头看一眼，便有人从后面给了她一个大大的拥抱：“小时光，好久不见。”

熟悉的声音令时光瞪大眼睛：“霍湛，你怎么回来了？”

她转身，挣开了霍湛的怀抱，一脸难以置信。

霍湛笑着，手臂用力拍着时光的肩背，一副哥俩好的模样：“当然是想你了，回来看你。”

真是很用力，时光感觉自己要被他拍出一口血来了。

她甩开搭在身上的胳膊，嫌弃道：“得了吧，想我？你别闹了，不会是你喜欢的姑娘回国了吧？”

两人父母是朋友，很小就认识，住在同一个小区，上的同一所学校。

从小到大，霍湛都特别顽皮，反正不是好学生，成绩非常一般，但他剑眉星目，长相帅气，再加上篮球打得好，因此引得很多女生前赴后继，从初中那会儿就开始交女朋友，学习成绩更是一落千丈。

霍家不说家世多好，但父母都是教授，书香门楣，教出一个差生，可把霍父霍母急死了。

因此，他没少挨打挨骂。每次被打，他就会逃到时光家躲起来，后来时光离开了省城，虽然没有在一个学校，但是依旧有联系。

时光再回到省城上大学，霍湛这个差生，已经出国留学了。为此他还特意回国了一趟，也认识了时光的室友李芳菲。

三个人坐在草地上聊了一会儿，知道霍湛回国的真正原因后，时光惊住了："你刚刚说什么，你回国是订婚？"

霍湛一副生无可恋的样子："对，我妈不但要给我订婚，还要让我带那女孩儿一块去国外。时光，你要帮我！"

时光和李芳菲都幸灾乐祸地笑了。

"订婚不错，恭喜你。"

霍湛气急败坏，愤愤地说："恭喜什么？都什么年代了，还包办婚姻！不能因为他们生养了我，就要决定我的事业和婚姻，这实在是太过分了！简直是老思想、老古董，害人害己！"

时光劝他："你不要这么说叔叔阿姨，他们也是为了你好。"

李芳菲赞同地点头："要不，你就当新谈了一个女朋友？"

霍湛立刻反对："不行不行，这次不一样，谈女朋友不合适的话，我可以分手，这个我要是谈了，那就甩不掉了。"

时光鄙视他："我说你就不要祸害人了，好好谈一个女朋友，也没有什么不好。如果真的不合适，我相信叔叔阿姨也不会真的按住你，非让你结婚不可。"

啧啧两声，霍湛摇摇手指："不，时光，我每次交往，都用了真心的。我可是冲着真爱去的。我相信爱情，向往婚姻，但感觉这种东西真的很重要，第一眼有感觉才能再继续，我妈选的这个，我看一眼就不想再看第二眼，明显对她没感觉，怎么和她好好交往？我这样才真是祸害人家！"

时光不置可否："也有日久生情啊，而且叔叔阿姨是为你好。"

李芳菲附和着："对呀，有些人做了很久的朋友，才发现他们更适合当恋人。”

“你们俩还是不是我的朋友。”霍湛有些生气了。

“当然是了，不然也不会和你在这儿唠叨那么久。”

“是朋友那就帮我。”

“怎么帮？”

霍湛嘴角含了笑，谄媚地说：“小时光，我妈从小就喜欢你，还说过要给咱俩定娃娃亲，对吧？”

时光嘴角抽了抽：“你不会……”

李芳菲接后面的话：“让时光假装你的女朋友？”

“答对啦！”霍湛做了一个全对的手势，“如果你假装成我的女朋友，我妈一定不会同意订婚。”

时光拒绝：“不行！”

霍湛可怜巴巴地说：“小时光……时光姐姐，时光女王，你可一定要帮我啊，不然我就要去跳海了。”

李芳菲白了他一眼：“要不要那么夸张，只是让你订婚。”

霍湛卖惨：“对我而言，没有爱情的人生，就像枯萎的鲜花一样，死气沉沉。”

时光提议：“让芳菲去吧。”

李芳菲小脸红了一下：“啊？”然后摆手，“不不……不行。”

“我妈不认识芳菲，分量不够让她毁婚。”他说着轻咳了一下，“而且我和我妈说，经过我多年‘万花丛中过’的经验，我发现我的真爱是你。”

闻言，时光差点吐出一口血，立刻骂道：“你脑子被门夹了？怎么能这么说呢，这不是骗叔叔阿姨吗？”

“我也是没有办法，我妈喜欢你。时光，咱俩从小一块儿长大，只要你需要帮忙的地方，我可都是赴汤蹈火也要帮你完成，你不会连这点小忙都不帮我吧？”

时光犹豫着，看向李芳菲：“你说……我要帮他吗？”

李芳菲咬唇，随即尴尬地笑了笑：“我不知道，你自己看着办吧。”

霍湛站了起来，走到时光后面，帮她捏肩敲背，声泪俱下：“时光，我们从小一起长大，感情还那么好，你也不想看我去死，对吧？如果我死了，以后你就没有蓝颜知己了，那样子你的生活会寂寞很多……”

时光打断他的话：“你舍不得死，我知道。”

“不要这么说你的蓝颜知己。”

“别往自己脸上贴金。”

“那总是青梅竹马吧？”

“你说得倒是轻巧，很麻烦的好不好。”

被拒绝的霍湛，又回到位置上坐了下来，沉着脸说：“小时光，你太不够朋友了，只是让你帮一个月的忙都不肯，早知道我小学三年级就跟你绝交了。”

时光看他愤怒的样子，又有些心软了：“一个月？”

霍湛忙不迭点头：“对呀，就一个月，一个月后我就回学校了。等过段时间，再和我妈说我们相处了一段时间发现彼此不合适，分手了。”

时光还在犹豫，总感觉真要这么做，不会那么好结束。

李芳菲用胳膊轻轻地撞了一下时光：“要不就帮帮他？”

时光皱眉：“行吗？”

不容她迟疑，霍湛立刻一巴掌又拍在时光的背上：“当然行，那咱们就这么说好了，一个月。”

时光被他这一巴掌拍得觉得自己要吐血了：“你轻点行不行，我是一个女人。”

霍湛耍宝，一副恍然大悟的样子：“啊？原来你是女人呀。”

“我不是女人，你还找我当你的假女友？”时光愤怒，一脚踢过去。

霍湛顺势往旁边倒，捂着胸口，装作受了伤的样子，然后躺到地上，演技浮夸极了，旁边的时光和李芳菲哈哈大笑……

10

第十章

给我下面吃

健身房。

楚牧北看着陆彦辰疲惫的神色，眼睛里似乎还有些红血丝，挤眉弄眼地说道：“你这不会是开荤了吧，所以几天来都没睡好，哈哈，也不选个空闲点的时间，最近咱们这么忙。”

陆彦辰捏了捏眉心：“胡说什么？”

“我看你今天脚步虚浮，眼下青紫。”楚牧北坏笑几声，调侃他，“这一看就是男人开了荤，有些刹不住。真是这样你就不要来健身了，很容易运动过量，晕倒的。”

陆彦辰一下下做着仰卧起坐，额头布了一层汗，没理他。

“难不成我猜错了，你们不会连手都还没有牵吧？”楚牧北瞪大眼睛，一脸不可思议。他停了下来，在旁边站着，“我说老陆，你要是真喜欢就直接对人家说，不要总是让人家给你养猫、做饭的。你不说明白，人家怎么会知道你喜欢她呢，这都一个月了，你再不下手，就要被人撬走了，到时有你急的……”

陆彦辰还是没有理他，做完一百个仰卧起坐后转到了另一边，提着哑铃练臂力。

楚牧北又跟了过去：“如果你不想说，那就直接把人办了！”

“这女人啊，只要你得到她的身体，就一定能得到她的心。你非要得到她的心再去得到她的身体，这叫多此一举，指不定弄巧成拙，万一她还爱着前男友，那你就难了。”说着，楚牧北又坏坏地笑了笑，“你说她跟她的前男友，有没有……”

陆彦辰终于有反应了，直接将手上的哑铃向楚牧北扔了过去。

吓得楚牧北赶紧跳开：“你谋杀啊，知不知道砸中了会死人的。”

“在部队那么久，如果你连这都躲不开，砸死了也是活该。”陆彦辰瞥了他一眼，“还有，别拿我跟你比，低级。”

“我低级，别告诉我，你只想跟她牵牵手。哼，大家都是男人，会不知道男人的心思？装什么纯洁。花开堪折直须折，莫待无花空折枝。”说着，将陆彦辰丢掉的哑铃捡了起来，再向陆彦辰丢了回去。

陆彦辰帅气地转身，然后去了更衣室。

从健身房出来，刚好是晚餐时间，他们便去了有名的唐宫海鲜舫。

楚牧北放下手机，拿过菜单：“多点几个菜，老唐他们几个要过来。”

陆彦辰正擦着手，刚要开口说话，忽然听到了一道男声，说：“妈，我们来了。”

声音是从隔壁包间传来的，两个包厢的窗户都没有关，没有隔音效果，所以才会听到声音。

他看了一眼正点菜的楚牧北，准备起身，想去把窗户关上。

“阿姨，好久不见。”一道熟悉的声音传来，让陆彦辰身体一僵，下意识地停了所有动作。

旁边点菜的楚牧北也惊愕地抬头，看着陆彦辰，小声问了一句：“时光妹妹？”他笑了，“这也太巧了吧。”

他这会儿把菜点完了，把菜单收起递给了服务员。

服务员出去后，隔壁又传来先前那个男人的声音：“妈，我不管，我喜欢时光，时光是我的真爱，我绝对不可能和别人订婚的，我这辈子只和时光在一起，你可千万别拆散我们！”

陆彦辰的瞳孔微缩，伸手握住了旁边的水杯。

“这……见家长？”楚牧北震惊了，他看看陆彦辰，“隔壁是在说这辈子非时光妹妹不娶？所以……时光妹妹被人追走了？”

“臭小子，你给我闭嘴，我才不信你说的话。”隔壁包间又是一道女声传来，应该是这个男人的妈妈。她呵斥完又温和地问时光，“时光，你告诉阿姨，这臭小子说的是不是真的？”

时光笑着，眼睛弯弯很明媚。然而只有她自己知道，她笑得多心虚，感觉到桌下霍湛在踩自己的脚，她犹豫了一下，还是点了头：“是。”

“妈，我没有说错吧，我俩是真爱！”

楚牧北瞥向陆彦辰。

陆彦辰面无表情，眼神尤其锐利，仿佛要将墙壁看穿，他笑了，很不厚道地说了一句：“你出局了，没戏了。”

时光很紧张，脊背不自觉绷紧，事先和霍湛串通好的台词，也早已经忘到天边去了，因为心虚，她说话都结结巴巴的。

霍湛就要淡定多了，嘴巴很甜，霍妈妈被他哄得乐呵呵的，但这并不代表她就放过霍湛了。她看向一旁的时光，轻轻地说道：“时光，阿姨是看着你长大的。从小到大，你都是品学兼优、循规蹈矩的好孩子，和这臭小子完全不是一个类型的，可惜你是隔壁家的孩子，总想着你是我女儿就好了，就是想你当我儿媳妇，可是我这儿子……”然后狠狠瞪了霍湛一眼。

说实话，她不太相信这两人在一起了。以前，她说时光各种好的时候，这臭小子就在旁边做鬼脸。

她问两人要不要在一起发展看看时，他立刻哈哈大笑了起来，捂着肚子弯着腰，一副笑到不行的模样：“你别闹了，妈，时光那丫头，当你女儿还差不多，当儿媳妇还是算了吧。”

在知道她要强制性给他订婚时，这臭小子却突然说时光是他的真爱，想令人不怀疑都难。

霍湛已经习惯她的冷眼，立刻来个嬉皮笑脸：“妈……”

“你别说话。”霍妈妈喝住他，不想听他瞎扯。她看向时光，又柔和了声音，“时光，阿姨要听你说，你和阿湛不一样，你还没有交过男朋友，你对待感情和婚姻的态度都要比阿湛严肃。”

时光很感动。

她知道霍妈妈说这话是因为关心她，怕她被霍湛伤害了，毕竟两个人在一起，都无所谓那也没有什么，怕的就是其中一个无所谓，而另一个又极度认真。

“阿姨，我没有阿湛说的那么夸张，我和他就是想要试一下，看看两人合不合适。”说着，时光微微一笑，眼睛眯起，弯弯的像月牙一般，里面含着细碎的光。

“那你和阿湛谈过结婚的事了吗？”霍妈妈是打从心里喜欢时光，巴不得儿子能快点儿把人娶回来。

时光涨红了脸，连忙摆手：“还没有！我和他还没到那一步。”

霍湛也立刻虎着脸说：“妈，你这也太快了吧……哈哈，我们才刚刚在一起，你就在说结婚的事，这对我们而言也太沉重了，现在和以前不一样，你得开明一些。”

“是吗？”霍妈妈目光犀利地看向他，显然是不相信。

“当然。”霍湛移了移位置，坐到霍妈妈身边，长臂一伸，搭在她妈妈的肩膀上，“我这次恋爱是认认真真谈的，妈，你就相信我一次吧，你要是不相信我，你也应该相信时光啊。”说着，他朝时光使了一下眼色。

“对呀，阿姨。”时光又是淡淡一笑，其实笑得很心虚。

但是，霍妈妈却对时光非常满意，说她很高兴时光能和霍湛在一起，将来就算不能在一起，她也会拿时光当女儿。时光知道这不是客气话，这些年霍妈妈对她一直很照顾，这么好的长辈，时光不想再撒谎了。

都怪该死的霍湛，看他做的好事，她好几次都想把实情说出来，但是都被霍湛打断了。

用餐过后，时光叫来服务生买单，霍湛立刻掏钱夹，结果服务生却笑着说他们的单已经买了。

三人惊讶：“买了？”

服务员笑着说：“你不是那位先生的女朋友吗？女朋友请客吃饭，男朋友当然要买单。”

女朋友？时光惊愣了，男朋友？

慈祥的霍妈妈也露出了严肃的神情，嘴唇紧抿：“谁的女朋友？谁的男朋友？”

霍湛也愣了一下，赶紧圆场：“当然是我的女朋友，对方肯定搞错了。”

这谁买的单？专门来拆台的吧！

把霍妈妈送到家之后，霍湛一边开车，一边控诉时光：“你刚才差点儿害我们功亏一篑，老实交代，你是不是交男朋友了？”

时光也纳闷：“没有，我要是有男朋友了，肯定不会答应你这事的！”

霍湛皱眉：“难不成，真是搞错了？”

“可能是。”

“如果真是这样，那哥哥也是为你可怜了，你说你长也不得差，怎么就没有男人喜欢呢？”

时光直接就想一脚狠狠踢过去：“我真是脑子抽了才会帮你，让你好意思在这儿嘲笑我。不是为了帮你，我这会儿躺在家里美滋滋地看小说，看电视剧呢！”

她踢不了，直接一拳头狠狠砸在霍湛的背上。

霍湛完全不把这点力道放在眼里，但是他假装受伤，故意咳了两声：“我说你也太狠了，我只不过说了一句实话而已。”

时光目光阴沉地瞪着他：“真是的，我怎么会交上你这种朋友？”

“这句话我原封不动地还给你。”

“是吗？信不信我现在就打电话给阿姨，告诉她，我们的关系是假的？”

“时光，你翻脸也太快了吧？”

“你没听过女人翻脸比翻书还快？你赶紧想好说辞吧，待会儿要怎么和阿姨解释！”

两人吵吵闹闹到了时光所住的小区。

车子停在时光楼下，霍湛看时光在后面一直沉默不语，只以为她还在生气，便轻声哄道：“好啦好啦，不要生气了，都是我不好，时光，你就原谅我一次吧，我一定会好好补偿你的。”

时光瞥向他：“怎样补偿？”

霍湛想了想：“马上入秋了，请你吃肥美鲜嫩的大闸蟹。”

时光摇头：“我不要，这补偿也太便宜你了。”

“那你说你想吃什么，不管你想吃什么都行，一顿不够就两顿，两顿不够就三顿，当然不能超过一个星期。”霍湛非常有诚意。

“我不稀罕你请我吃饭，我稀罕你给我免房租，要不这两个月的房租你都给我免了吧？”时光腹黑地笑道。

“臭丫头，你可真会狮子大开口。”霍湛说着伸手，揉搓了一下时光的脑袋，把她的头发弄乱。

“小气鬼，就知道你没诚意，我帮了你那么大的忙，早知道就不帮你，或者刚才在车里我就应该给阿姨打电话……”时光傲娇地说着，仿佛怒气难消的样子。

她整理了一下被他弄乱了头，然后跳了起来，伸手去弄霍湛的头发。

两人打打闹闹的时候，前面不远处一辆高大越野车的车门突然被人打开了，然后高大挺拔的男人从车上下来。

时光看到陆彦辰吓了一跳，这车应该停了蛮久的，那么刚才他和霍湛打闹的一切，不是全部都被他看到了？

她的动作下意识地僵住了，感觉明明大热的天，却仿佛一下子变成了冰雪覆盖的冬天。

看到陆彦辰向这边走来，她下意识地退开了两步，和霍湛拉开了距离。随即察觉到自己的反应，她又暗骂自己心虚什么，好像出轨的妻子被丈夫抓包了一样，他们现在又没什么关系。

感觉到时光的怪异，霍湛问了一句：“怎么了？”

同时顺着她的目光看了过去，见到一个高大的男人向这边走来，一身休闲服。

逆着光，看不清面容，目光如同黑夜般深邃，平静地望着他们这边。

很陌生，似乎是在看他们，又似乎不是在看他们。

霍湛也就没在意了，和时光挥手道别。

时光看着霍湛的车子离开后才走进公寓，在等电梯的时候，陆彦辰从后面走过来，气压有点低。

她下意识瞥了他一眼，面无表情，仿佛站在旁边的她是空气，眼皮都懒得抬一下。

不理就不理，时光也不想和他说话。

电梯门开了，陆彦辰直接走进去，但是经过她的时候，也不知是故意还是无意，擦肩过去时狠狠撞了她。

时光差点摔倒，向前踉跄了两步。

她进了电梯，皱着眉问："我那么大个人，你没看到？"

陆彦辰没理她。

时光呼了一口气，又喊了一声："喂？"

陆彦辰仍旧没理她。

时光喊了他一声："陆彦辰。"

陆彦辰还是不理她。

时光目瞪口呆，忍不住嘀咕了一句："不知道又哪根神经不对了。"

很小的声音，但陆彦辰还是听到了，他的脸色变了变，垂在身侧的手紧攥成拳，显然在忍着，没发作，也没说一句话。

电梯停在了十一楼，时光也不想和他计较，准备出去。她刚迈开步子，就感觉自己的手臂被人拽住了。

不待她缓过神来，就感觉自己又被扯了回来，然后直接撞在陆彦辰怀里。她吓了一大跳："你干吗？"

他没有出声，只是看着她，眼神冷冽，仿佛藏了千年玄冰。

她惊得一动不动，只能瞪圆了眼睛看着他。不知道自己哪儿又惹他了，刚刚他明明就是故意撞她，这会儿又恨不得直接把她从楼上丢出去……

幸好，电梯是没有窗户的。

叮咚一声响，电梯停在十二楼。电梯门又开了，陆彦辰闭了闭眼睛，压下所有的情绪，突然松开了手，然后一言不发走了出去。

时光杵在原地，一脸蒙。

自从上次在小区楼下一起躲杨思彤之后，这几日来，他们这还是第一次见面，也没有哪里得罪了他。

陆彦辰开门，然后把门重重关上。

他没开灯，径直走到自己的卧室。窗外的灯光与月华，懒懒的照进室内，屋里光线昏暗，四周寂静无声。

他整个人瘫进大床里，冷冷地望着天花板，眼睛定定地，似乎虚无，眼神没有聚焦，好像在发呆，但是某一刻，眉心微拧，显然是在想事情，就是不知在想什么。

突然，他有些烦躁的样子，一下子站了起来，然后发泄一般，狠狠踹了旁边的床头柜一脚。他的力气真的很大，床头柜直接被他踢倒在地上，然后抽屉滑开了，里面有些东西掉了出来。

其中便有一个红色的丝绒盒子。

看到那个盒子，他的脸色瞬间更冷、更沉了，弯腰捡起来，抬手便想直接丢出去。可是，他的手在空中画了半个弧度，便又停了下来。

他深吸了一口气，慢慢走到床边，又坐了下来。静了一会儿后，他将手里的盒子打开。

盒子里面放着一枚戒指，是一枚极普通的水晶戒指。但是上面的水晶图形有些特别，是双心相连的，里面还有两个英文字母，C 和 G

他的名字尾字母是 C，她的名字尾字母是 G。

那一年，她为了一场重要的比赛，每天都在训练，连续好几天除了吃饭睡觉就是在训练，他怕她训练过头，某一天下午，便拉着她出去了。

他们经过一家精品店，便看到了这枚戒指。

她指着戒指对他说："将我们姓名中最后一个字的首字母，融入戒指的心形水晶里，你不觉得这个戒指，很像专门为我们定制的吗？"

他从不相信什么一见钟情，但是在看到她的第一眼，他真是感谢相遇的神奇。

她在操场外看人打篮球，他在操场内看她，他们那一瞬间的对视让他一辈子都难以忘怀。以至后面，她在他面前的一颦一笑，他们相处的点点滴滴，他想忘也忘不了！

买下这枚水晶戒指后，她全身溢着满足的愉悦。他准备帮她戴上，可她却拒绝了。

“现在不戴，我还那么小，戴什么戒指，以后你向我求婚了，我不要钻石戒指，就用这个。我喜欢这个戒指，看到它的话，一定会二话不说马上同意嫁给你的。”她看着他说，一脸明媚的笑，眼睛眯成弯弯的月牙。

求婚用个水晶戒指，那也太寒碜了吧。他向她求婚的时候，肯定要给她最好的，不过他还是把戒指收了起来。

她还小，确实不应该在手上戴个戒指。

他点了点她的鼻子：“我说过要娶你吗？就说让我向你求婚了。”

她噘着粉嫩的小嘴：“难不成你不想娶我？那我一个人要怎么办？”

“如果我不娶你，你也不会是一个人。”

“怎么就不是一个人了？”

“难不成我不娶你，你就要单身一辈子？”

“对，我只和你在一起，就算将来分开，我也绝对不再找男朋友，你不娶我，我就单身一辈子。”她的承诺轻易就给出来了。

谁说只有男人才会用甜言蜜语骗人？他和她之间，从来都是她用甜言蜜语骗他，骗得他跟个傻子一样，也郑重地给出了承诺：“那看来我是非娶你不可了，不娶你也不能娶别人！”

“对对对，非娶我不可！”她的双手环着他的脖子，看着他，眼底眉梢都是威胁，“你要是敢娶别人，我就挺着大肚子，再带着一个小孩，去你的婚礼上捣乱。我要让那个小孩叫你爸爸，然后摸着大肚子，向全世界控诉你是一个抛妻弃子的‘渣男’。”

他被她逗笑了。

“不许笑，我说的是真的。你是我的，谁敢跟我抢，我就跟她拼命！”

她当时说得多么认真，他信了，全部都信了。他也在心里说：嗯，她是他的，他也是她的，这辈子除了她没有别人，就算分开了还是只有她！

两年来就这么停留在原地，而她呢？

要求他分手了也不许找别人，承诺自己分手也不找别人，结果还不是找了别人。

前几天还说没有男朋友，今天就跟着那个男人见家长了。

那么开心，那么欢喜。

怪她吗？他们现在的关系，他又有什么立场去责怪她。热恋时的情侣，谁没说过几句承诺。

想想自己刚才莫名其妙地生气，显得那么幼稚，那么无理取闹。可是一回想刚才他们打打闹闹的情景，他的胸口又忍不住冒火。

心痛的感觉，一如当年！

次日，时光去十二楼喂小乖乖的时候没有遇到陆彦辰，中午吃饭的时候，接到了陆彦辰发来的信息，是一个地址，以后上课的地方就在他们现在这个小区里。

不过是在南区，南区是整个小区里最豪华的一个区，里面全是带暖炉、带泳池的别墅。不过那边的住户比较少，很多别墅常年都是空着的。

三点，时光到达别墅，陆彦辰身上穿着一件浴袍，惬意地躺在泳池边的沙滩椅上。

时光和他打招呼，细细地瞧了一下他，面无表情。

上课时，陆彦辰全程一言不发，也特别沉默，似乎和平常没有两样，但时光就是觉得，他今天有些不太对劲。

中间休息时，时光接到李芳菲打来的电话："霍湛去接你，已经出发了，你收拾一下，他应该就到了。"

时光一掌拍在脑门上，忘记跟李芳菲和霍湛说她下午有课了："抱歉抱歉呀，临时被通知上课，结果忘记告诉你们了，我不在俱乐部，我在我住的小区这边。"

"那我给霍湛发个信息，让他去你住的地方接你。"李芳菲一边说着，一边给霍湛发微信。

"我这会正在上课。"

"不能请假吗？"

教练如果有事是可以请假的，但是……时光有些犹豫了，这几天陆彦辰挺怪的，情绪不好，会不会不同意呢？

“‘傲娇学员’这几天，心情不太好……”

“女人有‘大姨妈’心情不好，男人也有‘大姨夫’心情不好吗？”李芳菲调侃着。

时光忍不住扑哧一笑，扭头看了陆彦辰一眼。男人突然抬起头，她猝不及防地撞入了对方的视线中，那是一种带着试探、侵略性的视线……时光赶紧扭开了头，轻咳一声：“那我等下……问问。”

李芳菲叮嘱：“别一本正经地问，你可以用‘撒式’方法问。”

“‘撒式’方法？”时光不解。

“就是撒娇。”李芳菲解释着，然后捏着嗓子，“陆公子，陆哥哥……人家今天有点儿事，你可不可以让人家早点下课呀？”

时光：“……”

她满头黑线，如果她这样问陆彦辰，估计会直接被他丢出去吧。

和李芳菲结束通话后，时光并没有立刻向陆彦辰请假，而是先和他说了一些游泳的理论知识。直到霍湛的信息发来，理论课暂时结束，她才和颜悦色地笑着询问：“我今天有点事，想请个假，现在就走，行吗？”

陆彦辰瞥了她一眼，脸色明显沉了好几分。

瞅他那么难看的表情，时光内心的小人儿立刻跪倒在地，痛苦地朝天空伸出双手，大喊着：完了，陆彦辰生气了，这假请不了了！

不想，结果却完全出乎她意料。

陆彦辰冷冷地说了一声：“嗯。”

那清冽的嗓音，轻飘飘地响起，令时光愣住了，她表情呆滞，不可置信地看着他。

这是同意了？

她立刻笑了：“谢谢，那我们今天的课就到此为止。”

“嗯！”还是干净利落地答应。

时光简直惊讶到不行，她笑呵呵地拿着手机和浴巾去换衣服。

换好衣服出来时，她发现陆彦辰居然在泳池里，她微微惊讶：“你还不回去吗？”

“我再练练。”

“哦！”时光应了一下，拿着包包往外走，心里却突然有些不安。他一个人练……他可是有晕水症的……

准备拉开别墅大门前，她下意识地又瞥了泳池的方向一眼。

陆彦辰还在水里，在练习向前游水。但是他的身体没浮起来，反而还慢慢往水里沉，他挣扎了一下，就没有任何反应了……

天啊，他不会是晕水症发作了吧？

时光慌了，脸色一沉，大声喊道：“陆彦辰！”

她把手里的包包往旁边一丢，立刻冲了过去，纵身扎入水里。

水里的陆彦辰闭着眼睛，俊脸有些苍白，似乎真是溺水了……时光快速游了过去，她的手碰到陆彦辰的时候，陆彦辰突然睁开了眼睛，然后带着时光一起从水里钻了出来。

“你怎么了？没有事吧？”时光紧张得牙齿和舌头好像在打架一样。

“我没事……你不是走了，怎么又回来了？”陆彦辰双眼微眯。

他的反问，让时光微怔：“你刚才……在干吗？”

陆彦辰淡淡地回道：“练习潜水。”

时光：“……”

刚才他不是晕水……她狠狠舒了一口气，捂着胸口从水里爬了上去。

电话又响了，是从她包里传来的。她走过去捡起包拿出手机接通，霍湛的声音便响起：“时光，你怎么还没有出来？”

时光瞅了一眼还在水里的陆彦辰，犹豫了一下说：“霍湛，你先去吧，我暂时走不开。”

她是一个游泳教练……绝对不能放任自己有晕水症的学员一个人在泳池练习。

泳池里，背对着时光的陆彦辰，俊逸的嘴角微微向上勾，露出一抹优雅而又魅惑的浅笑。

时光并没有和霍湛离开，她换下身上的湿衣服，穿回泳衣，再把湿衣服放到烘干机上。

看到她换了衣服，重新回到泳池边，陆彦辰假装诧异地扬了一下眉，看着她的目光，似乎在问她不是请假了？怎么又回来了？

“不去了，我们接着上课吧。”时光说着，又下到泳池里。

“哦，”陆彦辰意外地应了一声。

他第一次发现，在水里也并不是那么难受的事情，反而觉得浑身都舒畅极了。

时光开始感觉到陆彦辰的变化。

明明之前上课他一言不发，要做什么都是默默行动，可是这会儿他特别好说话。

她让他做什么，他会回答“哦”，就算不出声，也会点点头，看向她的目光也变了。虽然依旧平静无波，但不会再冷冽、隐晦不明了。更奇怪的是，之前在水里，他只能浮一会儿，现在可以向前游一会儿了，就一个患有晕水症的学员来说，他的进步程度可以堪称“神速”。

到了后面，时光可以百分百肯定了。

因为陆彦辰居然问她：“你决赛什么时候？”

“什么决赛？‘飞鱼杯’吗？一个星期后。”时光震惊到不行，陆彦辰对她态度的变化，简直是从寒冷的冬天，一瞬间进入到温柔的春天。

“加油。”陆彦辰说了一句后，又转身一头扎进游泳池，池水晃荡。

坐在泳池边的时光惊呆了，她看着陆彦辰，双臂舒展如飞翔一般在水面打出巨大的水花，然后半天才反应过来，陆彦辰这是在鼓励她？

他刚才潜水，不会是把脑子给潜坏了吧？要不要给他叫个医生？

这时，陆彦辰又游了回来，浮出水面，抹了下脸与头发上的水，问：“只能坚持一会儿，怎么样可以再坚持得更久？”

时光还在发蒙，慢半拍地回道：“这个多练习就可以了。”

“嗯。”陆彦辰应道，看了她一眼，目光落在她悬在水面的小腿上。她的腿很细很长很白，裙子贴着身体起伏错落的曲线，清晰可辨。她的胸脯不大，甚至有点小，却耸得高高的，与腰线正好成对比……

他突然发现，自己有点儿不对劲了，明明在水里，却感觉到无比燥热。

他手一撑上了岸，带起一摊池水“哗啦”落地，将自己丢在池边的浴巾拿过来，展开往她头上一扔，然后将她盖个严严实实。

“快到晚上了。”他的语气有些不自然。

时光惊愕地看着他。才四点多，他是怕她冷吗？她回道：“不……”

“裹好！”他皱眉斥道，转身，又下到水里。

又是那个傲娇高冷的陆公子了，这人的坏脾气简直说来就来，明明刚才还是好好的，还鼓励她……

不过他今天还真是奇怪，明明晕水，却一直泡在水里，他不难受了？

时光扫了一眼泳池，陆彦辰游得很欢快，但显然不太会游，水花乱溅。

不得不说，他是一个被上帝眷恋的宠儿，有着举世无双的容颜，还有挺拔的身躯和修长的双腿，以及漂亮的人鱼线……可惜怕水，不会游泳。

姿势对她而言，有点儿怪。

“扑哧”，时光忍不住笑了。

刚好陆彦辰从水里钻出来，眼皮一抬，盯向她，恰巧看到了这一幕。

时光呼吸一窒，笑意僵住，默默移开目光。突然，她感觉有什么东西向着自己而来，是陆彦辰故意泼的水花……她下意识地转身，想要躲开。躲是躲开了，但是动作太大，她没有坐稳，屁股一滑，哐当一下，掉进水里。

她吓了一跳，赶紧划动双手，令自己站起身。钻出水面时，她看到陆彦辰正对着他笑。

时光嗔了他一眼，又转身爬上岸。

陆彦辰也上了岸，拿浴巾擦干身上的水，对她说：“明天再继续。”

这意思是今天的课结束了。

时光点了点头，看了他一眼。

男人的嘴角总是似有若无地微微勾着弧度，可见他此刻心情愉悦。

时光去换衣服，一个多小时，衣服已经烘干了。

她换好衣服，拿手机看了一下，有李芳菲和霍湛发来的短信，正等她去吃饭。

时光一边往外走，一边给李芳菲打电话：“我已经下课了，这就过去。接我？不用了，我打个车过去就好了，很快就到。”挂断电话后，时光看了一眼站在旁边的陆彦辰，指了指门，“那我先走了。”

刚才的对话，陆彦辰当然听得清楚。他扭过头看了一眼时光，表情十分平静淡然，一双眼睛就像古井一样无波无澜。

收回目光时，陆彦辰垂在身侧的手攥成了拳。

陆彦辰心里特别不是滋味儿，仿佛有什么在他心脏处或慢如静水或急如湍流地上下起伏着，让他整个人仿佛被吊在了半空中，有一种往上够不到天，往下碰不到地，只能挠心挠肺等着的无力感。

一下课，就急急忙忙地去找那个男人。

那个男人有什么好，他真恨不得把她狠狠地摇一摇，让她清醒一下，别被人家的花言巧语骗了。

回到家，小乖乖立刻向他奔了过来。他居高临下看着小乖乖，心中的烦躁与怒火，突然慢慢沉淀了下来。

他去了书房，把小白留下的手机拿出来，然后给时光发短信，想了很久才想出一句开场白：“姐姐，你吃饭了吗？”

接到短信的时光，刚到和李芳菲霍湛约定的地点。

李芳菲和霍湛点菜的时候，时光在给“小白”回短信。

“姐姐正准备吃呢，小白吃饭了吗？”

“没有，吃不下。”

“为什么？”

“想小乖乖，特别想，姐姐你去叔叔家拍个小乖乖的视频发给我好不好？”

时光回道：“姐姐不在家，等姐姐回家了再给你拍好不好？”

“小白”的信息又回过来了，有些撒娇的语气：“我现在就想看。”

“可是姐姐在外面，能不能等姐姐回去？”

小白没有再回她信息，不会是生气了吧？他给她发的第一条短信，语气就很不好，还说不想吃饭，似乎很难过。

难不成被他爸爸骂了？

时光有些担忧他，又发了一条信息过去：“小白，姐姐吃完饭，回去就拍给你看，你也先吃饭好不好？”

李芳菲看着她，皱眉："在给谁发信息呢？"

霍湛附和："就是，一来就发个不停。"

时光解释："是一个小朋友。"

"和小朋友有什么好聊的，看看你要吃什么菜。"霍湛说着，要把菜单给时光。

时光摆了摆手："我随便，你们点就好了。"

这时她的手机又响了，"小白"回短信了："不想吃。"

时光问他："为什么不想吃？小孩子一定要吃饭，不然会长不高。"

"我想小乖乖。"

"姐姐会很快回去，把小乖乖拍给你看，你不要生气好不好？"

时光发了这条短信之后，就一直没有再收到"小白"的短信。菜已经上齐了，时光吃得很快，吃完就准备撤。

原本他们计划好了，吃饭后去看电影，结果时光提前走了，李芳菲和霍湛很不开心，一直说她不够义气。

时光很抱歉，但还是先回去了。她给"小白"发了短信，告诉他自己已经回去了，等会儿就能拍到小乖乖了。

她急着拍猫，没有按门铃，直接按了密码进去。一推开门，就看到了站在客厅面无表情的陆彦辰。

他瞥了一眼她："有事？"

语气淡然，听不出情绪。

时光愣了一下，赶紧回道："喂猫呀。"

陆彦辰傲娇地转身，走到旁边的吧台坐下。

时光莫名感觉他在生气，可是生什么气？

不知道，不过她想，应该不会是她惹到他的吧？

时光给小乖乖喂了鱼干之后，拿着手机开始拍视频。小乖乖似乎不喜欢拍视频，见到她拿起手机，一扭屁股，转身用毛茸茸的小屁股对着她，跟刚才陆彦辰的动作一样，傲娇又高冷。

明明以前它不是这样的，怎么在陆彦辰家里待得越久就越像他了？

时光换了一个方向，小乖乖包子脸一甩、屁股一扭，再次用毛茸茸的小屁股对着时光，和陆彦辰那冷艳高贵的模样，简直一模一样。

时光哄了半天，小乖乖都不配合。

抬头却看到旁边的陆彦辰正盯着他，一向清冷的眼睛赫然有些揶揄，嘴角还勾着一抹似笑非笑的弧度，是觉得她被猫逗弄很好玩？

时光收回目光，在心里冷哼一声，准备再喂点火腿给小乖乖。她起身走进厨房，发现陆彦辰也进了厨房，还先她一步打开冰箱，从里面翻出一些食材。时光一时有些莫名其妙地看着他。

陆彦辰对上她的目光，启唇说道："你给我下面吃。"

时光："……"

她只觉得脑子里直冲血，不可思议地看着他。

"快点，我饿。"陆彦辰说着，将食材放到时光手上。

而这会儿他看到时光一副羞耻的表情，眯了眯眼，锐利地看着他。

这是想歪了？

时光这才明白，陆彦辰说的是什么意思，她原本是想拒绝的，可是一想到刚才自己居然……为了缓和尴尬，她拿着食材转身："那我给你下面条，你帮我给小白拍个小乖乖的视频发过去。"

陆彦辰目光灼灼，看了她的后脑勺片刻，然后转身走了出去，拿着自己的手机，去给小乖乖拍视频。

时光想看他吃瘪的样子，悄悄走到门边看了一眼。

不承想，对她傲娇地小乖乖，对面陆彦辰时，居然一动不动，任由陆彦辰拍。

这只忘恩负义的猫，每天都是谁喂它食物的，居然就知道贪图美色，喜欢陆彦辰。

时光把食材放在砧板上，拿起刀，切切切……

食物的香味很快在厨房弥漫开来。陆彦辰又到了厨房，问她："放鸡蛋了吗？"

"放了。"

"葱呢？"

"没放。"

陆彦辰满意地扬了扬眉梢，那么多年过去，她还知道他不喜欢吃葱。

就在此时，门铃响了起来。

大晚上的会是谁？时光下意识地看了陆彦辰一眼，陆彦辰则不悦地皱了皱眉，哪个不知好歹的，在这个时候来打扰他。

他一脸不悦地转身去开门。

时光关掉火，准备把面条夹出来，再端到餐桌上，一个熟悉的女声响了起来："彦辰。"

杨思彤？

她的身体下意识地僵住了。

陆彦辰看着站在门口的人，眼底有一丝不耐烦，问她："这么晚了，什么事？"

杨思彤似是喝了一点酒，对着他痴痴一笑："彦辰，我想你……"然后整个人向陆彦辰扑了过来，想要抱住他，陆彦辰只能后退，躲开她。

虽然躲开了杨思彤的拥抱，可也给了杨思彤空间。杨思彤进了屋，还顺手关上了门。她楚楚可怜地看着陆彦辰，诉说着自己的痴情："你告诉我，我到底哪里不好，我那么喜欢你……"

"闭嘴。"陆彦辰将四周的空气都冻得冰冷，"出去！"

杨思彤没有想到他会那么无情，连话都不让她讲完。她红着眼圈，看着这个她痴恋的男人。

"认识你以前，我从来都没有想过我会那么喜欢一个人。和你订婚以前，我也没有想到有一天我能嫁给你，和你订婚之后，我就想着将来一定要当个好妻子……"说着，她解开了自己连衣裙的扣子……

这动作来得毫无预兆，陆彦辰立刻扭开了头："滚！"

杨思彤解开了两个扣子，便露出了性感的内衣，胸线优美，随即裙子下滑落在地上……她长得不差，身材也好，陆彦辰看了绝对不会没有反应。

陆彦辰的脸色要多难看有多难看，原本的好心情，瞬间消失得无影无踪，这会儿烦到爆炸，感觉比吃了苍蝇还要恶心。

"马上把衣服穿好，不然我会立刻将你丢出去。"清冽如冰的嗓音，带着压抑。

他的目光盯着厨房的方向，虽然隔着一定的距离，但是对话在厨房里的人能听得清楚。或许她不会出来看，也不会知道外面的杨思彤做了什么，可他就是心烦气躁，生怕她会误会。

这么想着，他对杨思彤的不满更甚了。

“彦辰，我爱你，真的很爱你！我知道这样做，你会觉得我下贱，可是我没有办法，我每天梦里都是你。你给我一次机会好不好，就算以后你不和我结婚，只要你要我一次就好。如果你真的还不喜欢我，那我绝对不会再缠着你。”

她轻哄着，想要陆彦辰给她一次机会。

如果陆彦辰真碰了她，她绝对不会当什么事也没发生过，相反，这证实了陆彦辰对她并不是没有感情。男人由性而爱，只要多做几次，陆彦辰一定会爱上她的。

陆彦辰冷笑：“你爱我，我就必须接受？谁规定的？”

杨思彤张开自己的双手：“你看看我，你为什么不敢看我，你是怕会控制不住爱上我吗？”

她用激将法，相信没有一个男人看了她的身体之后，还会无动于衷。

闻言，陆彦辰终于缓慢转头了。

杨思彤的嘴角绽放出喜悦的浅笑，她以为自己终于让陆彦辰心动了。可是在看到他的眼神时，她周身的血液立刻凝固。他的眼神无比寒冷，如千年寒冰。

她在他眼里，仿佛只是个死物。

“马上收拾好自己。”

她的笑容瞬间僵住，遍体生寒，可是很快又都消失不见。男人不是不喜欢女人，他只是在装……

杨思彤想法的转变只在瞬间，完全不需要过渡。

她的语气轻柔，含着诱惑，手放在内衣上面：“我这样不好看吗？是不是看得不清楚，是不是想看得再清楚一些？”

说着，她便想把内衣也脱了。

“杨小姐，你的道德底线是什么？”陆彦辰的视线定格在她的脸上，眼神由寒冷转为漠视，再慢慢转为嫌恶。

杨思彤的笑容终于一点点褪去了。

男人由冰冷、漠视再到嫌恶的过程，让她觉得仿佛自己是这个世界的秽物。一句似笑非笑的讽刺，比最恶毒的谩骂还要伤人。

她的脸色变得苍白无比，羞耻、尴尬和刺痛一起袭来。

她险些被他这句话给说得穿上衣服就逃，然后她的自尊，被她那汹涌到无法控制的爱慕和不甘打败了……她不想走，这是她最后的机会，只要陆彦辰愿意碰她，那么他们一定会在一起。

她含着泪水说：“陆彦辰，我知道你看不起我，我也知道我很贱，可是我控制不住。从我看到你的第一眼起，我就喜欢你……”说着，她直接向前去抱陆彦辰。

陆彦辰的眼神一暗，在她靠向自己的时候，挺拔的身影利落侧转，并伸手拽过了她的手腕。

“砰”的一声，杨思彤被他粗暴地甩了回去，然后狠狠撞在门上，痛得她倒吸一口冷气，半天都没缓过来。

她的举动令陆彦辰彻底失去了耐心，他面无表情的脸上带着一股危险的杀气，一字一句吐出冰冷的字来：“我向来不对女人动粗，所以别逼我，也别再挑战我的底线，更别把你救我的那点筹码全部消耗掉。现在给你两条路，要么马上穿好衣服滚，要么我直接将你丢出去！”

男人的话又毒又狠。

直接将她丢出去？她可是连衣服都没穿。杨思彤全身震惊，一种莫名的恐惧笼罩了她。

她不安地看着他后退，好像靠近她都让他觉得难以忍受，那浑身泛着令人窒息的冷冽，令她仿佛站在高高的悬崖边。

她慢慢地弯腰，把裙子捡起来。垂眸，她看到鞋柜边有一双小白鞋……码数一看就知道是女人穿的。

她震惊得瞪大眼睛，全身制不住地颤抖。

女人？陆彦辰带了女人回家？

这一瞬间，杨思彤炸了。

她的态度由害怕瞬间转为狠戾，指着鞋子质问："这是谁的，你居然带其他的女人回家？"

陆彦辰家里有女人，那么自己刚才那一幕，那个女人是不是也看到了？那个女人在哪儿？

她再也不犹豫，立刻将衣服穿好，同时愤怒地四处寻找。

厨房有香气传来，那个女人在厨房。

她恼羞成怒，气急败坏："那个狐狸精在哪儿？出来，你马上叫她出来，我要看看她到底有多不要脸，居然抢别人的未婚夫！"

以前陆彦辰一个人，她可以认为是陆彦辰不接受她，但终有一天会接受她，会发现她的好，她有的是时间。现在陆彦辰带其他女人回家了，那是不是就代表，她和陆彦辰再也没有任何机会了？

杨思彤慌了，彻底慌了，胸腔里的酸涩和疼痛几乎要将她淹没。

"闭嘴！"陆彦辰打断她的话。他眼睛里似含着冰一般，目光所及之处，皆是一片寒冷。而他的声音，比他的眼神还要再冷百倍，"我不是你的未婚夫，我已经去你家把我们的口头婚约取消了。"

"不！那不算……没有人答应！"杨思彤大叫一声，将心酸狠狠压下，眼泪充溢了眼眶，"你……那个女人在里面，你让她出来，我倒要看看我和这个女人比起来，哪一点不如她？"

"三！"陆彦辰的耐心完全消耗，下了最后通牒。

"你为什么就是看不到我，非要和乱七八糟的女人混在一起？"

杨思彤突然间觉得自己很悲哀。她借着一点酒意，抛开所有的矜持，脱光衣服站在他的面前，想着或许这样他会控制不住自己……可是呢？他连看都不看她一眼，哪怕强迫他看，也只有厌恶和嫌弃。

"二！"

"为什么……"她那么爱他，他为什么就不能用一分真心待她，为什么连一个眼神都不给她！

"一！"

看到陆彦辰真要动手，杨思彤哭着喊了一声："我走，我马上就走……"

终究不想把事情闹到不可收拾的地步。

她走，可并不代表她就离开了，她要在外面等着，要好好看看，到底是哪个不要脸的贱女人，敢和她杨思彤抢男人。

外面发生的一切，时光虽然没有看到，但是却能猜到。

陆彦辰话里有“穿好衣服”这四个字，所以杨思彤今天晚上来，是想脱衣服诱惑陆彦辰？

居然还扯上她……她是在陆彦辰家，可这能代表什么？

这都是什么事啊，可以说她躺着也中枪，真是觉得好气又好笑。刚才的关门声响起，杨思彤应该是走了，她把面条夹到碗里，然后端了出去。

果然杨思彤已经离开了，陆彦辰坐在沙发上，脸色阴沉沉的，脸上的神情冷漠，看似平静又仿佛随时可能激起汹涌澎湃。

看到她把面条端出来，他起身大步而来，在餐桌边坐下。

“不好意思，我来得不是时候，把你的好事给搅了，我现在就回去，你可以打个电话再把人叫回来。”时光忍不住说了一句，语气里有她自己都不知道的酸。

陆彦辰看了她一眼，然后又面无表情地盯着面条：“你放醋了？”

时光垂眸，也看了一眼面条，摇了摇头：“没有。”

“可是我怎么闻到酸味了？”陆彦辰突然间感觉心情又好了，其实偶尔被杨思彤烦，也不全然是坏事。

“酸味，有吗？”时光说道，往前凑了凑，难道坏了？这时，她发现陆彦辰眼中有一丝揶揄。

时光突然就明白他的意思，他是在说她吃醋了，因为杨思彤？

她无语，忍不住瞪了他一眼：“没见过你这么自恋的。”

陆彦辰没有再回话，只是埋头吃面条。吃了一口之后，他再点评：“真的有点酸，不信你试试。”

他把筷子递过去。

时光嫌弃道：“谁要吃你吃过的东西。”

陆彦辰淡淡地回道：“说得你好像没吃过一样。”

时光一下子就被噎住了。以前确实吃过，还经常和他同吃一份。

她不想待了，转身想离开，陆彦辰的声音在后面轻飘飘地响起：“如果我没猜错，她一定还在外面。”

“她”自然是指杨思彤。

时光不是怕杨思彤，而是不想惹麻烦，便立刻顿住了步子。

“明天给我做红烧肉和水煮鱼。”陆彦辰吃了一口面，擦了擦嘴说。

时光惊愣了。

今天给他做面条已经破例了，明天还想让她给他做菜，他还当他们是以前？以前她不想他总是点外卖，心疼他，会做各式各样他喜欢吃的菜。

“我不是你的保姆！”她毫不犹豫拒绝了。

“哦，那你走吧，顺便把门给我带上。”陆彦辰也不强迫他，一副很好说话的样子。

时光狠狠瞪着他，知道她怕麻烦，所以他才会这样说。片刻后，吃面条的陆彦辰抬头看着她：“我知道我长得很帅，但你也不用一直盯着我看。”

时光第一次感觉到自己“笨嘴笨舌”。

她挪开视线，心道这人真是太不要脸了，她哪里是因为他长得帅才看他的，她明明只是想瞪他，单纯地瞪他。

“那是你的未婚妻。”你倒是想个办法呀。

“一直强调这个干什么？”陆彦辰停下筷子，蹙着眉头，一脸烦躁。

“杨思彤要在外面站多久？我总是要回家的。”

她其实不需要躲藏，又没做什么坏事，也没和陆彦辰在一起，是不是他的未婚妻，应该都和她没有关系。相反的，杨思彤看到她才要害怕。可是现在，她却困在这儿，真的万分憋屈。

陆彦辰没再出声，默默吃着面条，一直到他吃完经过她身边时说：“把碗洗了。”

“不洗。”

“乖。”

时光：“……”

这语气真的特别像以前两人谈恋爱时他哄她。

她这会儿生着气：“不洗，你的碗臭了也不关我的事。”

陆彦辰在沙发上坐下，懒洋洋地仰着头，扬眉问她：“那就准备一直这么站着？”他问这话的时候，语气微哂，像是在调侃。

时光彻底不耐烦了：“我这是招谁惹谁了？”

陆彦辰见此，无奈地说：“快去，洗了碗，你就可以回家了。”

时光目光一亮，随即又暗沉下去，狐疑地看着他：“真的？”

陆彦辰一副悠闲的样子，反问了一句：“你想听真话，还是假话？”

时光无语，从牙缝里挤出一句：“你这人怎么这样，说话不算数。”

陆彦辰哭笑不得，摊手，很无辜地说：“我怎么就说话不算数了，你连碗都还没洗。”

时光：“……”

第十一章

她是我的女朋友

杨思彤憋着气，很难受。她站在陆彦辰家门外，一直死死盯着门，越想越难过，越想越愤怒，眼神也越来越怨毒。

一分钟两分钟……二十分钟就这么过去了。她实在是难受，感觉自己快要崩溃了，想要直接打电话，又怕隔音设备太差，于是坐电梯下了一楼，在一楼大厅给她妈妈打了个电话，直接把妈妈给叫了过来。

杨思彤一看到杨夫人，就扑到她的怀里哭了起来。

杨夫人安慰着女儿："好了，不要哭了，我这就陪你上去。"

刚才杨思彤是恼羞成怒，又喝了点酒，才会一时失了分寸，现在想想，当时真是太激动了，她有些怯场："妈，如果真看到那个女的，陆彦辰会不会一气之下真的就不和我结婚了？"

杨夫人微微一笑："你呀，教过你多少次了，行事还是这么不稳妥。"

杨思彤眼巴巴地望着杨夫人："妈，除了他，我谁都不嫁。"

"陆老爷子已经不在了，订婚是他提出来的。陆家是什么身份，他们要是说话不算话，对他们影响很大。还是那一句话，只要我们不同意解除婚约，他就必须得娶你。"杨夫人蹙眉，沉了脸说。

"可是……妈，陆彦辰他不一样，他不是那种爱玩的男人，他会找女人肯定是因为……我真的很害怕。"

"你要记住，你们有婚约，他家里有女人，也是他的错，你怕什么。"

两人说着，已经上了十二楼。

门铃再次响起，陆彦辰很快把门打开了，一副淡漠的模样，冷冷地盯着她们。看到陆彦辰，杨夫人歉然一笑："彦辰，抱歉呀，这么晚了，还来打扰你。"

陆彦辰眯了眯眼睛，眼底滑过一抹嘲讽。

杨思彤站在门口特别紧张，她害怕陆彦辰把她们母女俩堵在门外，不让他们进屋。毕竟她走了，然后又跟着她妈妈一起来，这一看就知道怎么回事。

然而事情并不如她所预想，陆彦辰错开了身。

杨思彤心里满是欣喜，第一时间就想翻遍陆彦辰的家，把那个女人找出来。她一直在楼下，没有看到任何女人离开过，而且门口，女人的小白鞋也还在。

不想女儿太冲动，杨夫人警告一般瞥了杨思彤一眼。

杨思彤只好跟着她妈妈一起在沙发上落座。

陆彦辰在单人沙发上坐下，闲情逸致地跷着二郎腿："有什么事吗？"

杨夫人淡淡一笑："今天来叨扰你，其实也没什么事情，只是想来看看你……我知道你不太满意思彤，可是彦辰，你们已经订了婚，就算她做得不好，其实也是想和你培养一下感情。"

杨思彤配合地低下头去，神色赧然，又带着点娇羞看着陆彦辰。

陆彦辰嗤笑一声："这样培养感情，还真是不敢恭维。"

杨思彤并没有把自己脱衣服那一段告诉她妈妈，所以杨夫人只以为陆彦辰提的是关于那个女人的事，杨思彤说话难听了。

她淡淡一笑："思彤有时候，是幼稚了一些……"

“幼稚？”陆彦辰打断了她的话，嘲讽一笑，“一个女孩喝醉了酒，敲开了一个男人的家，随意脱光衣服，说一些莫名其妙的话，没有达到目的就恼羞成怒、胡说八道，这就是杨夫人所说的幼稚？”

脱衣服……

陆彦辰的话点到为止，但杨夫人什么都明白了，瞬间觉得自己的脸都快挂不住了。

她的女儿怎么能做这么蠢的事，居然还没告诉她。都和她说了多少次了，要缠，但是要缠得有技术，别让人觉得你太下贱。

她并不看杨思彤，只是叹息一声，婉言诉说：“有时候关心则乱，爱得太深，脑子一热，就会做一些失去方寸的事，说来说去也是因为太爱你……这样的事，我也不好说什么，这些年她是第一次对我哭，我才会豁出脸面，想要带她过来和你聊聊。”

说完低下头去，一副惭愧地样子，好像杨思彤没错，都是她这个做妈的没教好。

杨思彤立刻附和，泪眼汪汪地说：“对不起，彦辰，我真的是因为太爱你了，我知道错了，我来就是道歉的，你就原谅我一次好不好？”

“道歉？”陆彦辰面无表情，优哉游哉的靠在沙发上，却将讽刺表现得淋漓尽致。他说：“你确定你们过来，不是想在我屋里找一圈？”

杨思彤的身体一僵。

杨夫人神色诚挚，开口说：“彦辰，你别这么说，刚才思彤那么过激，说到底也是因为你们有婚约。就算你以前说过退婚，可那只是你单方面的。思彤也没有别的意思，只是想你给她一个机会，你看能不能叫那个女孩出来和思彤公平竞争。如果最后你真的选择那个女孩，我也不会强求。”

陆彦辰慢慢品着她的话：“如果我选择了那个女孩，你们不会强求？”

杨夫人笑着点头。

她只是嘴上说说，怎么可能不强求。杨家攀上了陆家，是绝对不会允许陆家再甩掉他们杨家的。

一听到可能和陆彦辰再也没有关系了，杨思彤慌了：“不行！妈，我不同意！”

陆彦辰肯定会选择那个女人，当然不能定这样的约定。

杨夫人真的很想狠狠骂她这个女儿一顿，怎么教了那么多，还是那么冲动。这是她说的话，可真正要嫁给陆彦辰的人是杨思彤，她到时说不算不就行了。

陆彦辰揉了揉太阳穴，一副疲倦的样子，说："既然这事已经到了这个地步，不给你们在我屋子里搜一圈，你们是不会罢休的，既然如此，那就随便搜……"

杨思彤心下一喜，她第一时间就想冲到陆彦辰的卧室，如果没有猜错，那个女人一定藏在那。

但是杨夫人却听出了不对劲，陆彦辰可是出了名的有城府、有手段，这会儿不可能这么好说话。

果不其然，陆彦辰的声音又响了起来："可是我家不是那么好搜的，不是什么人都可以随便乱搜，想要搜就需要付出代价。"

杨夫人的一颗心悬着："代价？"

陆彦辰冷道："如果在我家找到你女儿所说的女人，那么当年我去你们家退婚的事不算数；如果没有找到你女儿嘴里所说的女人，那么杨家承认婚约无效。"

杨思彤的面色惨白如雪，气得身体簌簌发抖。

陆彦辰居然会提出这样的条件，这是认定了她不想退婚，害怕退婚，一点儿都玩不起，才会如此吓唬她，为的就是不想那个女人被找出来。他这是想要保护那个女人，为了那个女人，连当年他退婚的事都可以当成不算数，他是多爱那个女人？

愤怒，气结，惶恐，不安……也对那个没有见过面的女人，嫉妒得快要发疯了。

那个女人有什么好，怎么可以让他做到这地步。

她不知道应该怎么办，于是看向妈妈，想让她给自己出个主意。

杨夫人说不出话，她也和杨思彤一样的想法，陆彦辰是为了保护那个女人，才敢说这样的话，为的是阻止她们见到那个女孩。但是她又害怕万一，万一陆彦辰家里真的没有女人呢？

“彦辰，你这是何苦呢？说起来你们可是未婚夫妻。”杨夫人回过神来，“不论发生怎样的事，你们以后是要结婚的，闹大了，对你们以后的相处也不好。”没必要对着干，会得不偿失。

陆彦辰的目光越来越冷，他轻轻扯动嘴角：“我算是明白杨小姐装傻的本事是跟谁的学来的了。”

杨夫人的脸色别提多难看了。

“时间也不早了，彦辰，我们就先回去了。”

只不过是一个女人，他要玩就玩吧，反正最后结婚的还是思彤。再说，躲得了初一，她躲不过十五。杨夫人说着，拉着杨思彤站起身来。

“就想事情这么轻描淡写地过去……”陆彦辰冷淡勾唇，“两位当我家是什么地方了？警察要搜还得出示搜查证，我允许你们搜，跟你们定下约定，那就不能半途而废！”

陆彦辰强势得不容置喙。

“什么？”杨思彤看着陆彦辰，脸上尽是不可思议。

她们要走了，不就是合了他的心意。已经放过那个女人，他为什么还要不依不饶？

杨夫人的身形僵了僵，语气干涩：“彦辰，你又何必这样，今天我们来主要是为了让思彤给你道歉，那个女孩是想着能见就见，不能见就算了，你何必弄成这样。不管如何，当年思彤可是救了你的命。”

她经常告诉杨思彤，不要老和陆彦辰提当年的救命之恩。因为救命之恩这种东西，说得多了就会越来越没有效果，可是这会儿，她却不得不说。

陆彦辰显然是给思彤下了套，为的就是让她不得不同意解除婚约。她叹息一声，以退为进：“彦辰，说来说去都是我不好，我没有教好女儿，让她因为爱你而做了糊涂事。你今天这气要是过不去，非要找个人发，那就发在我身上吧！”

陆彦辰讽刺地勾唇，漠然道：“发在你身上？她走了，又把你拉过来，不就是因为你是长辈，我不会拿你怎么样吗？”陆彦辰也站了起来，居高临下，“约定已经开始，搜不搜在你们，结果不会变，没有人便是婚约无效！她可以去找一个相爱的男人，结婚时，陆家会送上丰厚的彩礼，杨家也绝不会因为退婚而受到任何影响。”

杨夫人淡淡一笑，柔和而又无奈地看着陆彦辰：“你们还真像是赌气的小孩子。”

陆彦辰嘲讽一笑，继续自己未说完的话：“我已经去过你们家解除婚约，原本今天不需要你们承认，婚约本来就已经不存在了！但我真的不想再听到有人不停地在我耳边强调我有个未婚妻。从今天开始，请教好你的女儿，别再打着我未婚妻的旗号！”

以前无所谓，反正对他而言，婚约就是无效的，但时光那几句“未婚妻”太刺耳了。

他态度很强硬，是打定主意不留半分转圜的余地。

杨思彤气死了，眼眶发红，真的很想大哭……

杨夫人倒不恼，愈发气定神闲，叹息一声说：“婚约这事，可不是你说了算，得你爸说了算。”

没有必要急，这婚他们家不同意，就绝对毁不了。

陆彦辰走到旁边柜子处，拿出一个 DV：“这么精彩的一幕，如果传到网上，陆家和杨家的关系恶化，你们杨家的股票会跌到什么程度呢？”

他浅笑如冰。

杨夫人惊恐，他居然还留了这么一招。

不过是有人爱慕他，想要嫁给他，他至于做到这种地步吗？要不是因为他姓陆，杨家还看不上他！

这个视频是真的麻烦，特别是在这个时候。最近杨氏投资了几个大项目，如果处理不好，杨氏会元气大伤。陆彦辰是看准了这一点，才会来这么一招，太阴狠了！

杨思彤也怔住了，死死地咬住嘴唇，阻止眼中的泪掉落。她的心绪很快从绝望转为怨恨，恨那个被陆彦辰保护的女人，恨不得将她立刻揪出来狠狠打一顿，以后再也不敢觊觎她杨思彤的男人。

她将心中的疑虑、不安、担忧……全部抛到了九霄云外。

“我要看一下那个女人到底是朵什么花，值得你这样……”她大喊一声冲上楼，但是被陆彦辰拦住了，“记住，如果没有搜到，不遵守约定，这个视频会传到网上。”

杨思彤没有片刻犹豫，非常冲动地答应了：“好！”

“思彤！”杨夫人大惊，想阻止都阻止不了。

杨思彤始终相信，那个女人就在陆彦辰的屋里，刚才就在厨房，在给陆彦辰做饭，不会有错的，陆彦辰现在所做的一切，都只不过是掩饰罢了。

她第一时间跑到楼上的主卧，再是次卧、厨房、杂物房、洗手间……她把陆彦辰家翻找了个遍，连个人影都没见着。

全身的血液好像被瞬间抽离，她一张脸变得惨白如雪，摇头，难以置信，嘴唇不住地抖颤，一直嘀咕着：“不可能，不可能……”连自己怎么从陆彦辰家里出来的都不知道。

突然间，她似乎想到了什么，大喊道：“柜子，我没有翻柜子，那个贱女人一定被陆彦辰藏在柜子里。”

杨夫人深深地吸了一口气，“够了！”

杨思彤的眼中含着泪水，胸口剧烈起伏着，语气愤懑：“妈，我们再上去搜一遍，一定可以搜到那个贱女人！我一定要看看，她是个什么样的下贱货色……”

一直压抑着的杨夫人，突然抬起手来，狠狠地给了她一巴掌。

“你就想到你自己，你知道杨氏现在是什么情况吗？刚才那个视频要是传出去，你知道对杨氏损失多大吗？”

“我以前总算是救过他的命，他不可能那么绝情的。”

杨夫人发出一声嘲弄的笑声：“当年你救他到底是怎么回事，你比任何人都清楚！所以我才会对你说，不要总把救命的事拿出来说。如果让他知道当年的事情，你就是个跳梁小丑，陆家绝对不会放过你，整个杨家也会陪着你下地狱！”

时光站在自家窗边，看着离开的杨家母女，脑子里回想了一下她洗了碗之后，陆彦辰便让她回去了，只是奇怪的是不许她换鞋，还让她走楼梯。

不知道在搞什么……

也幸好她住在十一楼，不然还真会惹一身骚……

已经两次了，险些被杨思彤看到而怀疑什么，以后她必须要注意，除了上课真不要再和陆彦辰有交集才行。

手机响了起来，时光拿起一看，是陆彦辰的妈妈沈灵双打来的。

时光接通电话，电话里传来的不是沈灵双的声音，而是小白的声音，后天是小白的生日，小白邀请她去参加生日宴会。

如果只是小白的生日宴会，时光倒觉得没有什么，问题是小白跟沈灵双同一天过生日，时光不想去，但是小白一直在电话里强调她一定要去，时光没有办法拒绝。

次日，时光和霍湛约了去商场，让他帮忙选一些男孩子会喜欢的玩具。除给小白买了礼物之外，时光还给沈灵双买了一条碎花丝巾。

买完礼物之后，霍湛指着右侧的一个旗舰店说道："走，给你买一条裙子去，参加人家的生日宴会，别穿得太寒碜了。"

时光瞧了一眼，这是一家经营礼服的店。礼服一般都很贵，最便宜的也得一两千。她只是参加一个生日宴会，没必要专门买条平时不能穿的裙子，真的很浪费。但是霍湛硬要拉着她进去，导购员也热情地迎了上来："先生小姐，下午好，请问需要什么样的款式？"

时光刚要摆手说不要，霍湛已经笑着说："要一条适合她穿的裙子。"

导购员看了一眼时光，微笑说："这位小姐这么漂亮，身材又好，这里所有的裙子都适合她，你想要长款，可以试下这条，短的推荐这个款式。"

时光还想拒绝，但是霍湛一边抢过她的包，一边从导购员手上接过短款裙："要短的，快去试一下吧。"

不一会儿，时光试好了出来。白色的抹胸裙，胸前是褶皱设计，中间是束胸设计，穿在她身上，清纯又不失妩媚。

导购员们纷纷惊叹地睁大了眼，就连一向嘲讽她不是女人的霍湛都惊艳了一下。

他拍掌："漂亮，这才像个女人。"

时光看着镜中的自己，有些不太习惯。

她从来没有穿过礼服，也从来没想过自己穿礼服的样子，不过还真是挺美的，她的皮肤本来就白，所以能压得住这一袭白裙。

裙子虽然是短款，但是看上去简洁大方，就是价格有点儿贵……还是算了吧，她随便穿条裙子过去就好了。

电话铃声突然响了起来，是时光的手机，霍湛直接从她的包里拿出手机接通："喂，哪位？"

对面的人没出声。

"你怎么接我电话呀……"时光迈步走了过来，还顺便问了一句，"谁呀？"

霍湛将手机轻轻拿开，看着上面的来电名字，念出声："陆彦辰……"

闻言，时光心跳漏了一个节拍。她立刻加快了步子，走过去从霍湛手上拿过手机，咬了咬唇才开口："喂……"

接通电话，陆彦辰听到对面的男声，整颗心如坠冰窖。他几乎都不用想，就能知道她现在和谁在一起。

他扯了扯扣得一丝不苟的领口，白色的衬衣被扯掉了两粒扣子。他紧紧闭着眼睛，死死地攥着拳头，才压住了直蹿上来的心火，才忍住没有将手机狠狠砸在地上。

电话那头传来她的声音，小心翼翼地，似乎还有些心虚。

小心翼翼什么？心虚什么？只有她自己知道……因为宴会迟到了？还是要请假，又或者觉得自己有愧？

他在心里冷哼一声，冷漠地说道："今天有事，你不用来了！"说完，就直接将电话挂断了！

他手里提着的塑胶袋，直接被他顺手丢进了旁边的垃圾筒，那里面正是昨天他说让她做的菜。

虽是夏天，但是今天的夜黑沉沉的，没有一点儿星光，仿佛无边的浓墨涂抹在天际，沉甸甸地压了下来。

已经有些晚了，小区里面很安静，只有被风吹得沙沙作响的树叶声。

陆彦辰坐在车里，靠在椅背上，指尖夹着一支烟。点点火光，将隐没在黑暗里的他映照得妖孽魅惑。他没有抽，只是看着烟雾袅袅，陷入了沉思，青色烟雾衬得他整个人冷清寂寥。

他其实并不会抽烟，只是被自己的各种思绪折磨得几近疯狂，他会点一支烟看着，但是并不抽，因为他始终记得她曾说过抽烟对身体不好，你一定不可以抽烟。可是今天，他不知道为什么就是想抽一支。

第一口下去，还没吐出一口烟，他便咳了起来，胸腔又闷又痛，呛得心肝肺都要出来一样。很难受，但没有刚才难受。

一辆黑色的轿车，慢慢驰入小区楼下，然后靠边停了下来，一男一女一下了车。

陆彦辰浑身猛烈地冒着寒气，他将手里的那根烟反复摆弄着。他的手指修长灵活，烟在几根手指间穿梭，被他玩弄于股掌间。

他目光凉薄地看着远处对着站立的两人。

从霍湛车上下来，时光抬了抬手里的袋子："谢谢你的裙子，你放心，等我'飞鱼杯'拿了奖金，第一时间就补一份礼物给你。"

当时她不想要，虽然她很喜欢这条裙子，可是它的价格真是有点贵。但是霍湛一定要送给她。

霍湛也不过是小康家庭，搞得这么破费，她也只好许诺，到时候再给他补份礼物了。

霍湛将双手放到她肩头，郑重地说："让你打扮得漂亮点是希望你赶紧找个男朋友，到时候我们分手了，我可以说是你移情别恋，我为情所伤，这样我妈就不会再逼我了。"

看他一副勾画未来美景的样子，时光打断他，说："你还是和我正常分手吧，不然阿姨会把我撕成两半。"

"是你移情别恋，你可以放心，我妈绝对不会为难你，只会认为我做得不够好。如果是我移情别恋，她才会真的要撕了我。"

"你得了，身在福中不知福。"

"好了，不和你唠叨了，我走了。"

"路上小心点。"

……

车内，陆彦辰目光深沉。看着车外谈笑风生的两人，他整个人仿佛浸了一层寒雾，一张俊脸仿佛冰雪铸就，轻轻一触就能遍体生寒。与之形成对比的是，他那双深邃的眼眸中，是烈烈燃烧的冲天火光。

他用力地握着方向盘，克制着自己想要下车的冲动，僵硬着身体，任由她进了公寓，任由那个男人的车子驶走，一直到没了踪影。

周围又恢复了安静，他闭了闭眼睛，眉宇间有他自己都不知道的淡淡的伤感。

时光回到公寓，刚刚准备洗澡，门铃便响了起来。她赶紧把脱了一半的衣服，又重新穿好，再去开门。不出她所想，陆彦辰站在外面，面目阴暗，她轻轻问了一声：“有事吗？”

时光昨天答应他今天给他做红烧肉和水煮鱼，还有小乖乖，今天也没有上去喂食，晚上和霍湛、李芳菲玩得太晚了。

“是让我上去喂小乖乖？”

这么晚了，他应该是吃了吧，那肯定不会是让她做菜，除了喂小乖乖似乎也没有别的了。

“稍等一下，我……”她的话还没说完，陆彦辰突然就将手里拿着的一个东西抬了起来，悬在半空中等她来接。

时光愣了一下，下意识地伸手，接过后，才看清是一张请柬，小白和沈灵双生日会的邀请函。

只是给个请柬，他脸色为什么那么难看？据她对陆彦辰的了解，此刻他是很生气的。为什么生气，是因为昨天答应了给他做红烧肉和水煮鱼，然而今天失信了？今天不做，明天可以给他做。还是他不想她去小白和沈灵双的生日会？

“昨天……小白打电话让我去，其实我并不是很有空……”她其实也不想去的，如果陆彦辰不想她去，她就直接说没空不去好了。

陆彦辰蹙了蹙眉，喉结动了动，像是胸膛里某种起伏不定的愤怒，被狠狠压抑了一样。不待时光把话说完，他便转身离开了。

时光躺在床上，两条又白又直的大长腿，对着天花板做空中自行车的动作，脑子里是刚才陆彦辰的模样。

她心里有不痛快的凝滞感。

又不是她非要去的，干吗摆脸色给她看，她还不想去呢。她没什么高攀之心，也不想和他们那个圈子里的人有任何交集。总之越想越不爽，最后她打定主意了，这宴会她不去了。可是宴会这天，才到中午时分，小白就打电话过来催她了。

时光支支吾吾了半天，然后才说自己没有空。

小白一听就不依了，又撒娇，又耍赖："姐姐，咱们昨天都说好了。"

"姐姐，快点来。"

"不嘛，姐姐不来我就不过生日了！"

小家伙稚嫩的声音不停地从电话的那头传来，还时不时吸了吸鼻子，像是要忍不住哭出来一样。

时光知道他在糊弄自己，可却再也没有办法拒绝了。

宴会的地点在一家别庄酒楼，会员制的高级酒楼，占地面积颇广，陈设富丽堂皇，很多有钱人的宴会，大多在这儿包场举办。

时光到的时候，门前已是宾客盈门，人声鼎沸。不是说只是小宴会，没有多少人吗？都把别庄酒店包起来了，这还叫小宴会？

时光莫名有些紧张，她都有点儿不想进去，因为她可以想到，自己进去后会遇到什么人。

转了身，却又没有迈步，逃避终究不是办法，再说她最不想见到的人都已经见到了。于是她又回身，挺胸迈步，给了请柬进了场。

她一进去，就接受了很多人意味不明的打量。不用猜都能知道，这些人肯定在想她是谁，毕竟能来陆家宴会的，应该不会太简单。

她没有看到小白，也没有看到沈灵双和陆彦辰，便挑了一个较偏的位置坐了下来休息，看着宴会上其他人觥筹交错地应酬。

虽然是第一次接触这样光鲜亮丽的上流社会，她看着谨小慎微，不随意走动，但她并不怵，已经不着痕迹地将衣香鬓影的会场扫了个遍。

这些人言笑晏晏，看起来和蔼可亲，但是又有多少的口蜜腹剑、钩心斗角呢？

正到处瞧着，时光突然间捕捉到陆彦辰的眼神正莫测地盯着她。时光身体一僵，所有的动作都停止了。陆彦辰的神色又冷又凶，好像就是一个严厉家长，很不满意考试后结果的样子。

给请柬的时候就一脸不高兴，明显就是不想她来。结果她还是来了，他不会气得将她丢出去吧？看着他一步步向自己走来，她有点儿慌了，在想要不要在他到来之前，赶紧起身逃了。

就在此时，一道清脆稚嫩的男声响了起来：“姐姐。”

紧接着，穿着一身小西装的小白向她奔了过来，直接扑到她怀里。

时光像看到救兵一样，立刻笑了：“小白，生日快乐。”

陆彦辰顿住了步子，眼眸敛着神色，瞧不出喜怒。

一个高大的男人从他身边走了过来，拍了拍他的肩膀。他扭头，然后喊了一声：“大哥。”

“爸在楼上的休息室等你。”

陆彦辰扭头看了时光一眼，小白这会儿正在向她撒娇，便点了点头，直接转身走了。大步离开的时候，他给陆言执留了一句话：“看着她。”

开始，陆言执没有在意，后面语气惊异道：“什么？看着谁？”

他想到儿子天天念叨的姐姐，还说小叔叔在追求姐姐，他当然不以为然，总感觉他那又冷又傲的弟弟是永远都学不会怜香惜玉的，并且认定他当年被女朋友甩，肯定是因为性格太臭了。

现在看来是真的，嘴里说“看着她”，其实就是照顾她。

别扭！

小白整个小身子扑到时光的怀里撒娇，接过时光的礼物的时候又亲了时光一口。

“时小姐，你来就好了，还买什么礼物。”不知何时沈灵双走了过来，在时光旁边坐下。

看到沈灵双，时光将自己给她买的礼物递过去：“阿姨，生日快乐。”

“我也有？”沈灵双惊讶地接着，“你真是有心了，过来就好了，还买什么礼物，谢谢，太谢谢了。”

她握住时光的手，满心喜悦，可聊了没两句，又被人给叫走了。

沈灵双走了后，小白拉着时光的手给她介绍自己的爸爸，也就是陆彦辰的大哥。

远处的杨思彤看着与陆言执交谈的时光，忍不住在心里冷嘲热讽。这个时光对着她的时候一副清高、不识人间烟火的样子，这会儿面对陆言执却是谄媚逢迎，简直恨不得立刻爬到陆言执床上，居然还好意思表示她对陆言执没兴趣。

哼！陆言执和她说了那么多话，而那个小白又喜欢她，看来她嫁到陆家是妥妥的了。杨思彤忍不住嫉妒了，为什么她一个杨家大小姐嫁给陆彦辰就那么困难，而她一个游泳教练则可以轻松地嫁给陆家的老大陆言执。

陆言执把小白带走，去和其他客人打招呼去了。杨思彤立刻向前，笑着和时光打招呼："时光。"

时光："……"

两人上一次说话，明明闹得不愉快，她居然能当什么事也没发生过，像个老朋友一样跟她打招呼，还真是……不知道用什么词来形容了。

"看来小白真的很喜欢你。小白从小到大都特别敏感，对于很有可能会成为他后妈的女人，可从来没有半点儿好感，大概是害怕自己以后会被后妈虐待，真是个可怜的孩子。"

她这话说得好像很了解小白一样，一副疼爱小白的语气。

时光勾唇，忍不住嘲弄一笑。之前，她还根本不认识小白，可真会自以为是拉关系……

"小白如此喜欢你……"

"失陪了。"时光不想和她多聊，也不乐意跟她坐在一起，直接打断了她的话。她说着便站了起来，准备迈步离开。

杨思彤垂下眼睛，阴郁地咬了咬唇。不知好歹！行，既然给脸不要脸，那就让你彻底没脸！

一个女人走了过来挽着杨思彤，亲亲热热，好像不知道刚才发生了什么事，嗲嗲的声音，开口喊了一句："思彤？终于看到你了。"

杨思彤的不悦立刻消失不见了，笑着说："苏雅……你来了。"

这是她的好朋友，也是她未来的嫂子，虽然苏家比不上陆家，但也算是有权有势。走在不远处的时光听到这个，身体下意识地僵了僵，垂在身侧的手，也狠狠攥紧了。

她下意识地回头看了苏雅一眼，而苏雅也刚好看向时光。目光对视时，苏雅的笑容僵了僵，这个游泳教练的眼睛，好像来自地狱，阴冷冰寒，还带着恨意，她微微皱眉，想看清楚时，已经被杨思彤拉走了。

时光闭了闭眼睛，平复自己突然躁动的情绪，苏雅居然也来了。

“你好，我是王彩纯。”

一个清凉的声音在耳边响起，打断了时光所有的情绪。

时光转身，微微一笑：“你好，我是时光。”

王彩纯是一个性格大大咧咧的女孩，非常的自来熟，和时光打过招呼后就热络地聊了起来。

时光开始有些不习惯，但她能感觉到王彩纯是真心想与她交朋友，而且王彩纯性格开朗，可爱，不知不觉间时光便喜欢上这个热情的女孩。

两人交换了电话、微信，还一起拍了合照。

王彩纯是一个颇有“中二”气息的网络红人，她将自己和时光的照片发到微博上，立刻便有网友认出了时光。

网上都知道王彩纯富二代的身份，时光与她圈子完全不一样，网友纷纷在猜测时光是什么身份。

庄园酒楼分三个厅，宾客招待两个小厅，宴会是中间的大厅，可容下百桌寿宴，今天陆家请的客人不多，只摆了二十桌。

宴席就要开始了，这会儿大家纷纷移步到正厅。

时光原本是要与王彩纯一块进去的，不想却看到了霍湛。她惊讶了，便让王彩纯先进去，王彩纯离开时说给她占位，等会儿找她坐一桌。

看到时光，霍湛愣了好一会儿，惊问：“你怎么在这儿？”

时光笑得很温和，挑挑眉：“这话应该我问你，你怎么在这儿？”

“我替我妈来的，她有个学术研究会，来不了。”霍湛解释着，“你不是说你参加的是小孩子的生日宴会，这明明是大人的生日酒席。”

“那小孩和他奶奶一块过生日。”

“原来如此，早知道是一个，我们就一块儿了。”霍湛大笑了起来，“等会儿吃完了，咱们一块儿走吧？”

“行呀，刚好可以省了打车费。”

两人一边聊着，一边往正厅走去。侧边的通道，站着一男一女，两个人正在说话。时光和霍湛必须从他们那经过，可他们也不知道在说什么，似乎像是要吵起来一样，只是让了一点点路。

两人对视一眼，打算侧着身体过去。

看到时光的时候，那女人突然退了一步，整个人撞在时光身上。本来就不太习惯穿高跟鞋的时光，没有站稳，踉跄几步撞倒了旁边的青花瓷。

只听到“啪”的一声响，花瓶倒在地上，碎了……

服务员赶紧冲了过去，看到花瓶碎了，吓得脸色惨白：“天啦，花瓶怎么打碎了？”

经理也过来了，为难地说：“各位先生小姐，我们相信这只是意外，可我们是打工的，这么贵的花瓶碎了，我们也没法向老板交代。”

今天来的人都不简单，经理想他们也不会在乎这点钱，可对他们而言这个花瓶很贵，他们赔不起。

时光知道自己打碎了东西，肯定要赔偿。可就算要赔，也不应该是她一个人赔，刚才若不是旁边的女孩撞了她一下，她也不会撞倒花瓶。

可那个女孩却指着她大声说道：“是她打碎了花瓶。”

时光皱眉看着她：“花瓶是我撞了一下才会摔碎的没错，可是，是因为你撞了我，我才会不小心撞到花瓶的。”

那女孩错愕：“什么？我……我才没有撞到你，明明是你自己摔倒的，怎么可以冤枉我呢？”

“谁冤枉了，我刚才也看到就是你往后撞了人。”霍湛说着，走到时光身边。

“你们是一前一后，你脑袋后面长眼睛了，你能看到？”刚才与女孩吵架的男人，拉着女孩揽在怀里，一副强势的姿态，“你根本就没看到，而我站在对面，看得很清楚，是她自己不小心摔倒，然后撞倒了花瓶，我们家美美，挨都没有挨到她！”

经理头疼了，这算怎么回事？不会都不承认、都不想赔吧？他们可都是有钱人家的少爷、小姐，这么点钱对他们而言就是零花钱。

不管撞没撞到人，反正谁撞倒了花瓶，那就得谁赔。

他看着时光，小心翼翼地说：“这位小姐，请不要让我们难做。”

叫美美的女孩，立刻一副大气凛然的语气道：“就是，别为难人家经理，你打碎了就应该赔。”

旁边有人讥讽出声。

“这不是刚才和杨小姐吵架的那个游泳教练吗？看她刚才一副不畏权贵的样子，现在却欺负人家经理，一看就是个心肠坏到家的‘心机女’。”

“真不知道这样的人，怎么会出现在这里。”

“现在的人可不就是这样，抓到一点机会就费尽心机往上爬。”

……

美美又对经理说：“这个花瓶多少钱，你赶紧让她赔了，宴会马上就要开始了。”

那经理连连点头，对时光说：“这位小姐，花瓶是十三万。”

这么贵？十三万对这些人而言根本不算什么，可她怎么可能拿得出那么多钱。

时光握紧了拳头，脸色很难看，总感觉这件事，不应该是什么意外。

她往旁边看了一圈，自然便看到坐在不远处的杨思彤和苏雅。对视着她的目光，杨思彤还挑衅一般，抬了抬手里的杯子。

时光顿时明白这是唱的哪一出了！

远处的杨思彤，看到时光脸上的无措和难堪，心里痛快到了极点！她拿着杯子和苏雅碰了碰：“雅雅……不对，嫂子，我最爱你了。”

苏雅回以温婉一笑，优雅地抿了一口酒。

时光看着她们，脑海里突然幻想出了一幅画面。

一个女孩被一群女孩压在地上欺凌、暴虐、侮辱。她们打她、骂她，学校里的学生围着她嬉笑、嘲讽……那个女孩是那么无助，那么绝望……

而这两人在远处看着，是不是也如现在这般，仿佛中了大奖一样，开心地庆祝呢？

“怎么回事？”

一道深沉的声音响起，让时光猛地回神。她循声，愕然转头，便看见冷冽如冰的陆彦辰，不知何时站在她身侧。

周围所有人的眼神，也全部齐刷刷落在了他的身上。他的神情冷肃，眉眼间是万年不化的冰雪。

刚刚还对时光气焰嚣张的美美，有些惶恐地扯出一个讨好的笑容：“陆……陆少。”

而她的男人也一改刚才的强势，松开她，走到陆彦辰的身边，谄媚地对陆彦辰说：“陆少，不好意思打扰了你，都怪这个女人不小心打碎了花瓶，简直晦气。”

陆彦辰冷漠地瞥向他。

男人一怔，随即以为陆彦辰是想让他快点把事情处理好，便立刻冲着时光说：“你倒是快点把钱赔了。”

陆彦辰在外给人的印象是陆家最高冷的，一定不会与人寒暄闲聊，也不会与人讨论交际，参加什么宴会都是不苟言笑，他自然也就认定陆彦辰不会多管闲事，只会觉得这种闲事烦到他了。

时光沉默着。

霍湛立刻替时光解围：“不就是一个花瓶吗，我替她赔。”

美美不依了，她今天的目的可是要让这个时光下不来台，自然不能让旁人帮她。

她冷笑道：“是她打碎的花瓶，要赔也应该是她赔。”

霍湛冷哼一声道：“我愿意，你管得着？”

“她是你什么人啊？是你包养的情妇吗？”美美说着，轻蔑地看了时光一眼。

“你嘴真臭，既然你非要问，那我就宣告一下，你给我听好了……”霍湛说着，走到时光身边。

他准备将手搭在时光的肩膀上，说出“她是我女朋友”六个字。

大家都等着他，看他要说什么。而陆彦辰，已经猜到他的下半句了，目光寒冽地凝视着霍湛，森冷如利刃。

嫉妒突然如海啸般朝他奔涌过来，铺天盖地将他彻底覆盖，激得他失去理智。他无法容忍这个霍湛向所有人宣布她是他的女朋友。

陆彦辰大步流星地走了过去，在霍湛出声前，一把抓住了时光的手，然后用力一拉，时光惊呼一声，整个人跌入陆彦辰的胸膛，被抱了个满怀。

所有人都愣了，惊讶地看着这一幕。

而原本笑得正猖狂、正得意的杨思彤，眼睛瞪得如铜铃一般大，手里的杯子也掉落到地上，红酒四处飞溅……

众人几乎都僵在原地，震惊地看着这一幕。而最震惊的莫过于时光，她怎么也没想到陆彦辰会单臂将她圈在怀里。

两人贴得很近，她能感应到他胸口的剧烈起伏。

“经理。”陆彦辰缓了缓声音，清冽的嗓音里掺了一丝冷酷。

经理立刻机灵地点头：“知道了，陆少，你请。

陆彦辰揽着时光的腰，带着她往正厅而去。

不一会儿，偌大的宴会厅就只剩下霍湛和那边的杨思彤与苏雅。霍湛还在发蒙，盯着陆彦辰和时光离开的方向，眼睛看得都快要凸出来了。

刚刚那个“陆家四公子”……时光是他的女朋友？

真的假的……

他满腹疑云，就这么愣着，直到后面传来一个刺耳的声音。

“不！”

“怎么会，他们怎么会在一起？”

“不可能，不可能！”杨思彤终于从震惊中回过神来，忍不住发出一声声尖叫。她今天做的美甲，因紧握的拳头几乎刺入掌中而断裂。

“她是他的游泳教练，所以陆彦辰才会帮她的，是不是？她和陆言执才是一对，雅雅，你告诉我，一定是这样的对不对？”

苏雅异常惊讶过后，很快恢复了淡定，她轻道：“思彤，你不会还看不出来吧，他们肯定有关系，而且关系不一般。”

杨思彤闻言，身体瞬间失去了所有力气，虚晃了两步差点儿摔倒，还好扶住了旁边的桌子。

陆彦辰，时光……当初她会回来，就是因为听说陆彦辰找了一个女游泳教练。

每天在水里肢体接触，陆彦辰是一个正常的男人，怎么可能没有暧昧？怎么就认定了他们没有关系，她明明说过还要试探的。

小白，是小白……时光那个女人拿小白迷了她的眼。

终于明白，为什么自己对她那么客气，可她却一副冰冷的样子，甚至对她充满了恨意。

因为她杨思彤是陆彦辰的未婚妻！当初找她，希望联手，自己帮她嫁给陆言执，她帮忙让陆彦辰原谅自己。那时，她是不是在心里嘲笑她杨思彤是个傻子！

还有那天晚上……在陆彦辰家里的女人就是这个时光。她也住在那个小区，和陆彦辰住同一栋公寓大楼，所以就算她在楼下没有看到女人离开，但是也没有在陆彦辰家里找到她。

她居然像个笨蛋一样，被他们玩弄于掌心！

杨思彤越想越生气，越想越觉得自己被时光耍了。她气得把面前桌上的酒和酒具全都扫落在地，死死地捏着拳，面容扭曲："贱人！"

霍湛在旁边看着杨思彤。觉得这个女人很可怕，眼神仿佛淬了毒。

"贱人，居然在背后算计我，敢挖我的墙脚，抢我的未婚夫，我要让你不得好死！"

未婚夫？

刚才那个男人，陆家四公子有未婚妻了？

时光疯了吧！千挑万选，怎么会找一个有未婚妻的男人当男朋友？不会是被骗了吧？

也是，她从来没有谈过恋爱。

笨蛋，如果真想谈恋爱，可以找他啊，他可以给她介绍温柔又优秀的好男人。霍湛感觉自己挺难受的，还奇异地有些失落，好像有什么很重要的东西，突然丢了一样！

时光的脑子一直嗡嗡作响，身体也不听使唤，一直到被陆彦辰拽着走进大厅，才从刚刚的惊涛骇浪里回过神来。

“你先放开我！”时光转了一下身体，想从陆彦辰的怀里退开。

但是陆彦辰不肯放开她：“别动。”

时光倏地抬眼，撞进了陆彦辰深邃的眼眸之中，让人不自知地沉醉，就那么一瞬间，心突然好乱，仿佛被什么轻轻撞了一下。

她结结巴巴：“你疯了……还有人看着呢。”

那些人虽然隔着距离，但一直盯着他们，好像看马戏一样。

“刚才我拉着你走开的时候，你怎么不说那么多人看着。”陆彦辰沉下嗓音，隐约含着一丝幽怨。

时光小脸微红，赶紧解释：“刚才那不是……非常时期嘛。”

“那你知道，为什么现在没人再追着你赔花瓶了吗？”

“为什么？”

陆彦辰静默了两秒，无意识地舔了下嘴唇，淡淡开口：“因为他们认定了你是我的女朋友。”

时光猛地停在原地，目瞪口呆地与陆彦辰对视着，整个人沉默而又安静，没有任何声音和动作，好像一只突然断电的机器人。下一秒，她好像突然通电了，飞速地推开陆彦辰。

“我去说清楚。”说完，她就要转身朝外走。

陆彦辰出手极快，一把拽住了时光的手：“我刚刚才替你解围，你现在就要去打我的脸？”

时光摇了摇头：“没有。”

陆彦辰朝她逼近一步，微微俯身，黑眸盯着她：“那就乖乖跟着我。”

时光又摇头：“可你有未婚妻，再来个女朋友，这算怎么回事？”

陆彦辰咬了咬牙，抬头望了一下天花板，竟笑了一下。

下一刻，他黑着脸低下头，郑重地说：“我只说一次，你给我记好了，在同意你的追求前，我已经退婚了。”

时光愣了一下，随即有点无地自容。她想把手抽出来，但是手被陆彦辰死死拽着。

陆彦辰让她挽着他的胳膊，带着她迈步走进大厅。

瞬间，他们便成了全场瞩目的焦点，吸引了几乎全厅人的目光。

众人震惊，不可置信。

一时间，愕然的吸气声四处蔓延。

陆彦辰居然带女伴来？一向不带女伴的男人，这不会是他女朋友吧？

平日里对陆彦辰稍稍有些了解的人，全部都觉得不可思议。

这个女孩，长是还可以，但也并不是那种精致的绝色美女，只能说美得恰到好处。不过奇怪的是，站在陆家四公子身边，并不逊色。

两人这么慢慢走来，仿佛漫画中的人物一般。

众人交头接耳，纷纷小声议论着。

“这是陆家四公子的女伴，还是女朋友？”

“他不是已经有未婚妻了吗？今天搞这么大阵仗，那杨思彤怎么办？”

“我之前还看到她了，人呢？看到这一幕了吗？”

“什么未婚妻？陆彦辰很多年前就去杨家退婚了，你们不知道吗？”

“当然知道，可是杨家不是死皮赖脸不肯退，逼陆彦辰非娶不可吗？”

“杨思彤那样的，陆彦辰能看上才怪。”

……

当所有人的注意力都在时光和陆彦辰身上时，苏雅进场把杨夫人悄悄地叫了出去。

杨夫人在看到陆彦辰带个女人进场时，也是震惊了一把，这会儿苏雅叫她，她自然是知道因为什么。她赶紧出去找杨思彤。

杨思彤已经哭成了泪人，她没有进去，但是她能感觉到，里面的人都在说些什么。

她很想冲进去，揪着那个游泳教练的头发，当着所有人的面骂她是狐狸精。可是她害怕自己的冲动只会让事情更坏，才会让苏雅帮忙把杨夫人叫出来，让杨夫人帮忙出个主意。

杨夫人也很生气，陆彦辰那个臭小子实在太不把杨家看在眼里了，怎么可以把事情做得这么绝。

她也想去找陆父讨个说法，可今天场合不对，而且陆彦辰没介绍那个女人就是他的女朋友，万一只是个女伴呢？

陆杨两家的婚事，陆家的人虽说不反对，可也没有人支持，陆父是唯一一个。如果在宴会上闹得难看了，把陆父惹怒，那这婚事就真的吹了。而且，当年陆彦辰到杨家退婚的事，谁都知道，就算陆父和他们杨家没有同意，但当事人退婚了就是退婚了，人家已经讲明了不会娶杨思彤了。

现在不是古代，自然也不会说不娶就非要来个退婚书才能算数。因此，真闹起来反而对杨家不好，这些人只会说是她女儿不要脸，倒贴，人家不要她了还死缠烂打。

时光踩着高跟鞋，僵硬着身体，机械地跟着陆彦辰。

周围人的目光让她感觉压力特别大。余光瞥到坐在左侧边的王彩纯，她下意识地想过去，可是手被陆彦辰死死牵着。

小小的拉扯，令她差点儿扭了脚。

陆彦辰伸手扶她站好，在她耳边沉声道："走路专心点。"

时光无语，心中暗暗腹诽：到底要去哪儿？周围气场强大到心脏都快要承受不住了。

终于，他们停了下来。当时光定睛一看他们要坐的地方，顿时吓得腿有些发软了。宴会的主桌，自然是坐的陆父、陆母那些长辈……而旁边的两桌，坐的自然是陆彦辰这一些小辈。

她要跟陆彦辰坐这儿？时光是抗拒的，转身就想走……可是陆彦辰，已经绅士地帮她拉开了椅子。

"坐吧。"

这是赶鸭子上架，不坐也得坐。

左不是右不是，时光小心翼翼地坐了下来。

全桌的人，还有旁边桌的一些人，全都在明里暗里地打量她，想知道她是谁。那么多双眼睛，盯得时光恨不得找个地缝钻进去。她除了死死低着头，做不出任何反应。

直到陆言执带着小白坐了过来，看到时光居然和自己坐一桌，小白可开心了，整个人热情地扑到时光身上："姐姐。"

时光窘到家的表情，终于有所缓解了，轻轻地笑了笑："小白。"

陆言执教育小白："不能乱了辈分，你不能叫姐姐，要叫阿姨。"

小白皱着眉头："为什么？我不，她本来就是姐姐，我一直叫姐姐的！"

坐在陆彦辰身边的女人，忍不住笑笑："大哥，你们落后了吧？现在的年轻女孩就喜欢喊叔叔，好玩。"

"对对对，特别喜欢叫自己的男朋友'哥哥、叔叔'，很有爱。"

"小白喜欢叫姐姐，那继续叫吧，姐姐跟你一起叫小叔叔也没什么。"

时光："……"

陆彦辰："……"

这桌除了他们俩一个无语，一个沉默，而其他的人，全部都轻轻地笑出声来。

时光窘了，脸又红了，好想找个地洞钻进去，她只想解释一句，我不是他的女朋友，但是大家仿佛已经认定了。而开始介绍人时，时光本来不脸盲，但是这会儿一桌子人，都是俊男美女，她还真没记住几个。

不过她也不愁，这些人她以后估计也见不着，也不怕认不出来或是叫错了尴尬。

酒席就要开始了，主桌的长辈们纷纷入场。

终于不用承受那么多人的视线，时光松了一口气，也顺着大家悄悄看向主桌。这是时光第一次见陆彦辰的爸爸。陆彦辰的五官偏向沈灵双，与刚毅的陆父不甚相似，陆彦辰的大哥陆言执更像陆父。

陆父身形健硕高大，走起路来虎虎生威，散发着一种不怒而威的气势，令人想到古战场攻城掠地的将军。落座之后，陆父扫了一圈，深深看了时光一眼，然后举杯开宴。

宴席开始了，一时间觥筹交错，言笑晏晏。大家你一杯我一杯地敬酒，很热闹。

时光有点食不下咽，趁着大家不注意的时候，下意识扫了一圈，发现没有看到杨思彤母女，这俩母女哪儿去了？

陆彦辰带着她出场，她们不应该没有任何反应的，难道已经离开了？这样也好，总算是不用担心她们闹事了。

时光微微松了一口气，其实她的担忧是多余的。

到了一定的地位，只要是有头有脸的，哪怕两人是死对头，最多也就磨磨嘴皮，而不能撕破脸，脸上还不能表现出来，平常一起的时候，还要笑脸相迎。

别说陆彦辰现在带的是不知身份的女伴，就算带女朋友来参加他妈妈的生日酒会，也不会因为杨家发生什么。

除非杨家想彻底被这个圈子边缘化。

杨家母女早就离开了，这样做是为了给自己留一分脸面，假装什么也不知道，就能让陆家继续履行婚约，大家心里都是门儿清。

时光提前离席了，陆彦辰也跟着她一起离开。

外头雷鸣闪电，风雨交加。站在门边，感受着飘进来的雨气，时光全身清凉，狠狠松了一口气："好了，戏做完了！"

陆彦辰似笑非笑地看着她："你不会以为事情就这么结束了吧？"

这话令时光更不解了，眨巴眼睛："什么意思？"

"今天过后肯定会有人会对你好奇，你想消失也消失不了。如果有人问你我们的关系，你说不认识，这合适吗？"陆彦辰一脸认真，嘴里的话也是严肃的。

时光头顶三个问号，小脸瞬间像失了水分的奶酪，干巴巴的。

"是不太合适，那你的意思是……"

"待过一段时间，当大家对你不再新鲜好奇时，你再消失就不会有人在意了。"陆彦辰侧脸看她，说话时慢条斯理，但一词一句都说得极为认真。

时光的脸色难看，特别想暴走，她的舌头跟打了结似的："你的意思是如果有人问我，还得继续装下去？"

怎么又要当假女友，她这是中了什么邪，给好朋友霍湛当了假女友那也就算了，这会儿还要给前男友陆彦辰当假女友。

"不要！"她想也没想就拒绝了。虽然是假女友，但当一个人的假女友就已经够了，她可不想再揽一个麻烦上身。

而且霍妈妈似乎是认识陆夫人的，万一哪天不巧碰在一起了，发现她居然是两个人的女朋友。虽然说都是假的，可是外人不知道，到时都不知道要怎么说她水性杨花，脚踏两条船……

雨轻飘飘、雾茫茫地飘在他们四周，空气里突然出现了一瞬窒息般的平静。片刻后，陆彦辰嘴角一勾，轻轻地语气里含着一点控诉：“我会有现在的困境，都是因为谁？”

时光愣了，半天才轻轻嘀咕一句：“又不是我让你帮忙的。”

陆彦辰愠怒：“所以我是活该了！”

时光脸红如血：“我……没有这么说。”

陆彦辰不吭声了，只是扭开了头不再看她。他不说话了，也就是不再强迫她再装一段时间他女朋友了，按理来说她应该松了一口气，可时光却是怎么都轻松不起来。

她知道陆彦辰不高兴了，在生闷气，这令她感觉自己像一个罪人。时光用力吸了一口气，别过头去，竭力呼吸着，让自己冷静。

两人陷入长长的沉默之中，谁都不讲话。

时光握成拳的手缓缓松开了。最后，她轻声开口：“那……这一个月，我不会解释什么。”

一个月的时间，够他学会游泳了吧，一个月之后她就开学了，离他们远远的。现下暂不说明他们之间的关系，也算是还了他几次帮忙的人情，两人也就两清了。

陆彦辰深邃的眼睛淡淡地定在了时光的脸上，虽然并不说话，但能感觉到他的心情好了。

时光莫名有些尴尬，她轻咳了一声：“那我先走了。”

“我也要回去，你在这等我，我去拿车。”

丢下这一句，陆彦辰就转身离开了。

时光呼了一口气，之前答应当霍湛的假女友时，和现在的感觉完全不一样。她将手压在自己胸口的位置，不停地在心里重复一句话：“前男友，前男友，他只是前男友……”

时光看着外面的倾盆大雨，等着陆彦辰。

旁边响起清脆的高跟鞋声，似乎有一个身材高挑、身穿一袭紫色礼服的女人站在身边。时光下意识地扭头看了一眼，便见到了巧笑盼兮的苏雅。她款款而来，在时光旁边站定，然后微微一笑，笑得优雅尊贵而又高傲，但里

面含着讥讽、轻蔑，仿佛时光是这个世界上最低贱的生物，

时光收到她的目光，面无表情，什么神色都没有露出一丝一毫，也只是一直盯着她。看似淡淡的眼神，仿佛泛起丝丝寒气，又冷又沉。

门前停着一辆黑色的轿车，司机打着雨伞下车，然后恭敬地拉开了后车门。长长的假睫毛轻轻一垂，苏雅迈步，坐了上去。

时光漠然地看着她离开的背影。这里地方那么宽，却非要站到她身边，苏雅这是故意的。

表达自己的轻视？

时光笑了，忍不住笑出声了。有些人家世再好，打扮得再高贵，可也掩饰不了骨子里的低贱。

她突然失去了等待的心情，刚好有一辆出租车在门口停了下来，时光犹豫了片刻，便迈步走了过去。

第十章

亲亲我吧

晚上的疗养院特别安静，灯光微暗，病房有些阴暗沉闷，除了仪器上显示的符号以及嘀嘀的声音，周围安静得没有一丝声响。

时光坐在病床前的椅子上，抬起头看了一眼安详睡着的姐姐。

“姐姐……”许久，她才轻轻叫了一声，“七年了，你睡得够久了，到底什么时候才醒过来？医生说你醒来的概率很大，但是要靠你自己努力，所以你一定要加油，不要丢下我一个人……”说着说着，眼泪就控制不住地落了下来。

她吸了吸鼻子，克制住自己的情绪，轻轻地说道：“我今天，好像体会到了你当年的那种无助……”顿了一下，她轻轻地摇了摇头，“不不不，我今天体会到的不及姐姐当年的十分之一，光是这样就让我觉得那么难堪，可见姐姐当年有多绝望。”

病床上的人毫无声息，安安静静地当一个“无知”的倾听者。

时光伸手摸了摸姐姐的脸，“你和她们不是一个班，甚至都不算认识，可她们为什么要那样对你，就因为她们家世好，就能随便欺负别人，肆意践踏别人吗？我发过誓不会对她们做什么……但是我相信老天有眼，总有一天她们会遭到报应的！”

时光和姐姐说了很多话，说完后便趴在床上。

外面才停了一会儿的雨又下了起来，空气里全是湿湿的气息。

电话响了一声，时光拿手机看了一下，是霍湛发来的短信，问她为什么不等他就走了，问她和陆彦辰的事情，问她是不是真交男朋友了，问她知不知道他有未婚妻的事。时光在信息里也不知道要怎么回他，只能和他说见面的时候再告诉他一切。

回完短信，时光伸手把自己耳鬓垂落的头发，轻轻地捋到耳后。

时间不早了，她也应该回去了。起身的时候，时光无意间看到姐姐一直平放着的手指忽然动了一下。

时光倏地瞪大眼睛，随即喊了一声：“姐？”

动了，姐姐的手刚才动了，心跳突然加速，越来越快，时光怕自己看错，紧紧盯着姐姐的脸，却又发现她的睫毛，似乎也轻轻地动了一下。

这会儿，时光再也抑制不住自己心中的激动，立刻拉开病房的门，冲出去大喊：“医生医生……”

安静昏暗的楼层，灯光瞬间全部打开了。晚上值班的医生和护士都被她叫了过去。

“怎么了？时小姐？”

“我姐动了，她的手、她的眼睛都动了。”时光说完这一句，感觉自己的心脏就要从胸口跳出来一样。

医生快速进了病房，可是在进行了一系列的检查之后，他抱歉地朝时光摇了摇头：“这个属于自然现象，只能说明你姐姐还有醒来的希望，但并不代表她马上就会醒。”

时光一颗激动的心瞬间沉入谷底，她脸上是掩盖不住的失望：“还是要等手术后吗？”

医生点了点头，然后又安慰道："时小姐不要太着急，毕竟病人已经昏迷了七年，手术排在三个月后，相信那时你姐姐一定能醒来。"

"谢谢医生。"

时光把医生送走后，又在病房里静静地待了一会儿。

离开时，时光又看了一眼睡在病床上，被插满了管子的姐姐，揪心一样的痛。

想来谁看了都不敢相信，这是当年的天才少女！

时光抬头看了一眼没有星空的夜幕，雨停停落落，这会儿又没下了。

她迈步慢慢向外走，寂静的夜晚，疗养院稀稀拉拉几乎无人，但是门口却停了很多出租车。门外的大树下，男人修长的身影倚着车门，时光微微一愣，随即迈步走向他："你怎么会在这儿？"

他似乎等了很久。

陆彦辰神色平淡，说："看到你上了出租车，想到原本让你等我的，所以就跟过来了。"

时光垂下了眼眸，抱歉说："对不起，我临时有点儿事。"

陆彦辰没再回她话，只是看着她，目光阴晦不明。

时光仰头看他，他的表情似乎和以前一样，没有太大的变化，但是他的眼神里，似乎多了一些什么。只是她没法看明白，狂风又大作，风雨似乎又要来袭。

陆彦辰拉开了车门："又要下雨了，先上车。"

时光这次没有犹豫或者抗拒，默默地坐了上去。

陆彦辰驾着车，稳稳当当地行驶在寂静蜿蜒的路上。车里很安静，两人都沉默着，陆彦辰没有问时光，为什么会出现在疗养院；时光也没有主动告诉陆彦辰，她为什么会来疗养院。

时光一直看着窗外，茫然的目光似乎没有焦点。

当车子停在楼下，她才恍似从睡梦中醒来一般："到了。"

陆彦辰没回她的话，只是推门先下了车。说实话，时光挺奇怪陆彦辰的态度的，她以为陆彦辰应该会问点什么的，结果除了和她说，他为什么会出现在疗养院门口，其他的只字未提。他这表现，真的很耐人寻味。

两人进了电梯，几乎是同时伸手去按楼层键，两人的手触碰在一起。陆彦辰突然皱眉，脸色沉下来：“你身上怎么那么烫？”

“烫吗？”时光用手摸了摸自己的脑袋，但是并没有没感觉到，“好像没有吧……”

陆彦辰也摸了一下她的额头，然后很肯定地说：“你发烧了！”

“发烧？”时光惊愕，她只是觉得有些困，想要睡觉，可又想到很多事，一时睡不着罢了。

电梯门开了，十一楼到了，时光直接走了出去，打开门的时候，发现陆彦辰也跟了出来。

她扭头看着她：“你还有事？”

陆彦辰没有回她，只是推开了门，然后拉着她进了屋，再直接将她按在沙发上坐下，“感冒药在哪儿，我去给你拿。”

时光不太习惯，从沙发上坐起来，“我自己去拿。”

可是才刚刚起身又被按了回去。有些时候有些人，不需要语言和动作，单单只是一个表情，或是一个简单的动作，就能在瞬间流露出震慑人的气势，比如此刻。

时光指了指电视机旁的抽屉，“应该是在那儿。”

陆彦辰走了过去，从里面拿出感冒药，放在茶几上，然后又给她倒了一杯温水。

时光这次不再说什么，乖乖地把药吃了。原本以为吃完药，陆彦辰就应该回去了，可他并没有走。他在拿感冒药的抽屉里翻了翻，然后问她：“退烧贴呢？”

“不用了吧。”也不是很烫，吃了药，睡一觉应该就没事了。

“你去床上躺着，我去买。”

“真的不用了。”

不和她磨叽，陆彦辰拿起她家的钥匙，转身离开了。当门关上的时候，时光觉得耳边咚咚咚地响着，自己擂鼓一般的心跳声，血液加速流动，整个人都有些惊了。

她是越来越搞不懂陆彦辰了。

陆彦辰回来的时候，时光已经在床上躺着了，呼吸均匀，显然她已经睡着了。他坐在床边，拿了一片退烧贴放在她额头处。冰冰凉凉的很清爽，她微皱的眉头，慢慢舒展开来。

他想起以前两人在一起时，有一次她感冒发烧，还恰好有个小比赛。

不管他怎么劝她，她就是固执地不肯吃药，怕药检过不了。那会儿他是有些生气的，她抱着他的脖子，娇声哄他："你亲亲我吧，听说亲吻能治感冒发烧。"

她说这话的时候，漂亮的眼睛里眸光流转，让他觉得漫天的星光都不及她美丽。他情不自禁，低头吻住她的唇。

可她却故意逗他，朝他吹气，再往后退，往旁边退，故意让他亲不到，勾得他心痒痒的。他抱住她的腰，扶着她的后脑勺，死死地吻了上去，激烈而又深情……结果她真的好了，而他却感冒了。

……

想着以前的一切，陆彦辰慢慢地俯身，凑到时光身边，嘴慢慢地靠近她的唇，轻柔地在她的嘴边逡巡……忽然，低垂的眼眸中，精光一闪而过，所有动作都顿了顿。

不经意地弯起嘴角，他依旧与她唇瓣贴近，气息相融，却始终不肯落下。突然，他伸手，帮她把被子盖好。

这个动作让他的身体又俯下一些，也让他的薄唇轻轻碰触到她的樱唇。

蜻蜓点水般一闪而过。

原本睡着的时光，浓密的睫毛微微抖了一下。

陆彦辰垂眸看得清楚，嘴角带着优雅的弧度，眼神宠溺地凝视了她一会儿，这才起身离开。

房内静得出奇，清浅的呼吸声不再均匀。伴随着房门声响起，原本沉睡的人，缓缓睁开了双眼。时光盯着陆彦辰离开的方向，无意识地开口说了一句："你已经放弃我了……"

时光次日醒来已是中午，外面已经没有乌云，天气晴朗蔚蓝。

她伸了个懒腰，摸了一下自己的额头，感觉自己的烧已经退了，全身舒爽，没有任何不适。吃了中餐，时光便去了俱乐部训练，不过减了训练量，因此回家也比较早。

昨日，当陆彦辰拉着她的手进场时，她就知道杨思彤绝对不会当什么事也没发生过，肯定会来找她算账！只是没有想到这么快！

训练时间还没有到，就直接站在俱乐部门前堵她了。

时光勾唇，淡淡地讥笑。

看着站在对面的时光见到自己一点儿都不心虚，居然还敢嘲讽自己，杨思彤垂在身侧的手指蓦然收紧。

不过想到今天来的目的，她又将厌恶与阴沉收起来，面露微笑："有没有空，谈谈。"

时光想也没想，就直接拒绝了："没空。"

她们俩一个是陆彦辰的"未婚妻"，一个是陆彦辰的"女朋友"，见面可是仇人，有什么好谈的。

杨思彤面不改色，又道："我知道这旁边有家咖啡厅很不错，堪称本市一绝。"

之前一段时间她真的很浮躁，一是因为陆彦辰不理她，二是因为不确定陆彦辰有没有女人，也不知道那个女人是谁。不知道对手是谁，所以她心里没底，做什么都着不了力。可是现在不一样，她知道自己的敌人是谁，知道应该怎么做才能解决，反而冷静了！

时光淡然地看着杨思彤无话可说，明明对她满是厌恶，心里很不悦，面上却要强颜欢笑，也不怕累得慌。

不过她拒绝似乎没用，杨思彤是不达目的不罢休。

既然如此那就谈吧……

"FE"咖啡馆装潢简约但格调高雅的包厢里，时光看了一眼坐在对面的杨思彤，端起自己的杯子喝了一口。以顶级黑巧克力制成的醇厚慕斯，口感香醇，微苦不涩，混合轻巧柔滑、幽香绵长的榛子酱可可薄脆，甜腻香浓，令人愉悦。

确实是蛮好喝的，难怪堪称本市一绝。

杨思彤静思了片刻，然后看着时光，说：“我就不拐弯抹角了！”

说着，她从自己包里拿出一个信封，然后推到时光面前。

时光看着信封一脸茫然，什么意思？给她信封干什么，貌似这个信封还有点儿鼓？

她没有动，只是询问地看着杨思彤。杨思彤微笑，示意信封：“你看了就知道。”

时光想了想，把信封拿起来看了看，里面全是人民币。她目瞪口呆，开始还没有反应过来，给她钱干什么？但随即又明白过来了，这是给她钱让她离开陆彦辰。但是小说和偶像剧里，不都是开支票或者给银行卡的吗？就算给现金，也应该用密码箱装着，她居然就用个信封？

就一个A4纸这么大的信封，最多也就能装十万块。

陆彦辰就值这么点儿？

惊愕过后，时光差点儿没忍住笑了。幸好她很快意识到了，这个场合不适合笑，虽然钱少了，可也是拿钱来侮辱她的。

按理来说，这个时候她应该狠狠一拍桌子，再蹦起三丈高，将这个信封狠狠摔回到她面前，然后一脸正气地告诉她“别瞧不起人，别以为有几个臭钱，就可以卖掉我的爱情”。但是她觉得这样做很傻，既然杨思彤钱多，又喜欢用钱砸人，那她也没必要和钱过不去。

时光伸手，拿出一沓钱，在手上掂了掂：“就这么点儿钱？陆彦辰每个月给我的零花钱都不止这么点，你是瞧不起我呢，还是觉得陆彦辰就值这么点钱？”

想到以前与时光的相处，杨思彤还以为她会义正词严地驳回，所以这只是个开胃菜，大招还在后面准备着。可是怎么也没有想到，这个游泳教练居然直接跟她讨价还价，真是比她预想的还要上道。

杨思彤悠然得意：“一百万，再也不要出现在陆彦辰面前，让他对你彻底死心。”

时光错愕了片刻，挑眉问道：“一百万，杨小姐你出手可真是好大方啊，就是不知道陆家四公子知道他在你心里只值一百万会怎么想了？”

杨思彤仰着下巴，高傲一笑：“你想要多少？”

时光还真想了想，然后开价了：“八百万？”

杨思彤觉得给时光八百万不值，她回道：“三百万。”

时光眼眸一转：“一千万。”

居然还加价？杨思彤咬牙：“好，八百万。”

时光摇了摇手指：“一千五百万。”

杨思彤脸色一沉：“一千万！”为了表示这是自己最后的妥协，不容再加码，她语气一重，又加了一句，“别得寸进尺！”

时光终于忍不住，嗤笑出声：“哈哈……”

时光突然笑出声，令杨思彤勃然变色，事情和她预想的不太一样。

她是想给时光钱，让时光离开陆彦辰，可她应该是占主动地位的，怎么就演变成了两人像是在做生意，在讨价还价？

时光越笑越大声，有些控制不住地捂住了嘴，好一会儿才停下来。

她看着杨思彤说：“抱歉，我忍不住，你这样真的好像菜市场的大妈在买肉，想吃好肉可是又舍不得花钱，实在是太可笑了！”

杨思彤眼瞳一暗，原来是嫌她不肯出高价，心底对时光的鄙夷更重了。她坐正身体，腰杆挺得绷直，下颌也抬得更高了，眼神看着时光，这会儿是明显的轻蔑：“两千万，别再见陆彦辰，让他对你彻底死心！”

时光托着下巴，认真地想了想：“两千万，好多钱呀，像我这种穷人……应该可以花一辈子了，那么……成交！”

杨思彤微愣。

时光伸手，笑笑地说：“两千万呀，拿来吧。”

杨思彤冷笑，这个女人的吃相也太难看了，如果让陆彦辰知道，他看上的居然是这么一个势利的女人，不知道会不会后悔到撞墙。

不过，她这次只准备了一千万，没想到这个女人的胃口居然那么大。

她从包里拿出一张卡：“这张卡里有一千万，等你让陆彦辰彻底死心，我会再给你另外一千万。”

时光咧嘴笑了，像个意外收获糖果的孩子：“谢谢杨小姐！”然后很不客气地把卡收了起来。

杨思彤没想到事情比她预想的还要顺利，可是她却没有解决掉麻烦后的喜悦。不过没有关系，这个女人这么爱钱，只要是钱能解决的问题，都不是问题。

她站起来，看着时光，以胜利者的姿态扬起嘴角：“记住你答应我的。”

杨思彤以傲视的姿势，深深地看了时光一眼，然后转身离去，留下一个美丽而又潇洒的背影。

时光挑了挑眉，继续悠然地喝着咖啡。她坐了好一会儿才离开，回去后并没有先回家，而是先去了陆彦辰家。

刚刚开门，小乖乖就跑到她身上，一双圆溜溜的猫瞳盯着她。她顺势把小乖乖抱了起来，小乖乖那毛茸茸的小脑袋，立刻在她身上蹭了蹭。

时光的目光扫了一圈，想找屋子的主人，意外看到陆彦辰高大挺拔的身材，侧躺着窝在沙发上。

如果是平常，她肯定不会吵醒陆彦辰，直接喂了猫就会离开。可今天她有事和他说，便轻轻地喊了他一声：“喂？”

男人似乎沉睡了，并没有理她。

“陆彦辰。”

时光又叫了他一声，还是没有理她。

“陆彦辰，你醒醒，我有事和你说……”时光摇晃了一下陆彦辰，感觉到他的身体特别烫。

她下意识地准备将手探到他额头上：“陆彦辰，你是不是发烧了？”

陆彦辰依旧闭着眼睛，但是挥开了时光的手，口气不耐烦：“别吵。”

“你没睡呀？”

“……”

陆彦辰依旧还是不理她，时光站在原地，瞪了陆彦辰好一会儿。

脾气真坏，她有些不想理他，可是昨天她发烧，他给她拿感冒药，还给她买退烧贴，说不定他今天会发烧，还是被她给传染的。

犹豫了片刻，时光还是回了一趟家，去拿了感冒药和退烧贴。她倒了一杯温水，然后蹲在茶几边，看着陆彦辰说：“你起来吃个感冒药，然后去床上睡吧。”

陆彦辰没动。

“这药效果特别好，我昨天吃了它，今天就好了。”时光说着，伸手推了推他，“别跟个孩子一样。”

陆彦辰缓缓睁开了眼睛，时光立刻将药和水递过去。他定定地看了她一会儿，然后坐正身体，从她手中接过了药，直接丢到嘴里，再接过水杯，将水灌入口中。

时光又给他拿退热贴，陆彦辰也接了，贴在头上，他深吸一口气，看着时光，语气有些不耐烦：“回去吧。”

时光可没有忘记她今天来找陆彦辰是有事的，但陆彦辰又闭上眼睛，重新在沙发上躺着了。

说不说呢？在时光犹豫不决时，她的手机突然响了起来。

她拿出来一看，居然是沈灵双打来的。

电话接通，不待时光出声，沈灵双便说了一大堆话，惊得时光瞪大眼睛看向陆彦辰。

沈灵双生日那天，陆父特意找陆彦辰谈了一次话，让他和杨思彤好好相处。结果陆彦辰转头却带女朋友参加沈灵双的生日宴会，还在之后的家庭聚会上消失得无影无踪。

原来今天陆彦辰回家，一只脚才刚跨进书房，陆父一马鞭就抽了过来，打得陆彦辰背上皮开肉绽，而陆彦辰从头到尾连哼都没有哼一声。

沈灵双心疼死了，想带着陆彦辰去医院，可她也了解儿子的性格，被爸爸打了肯定不会去医院的，估计也就自己买个药回去擦一下。

可是伤在背上，自己怎么擦？她放心不下，这才给时光打了个电话。

时光挂断电话后，一直盯着陆彦辰，原来他发烧不是因为被她传染，而是因为被他爸爸打了，身上有伤才引起的发热。这样的话，是不是得去医院才行？

一直被人盯着，就算是闭着眼睛，陆彦辰还是能感觉到，他缓缓地睁开了眼：“你怎么还没走？”

时光偏着脑袋看着他，嘴角勾了勾，说：“刚刚接到你妈妈的电话，你起来吧，我和你去医院。”

闻言，陆彦辰脸色一沉，不悦地又闭上了眼睛。

他显然是不想时光知道这一切的，更不想去医院。时光伸手去拖他，也被他甩开了："回你家去。"

时光知道他这人高冷，肯定是不想让人知道这事，所以打死都不会去医院的。没办法，她只好出去买药。因为是伤口而引起的发热，除了退烧药，还得服用抗生素类的药，她去药店买了，还买了一些消炎药水和治愈伤口的药膏。

看到时光又回来了，陆彦辰揉着太阳穴坐了起来，他盯着时光，有些无奈地嘀咕了一句："你还真是……"

真是什么？时光此刻没时间去深究这话的意思，她这会儿正打开袋子，把药品一一整理出来。将消炎药水拿出来时，她说："你脱衣服趴着，我给你擦擦。"

陆彦辰瞥她一眼，冷然道："没必要。"

"你身上都发热了还说没必要？"时光说着，把消炎药打开，再抽出一根签，将棉签伸进去沾了点药水，然后整个人转向陆彦辰，"快点，擦了药能缓解疼痛，会舒服点。"

他抿了抿唇："吃了药……"

时光打断他的话："刚刚那是感冒发烧药，你明明知道自己不是感冒，怎么还吃？"

"差不多。"

"差太多了，乱吃药会死人的你不知道？"

看着陆彦辰还是不愿意，时光沉着声音说："是你妈给我打的电话，你要是不想我给你擦药的话，我给你妈打电话，让她过来好了。"

陆彦辰眼神略带警告地看着她，然后把衣服脱了趴在沙发上。

时光笑了，真是没有想到，原来她也有威胁陆彦辰的这一天。她在沙发边沿坐下，身体微微往前，拿着棉签，一点一点涂在他的伤口处。

一条条鼓起来的鞭痕，红红的，发着热，有些地方还破开了，令人触目惊心。

时光吓了一跳，感觉心口处闷闷的。

这可是他儿子，陆父怎么下得了手，他难道不会心疼吗？她沉着脸，将碘酒敷上去，冰冰凉凉，还会有点疼，她知道，所以小心翼翼地，时不时瞧一眼陆彦辰，生怕自己下手重了。

陆彦辰瞥了她一眼，似笑非笑。明明挨打的时候那么痛，可他哼都不哼一声，这会儿上药，这点儿疼，他却拧着眉："痛……你轻点。"

时光觉得自己已经很轻了，她看了他一眼："你一个大男人还怕痛？"

陆彦辰傲娇地表示，"男人也是肉长的。"

时光："……"

她怎么感觉这人是故意的。痛是吗？她有点儿小坏，手上反而故意使了劲，故意让陆彦辰痛。

陆彦辰挺无奈的，涂完药之后，立即给了时光一个栗暴。

时光疼，捂着头顶："我可是好心帮你上药，你不感谢我就算了，怎么还打我？"

"比你刚才下手轻多了，最毒妇人心，真是一点也没说错。"陆彦辰依旧趴着。

时光白他一眼，去了厨房洗手。

"我刚才一定是疯了才会给你涂药，你疼死了也和我没关系。"出来后，她按照医师的吩咐，倒了一颗药放在手心，再递给陆彦辰，"喏。"

陆彦辰有些抗拒："还要吃？"

时光又往前递了递，态度很坚决："对！"

陆彦辰和她僵持几秒，无奈地拉过她的手，低头，直接就着她的手心把药吃了，软软的舌头还在她手心舔了一圈。

时光没想到他会用这招，浑身过电，当即石化。

他的舌头舔着她的手心，那湿软的一下，轻柔却又带着力量，令她一颗心突然被搅上了天。

她僵了一会儿，突然像触电一般跳起来，怒目而视："你……"

她想骂人，可舌头像打了结似的，说不出话来。

"怎么？"陆彦辰看着她，挑眉，"生气了？"

"没有，要是这也能生气，我早就被你气死了。"

时光说完转身便要走，陆彦辰拽住她的手腕，然后一拉，时光整个人趴了下去，趴在他旁边，还好沙发够宽，不然准会掉下去。她的脸与他的脸离得很近，几乎贴在一起。她红了下脸，提高声音：“你干吗？”

陆彦辰的眸色深深，长腿一伸，然后压在她身上：“为什么给我涂药？怕我疼死了？”

他整个人看着懒洋洋的，扬眉问她，语气微晒，像在调侃，可又好像很认真。时光表示怎么可能，他疼不疼死关她什么事。

他的唇凑到她耳边，又说了一句，低沉得要命：“心疼我？”

她被撩得全身都酥了……时光自问不是那种会被美色牵着鼻子走的“外貌协会”，可这个男人跟狐狸精一样，去掉平时的高冷禁欲，特别妖魅，能迷惑人的心智。

她红着脸，怒斥：“你想太多了！是因为你妈打来的电话。”

他扬了扬眉梢，将她的长发拨到耳后，轻捏了一下她的耳垂：“哦，那你脸红什么？”

时光一个战栗，往后缩了下脖子。随即拍开他的手，眼里含着怒火，但是小脸绯红似血：“关你什么事？你让我起来……”

说完，她挣扎着起身。可陆彦辰压着她，不让她起来，直到她说：“我给你看个好东西。”

陆彦辰这才松开了手脚。

时光打开自己的包，把杨思彤给她的卡拿了出来：“真是没想到，你居然这么好挣钱啊！”

挣钱？陆彦辰不解地看向她，依旧一副慵懒模样。

时光回道：“我也没有想到，你的未婚……”想到她每次提到杨思彤，陆彦辰就满脸不悦，她赶紧改了口：“就是杨思彤，今天来找我了，说只要我愿意离开你，价格随便出。在我和她一番讨价还价之后，她咬牙给了两千万，这一千万是定金，还有一千万，等我离开你以后再给我。”

陆彦辰越听，身上的寒气越重。他冷着面孔，心里头却有一团火正在燃烧。他坐了起来，皮笑肉不笑：“两千万，你就把我卖了？”

俊美的男人一身阴沉的气息，时光怎么会感觉不到他的不悦。但是他在生什么气呢？难道嫌价格低了……也是，他毕竟是陆家的四公子。

她嘻嘻笑了两声，轻轻地问了一声："两千万，少了吗？"

陆彦辰沉着脸，问："你觉得呢？"

居然还敢问他，是不是嫌钱少了？她是真不懂还是装不懂。陆彦辰突然提高的音量，惊得时光吓了一跳，瞪圆了眼睛看着他。他的眼神冷冽，好像要化成冰雪，直接将她冻死。

时光心虚地扭开了头，结结巴巴地解释道："就你的身份，两千万是有点儿少，她那么爱你，如果当时我说两个亿，她估计也会答应，亏了！"

陆彦辰："……"

陆彦辰的眉心拧起。

两人关注的点根本不一样。在她心中，他是能卖的吗？这才是重点！他被气得快要吐血了，却是一句话也说不出来了。

他深深地吸了一口气，咬牙平息怒火，眼里泛着慑人的情绪："你现在收了一千万，打算怎么让我死心？"

说到这儿，时光狡黠地笑了："这个……我又不是什么君子，她又没有和我签什么协议，我为什么一定要说话算数。"

陆彦辰的心情，莫名好了一些："所以……"

时光轻笑："当然是骗她的，谁让她人傻钱多，送上门让我占便宜，我干吗不占。再说了，你又不是我真的男朋友……"

闻言，陆彦辰身上又嗖嗖地冒着寒气。

时光还在继续说："你现在会游泳了，需要的是多练习，再过不久我也开学了，也没有空教你，我们也没有什么机会见面了。"

陆彦辰突然想打人，胸膛有股火苗，瞬间蹿得十丈高。他冷冷地看着时光，面庞却似冰雪铸就，触之生寒。

时光看着他，心道：这么凶干吗？不过又一想，用他挣钱确实不太好，她赶紧说："这个钱毕竟是因为你才挣到的，你放心，我肯定不会独吞，这一千万咱们平分，一人五百万。"

陆彦辰的怒火止不住了，他怕自己会控制不住，扭开头稳定情绪，不再理时光。

时光把旁边的小乖乖抱在怀里，一边顺它的毛发，一边苦恼地说：“只是这一笔‘卖身赃款’，我应该怎么花才不会良心不安呢？”

陆彦辰原来还在冒火，还在生气，听到她这一句，他是彻底无语了，忍不住扭头瞅了她一眼。她垂着头，一两缕碎发垂在脸颊边，灯光就在她的头下，映照得她的肌肤格外白，脖子纤细。

要说有多漂亮，多么引人注目，那是没有，但是绝对令人心痒痒，让他想在上面留下一枚深深的吻痕。

他无意识地弯了弯嘴角，不过，还是有些不悦。

几秒之后，时光稍稍蹙了眉，又说了一句：“要不……捐个希望小学？”说着，她看向陆彦辰，“反正这昧良心的钱，我是不敢拿来自己花的，你的要不要一起捐了？”

原本还有些生气的陆彦辰，顿时有些哭笑不得。

“你倒是说话啊，这钱到底怎么花？”她在他这儿磨蹭那么久，为的就是这件事，他怎么半天不出声。

“不知道怎么花钱？”陆彦辰深深地看了她一眼，突然站了起来，“明天下午来找我，我会告诉你，怎么安心地花掉这笔‘赃款’。”

“嗯？”

时光疑惑地望向他，可是陆彦辰不理她，迈步上了二楼

卖什么关子？她在心里嘀咕着，把小乖乖放下后，也回了家。杨思彤给的卡，她没有带走，就摆在茶几上。

第二天，时光收到一个快递，是一个黑色的礼盒。

打开一看，是一条高级礼裙，很漂亮，和她参加生日宴会那天穿的裙子一样，都是纯白色的，款式也有点儿像，不过设计更好，手工更精细，显然要高那条礼服好几个档次。

时光一脸疑惑，她没在网上买过礼服，是不是快递小哥送错了……可她拿起裙子仔细端详了一会儿，裙子的尺寸刚好符合她的身材。

就在她在想这是谁送给她的裙子时，她的电话响了。

陆彦辰发的信息，让她穿上裙子下楼。

原来是陆彦辰送的，想到昨天他说带她去花“赃款”，她犹豫了一下便

换上礼裙，还化了淡妆。

她站在镜子前转了一圈，审视了一下自己的模样，还可以，应该不会丢陆彦辰的脸。

下楼后，时光第一时间就看到了身着西装、俊美帅气到让人移不开眼的陆彦辰。

他站在他的越野车边，正注视着穿着他挑选的礼服裙的她。

时光觉得他的目光像是带了火，让她觉得身体有点儿莫名地发热，她快步走过去轻咳了一声："我们这是要去哪儿，还要穿这么正式。"

陆彦辰没有回她，只是绅士地拉开车门。

时光到了才知道，原来今天他们来的是一个慈善晚会，募捐善款用于儿童大病紧急救助项目。

她粗略地扫了一眼，装饰得富丽堂皇的金色大厅，来的都是商贸政艺文各界的名流，似乎有些高调了，不太适合她来。

时光转身想走，可是陆彦辰拽住了她的手，霸道地拉着她走了进去。

陆彦辰并没有像前两天生日酒席那样，带着她高调入场，这次他很低调，牵着时光的手，在一个角落坐了下来。

时光坐在陆彦辰身边，一张脸忐忑不安，这个场合不适合她，她不太明白陆彦辰为什么要带自己来这儿。她悄悄扫了一圈，位置差不多都坐满了，应该是要开始了。

时光的目光越过大门口的时候，刚好看到了入场的苏雅，一身纯黑色的低胸礼服，精致的五官被化妆师描绘得完美无缺，长发盘在头顶，垂下几缕碎发尽显柔媚，和她一起入场的人是一身西装的杨驰风。

俊男美女，一路有说有笑而来，时不时还深情对视，一看便知道是一对情侣。

想到之前，杨驰风说喜欢她、要追她的那些话，时光的嘴角尽显嘲讽。

陆彦辰淡淡地瞥了她一眼，冷冷地出声："怎么，你不会以为他真的要追你吧？"

时光无语，她当然知道杨驰风并不是真的要追她！可是陆彦辰怎么会知道。她装傻："什么追？谁追谁？"

陆彦辰冷冷地："哼！"

时光："……"

她呵呵一笑，又往门口看。

这一次，她又看到了身穿粉色薄纱晚礼服，一头披肩长发的杨思彤。

举办人是沈家的沈春林和他的夫人，那是陆彦辰的舅舅、舅妈。

杨思彤进来后，第一时间找到了他们，和他们打了招呼后，这才走向苏雅和杨驰风。

时光冷冷地移开了目光，看着陆彦辰，有些不满他带她来这儿。她一点也不想看到杨思彤和苏雅……

这时，一位穿着黑色西装的中年男子，走到他们桌边。

"你什么时候来的？怎么都没提前说一声？"

时光抬头，这是刚才和杨思彤说话的男人，是陆彦辰的舅舅沈春林。

沈春林微微一笑："你好。"

那天酒宴上，她就坐在陆彦辰身边，今天陆彦辰又带她来参加宴会，真的如传闻所言是女友。

时光莫名尴尬，有些紧张："您好。"

陆彦辰回话："刚来，你忙。"

沈春林说："等会儿结束，先别急着走，一块儿吃个饭。"

……

杨思彤正和苏雅聊天，说时光拿了她的两千万，答应会离开陆彦辰，声音很小，只有她们听到。

杨思彤偶尔会关注一下沈春林夫妻的方向，毕竟这他们是陆彦辰的舅舅舅妈。

她见沈春林往一个偏僻的角落走去。当她看到陆彦辰时，脸上一喜，立刻就想奔过去，可看到陆彦辰旁边的时光后，她的脸色瞬间又黑了下来。

她怎么会在这里？

旁边的苏雅和杨驰风，感觉到杨思彤不对劲，顺着她的目光望去，自然也看到了陆彦辰和时光，两人的脸色都有些阴晦。

"贱人，明明拿了我的钱……"杨思彤狠骂一句，眼睛在冒火，很想站起来冲过去。明明说好了拿钱滚蛋，可她不但不滚，居然还和陆彦辰一起参慈善晚宴，来刺激她，挑衅她。

苏雅按住她，杨驰风则说："不管你想做什么，都要等拍卖会结束。"

杨思彤知道场合不对，她咬了咬牙，又回身坐好，攥着拳头，指尖差点掐进肉里。

慈善宴开始了，大家给予热烈的掌声，欢迎沈春林夫妻上台发言。随后，拍卖师上场，开始拍卖一件件物品。

时光兴致缺缺。

这样的慈善宴，大部分物品都只是走个过场，他们募捐，先在慈善宴前两天，把自己募捐的物品送来，然后又在慈善宴当天，用稍微差不多的价格拍回去。

她也不知道要拍哪件，哪件又合适。反正杨思彤给的卡也在陆彦辰那儿，干脆就全交给他。

就在此时，她看到下一件拍卖物品被人搬上台。

那是一幅巨大的油彩画，画中夕阳西下，少女站在海边，牵着一缕风，赏着一片海，望着一片云，释放着最闲暇、最美好的情怀。

它被标注的名字是《时光》，作者是南桔。

时光的眼眶突然就红了。

南桔，当年的天才少女，那是她的姐姐。

当年她姐姐一画成名，可还没有被大家熟识，就因为一场意外，让姐姐如流星一闪即逝。

多年的销声匿迹，也让她没被任何人记住。

这幅《时光》是姐姐最后的作品，被她捐出去做慈善了。

姐姐画这幅画是因为她，当然也是因为这幅画是姐姐最后的作品，所以在这七年里，她特别想找到这幅画。

但当年不知道被谁拍走了，找了很久都没找到。

知道她想找画的只有陆彦辰，她也只和陆彦辰说过，她喜欢南桔的《时光》，因为它叫"时光"。

陆彦辰今天会带她来这儿，是因为他早就知道《时光》会出现在今天的慈善宴上？

不管如何，今天看到了，她一定要拍下来。

已经开始喊价了，有人出价：“五万。”

时光拿起自己桌上的号码牌喊价：“六万。”

杨思彤一直关注着时光，不放过她和陆彦辰的一举一动。看到时光出价，她嗤笑一声，带着恶意作对的心态，扬起自己的号码牌：“五十万。”

时光皱眉，杨思彤是恶意抬价，可她不想姐姐的画被杨思彤拍走，明知她抬价，还是举牌：“五十一万。”

杨思彤毫不犹豫：“一百万。”

“一百一十万。”

“两百万。”

“两百一十万。”

……

价格越来越高，众人目瞪口呆，毕竟这是一幅不出名的画作，能拍出一百万就已经是天价了。

待看到时光身边的陆彦辰，再想到最近的传闻，陆家四公子交女朋友了，而且直接带到了他妈妈的宴会上。

大家恍然大悟，瞬间明白了，众人换上看好戏的心态。

时光呼了一口气，咬牙，再喊价：“三百万。”

杨思彤瞧了一下周围的人，如果今天这幅画她没拍到，明天就会成为所有人的笑话，她举牌：“一千万。”

她就给了时光一千万，她倒要看看，高出一千万，这个没钱的游泳教练还敢不敢和她抬价？

拍卖师兴奋大喊：“一千万，一千万……还有没有人出价？”

时光冷着脸，死死攥着拳头。

杨思彤看着脸色苍白，似乎骑虎难下的时光，冷笑连连，满心痛快。也不看看自己什么身份，一个游泳教练而已，居然妄想跟她抢，不自量力！

她的挑衅，她的鄙夷，她的轻蔑……时光都看在眼里，脸色更难看了。

旁边的陆彦辰，清冷着一张俊脸，深邃的眼睛看了时光一眼，见时光久久没动，而那边拍卖师在做最后的确定——还有没有人加价。

他伸手去拿号码牌，可还没拿起来，手就被时光按住了。

他的眼睛轻轻一眯，看向时光。

时光的脸上已经不见刚才的难看与不安，她眼睛含着浅笑，轻轻地朝他摇了摇头。

开始，她很想拍下这幅画，想等姐姐醒来，送给她当礼物。

杨思彤一出价，就是高出十倍的价格，她那时就知道，以她的财力，无论如何都拍不下这幅画。

既然如此，那不如以另一种方式送姐姐一份大礼。

一幅普通的画作却拍出一千万的天价，一定会成为这段时间的爆炸新闻，姐姐又一次用惊艳的方式，让世人再一次认识了天才少女南桔。而且姐姐要是知道她当年做慈善的画，居然拍出一千万，肯定会特别高兴。

两份大礼，比她砸锅卖铁拍下画送给姐姐，简直要好上太多。

台上，拍卖师重重地敲了一下锤，大喊：“最后成交价，一千万，三号桌的杨小姐！”

时光看向远处的杨思彤，突然勾唇灿烂一笑。

正冲着时光得意一笑的杨思彤，见此，表情微微僵了片刻，随即冷哼了一声，自认时光在给她自己找台阶下走。可是又不知道为什么，她这会儿却没有一点痛快的感觉。

瞅了一眼旁边的苏雅和杨驰风。两人的脸色都不太好，阴阴沉沉的。她的心突突地跳，手微微颤了一下，突然想到，这只是一幅不出名的画作，可是她居然花了一千万。

苏雅在她耳边，小声说了一句：“你太冲动了。”

杨思彤动了动唇，欲言又止。她不以为然，不就是一千万吗。对她来说是小意思，她又不是没有钱，如果花一千万能狠狠打时光的脸，她一点儿都不心疼。

掌声热烈，镁光灯闪烁不停，全场气氛进入第一个高潮。

接下来的两件物品，都被它们原来的主人拍走了，其实这种场合大家都心照不宣。

募捐竞拍，多数是做个样子，活络一下气氛，一般都是拍回自己的物品，一是为了表示自己的诚意，也是因为接近心中的数目。

杨思彤这次捐的是一对限量版钻石耳环，全球就三对，价值是五十万。她打算以多十万的价格，六十万再拍回来。

当台上的拍卖师一介绍完她的耳环，杨思彤就举牌了，起价二十万，她直接喊了六十万。

一般物品的主人喊出高出实际的价格，就不会再有人跟价了，也不会有什么人期待，可是这次却不一样，许多人都看向了时光……

看热闹不嫌事大是大部分人的心理。

刚才时光想要拍那幅画，而杨思彤和时光对着干，硬是用天价把画抢走，现在杨思彤想拍下自己的耳环，众人当然期待时光的反应。

时光看着周围的人，顿时有些哭笑不得。虽然杨思彤竞走了她想要的画，但是她很高兴。

不过，来而不往非礼也。既然杨思彤如此喜欢那对耳环，那便帮她买了！时光勾勾唇，抬起号码牌：“七十万。”

旁边的陆彦辰，似笑非笑地看了她一眼，深邃的目光有些探究。

杨思彤听到时光的声音，脸瞬间黑了下来，刚才和她抢画，难道还不够她丢脸吗？

这会儿居然还敢和她抢耳环！

她冷哼一声，举牌：“一百万。”

时光也举了一下牌：“一百五十万。”

杨思彤气息不稳，什么都没想，只想着压着时光，死死压着。

旁边的苏雅，轻声对她说：“思彤，你不要闹了，你刚才已经花了一千万，善事已经做到了，那耳环她要是喜欢，你给她就是了。”

她是杨驰风的女朋友，以后是要和杨驰风结婚的，杨家能有今天，在她看来都是因为杨驰风。

杨家的钱就是杨驰风的钱，现在杨思彤花杨驰风的钱跟流水一样完全不心疼，可她替杨驰风心疼。

杨思彤不悦。

如果她的耳环不拍回来，就什么脸面都丢没了，今晚自己高调地抢那幅画，也会成为圈子里的一个笑话，她当然不愿意："不行，这是我的耳环，被她抢走了，你让圈子里的人以后怎么看我？"然后看向杨驰风，"哥，绝不能让我们杨家丢脸，你说对不对？"

杨驰风阴沉着一张脸。

台上，拍卖师大声说："还有人高过一百五十万吗？没有人的话，这副耳环就要属于这位小姐了。一百五十万第一次，一百五十万第二次……"

杨思彤再次举牌："二百万。"

时光又毫不犹豫地抬价："二百五十万！"

杨思彤脸色发青，心头火起，举手叫道："三百万！"

比钱多，她怎么都不会输给一个游泳教练。

就算陆彦辰帮这个游泳教练又怎么样？

陆彦辰刚从军队回来，用的应该是陆家的钱，陆家家风严格，可不允许这样的事发生。除非他就是随便玩玩，根本没想让这个游泳教练嫁进陆家。

拍卖师激动了："三百万，还有没有人出价高过三百万？……三百万一次！三百万两次……"

杨思彤高兴了，以胜者的姿势看着时光。

时光对着她笑了笑，举牌："五百万！"

杨思彤彻底被刺激了，她有些失去理智，立刻又想叫价，可是号码牌直接被苏雅拿走了。

她显然还是不肯的，正想让苏雅拿回来，坐在苏雅旁边的杨驰风，威严出声了："思彤，够了！"

杨思彤顿时惊讶了，忍悲含屈："哥，今天我要是不拍下这对耳环，那我们杨家的脸……"

杨驰风比杨思彤看得清楚，她一时之气竞价，确实没花多少钱，可是杨家会成为圈内有名的冤大头。

那杨家才是真的没脸。

他和杨思彤隔着一些距离，也不好呵斥，只好看了苏雅一眼，苏雅立刻明白了。

她用只有她和杨思彤两人才能听到的声音，说："你以为拍下那副耳环，就能告诉别人你的未婚夫还是你的吗？思彤，你不觉得很幼稚吗？"

"有吗？"她并不觉得。

"你不是一直想知道陆彦辰为什么不喜欢你吗？因为你不够大气……哪个男人不爱玩，你如果真想嫁给他，此刻就不应该让他没脸，将来就算嫁给他了，你要做的就是喜欢他所喜欢的一切。"

听到苏雅这一翻大家闺秀的言论，杨思彤内心冷笑连连。

感觉她是站着说话不腰疼，如果大哥在外面找女人，她比谁都着急，都会想弄死那个女人。就在他们焦灼的片刻，那边拍卖师已经敲锤了："五百万第一次，五百万第二次，五百万第三次，恭喜这位小姐。"

杨思彤抓狂。

她这会儿连苏雅和杨驰风也恨上了，恨他们居然舍不得花这点钱。杨家会有今天，都是在她和陆彦辰订婚之后，他们现在居然为了这点钱，完全不顾她的脸面。

她怪，她恨，极端地认定所有人都对不起她。

接下来，她全程没有任何笑脸。

拍卖会结束之后，就是自助晚宴，她连苏雅和杨驰风也都离得远远的。

苏雅很无奈地看着杨驰风："大概是怪上我了。"

"不要理她。"杨驰风摸了摸苏雅的头，一副宠溺地模样，然后在苏雅不注意的时候，目光却看向正在和陆彦辰说话的时光。

沈春林走到陆彦辰和时光旁边，顿时很多人都围过来打招呼。

瞬间，男人女人分开，两拨人聊了起来。

沈春林夫人对时光蛮感兴趣的，一直拉着时光的手说话。

那边，沈春林低声和陆彦辰说了一句："你向我打听《时光》这幅画，原来是因为她。"

声音很小，可时光还是听到了。

她微微一愣，原来他是打听到《时光》会出现在今天的拍卖会上，所以才会带她来。

虽然今天她没能拍下《时光》，但她还是应该感谢陆彦辰。

又是感谢……她似乎欠这个前男友越来越多了，她突然有些害怕，害怕自己会还不清。

沈春林夫人也听到了，她微微一笑，说："看来时光很喜欢这幅画，可惜了……"

"本来我是很喜欢那幅画，很想拍下来……不过既然对方志在必得，我想还是算了，君子不夺人所好。"

杨思彤的脸色特别难看，她瞪着时光，明明拿了她的钱，答应她离开陆彦辰，现在居然敢光明正大地和她抢耳环、抢陆彦辰。

该死，她杨思彤可不是谁都能随便玩弄的。

真以为拿了她的钱，还能留在陆彦辰身边吗？杨思彤决定去告诉陆彦辰时光虚伪贪财的真面目。

第十一章

只要遇见，便是温暖

宴会的洗手台很大，旁边还带着休息区，杨思彤知道陆彦辰在男洗手间，才会站在休息区等他，想对他戳穿时光的真面目。

可还没有等到陆彦辰出来，时光先从女洗手间走了出来。时光走到洗手台，打开水龙头，才从镜子里看到站在休息区的杨思彤。

她的眼神很冷漠，跟看了个陌生人一样，没有任何变化，下一秒就云淡风轻地收回了视线。

杨思彤狠狠地盯着时光的背影，恨不得在她背上烧出个洞来。

居然敢骗她，她一定要……正想着怎么泄愤的杨思彤，突然心生一计，她不露痕迹地冷笑了两声。

猛地向前，她冲到时光身后，阴阳怪气地开口喊道："时光，你明明拿了我的一千万！"

如果她直接和陆彦辰说时光是贪慕虚荣的女人，陆彦辰不一定会信她。这会儿，陆彦辰就在男洗手间，她只需要和这个游泳教练在外面对质，陆彦辰就什么都会知道。这可比她去告诉陆彦辰，效果要好得多了！

时光在镜子里看她一副气势汹汹的样子，不禁笑了笑："对呀，拿了你的一千万，怎么了？"

杨思彤被时光的理所当然气笑了："你居然还好意思问我怎么了？你明明和我说给你两千万，你就不会再见陆彦辰，让他对你彻底死心！"

时光摊手，表示很无辜："我没有见他，是他要来见我，我有什么办法。而且你不是说要让他死心吗？这死心哪里是几句话的事，我总得要合计合计，要怎么做才能让他彻底死心，这还没想出法子，你就在这骂骂咧咧了。"

杨思彤很想冷静，可是真的冷静不下来。

这个贱人的嘴怎么那么利，既当婊子又立贞节牌坊，居然还能说得那么理直气壮，真是能把人气死。

她轻笑一声，语气里全是讥讽："你当我是傻子吗？你明明就是嫌钱少，想在陆彦辰那儿可以捞到更多的钱。还是你以为你能嫁进陆家？陆家绝不会让彦辰娶你这种贪慕虚荣的女人，你别痴心妄想了！"

"我是嫌钱少，回到家我想了一下，陆彦辰可是陆家四公子，可不值两千万，至少应该值两个亿。不过就算你给我两个亿，也并不代表我就可以随便任你骂。你脾气这么坏，我不想跟你合作了，你的一千万还你。"

说着，她打开包包，拿出刚才拍的那对耳环，塞到她手上："这个钱，我毕竟是因为陆彦辰才挣到的，所以我和陆彦辰平分了。这个是我的那五百万，剩下的五百万在陆彦辰那儿，你去问他要吧。"

时光的语气软，不与你针锋相对，神色也委屈得跟个小可怜一样，但却不是软弱可欺。

这把杨思彤气得快要吐血了，拿了她的钱，故意抬价买她的耳环，最后再送还给她，用作抵消离开陆彦辰的那些钱。

啊！耍她！快要疯掉了！

"你以为收了我的一千万，用一对耳环就两清了？"要不是知道陆彦辰就在男洗手间，她估计会直接没形象地大骂起来。

时光淡淡一笑："杨小姐，这对破耳环原本就是你的，而且刚才那么多人见证了，我拿了五百万拍下来的，怎么就不算数了？"

"你！"杨思彤咬牙，忍了忍，这贱人嘴皮子厉害，跟她争执讨不到好，而且她不会忘记她的目的，为的是让男洗手间里的陆彦辰，知道这个女人的真面目。

对于刚才时光说的还有五百万在陆彦辰那儿，她压根儿就不信，只以为时光在狡辩，为的就是不离开陆彦辰，又想吞下五百万。

杨思彤稍稍冷静下来，阴恻恻地一笑："我给你的那一千万，账号名字可是我的，你拿了钱就应该离开陆彦辰，不然我就去告你。"

时光惊愕地瞪大眼睛："告我？你凭什么告我？咖啡厅有监控，确实是你亲自把卡给我的，而不是我偷的，至于你给我钱的原因，谁知道呢？"她还装出一副苦恼的样子。

杨思彤咬牙，怒吼："没有任何原因，我干吗给你一千万，难道我脑子不正常吗？"

时光用探究的目光看着她，像是医生在观察病人，最后叹息一声："也许你脑子真的不正常。"

杨思彤已经到了崩溃的边缘，她瞪了时光半刻，狠狠一笑："你是不是打定主意，非要和我抢陆彦辰不可？"

时光略显无奈地说："没有人要跟你抢，可陆彦辰就是喜欢我，就是非我不可，我也没有办法。"

杨思彤一双拳头渐渐握紧，胸中燃起怒火。她死死压着火气，声音充满怨毒："喜欢你？你也不看看你是谁？不就是一个游泳教练，陆彦辰会看上你？非你不可，哼，他最多就是玩玩你。"

"也许玩着玩着，就白首不离，此生不变了呢？毕竟这个世界有无数种可能。"时光说着，还露出一副羞涩的小模样。

杨思彤的面容扭曲地讥笑："真好奇你哪儿来的信心！麻雀就是麻雀，飞到枝头也成不了凤凰！"

时光面色不变，但用着跟她相同的语气："暴发户就是暴发户，就算进了上流圈，也掩饰不了粗俗的本性，让人贻笑大方！"

杨家以前就是暴发户，这些年杨思彤一直认为陆彦辰不肯和她在一起就是因为她是暴发户的女儿。所以她很不理解，为什么一个游泳教练都可以跟他在一起，而她却不可以。

这些话字字句句像针一样，刺在杨思彤心上。杨思彤气血直往头上涌，眼睛都红了，只觉得面前这个女人笑得阴险又恶毒，完全是小人得志。

忍无可忍的杨思彤失去了理智，忘记了她会这么做，全然是为了给陆彦辰看的。

她暴怒："臭不要脸！陆彦辰将来一定不会要你！"

时光和杨思彤的暴怒形成鲜明的对比，她嘴角弯着，有一抹似有似无的笑意，白皙的脸轻松而随意，看上去有些可爱，实则透着一点儿狡黠。她说："我不知道将来他会不会要我，但我知道他现在不要你！"

杨思彤气得浑身发抖，脸色一阵青一阵白，终于怒不可遏，扬起巴掌扇过去。

两人隔着一段距离，她需要快走几步才能打到时光。

地板很滑，她穿着高跟鞋又走得太快，一个重心不稳，身体向前栽倒。她吓得惊呼一声，立即去抓时光，想要扯住她当垫背。

时光吓了一跳，几乎是下意识地就闪开了。然后杨思彤摔倒了，额头撞到了旁边的垃圾桶上："啊，痛……"

她惊魂未定，猛吸了好几口气才缓过劲来。

羞愤难当时，她捂住受伤的额头，狼狈地站了起来，在镜子里看到自己的额头磕破了，顿时气得面颊通红，浑身发抖，她看向时光的眼神犹如淬了毒："你真狠毒！"

时光这下无语了："你要打我，结果没打到，反而害得自己摔倒了，这关我什么事？"她失笑，"哦，对了，休息区这儿可是有摄像头的，里面肯定清楚地记录着，我可是连碰都没有碰到你。"

时光不想再理杨思彤，直接绕过她走了。

"时光！"杨思彤气急败坏，怨毒地盯着时光的背影，想要大声辱骂。

就在此时，有人从男洗手间走了出来，杨思彤后知后觉地想起自己的目的。她压抑满心的怒气，调整情绪，慢慢转身……果然如她所想，来人是陆彦辰。

陆彦辰这会儿也正看着她，眼里仍是平静无波，不起一丝风浪，好像完全不知道刚才外面发生的事情一样。但是，这怎么可能，动静那么大，或者他不是不知道，而是假装不知道。

这样想着，杨思彤的脸部肌肉僵了一秒，她想要做出惊讶的表情，却是怎么都做不出来了。最后，她只能假装惊讶出声："彦……彦辰，你怎么在这儿？"

陆彦辰没有回她，只是打开水龙头，慢条斯理地洗着手。

杨思彤特别委屈，她的额头还在流血，他怎么可以当作什么都没看到。

她向前走了两步，站在陆彦辰身边，泪眼朦胧地看着他，声音哽咽："刚才的话，你都听到了，是吗？"

陆彦辰没理她，继续洗自己的手。

"一千万，不，是两千万！她问我要了两千万，我给了她一千万定金，她答应我不再见你，让你对她彻底死心后，再从我这拿走一千万。这样的女人，她根本不爱你，他和你在一起只是因为你的家世，如果你不是姓陆，如果你只是一个普通人，她绝对不会和你在一起。这个世界上最爱你的女人是我，是我！"她说着说着，委屈的眼泪大滴大滴地往下砸。

陆彦辰依旧面无表情，对这些话没有丝毫的动容。

他擦了一下手，从口袋里掏出一张卡。

杨思彤不解地看着陆彦辰，一贯不冷不热的俊容，如雪一般清冷。

他把卡放在洗手台上，再推到杨思彤面前："这里面，是剩下的五百万。"

杨思彤心口一滞。

五百万？时光说的剩下的五百万，真的在陆彦辰手里？这怎么会……

难道说从一开始，这两千万就不是时光目的，时光从开始就决定了，借着这两千万让陆彦辰彻底厌恶她。

杨思彤的脸色难看到了极点，她浑身冰凉，紧紧地盯着陆彦辰，他也看着她，依旧是那样的冷漠，就像是看一个陌生人，甚至像是敌人。

他是怪她了？恨她了？不！她是他的救命恩人！

杨思彤慌了，乱了，哭着说：“我承认，我是拿钱让她离开你，可若她真的为了钱离开你，这只能代表她不爱你。只是我没有想到，她从一开始就算计我，这样的女人，她和你在一起，怎么可能不是为了钱？”说着，她想去拉陆彦辰的衣袖。

陆彦辰后退几步，躲开了，隔着距离看着她，一贯的波澜不惊，似乎对时光是不是爱他的钱完全不在意。

这是有多爱，才会完全不在意一个女人是爱他的人还是爱他的钱。

她嫉妒得发疯，怨恨得发狂。

杨思彤疯狂嫉妒之后，依旧是怨恨的，但更多的是绝望。

明明抓了好牌，为什么打成现在这样？

陆彦辰对她一直冷漠，完全没因为订婚而对她所有不同。后来他强行要退婚一事，当时闹得不太好看，以至陆家其他人和陆家的亲戚，都开始对她不冷不热，有些人甚至隐隐还带着不耐烦。

那天的酒会，陆彦辰带着时光去参加，陆家没有任何一个人打过电话来解释一下。

今天的慈善宴……怕是她已经成为圈内的笑话了。

耳边又传来脚步声，杨思彤的心猛地揪在一起。

她希望是陆彦辰去而复返，可当她抬头看到来人是苏雅时，她心里最后一点希望都没有了，像是被烧毁的野草，死气沉沉。

她痛哭流涕地道：“我输了，我彻底输了！”

不是输给时光，而是输给陆彦辰，也许现在收手，陆彦辰还会记着她救他的那份恩情。

如此一蹶不振的杨思彤，令苏雅皱眉：“你想放弃？”

杨思彤揪着发疼的心口说：“我不想放弃也没有办法，陆彦辰已经讨厌我了。”

“怎么会，你是他的救命恩人，刚才他不是也没有把你怎么样吗，只是把银行卡还给你就走了，一句重话也没说。毕竟你救了他，而且你也没有伤害那个时光，不就是吃醋，小吵小闹了一下，他如果太过了，那可就是忘恩负义了。”

杨思彤一脸纠结，就算是想放弃，可终于是不甘心。

“那个游泳教练，给钱搞不定，可见她是真的喜欢陆彦辰，一个女人爱一个男人，就一定想得到相同的回应，可她若发现，这个男人并不是真的爱她呢？”苏雅一直温柔地笑着，见杨思彤一脸不解，无奈地摇了摇头，“陆彦辰有多喜欢他的前女友，这些年表现得还不够吗？”

这下，杨思彤终于明白了，她那颗萎靡不振的心，如沐春风，死灰复燃。是的，陆彦辰最爱的是他那个初恋，而不是这个游泳教练。

如果时光知道这件事，她绝对不可能无动于衷！

霍湛约了时光一起喝下午茶。

见面时，霍湛生气地瞪着眼睛，火冒三丈的样子：“说说，怎么回事儿？不是说你没有男朋友吗？你个没良心的！从小到大谁对你最好？”他用力地拍着胸脯，“是我！霍湛！你倒好，找个小白脸，居然还不告诉我？”

“他不是小白脸，而且我跟他……”

霍湛打断了时光的话：“不是小白脸是啥？他有未婚妻你知道吗？陆家的四公子就能脚踏两条船了？我告诉你……”

时光是想和霍湛解释清楚的，可是霍湛一直在教训她，没有给她说话的机会。

这时，她的手机响了起来……时光拿起来看了一下，是陆彦辰打来的，她直接接通了。

“你迟到了。”陆彦辰慵懒地躺在泳池边的沙滩椅上，明媚的阳光透过树木的缝隙打在他的身上。

迟到？今天他要上课？可他身上不是有伤……时光正准备回答，对面的霍湛故意喊出声：“喂喂喂，是谁呢？”

他的声音很大，电话那头的陆彦辰自然也听到了。他眉眼半眯，慵懒的神态不见了，一时俊颜如雪。

时光瞪了霍湛一眼，然后小声解释：“你身上有伤，不能上课。”

陆彦辰满脸寒霜，原本准备好的话，临出口时突然间就变了：“谁告诉你我有伤就不能上课，我说上课就必须要上课，马上给我过来！”

语气也和刚才不一样了，亦是没有任何温度，说完就直接将电话挂断了。

时光无语，虽然陆彦辰语气强硬，可她并不打算回去。

伤口没好就下水，泡烂了怎么办？

真是的，这么大个人了，还不让人省心。

霍湛看时光打完电话，还是一副担忧的模样，他把脸凑到时光面前，吓得时光后退一步，险些尖叫："你干吗！"

"终于回神了？我还以为一个电话就把你的魂吸走了呢。"霍湛取笑她，语气酸酸的，"你还真是中了情毒，打个电话也能打得这么痴缠。"

时光无语："我哪有？"

"哪有？"霍湛朝她嗤笑了一声，"你看看你现在的样子，简直就是恋爱中的白痴样，不是我说你，你长长脑子吧，可别被骗了。"

作为她从小一起长大的好朋友，又因为她现在的情况，霍湛觉得自己应该管着她，看着她。

"你放心！"时光无语地笑着。

"哼。"霍湛怪笑两声，手不客气地戳了戳她的额头，"我们认识多少年了？别人不了解你，我还不了解你？你现在这情况，我真的很不放心。"

时光抚额："我什么情况呀？你什么也不了解。"

"他有未婚妻。时光，这样的男人，再爱也别去掺和，我可不想某一天你被人骂小三。"

闻言，时光的脸色突然沉下来。

霍湛看着她，胸口莫名的闷："我知道这话你不爱听，可是……"

时光打断他的话："霍湛，不是你想的那样，有些事情我也不知道该怎么和你说，但我和他就……肯定不会在一起的。"

霍湛听了还是没法高兴，脑子里全是刚才时光和陆彦辰打电话后，那种又生气又有些担忧的、恋爱时才有的表情。

明明吹着冷气，可霍湛的胸口就是一直不受控制地发闷。

时间一分一秒过去了，就算他那么强势的要求上课，她还是没有回来，陆彦辰心里泛起一丝又一丝苦涩。

他怔怔地坐在沙滩椅上，墨黑的眼神微沉，面无表情。

她丢下他去陪那个男人是应该的，他又不是她的男朋友，他苦什么？他想不在意，可是心里那道苦意却越来越浓了，浓到发酸，从心底泛出来，一点一点渲染开来，令人有些难受，心里头慌得要窒息了。

就算知道她不会来了，可陆彦辰还是坐在那儿，神思昏沉，面如寒冰。

忽地，门的方向传来声响。

陆彦辰顿时抬头，不一会儿，看到一个人走了进来，高高瘦瘦，娇娇柔柔的身影，挺拔而又坚韧。

对上他的目光时，时光愣了一下，然后撇了撇嘴，说："你的伤口不能入水，你就算要上课，也只能在地面上做一些基础训练……"

男人冰冷如寒潭的眼神慢慢泛起一些暖意，但他再站起来时，眼里却是看不出多余的情绪。

他阴着脸说道："还上课，也不看看现在几点了？"

时光摸了一下鼻子："那……要不，明天再上课好了？"

陆彦辰想了想，然后淡淡地"嗯"了一声。

既然不上课，那她就应该走了才是，他也应该回家，可是两人依旧保持着对立的姿势，你看看我，我看看你，就是不说话，他不说，她也不说。

没过多久，还是时光沉不住气。女孩总是面皮薄，而且被一个这么俊美的男人直勾勾地看着，他漆黑的眼睛里，仿佛染了二月的和风，让人觉得身体酥酥软软的。

"那我先……"她想说她先回去了。

"帮我上药。"结果陆彦辰先她一步，把话说完了。

时光想拒绝。那天给他上药是因为沈灵双，昨天她没有给他擦药，他对着镜子也自己搞定了。

想拒绝的时候，又想到刚才来的路上，接到了王彩纯的电话，王彩纯说陆彦辰被打是因为她。

她有些担忧，是因为那个花瓶……拒绝的话怎么都说不出口，时光把包包放在椅子上，又将手机放在旁边，然后去洗手拿药。

她刚走，手机便响了，叮当叮当……一条接一条的短信。

全部都是霍湛发的。

不管霍湛怎么想，都觉得陆彦辰不是良人，所以他还没有到家，就在半路停了车，给时光发信息，让她一定不要和陆彦辰在一起，而且把她和陆彦辰不适合在一起的各种原因，都一条一条地发了过来。

这些信息，一条接一条弹在屏幕上。

陆彦辰听到声音响，瞥了一眼，然后看着走出来的时光，唇轻轻弯起，带着一些嘲弄。

时光抬了抬手里的药："擦药了……"

陆彦辰无声地嗤笑一声，直接脱了衣服，懒散地趴在沙滩椅上。

时光在旁边坐了下来。

陆彦辰身上的伤已经好得差不多了，有很多伤口已经结痂了，不过还是有些血痕，看着触目惊心。光是看着就觉得疼，如果是抽在她身上……时光忍不住打了一个冷战，拿着棉签，动作轻柔地将药涂在伤口处。

虽然不是手，可是那一下又一下的动作，还是仿佛划在心尖，烫在心底，烫得陆彦辰感觉心头更不舒服了。

他故意找碴儿，冷着声音说："轻点！"

时光的手一顿："这都已经结疤了，还疼？"

再说她也没有用力。

陆彦辰哼一声："结疤了才更疼。"

时光动作只好再放轻，但是陆彦辰还是不满意："太轻了，痒。"

"那你到底想怎么样？到底是要重一点还是要轻一点？"

"这要问你。"

"怎么就要问我了。"

时光真想说：怎么没痛死你，但她忍住了，闭着嘴不说话，只是冷着一张脸，换了一根棉签，然后重新涂在伤口上面，不过这一次，她有点儿故意去压没好的伤口。

陆彦辰当然感觉到她的恶意了："你是不是谈恋爱谈坏脑子了，手脚没轻没重的。"说着，他扭头看着时光，眼神异常锐利，仿佛要将她看穿。

时光幽怨地看着他，这人还真是坏脾气，她不想惹他，可帮他擦药还要被他骂，她忍不住大声回了一句："你才谈恋爱谈坏脑子了！"

刚好，时光的手机又响了，依旧是霍湛发来的信息。

陆彦辰的眼神又狠又厉，瞟了手机一眼，冷冷地看着时光："一直响个不停，到底谁脑子坏了？"

时光也瞥了一眼，看到是霍湛，直接怼回去："这是我朋友。"

陆彦辰讽刺一笑："朋友，见家长的朋友。"

时光当下也没多想，为什么陆彦辰会知道她见了霍湛的家长，直接脱口而出："那是帮忙演戏的！"

演戏？假的……陆彦辰猛地扭头看向时光，怔怔地。

时光才没有察觉陆彦辰情绪的变化，她又冷哼一声："跟你一样！"

陆彦辰无意识地呢喃了一句："怎么会跟我一样？"

"怎么就不是一样了？都是假的。"她一字一句地强调，"所以，谈恋爱谈坏脑子的不是我，反倒是你，小心恋爱谈多了坏脑子。"

"我只谈过一场恋爱……"陆彦辰突然回头。

时光弯着腰，而他回头的时候，身体微微上扬。此刻，两人离得很近，脸与脸就隔着半寸不到的距离。

时光清晰地感觉到了他加重的呼吸。她整个人愣住了，呆呆地看着他，男人幽深的眼神里，涌动的是她看不明白的汹涌暗潮。

有那么一会儿，她有种错觉，仿似下一刻陆彦辰就会微微抬头亲吻她。

她被自己的想法吓了一跳。

虽然重逢后，他们接过吻，可每一次都是意外。犹记得，两人在海边，需要一个吻来免单，他那时一脸嫌弃的样子。

她真是疯了，才会做如此想象。

时光赶紧后退几步，望着陆彦辰的目光开始躲闪，也带了些许不安。她的手脚有些慌乱，棉签划过小脸，在她脸上落下一道红痕，待再给陆彦辰擦药的时候，还不小心往旁边戳了一下，刚好就在伤口上。

时光能感觉到很疼，她想刚才那么轻的力道，陆彦辰都鬼喊鬼叫，现在这会儿估计要发大火。然后出乎她预想，陆彦辰疼得吸了一口气，但是并没有说什么，连皱眉都没有，然后趴在椅子上让她继续擦药。

刚才还那么大脾气，怎么突然就蔫了？时光略微有些意外。然而，更让她想不到的在后面。

擦完药依旧趴着的陆彦辰，淡淡地盯着她，朝她勾了勾手：“过来。”

他的声音难得温和，轻柔得令人不可思议。

时光又是一怔，可很快她就敛起神思，带着狐疑，向前靠：“什么？”

“你的脸……”

他说着，伸手擦掉她脸颊上刚才意外染上的红痕。

时光彻底蒙了，一双大眼瞪得溜圆。他的手触摸到她的脸时，她感觉自己双脚莫名发软，像是踩着棉花，脑子还跟发烧一样，有些眩晕。

气氛也变得暧昧。

时光猛地惊醒，然后一把拍开陆彦辰的手：“我自己去擦。”

她说完，转身往更衣室而去，胸腔里的一颗心，好像要跳出来一样。她看着镜子里的自己，脸上的血痕已经被擦掉了，但是脸很红，一直红到脖子和耳根……

时光心里勒得慌，仿佛被什么缠绕着。

她这是怎么了？难不成……不！不能因为他对她好一点，她就迷失了自己的心。他以前她比现在更好，好到让她觉得自己是这个世界上最幸福的女人。结果，得到的只是他绝情的分手。

在他宠她的时候，她根本不知道，他还有那样冷漠的时候，所以她绝对不能再重蹈覆辙，再一次掉进陆彦辰这个大坑里。

时光觉得自己和陆彦辰之间，似乎是有点儿过了。她想她应该给自己画好线，然后禁止越界半步。

平复情绪后，时光迈步出来，背起包想要回家，才刚刚迈两步，陆彦辰便在身后叫住她：“等等。”

“还有什么事？”时光回头。

“如果我没有记错，你还欠我一顿饭。”

时光愣愣地。

她什么时候还欠陆彦辰一顿饭了？

看她的样子就知道她忘记了，陆彦辰好心提醒：“红烧肉，水煮鱼。”

闻言，时光明白了，满头黑线，都过去多久了，居然还记得这事，而且那天她想躲杨思彤也全部都是因为他。

才刚说划清界限，又要给他做饭？时光拒绝，撇了撇嘴说：“我今天不想做饭。”

“那就去外面吃，你买单。”陆彦辰不容拒绝，说完就先迈步了。

时光没辙儿，只好跟上去。

陆彦辰没有开车，慢悠悠地迈着步子，时光也不知道他要去哪，又准备吃什么，不过她已经决定好了，太贵的话绝对不买单。

他走在左边，她就走右边，两人一句话也不讲，谁也不看谁。

出了小区，陆彦辰走进了一家装修简单的湘菜馆，随便点了两个菜、一个汤，剩下的一个让时光点。

时光瞧了瞧菜单，看到了一个“绝味牛三宝”，以为是牛肉，而且菜后面还挂着一个“荐”字，于是点了这个菜。

旁边的陆彦辰正在倒茶，听到时光念出这个菜名时，手微微一顿，抬头怪异地看了她一眼，但是什么也没说。

点好菜之后，时光习惯性地拿茶水洗筷子，她看对面的陆彦辰没有要动的意思，还直接拿茶杯喝了一口水。

菜陆续上来了，时光看着自己点的“绝味牛三宝”，微微皱着眉头：“这不是红烧牛肉吗，怎么变成汤了？”她说着，用勺子在汤里转了一圈，感觉食材怪怪的，“这是牛舌头？”

陆彦辰忍不住勾唇，眯眼看她，黑眸却深不见底，轻轻问她：“牛身上有三宝，知道是哪三宝吗？”

时光静想几秒，然后答：“牛肉，牛筋，牛百叶。”

陆彦辰端起茶杯喝了口，挑眉，有些揶揄地笑着。

“难道不是吗？”时光一脸狐疑，拿起手机，百度了一下“牛三宝”，结果搜出的答案是：牛蹄筋，牛尾，牛鞭……

前面两个还好，后面一个让时光惊得下巴差点掉到地上。

她赶紧放下手机，将“牛三宝”往陆彦辰那边一推：“你一个人喝掉就好了。”

陆彦辰手撑着下巴，眼里浮起丝丝笑意：“一个女人给一个男人喂一大碗牛鞭汤，知道是什么意思吗？”

听他把话听完，时光几乎是脱口而出：“能有什么意思，不就是……”话倏地一顿，她狠狠一滞，终于回味过来了。

时光猛地抬头，撞上陆彦辰的目光，感觉浑身上下像着了火。

她很尴尬，捂着嘴，掩饰一般，轻咳了几声，一张水嫩嫩的脸蛋儿憋得通红，静默了几秒钟，才试着辩解：“毕竟点了，我只是不想浪费。”

陆彦辰一勾唇：“那要喝了，晚上受不住，你负责灭火？”

时光面红耳赤。

流氓！时光沉默着，假装什么也没听到。

奈何陆彦辰一直饶有兴味地看着她。

她瞪了他一眼，不甘示弱：“行呀，我一会儿负责叫个大美女，美美地灭掉你的火！”

陆彦辰被怼了。

他的眼神凛冽如冰地盯着时光，带着一丝警告的味道在里面。时光不再理他，垂着脑袋大吃特吃，至于那碗汤，她后面连看都不看，至于陆彦辰有没有喝，她是不知道，也不想知道。

吃到一半时，陆彦辰的电话响了起来。他看了一眼手机屏幕，眉眼往下沉了沉，直接按掉了，然后就结束了跟时光的晚餐。

陆宅，古色古香的书房里静悄悄的，只有落子的声音，陆父此刻正在和杨思彤对弈。

陆彦辰进来时，陆父瞥了他一眼，沉着脸说了一句：“来了。”然后抬了抬手，“坐吧。”

进来后，陆彦辰就站在旁边，面无表情，也没有主动说话的意思。

“您找我有事吗？”陆彦辰没有坐，意愿很明显，不想多做停留。

陆父脸色一沉，将手里的棋子狠狠丢在棋盒里，发出清脆的响声。

杨思彤含羞带怯地凝视着陆彦辰，动了动嘴唇想要说什么，最后，她就深情地喊了他的名字：“彦辰……”

陆彦辰淡淡地看了她一眼，但是没有其他多余的回应。

稍后，他对陆父说：“我有点事要去处理，就不打扰您下棋了。”

陆父感觉自己被这不肖子气得七窍生烟，恨不得又一鞭子抽过去，不过念在有外人在场，他多少要给陆彦辰留个面子，所以只能吹胡子瞪眼了。

楼下的沈灵双，一直担忧地望着楼上，生怕陆父一言不合又打陆彦辰。

不一会儿，见陆彦辰下楼了，顿时松了一口气，知道他要走，忙问：“不吃了饭再走吗？”

陆彦辰回道：“我已经吃过了。”

沈灵双不相信，她觉得是因为有杨思彤在，所以儿子才会不愿意留下来吃完饭再走。

这时，她看到杨思彤从后面跟了出来，脸色惨白，全身上下无不在诉说着伤心。

她也挺苦恼的，可是孩子们的感情，她也不好掺和什么，正想安慰杨思彤两句，结果杨思彤跟着陆彦辰出去了。

沈灵双怕出事，于是上了书房。见陆父躺在藤椅上，优哉游哉的摇晃着藤椅。

“杨小姐跟着彦辰出去了，你也不让人去拦一下。”

“拦什么，有什么好拦的。这件事情他想快点解决，那是不可能的。”陆父说完，直接转换了话题，问沈灵双晚上吃什么。

杨思彤追着陆彦辰出去，哽咽地问：“彦辰，可以和你谈谈吗？”

陆彦辰一惯淡漠：“要说的，我都已经和你说了。”

“不……”杨思彤摇头，眼眶又红了起来，一副要哭的模样。

陆彦辰眼中滑过一丝不耐烦，不想与她多做纠缠，转身就想上车。

谁料杨思彤突然跑上去，从后面一把抱住他的腰：“彦辰，你给我一次机会好不好？我真的很爱你……”

陆彦辰没料到她会有这一举动，下意识掰开她的手，将她往后推。杨思彤只想着自己怎么都救了他一命，他不至于对自己怎么样，可是却没有想到他会如此粗鲁。

她摔了一跤，跌坐在地上，看着陆彦辰决绝的背影，满心绝望：“你就那么讨厌我吗？”

陆彦辰仿佛没有听到，直接上车，以最快的速度驱车离开了。

杨思彤伤心地哭了起来，这时沈灵双出来了，杨思彤抱着她：“阿姨，我真的很喜欢彦辰，就算明知道会是这样的结果，我依旧想试一下，可是心好痛……”她揪着自己的胸口，好像下一秒就会晕倒似的。

沈灵双赶紧搀扶着她进屋，让她在客房休息一会儿。

待沈灵双一离开，刚刚还伤心绝望的杨思彤，突然若无其事地站了起来，轻声嘀咕：“他的卧室就在客房旁边。”

杨思彤拉开门缝往外看了看，外面没有人，她走了出去，随后推开了陆彦辰的卧室门，悄无声息地走了进去。

陆彦辰那么喜欢他的前女友，肯定会留他和前女友的合照，只要拿到照片发给时光，她一定会介意，一定会和陆彦辰闹。

房间很整洁，每日都有人打扫，她不敢随意翻动，小心翼翼地找了一圈，可是什么也没找到。难不成他真的已经忘记前女友了？

她把弄乱的书重新放回原位，不想一张照片，突然从书里掉了出来。

时光和张书林教练原本对于“飞鱼杯”处于比较放松的姿态，毕竟这个比赛只是一个预热赛，但现在前三名有选拔赛决赛的名额，这令张书林和时光紧张了起来，立刻开启备战状态。

雷老板这段时间特别开心，因为俱乐部迎来了新的投资人，他见到谁都笑眯眯的。

下午投资人要参观俱乐部，雷老板叫时光和另一个运动员一起招待。

时光下午不用给陆彦辰上课，便同意了。

不过时光怎么也没有想到，这个投资人居然会是杨驰风。

她的小脸瞬间变得极为难看，第一想法就是杨驰风投资俱乐部绝对是有目的，至于追求她，她是绝对不相信的，帮他妹妹报复她倒是有可能。

时光全程冷着脸，默默跟在雷老板身边，一言不发。

可是她再低调也没用，人家来投资就是为了她。雷老板说要带杨驰风到处看看时，杨驰风提议让时光带他去。

时光自然是不同意的。

在雷老板心中，他已经认定了时光是陆彦辰罩着的人，自然也不会强迫时光去应酬杨驰风，便笑笑地说：“杨总，你看要不让子纤带你去？”

子纤，全名徐子纤，是和时光一起招待的俱乐部运动员。

徐子纤闻言，立刻笑道：“杨总，您这边请。”

杨驰风看都不看她一眼，目光直勾勾地落在时光身上，沉声道：“我只要你带路。”

徐子纤的有些尴尬，看了雷老板一眼。

雷老板一愣。

这是什么情况？难不成杨驰风也看上时光了？这可就为难了。

时光冷着脸，还真是来找碴儿的？谁想带，谁去，反正她不去！

她不在意杨驰风要不要投资俱乐部，但是雷老板在意，他可不想得罪送上门的财神爷。

他赔笑两声，拉着时光走到一边，小声说道：“你这是干什么？这可是我们俱乐部的投资人，你这个态度，以后谁还敢投资我们俱乐部，没人投资俱乐部谁给你们发工资，你就算不为我想想，也要为自己想想。”

时光扭开头。

雷老板见来硬的行不通，便来软的卖惨：“时光，这些年，我这个俱乐部一直入不敷出，好不容易有个投资商投资，你却要这样，难不成你想看我破产吗？”

时光咬牙，浑身不舒服，她是不想，可是雷老板的面子还是要给。最后，勉强同意带杨驰风参观了。

她公式化地带着杨驰风在俱乐部转了转，介绍得很机械，仿佛冰冷的机器人。

不论被怎样冷漠对待，杨驰风都是笑意不改。

转了一会儿，杨驰风突然停下来，双眼深情地看着时光。

时光冷着表情，一脸防备地望着他：“请问逛完了吗？如果逛完了，那我可以走了吗？”说着，她便要离开。

杨驰风几乎是在瞬间就抓住了她的手腕。

时光黑着脸用力甩开自己的手，问道：“你想干什么？”

杨驰风无奈耐地说：“你说我想干什么？自然是想追你。”

“呵呵。”时光嘲讽地看他：“你的女朋友苏雅知道吗？”

杨驰风微微一笑：“这和她有什么关系？”

时光真心觉得这人挺恶心的，有女朋友了还追求另一个女人。这是怎样不要脸的人才会做出这样的事。

大概知道时光在想什么，杨驰风解释道：“她不是我的女朋友，所以我有追求你的权利。时光，我很喜欢你，不，我是很爱你，跟我在一起，我会对你好。”

时光冷漠的表情没有丝毫变化，她冷冷地说道：“我想我已经拒绝得很清楚了，你的爱，我承受不起。”

杨驰风说：“你以为我只是玩玩？不，我不是想玩玩，我想和你正正经经地谈一场恋爱，从吃饭、看电影开始，然后见家长，再一起组一个家庭，有个宝宝，互相依靠。”

时光立刻拒绝：“不可能！”

杨驰风推了推眼镜：“是因为我是思彤的哥哥，所以你不相信我？”

时光直接点头：“对，因为你是杨思彤的哥哥，就算你是认真的，我也不会和你在一起，连想都不会想。”

杨驰风有些受伤地问：“为什么，你不觉得这样对我很不公平吗？”

时光讥笑连连。

“这个世界从开始诞生就是不公平的，弱肉强食的规则自生命开始时就已经制定。人作为高等的灵长类动物，更是将这个规则发挥得淋漓尽致。所以，有些人生在偏远的山区，可能一辈子都不知道鲍鱼、燕窝是什么滋味；有些人生在豪门世家，过得顺风顺水，肆意欺凌别人，甚至害死人都可以不用负责任，依旧可以享受这个世界上的美好。”

杨驰风默默听着，只感觉她的话莫名其妙，甚至带着怨恨之意。

为何怨恨？他想应该是因为陆彦辰和杨思彤。

“陆彦辰有那么好吗？如果陆彦辰不姓陆，你还会那么爱他吗？”

“我爱不爱他不关你的事，但可以肯定的是，我绝对不会爱你。”要说的都已经说了，时光没有再和他纠缠的必要，转身便离开了。

杨驰风坐在自己的办公室，点燃一根烟，白色烟雾缓缓升腾。他的脸蒙在烟雾后，眉心紧皱，眼神幽深。不一会儿，他的助理进了办公室，将一堆资料放到他面前：“杨总，这是你要的调查资料。”

杨驰风立刻掐掉了烟，把资料展开看了起来。

“时光……父母在她十四岁那年过世，姐姐成了植物人，这些年一直躺在医院，她在阿姨家长大……”

接下来的重点，都在她阿姨一家身上。

阿姨是个普通的上班族，姨夫是老师，有一个表弟和一个表姐，表姐在国外留学。

等等……她上高中的城市不就是陆彦辰上大学的那个城市？他们居然在同一个城市？那么他们两个是不是以前就认识？

还有她的姐姐，居然和思彤曾在同一个高中……

杨驰风沉眉，总感觉有些不对劲。

时光把杨驰风甩掉，给雷老板发了个信息，就先回去了。

她拿着手机边走边看，有一条新的短信，是一个陌生的号码发来的。

时光打开一看，短信只发了一张照片，是一男一女坐在草地上。

女孩看着前方，只有一个背影，而男孩微微侧着脸，阳光落在他身上，像是涂上了一层金彩，他嘴角带着笑意，目不转睛地注视着旁边的女孩，那么温暖，那么柔和，眼神里全部都是爱。

这样的照片，时光也有一张差不多的。

不过她手上的另一张，是陆彦辰看着前方，而她以同样的姿势看着陆彦辰。原本陆彦辰的那张照片是她的，而她手里的那一张照片是陆彦辰的，拿着彼此的照片，想给彼此送个相框，然后相框还没有找好……

后来他们分手了，照片在彼此手里也就没有再换回来了。

谁给她发的信息，为什么要发这照片？时光很疑惑，一瞬间想了十多种可能。就在她耐心十足地猜会是哪种可能时，她的手机响了起来，正是刚才给她发信息的号码。

微微一笑，她大概不用猜了，答案来了。

时光接通电话后，并不急着出声。

比耐心，对方显然不及她。片刻的静默后，电话里便传出一个声音：“看到照片了吗？”

“你是……杨思彤？”时光疑问的语气，却是肯定的答案。

“对，就是我。”

她在陆彦辰的卧室找到这个照片时，就迫不及待想要发给时光了。

原本，她还想再翻翻的，但是她怕自己被发现。离开的时候，陆父陆母并没有留她吃饭，态度看着似乎和平时没两样，但是她能感觉到两人有些冷漠，也不知道是不是知道她进了陆彦辰的房间。

她不愿意深想，反正都已经这样了，她也不指望他们会押着陆彦辰来娶自己。其实，如果他们真的押着陆彦辰来娶她，她也不需要等那么久。

说来说去，陆父如果不是因为在关键时期，估计也不会理她，更不会帮她多说一句话。

时光一听到杨思彤的声音，便觉得心里堵得慌，怎么就阴魂不散了？

杨家杨家，她真的好烦杨家。

她心里恼怒，冷笑道：“杨小姐，麻烦你以后不要再来找我，一个女人想要嫁给一个男人，要对付的不是另一个女人，而是那个男人。如果那个男人不爱你，你找另一个女人麻烦，那个男人还是不会爱你。”

杨思彤阴恻恻地说：“你以为陆彦辰现在和你在一起，是因为他爱你？不是！他爱的是他的前女友，他刻骨铭心的初恋！”

前女友？初恋？时光眉梢一跳，忍不住笑了：“他爱不爱我，我没有必要告诉你，但是我可以肯定他不爱你，甚至很讨厌你！”

杨思彤沉着脸，瞪着眼，身子气得直发抖：“在他心里，他的前女友是最重要的，他只爱她。我们都一样，等到某一天，陆彦辰觉得腻了，他会毫不犹豫地把你甩了，而那时你什么也不是，而我依旧是他的未婚妻。”

“神经病！”时光骂了一句，直接将电话挂断了。

杨思彤真是一招比一招狠，一招比一招狠，可惜运气不太好，不然这挑拨离间肯定能成功，毕竟没有任何一个女人，会喜欢自己的男朋友一直记着前女友。

可惜她不是陆彦辰的女朋友，而是陆彦辰的前女友！

所以，这就尴尬了。

也不知道是不是杨思彤坏事做多了，所以好运气都消失了，才会让她明明想好的阴险计谋，却硬生生变成了一个笑话。

时光失笑，忍不住想着，若是杨思彤知道她是陆彦辰的前女友，会是怎样的心情……

电梯到达十一楼，时光走出去，发现自己家门前站了很多人，都是隔壁的邻居。

空气里似乎传来阵阵异味，时光皱了皱眉，问："请问有什么事吗？"

听到她的声音，众人纷纷扭头，并且让了道。

"小姑娘，你是住一一〇二的用户吗？"

"对。"

"你家下水道管是不是爆了？"

下水道管爆了？时光赶紧向前，一打开门熏天的味儿扑面而来。

旁边的邻居立刻捂着嘴巴、鼻子。

"都说是他们家。"

"小姑娘，赶紧叫人修。"

"这么臭，这怎么得了？"

时光一脸蒙，这是什么情况？好好的下水道怎么就爆了？

时光此刻是崩溃的，她给物业打电话，物业很快安排了人过来。

情况有点惨，电路也坏了，还找不到原因，没个十天半个月估计修不好，更主要的是屋里的气味，没有十天半个月也肯定是消失不掉。

周围的邻居也免不得遭殃，要忍受几天这样的怪味。

时光挺不好意思，一直在说对不起，周围的邻居虽然不高兴，可也没有说什么不好听的，毕竟下水道管已经爆了，而且这不是房主愿意的。

时光把家里清理了一下，一身臭烘烘的，想要洗个澡，可是没水没电。

她本来要上去给小乖乖喂食，便想借陆彦辰家的浴室洗个澡。以防万一，她给陆彦辰发了个信息，问他在哪儿，什么时候回来？

可短信石沉大海，她不知道陆彦辰是没看到，还是不想回。

身上实在是太臭了，时光抬手闻闻都感觉要吐了一样，实在是受不了，也不管那么多，拿着睡衣就上了楼。

进了浴室将花洒开到最大，然后站在朦胧的水汽中，伴着柔和舒缓的水流声，惬意舒服的感觉袭来……

陆彦辰打开门，踌躇了一会才进去。

她来了，门口有她的鞋子，可是却并不在客厅，也不在厨房，一楼的浴室里传来哗哗的水声。当他换好鞋子进去时，水声终止，不一会儿浴室门就打开了。

他扭头望去，便看到了身穿一件粉色睡裙，头发湿湿的，脸颊泛红，眼睛湿润的时光。

“那个……”时光小脸烧得鲜红似血，神色窘迫，“不好意思，我家下水道管爆了，没水没电，所以借了你家的浴室。”

都不用看她的脸，就能知道她面红耳赤，陆彦辰没有说什么。

难怪走出电梯的时候会有点怪味，不过此刻，刚洗完澡的她站在面前，呼吸里又掺入清新的沐浴液香。

她微微弯着腰，头发没吹干，湿答答地披着，后背湿了一片，白皙如玉的肌肤若隐若现，仿似暗藏的娇媚，蛊惑人心。

陆彦辰不动声色地移开视线。他转身上了二楼，不一会儿他又下楼了，手里提着一个吹风机，大步流星，走得很快。

看到时光准备离开，他出声喊住她：“等等。”

时光赶紧又抬手环住自己的胸，扭头看着他，只见他把吹风机递到她面前：“把头发吹了。”

时光想说不用了，可一想到她家没水没电，便默默接过，又去了洗漱室，不一会儿她便吹好头发，把吹风机拿到客厅，看到陆彦辰正坐在沙发上逗小乖乖。

知道她出来了，他头也没回地问了一句：“这几天你住哪里？”

时光不知道住哪。楼下肯定不能住，学校的宿舍她之前没申请，没开学前是不能住的。

扭头看了一眼她因苦恼而皱在一起的小脸，陆彦辰就知道了，便道：“收拾衣服，去别墅那边住几天吧。”

时光眼睛一亮，对呀，陆彦辰学游泳的别墅是空的。

“你愿意借给我住呀，那我就不客气了，谢谢。”

开始，时光以为陆彦辰是好心地借别墅给她一个人住，可是收拾东西到了别墅，她才发现陆彦辰也在里面，还有小乖乖也抱过来了。

时光心头突突地跳，语气难掩惊讶：“你也住这儿？”

陆彦辰迈步，走到她身边，深深地看着她，反问：“不然？你可不只是祸害你们那一层，还有上下两层。”

她也不想啊，这不是意外嘛：“可是……我们……这不行，你如果要住这儿，我住你那边的公寓可以吗？”

看她一眼就知道她在想什么，陆彦辰微微贴近她，嗓音在她头顶压低，有点哑：“你害怕什么？”

一颗心蓦地悬到喉咙口，时光咽了咽口水，然后清了一下嗓子，故作镇定地笑笑：“呵，我有什么好害怕的。”

“那你又何必非要住到那边？公寓里的味道也很重，”陆彦辰一本正经地说着，却又含着勾人的魅惑，“别墅这边又不是没有客房。怎么，你不会以为要跟我住一间卧室吧？”

时光立刻摇头：“没有！”

“没有的话，你怕什么？”陆彦辰深邃的眼睛，像能戳进人的心里。

“谁怕了，住就住，我这几天刚好在备战“飞鱼杯”，住到你家别墅，不但可以省很多时间训练，晚上有空还能去泳池训练一下。”家里带泳池，这可是她做梦都想要的房子。

时光丢下这一句，大大方方地去挑卧室，一楼没有客房，她在二楼找了一间离主卧最远的房间。

是夜，她勉强自己睡了一会儿，可是接下来就睡不着了。她睁开眼睛看着天花板，别墅这边安静极了，静得人心里发慌。

时光想喝水，下楼发现客厅灯光昏暗，陆彦辰还坐在吧台边，一边看着电脑，一边喝酒。他警觉性很好，哪怕时光脚步放得极轻，他还是远远地听到了，倏然抬头，见是时光又收回了目光。

当时光下楼后，他轻声问：“你不是备战，十二点了还不睡？”

“我下来喝水。”时光解释了一句，“你怎么还没有睡？”

“有点事儿……”他的目光依旧看着电脑，抬了一下自己的杯子，“给我也倒杯水。”

时光轻轻“哦”了一声去了厨房，自己喝完水之后倒了一杯端出去，放到陆彦辰所在的吧台上。

“谢谢。”男人扭头对着她说话，刚好她就站在旁边，气息全部喷到她脸上，浓烈灼热，干净爽利，极其诱惑。

时光一慌，下意识地往旁边退了半步。不料旁边是台阶，她重心不稳差点儿摔倒。陆彦辰瞳孔骤然一缩，快速出手搂住她的腰，微微用力将她轻松拉回来。

惯性使然，她直接撞进了陆彦辰的胸膛里。她惊悸一般松了口气，待明白自己的处境后，莫名有些羞涩，“谢谢，你……放开我吧！”

陆彦辰不松手，他的心情突然极好，弓着腰，和她对视，轻勾嘴角：“你的脸怎么这么红？”

“有吗？”时光下意识地摸了一下脸，确实是有点热。她惊慌、心悸，但绝不承认，“天热，很正常……”

“哦，是吗？”陆彦辰故意轻挑尾音，他好整以暇地打量她片刻，瞳色深而黑，嘴角带着点儿邪气，“你不会以为我要吻你吧？”

时光错愕，差点儿被嘴里的口水给呛住。

她脸都涨红了，有些恼羞成怒：“不是……明显就是天热，你看……你的耳垂也红了。”

被时光这么一说，陆彦辰有点不自在，想要狠狠咬住她的嘴，看她还瞎不瞎说。

室内安静极了，只有两人粗重的呼吸。

心跳快得可怕。

咚咚，咚咚……似乎下一刻就要蹦出嗓子眼儿。

时光莫名嗅到一股不知名的危险，她下意识地挣扎，哪知才动一下，陆彦辰突然低头，在她唇瓣上面轻吻了一下。

身体似过电一般，流过一道酥酥麻麻的电流。时光僵着身体，再次瞪大眼睛。男人的眼漆黑，直直地注视着她，微微一倾身，又亲了一口她的唇，微微退后，又重新覆上，然后深吻……

时光想躲开，但是躲不开，男人像是蛰伏的野兽，要一点点蚕食她，喘息渐渐粗重，身体渐渐发软酥麻，脚软得都站不稳。

“唔……”

她偏头想要躲开他的吻，却被他按住了后脑勺。

陆彦辰紧紧地将她拥抱在怀里，深深地吻住她。

有些人总以为不去想，就应当爱淡了，情薄了，却忘记了深刻在灵魂里的人，是心底最美的那抹春色，不管过去多久，只要遇见，便是温暖……

【未完待续】

番外

校园恋爱日记

（一）

第一次正式约会的前一晚，时光查了好久的攻略。

初次约会注意事项中，有两条让她特别不齿——

第一，为了显示女孩的矜持，约会时要迟到半个小时，这样才能让男孩更珍惜你。

第二，为了显示女孩的精致，约会时一定要少吃，这样才能让男孩更爱护你。

迟到这一条，她没打算遵守。可是第二天，她还是迟到了，一不小心打扮超时，到了与陆彦辰约定的地方，正好晚了半个小时。

陆彦辰不但没有生气，还一改常态对她特别温柔，每次看着她说话的时候，都撩得她一颗心又酥又麻。

难不成攻略上面说的都是真的？！

幽静的西餐厅，装潢富丽豪华，但又不失清新雅致。

时光只点了一份小牛排，表示自己吃这点就够了。

她要做一个精致的女孩，不能暴露“吃货”的本性，得让陆彦辰更喜欢她才行。然而“精致的女孩”的人设，她只维持了半个小时。

小份的牛排根本不够她塞牙缝，她悄悄瞅了一眼陆彦辰面前的大份牛排，无意识地吞了吞口水。

陆彦辰抬头，便看到时光的目光，灼灼地落在自己的牛排上，垂涎欲滴。

他嘴角微动，轻轻放下刀叉，看着时光，问：“这家店的鹅肝配鱼子酱非常不错，我们尝尝？”

“那点一份吧。”她随便吃两口就好了。

“我突然又想吃意大利面了，要不要再点一份？”

“点吧。”这个简直不要太好了，最好是黑椒牛柳的。

“他们这儿的深海鱼排也不错。”

“那再加一份？”她最喜欢吃鱼了，她还没有吃过深海鱼排。

……

十分钟后，时光看着满桌子的菜，犹豫着自己要吃几口。每一道菜好像都特别好吃，真的都想多吃几口。

陆彦辰问她：“不吃吗？”

“那个……我有些饱了，我就准备尝尝味道。”话音刚落，肚子“咕噜咕噜”叫了两声。

陆彦辰看着时光恨不得将自己埋起来的模样，嘴角止不住地上扬了些许。

时光小脸羞得通红，想要挽回形象，尴尬地咳嗽了两声：“那个……今天没吃早餐，昨天晚餐也没有吃，所以才会有些饿。不过我平时真的不是这样，我一般吃得很少的，也不怎么爱吃。今天是例外，例外……”

“我知道。”陆彦辰点头，“可是我更喜欢爱吃的你。”

时光双眼一亮，好像捡到钱的小学生一样，立刻举手报告：“我爱吃，而且特别能吃。”时光立刻开动，“这点东西都不够我塞牙缝的！”

陆彦辰笑，“是吗？”

时光猛地一怔，明白自己拆了自己的台，面红耳赤想要逃走……

真是丢脸丢到姥姥家了啊！

不要在我面前虐待你的胃，否则，我会将全世界最美味的食物都摆在你面前，特此警告！

（二）

时光第一次留宿在陆彦辰家的时候非常紧张，哪怕她睡床上，陆彦辰睡沙发。

她躺在床上，与好友聊天，第一次留宿在男朋友家，应该注意什么？还有应不应该同房？

聊着聊着，话题越来越歪，越来越不可描述，最后，好友还给她发了一个链接。

时光点开链接，视频正常播放，但却没有声音，她将手机的声音调到最大，依旧没有半点响声。

她看了看手机屏幕，里面正上演着儿童不宜的画面。

时光羞涩的小脸通红，心脏快跳，想立刻关掉，但心里又有些好奇。就在此时，陆彦辰推门走了进来，时光下意识地按了一下锁屏键。好紧张啊，心跳如雷，身体动也不敢动。

陆彦辰刚洗完澡，身上就围着一条浴巾，头发还未吹干，水滴顺着他的头发一路流下来。腰窄肩宽，小腹上是迷人的八块腹肌，倒三角的人鱼线，无不显示着男人的魅力。

他的眼眸深邃，脸色有些怪异，在床边坐下。

刚刚才看过限制级视频的时光，这会儿脑子乱七八糟地在想，陆彦辰刚洗完澡就杀过来，他难道是想和她做什么吗？

可是会不会太快了，她还没做好准备……

若他非要霸王硬上弓，她该怎么办？是义正词严地拒绝和反抗，还是半推半就地接受和享受？

不不不，她不能臣服在他的美色下，她得有自己的原则！

她义正词严地说道：“不可以！”

陆彦辰一看就知道她想歪了，他捏了捏时光的小脸，然后将手里拿着的东西给她。

时光低头一看，是蓝牙播放器，之前在客厅，手机一直连着蓝牙播放器，所以手机刚刚才会没有声音。

时光感觉自己一口血都要喷出来了，赶紧解释：“朋友发的，我一好奇就点开了，没想到会是这样的视频！”

陆彦辰捏了捏她的小脸：“没想到你还有这种爱好。”

时光：“……”

她好冤枉，比窦娥还冤！那上面的男人，身材没有陆彦辰一半好！

在最爱的人面前丢脸又如何？只要下一秒拥抱他，你就会觉得怎样都是甜蜜。

（三）

晨曦的阳光，像一杯素雅清香的淡酒，浸没了整个房间，床上相拥的两人，原本就暧昧的姿势更添了几分遐想。

第一次同床，虽然什么也没有发生，但还是让人心神荡漾。

昨天晚上，她紧紧地揪着被子，陆彦辰动了一下，微微拉了一下被子，她就忍不住来一句：“你不许抢我的被子。”

“我不抢，被子归你，你归我。”他摩挲着她的唇瓣，声音低哑，呼吸粗重，灼热的气息四散开。

时光感觉自己的心脏好像被电击了一样，顿时酥酥麻麻的，过了好一会儿，才回过神。

她转身背对着陆彦辰，咽了咽口水，感觉口水都是甜的。不爱说情话的男人说起情话来，会令人觉得整个儿掉进了蜜罐里。

看到身边的人醒了，时光脸色绯红，打了声招呼：“早。”

“早。”

男人微微喑哑的声音令人莫名地觉得危险，时光下意识地紧握双手，突然之间，有点紧张，心神也乱了。

毕竟孤男寡女，共处一室，清晨一同醒来的画面，实在旖旎。

“我去做早餐。”时光想要坐起身，却被陆彦辰抱住，“还早。”

哪怕隔着被子，时光都能感觉到腰间的灼热，她讪讪地说：“不早了，平时这个点，我已经在吃早餐了。”

起不来，陆彦辰的手还按在腰间的被子上，时光想到昨晚，她轻咳一声，大方地表示：“你想要被子？给你。”

陆彦辰淡淡一笑，“我不要被子，我要你！”

时光：“……”

很多年以后，时光问陆彦辰，你怎么那么会说情话？

陆彦辰反问她什么是情话，他说的都是心里话。

（四）

自从放寒假之后，时光就没见过陆彦辰，两人每天都靠电话寄情思。

情人节那天，时光收到了陆彦辰精心准备的情人节礼物。

次日是元宵节，时光决定回一份礼物给陆彦辰。

礼物送到时，陆彦辰不在家，时光打电话问他：“你在哪里？”

“我在外面聚会。”

时光搓了搓冻得通红的小脸，可怜巴巴地问道：“那什么时候回来？”

陆彦辰手握紧方向盘缓缓转弯，一向清冷的眼睛里有了和煦的光：“在回来的路上。”

“我给你寄了个快递，已经到你家门口了，刚好你回去签收。”

“你寄了什么？”

“惊喜哦，告诉你就不惊喜了！”时光卖起了关子。

二十分钟后，陆彦辰的车停在公寓楼下，他一下车就看到屋檐下站着一个穿着黑色羽绒服的女孩，眼睛、鼻子因为寒风而冻得红彤彤的，抬头望向他时，嘴角立刻咧开了明媚的笑：“陆彦辰。”

陆彦辰脸上浮现出震惊，又有感动，依恋，深情……看着她一步步走向自己，只感觉心脏被什么东西撞了一样，瞬间软得一塌糊涂。

他大步向前，张开手臂，他想他知道时光寄过来的“礼物”是什么了。

如他所意料，“礼物”直接扑到了他的怀里。

真是一份甜蜜而又可爱的礼物。

他喜欢，喜欢得要死！

时光抬头看着他，调皮地眨眼，笑着说：“陆先生，你的快递已经安全送达，请签收！”

陆彦辰宠溺地看着她，嘴角上扬，却假装在思考，疑惑地表示：“这个礼物很像我家一位亲戚。”

“谁？”

“我妈四儿子的儿媳妇。”陆彦辰在家排行老四。

“那这么重要的礼物，一定要‘吻签’哟！”

不待她话音落下，陆彦辰便吻住了她的唇瓣。

爱情百转千回，但我依然会以最初的深情，许你一场地老天荒！